Über den Autor

Richard Mason, geboren am 16. Mai 1919 in Hale/Cheshire, war Journalist. 1944 schrieb er, während er bei der englischen Luftwaffe am Burma-Feldzug teilnahm, den Roman «... denn der Wind kann nicht lesen» (rororo Nr. 12295). Die Geschichte von der großen und traurigen Liebe des Fliegeroffiziers Michael Quinn zu der kleinen Japanerin Hanako machte ihn über Nacht berühmt und wurde mit Dirk Bogarde verfilmt. Einen weltweiten Erfolg hatte ebenfalls sein Roman «Suzie Wong» (rororo Nr. 12296), der von Paul Osborn auch dramatisiert und mit William Holden verfilmt wurde.

RICHARD MASON

SCHATTEN
ÜBER DEN BLAUEN BERGEN

Roman

Aus dem Englischen
von Edmund Th. Kauer

rororo

ROWOHLT

Die englische Originalausgabe erschien
unter dem Titel «The Shadow and the Peak»
bei Heinemann & Zsolnay, London

117.–128. Tausend August 1989

Veröffentlicht im Rowohlt Taschenbuch Verlag GmbH,
Hamburg, Dezember 1959

Umschlagillustration Günter Blum
Gesetzt aus der Garamond Stempel (Berthold tps 8000)
bei Dörlemann-Satz, Lemförde
Druck und Bindung Clausen & Bosse, Leck
Printed in Germany
980-ISBN 3 499 12297 9

I

Man kann sich immer darauf verlassen, daß es während einer Unterrichtsstunde im Freien irgendwelche aufregende Ablenkung gibt, und Donnerstag nachmittag war es der Absturz des Flugzeuges. Bis jetzt ging alles gut, nichts Ungebührliches hatte sich zugetragen, zum mindesten nichts, was in einer Schule, die sich selber fortschrittlich nannte, für Ungebühr galt; keine tropischen Insekten hatten ein aufgeregtes Geschrei veranlaßt, keine offene Widerspenstigkeit Silvias war zutage getreten, nicht einmal ein Schiff hatte es gegeben, das da unten, fünfzehnhundert Meter tiefer, seinen Kurs um das Kap zog – einfach nichts, bis fünf Minuten vor vier eine Maschine des regelmäßigen Flugdienstes ins Sichtfeld kam, die lautlos unter der grellen Sonne Jamaicas dahinzog.

«Mr. Lockwood, sehen Sie doch!»

Douglas lehnte mit dem Rücken gegen einen Wacholderstamm und las den Kindern vor. Während der letzten Nachmittagsstunde hatte es ja doch keinen Sinn, irgendwas anderes anzufangen, man konnte nur Spiele veranstalten oder vorlesen: die Hälfte der Kinder döste verschlafen vor sich hin, die übrigen hatten nichts anderes im Kopf als die Frage, was sie mit ihrer Freizeit beginnen sollten, wenn die Glocke endlich vier geschlagen hätte. Lockwood war an solche Unterbrechungen gewöhnt, obwohl Flugzeuge im allgemeinen kaum Beachtung fanden. Sie zogen über das Tal hin, britische und holländische und solche der Pan-American, starteten auf dem Flugplatz am Cap Palisados und hielten dann nordwärts auf die Blauen Berge zu, Ziel Nassau oder Miami oder Camaguey auf Cuba. So pünktlich kamen sie, daß man die Uhr danach stellen konnte.

Er ließ das Buch auf die Knie sinken und sagte:

«Bleib sitzen, Alan, setz dich wieder! Ich möchte noch das Kapitel fertiglesen. Mich interessiert es, auch wenn es dich kalt läßt.»

«Sehen Sie doch nach der Maschine – es ist etwas nicht in Ordnung!»

Er hatte das Flugzeug nicht beachtet, während er vorlas, jetzt aber hörte auch er etwas Unregelmäßiges im Gang der Motoren. Sie ratterten, setzten aus, wurden wieder lebendig. Er klappte das Buch zu.

«Wir lesen morgen weiter.»

Alle Kinder standen auf. Die Klasse zählte ihrer sechs, vier Mädchen und zwei Knaben.

«Schnell, Mr. Lockwood!»

Er kam auf die Füße. Sie hatten auf dem rasenbewachsenen Hang gleich unter dem Haupthaus Schule gehalten, das seinerseits, massiv und grau, breit auf dem Sattel der Hügelkette lag, die zu den Blauen Bergen anstieg. Auf der einen Seite, tief unter ihnen, trennte eine scharfe Brandungslinie wie ein Spitzenband die felsige Küste von der See. Auf der anderen Seite erhob sich hinter einem tiefen dschungelbewachsenen Tal der steinerne Wall einer anderen Bergkette.

«Ich kann nichts bemerken», sagte Douglas.

«Aber schauen Sie doch! Sie müssen ja blind sein!» Der Junge zappelte vor Erregung. Und dann gellte sein jäher Schrei: «Es brennt!»

Einen Augenblick später bekamen Douglas' Augen es zu fassen, niedriger, als er erwartet hatte, zog es über dem Tal hin, dicht über dem steilen Grat der Kette. Es war eine Riesenmaschine mit vier Motoren. Von dem inneren Motor der näheren Tragfläche schoß eine Flamme hervor, schleppte wie eine Fahne nach.

«Es ist die Bahamas-Maschine», sagte einer der Buben.

«Ist sie ja gar nicht», widersprach ein Mädchen. «Es ist die, die um dreiviertel vier startet, sie geht nach Cuba.»

«Und von da nach den Bahamas.»

«Nein, gar nicht! Die geht nach Florida.»

Douglas mahnte: «Keine passende Gelegenheit, jetzt darüber zu streiten.»

«Wir streiten ja gar nicht. Ich weiß nur, daß es die Bahamas-Maschine ist.» Das war Alan – Alan, der immer alles wußte.

Eine Meile hinter dem großen Haus senkte sich die Kette allmählich zu einem Sattel, stieg dann wieder zu einer breiten Schulter an, die zu den höheren Bergen überleitete. Das Flugzeug tastete sich um den Bergvorsprung herum, versuchte Höhe zu gewinnen. Wenn es über den Sattel wegkam, konnte es sich wahrscheinlich im Gleitflug zum Flughafen hinablassen oder wenigstens auf der See wassern. Die Flamme war immer noch auf den einen Motor isoliert, und eine Minute lang sah es ganz so aus, als ob die Maschine es schaffen würde.

Rosemary fragte mit halblauter und verängstigter Stimme: «Können denn die nicht mit Fallschirmen abspringen, Mr. Lockwood?» Sie war ganz blaß. Überhaupt war sie ein nervöses Kind, bei jedem Gewitter war sie vom Grauen bis zur Sprachlosigkeit gelähmt.

«Ich glaube nicht, daß sie in Zivilflugzeugen Fallschirme mitführen.»

«Die fliegen ja auch viel zu niedrig, um sie benützen zu können.» Das war wieder Alan.

Eines der Mädchen äußerte gespannt: «Ich möchte nur wissen, ob die Leute an Bord ahnen, daß sie vielleicht in einer Minute tot sind.»

«Sie werden wohl kaum tot sein», entschied Alan. «Sicher kommen sie ganz gut über den Sattel weg.» Offenbar hatte er Angst, man könnte aus seiner Stimme Enttäuschung heraushören, denn er fügte hinzu: «Ich hoffe wenigstens.»

Einen Augenblick später kam die Maschine hinter einem Bergvorsprung außer Sicht. Die beiden Buben stürmten los, ohne um Erlaubnis zu bitten, nur eines der Mädchen sagte:

«Dürfen wir hinauflaufen, Mr. Lockwood?»

«Ja, wenn ihr gern möchtet.»

«Ich laufe nicht mit», sagte Rosemary, «ich wart lieber hier.» Sie zitterte am ganzen Körper. Eine der andern, Silvia, hatte sich wieder gesetzt und das Buch aufgeschlagen. Sie tat natürlich wieder, als ob es sie nicht interessierte. Sie trotzte.

«Ich wink dir, wenn die Maschine heil durchkommt», sagte Douglas zu Rosemary.

Langsamer folgte er den andern den Grashang hinauf. Die Motoren konnte er noch deutlich hören, entfernter jetzt, ruckartig arbeitend. Vor zwei Monaten war er auf einer Maschine des gleichen

Typs von England herübergekommen; es fiel ihm ein, daß er in einem Augenblick tiefer Depression das kurze Ende, das solch ein Absturz bedeutete, damals willkommen geheißen hätte. Jetzt, da er die Motoren aussetzen hörte, wußte er, daß es ihm nicht ernst gewesen war ...

Und da kam die Explosion. Es war ein langhallendes Dröhnen, wie von einer fern einschlagenden Bombe; das Tal nahm das Echo auf.

Einen Moment hielt er an, dann rannte er los. Die Kinder standen am Ende des Hanges, reglos, spähten nach den Bergen hinüber. Als er sie einholte, konnte er den Sattel wieder ausnehmen, nicht viel mehr als eine Meile entfernt. Dicht darunter sprangen Flammen grell aus dem Dschungel. Die Brise, die vom Karibischen Meer herüberwehte, trieb den Rauch über das Tal weg, direkt dem Blue Mountain Peak ins Gesicht.

Alle standen sie schweigend und starrten. Dann trat unten ein Mädchen aus dem Haupthaus und läutete.

Vier Uhr.

Erst als Joe das Schwanzstück der Maschine fand, nahm die Katastrophe für sie wieder Wirklichkeit an. Zuerst hatte Douglas in dem schwarz ausgebrannten Kreis des Dschungels gestanden und nichts empfunden als ein gewisses Schuldgefühl, daß er nicht aufgeregter war: er hatte sich sogar ernstlich gefragt, ob unter diesen verbrannten und schwelenden Trümmern auch seine eigene Post nach England läge. Sein letzter Brief an Caroline ...

Fast eine Stunde hatte er gebraucht, um bis an das Wrack heranzukommen, sich einen Weg durch den Busch zu hacken. Er hatte eine Erste-Hilfe-Kassette und eine Bahre mitgeschleppt, aber seine vage Hoffnung, das könnte gebraucht werden, war sofort zunichte geworden. Die explodierenden Benzintanks hatten das Flugzeug buchstäblich in Stücke gerissen, es war überhaupt nichts mehr zu erkennen, von den Motoren abgesehen. Inzwischen war das Feuer heruntergebrannt, und der Rauch stieg ruhig und friedvoll von den abgestoßenen und angebrannten Bäumen und dem verschrumpften Laub auf. Irgendwie hatte Douglas das Gefühl, der Absturz läge um Jahre zurück; es war, als ob man eine tote Stadt beträte.

Drei oder vier Landleute, Neger, waren vor ihm zur Stelle gewesen, sie stocherten mit Stöcken in den Resten herum, tappten mit ihren bloßen Füßen über die weißverglühte Asche. Schon hatten sie ein paar Gegenstände, die irgendwie der gänzlichen Zerstörung entgangen waren, zu einem Haufen zusammengetragen: einen kleinen angekohlten Koffer, eine Reiseschreibmaschine, Reste eines Regenmantels. Auch hatten sie einen Leichnam hervorgezogen – den Körper einer Frau. Das Feuer hatte ihr das Haar glatt heruntergebrannt, ebenso fast alle Kleidung, und hatte die Haut geschwärzt. Wie eine Negerin sah sie aus. Nur ein Bein war von den Flammen unberührt geblieben, und dieses Bein war noch vollkommen weiß.

Etwas später hatte Douglas unter einer zerknitterten Masse von Gestänge und Drähten einen anderen Leichnam gefunden. Es hatte keinen Sinn, zu versuchen, ihn herauszuziehen. Dann gewahrte er eine verzogene, verformte, surrealistische Hand. Weiter nichts. Er war wieder aus dem Glutkreis herausgetreten, wischte sich mit dem Hemdärmel den Schweiß vom Gesicht. Der Sinn für die Realität des Vorganges war ihm abhanden gekommen. Weder diese Hand war wirklich noch die Frau mit dem starren weißen Bein. Es war nicht möglich, sich vorzustellen, daß dieses Wrack vor zwei Stunden eine höchst scharfsinnig ausgedachte Zusammensetzung von zehntausend mit äußerster Präzision geformten Teilchen war, ein unsagbar komplexes und schönes Ungetüm, das silbrig in der Sonne schimmerte. Er stand da inmitten des Todes, und doch sagte ihm sein Gefühl nichts – er konnte sich nicht zu der Empfindung zwingen, daß rings um ihn die Asche von dreißig Männern und Frauen lag, die alle eben erst diese Maschine bestiegen hatten, ein Köfferchen in der Hand, einen Roman für die Reise, eine Handtasche – dreißig unvereinbare Varianten des menschlichen Bewußtseins, jede eine eigene Konstruktion, aus Erinnerungen und Erwartungen zusammengefügt. Jetzt lagen diese zehntausend glattpolierten Maschinenteilchen und diese Erinnerungen und Erwartungen hier in der ausgebrannten und schwelenden Wirrnis, und er stand da, und ihm kam sein Brief an Caroline in den Sinn ...

Wenn es doch etwas gegeben hätte, was er tun konnte – jemand, den er retten durfte!

Nun hörte er Joe rufen.

«Bitte, hier kommen, Sir! Ich etwas gefunden.»

Joe war Schuldiener und Chauffeur in einer Person, so war er Douglas zur Unglücksstätte gefolgt. Jetzt stand er drüben auf der anderen Seite der Brandstätte und feixte vor Aufregung. Douglas umging das Wrack und trat zu ihm.

«Ich etwas gefunden, Mr. Lockwood, Sir.»

Er zog ihn in den Dschungel. Zwanzig oder dreißig Meter durchquerten sie den Busch, dann stießen sie auf das ganze Schwanzstück der Maschine. Es war im Geäst eines Baumes hängengeblieben, der Rumpf stand vertikal auf dem Boden. Die Seitenluken waren nicht einmal zerbrochen.

Joe hatte sich neben der niedrigsten der Luken hingehockt.

«Hier, jetzt horchen, bitte, Sir.»

Douglas beugte sich zu ihm herab. Es war zu dunkel, als daß man durch die Luke etwas hätte erkennen können, aber als er sein Ohr daranlegte, hörte er ein Röcheln.

Joe feixte. Er war ein kräftiger, wohlgebauter Bursche von fünfundzwanzig Jahren.

«Bitte, das nix duppy, Sir.» Duppies hießen im Negerslang die Geister der Toten. Die meisten Farbigen hatten eine Heidenangst vor ihnen, doch nicht Joe.

Douglas klopfte an das Glas und rief, aber das Röcheln dauerte unverändert an, das gleiche dumpfe Geräusch. Er wies Joe an, die Bahre zu holen und die Landleute heranzurufen. Dann umschritt er das steilgestellte Rumpfstück, suchte nach einer günstigen Stelle, um einen Zugang aufzubrechen. Von unten aus war nicht hineinzukommen, denn die gebrochenen, schartig gekerbten Kanten hatten sich auf dem Boden eingebogen. Die Luken waren zu klein, als daß man hätte hindurchklettern können. Der einzige Ausweg war, eine Platte aus dem Rumpfstück herauszubrechen. Er machte sich daran, in der Nähe der Stelle, von der das Röcheln kam, die Aluminiumplatte mit Joes Machete aufzuhacken. Doch ergab sich, daß die Aluminiumplatte mit Schwermetallrippen versteift war, und so brauchte er volle zehn Minuten, um ein Stück herauszuschlagen, das groß genug war, um mit Kopf und Schultern durchzukommen. Nun spähte er hinein und fand, daß es der Toilettenraum war. Von hier aus sah es so aus, als ob der Sitz aus einer der Wände hervorträte. Ein Mann lag darunter in der Ecke und röchelte schwach. Das Gesicht war übel zerschnitten und blutete, und Blut war über den ganzen weißen Tropenanzug versprengt.

Douglas kroch in den schmalen Raum hinein, reckte sich lang, dann machte er sich daran, den Verletzten durch die Bresche hinauszumanövrieren. Joe und die andern nahmen ihn draußen in Empfang, legten ihn auf den Boden. Die Tür des Abteils war verbeult und klemmte, also kletterte auch Douglas wieder durch die Öffnung. Er wies Joe an, auf der andern Seite des Rumpfstückes eine zweite Bresche zu schlagen. Dann sah er sich den Mann an, der da auf dem Boden lag. Ein Fünfziger mochte es sein; er hatte jetzt aufgehört zu röcheln, atmete, daß es wie Schnarchen klang. Der Puls klopfte schwach, aber regelmäßig. Quer übers Gesicht ging eine häßliche Rißwunde, sonst waren nur saubere und oberflächliche Schnitte zu finden. Douglas betupfte sie mit dem Desinfektionsmittel aus der Kassette und bandagierte den Riß. Mittlerweile hatte Joe eine Bresche gebrochen und stak bereits mit dem Oberkörper im Rumpfstück. Als Douglas herankam, hörte er ihn gedämpft sagen:

«Ich hier jemand finden, Sir.»

«Lebend?»

«Ich noch nicht wissen, Sir.» Ein kurzes Schweigen folgte, dann: «Sie noch ganz gut atmen, Sir.»

Jetzt kroch Douglas durch die Höhlung in den Aluminiumrumpf. Hier innen gab es nicht viel Licht, und er brauchte ein paar Augenblicke, um sich in dem schräg liegenden Raum zurechtzufinden. Dann wurde ihm klar, daß er auf seinen Händen und Knien in dem engen Gelaß war, das den Passagierraum der Maschine vom Schwanzstück trennte. Die Tür hing unter ihm offen herab, der Boden war nur ein paar Fuß tiefer. Eine Menge Sachen lagen zerstreut herum, zerbrochenes Geschirr, Tabletts aus Pappe, Thermosflaschen, Bestecke, Zwiebackpackungen, Sandwiches, allerlei Zeug, wie es sich eben in einer Kantine vorfindet. Joe war weiter oben hinaufgekrochen. Douglas folgte ihm, konnte auf dem umgestürzten Kochtisch der Kantinenküche Fuß fassen. Hinter dem Büffettisch gab es eine Nische, in die sich Joe jetzt hinaufgezogen hatte. Der Körper, den er dort entdeckt hatte, lag wie eine weggeworfene

Puppe im Winkel. Es war ein Mädchen von etwa fünfundzwanzig Jahren. An der weißen Uniform, Schürze und Bluse, war sie als Stewardess zu erkennen. Die rote Schwalbe, das Zeichen der Fluglinie, war an die Schulter geheftet. Das Gesicht war totenblaß, darum hatten die roten Lippen etwas doppelt Befremdliches, wirkten, als ob jemand zum Spaß einer Marmorstatue die Lippen gefärbt hätte.

Joe grinste. «Die hübsch, wahrhaftig, Mr. Lockwood, Sir.»

«Das wird ihr nicht viel helfen, wenn wir sie nicht herausschaffen», meinte Douglas. «Und du solltest auf alle Fälle nicht vergessen, daß du ein verheirateter Mann bist.»

«Sie sind auch verheiratet, bitte, Sir?»

Douglas zog die Arme des Mädchens hervor, die unter dem Körper verschränkt lagen.

«Ich war verheiratet», sagte er.

Der Transport zur Schule hinunter machte ihn fast fertig. Er hatte Joe mit dem Auftrag vorausgeschickt, den Arzt ins Haupthaus zu bestellen, für den Fall, daß niemand daran gedacht haben sollte. Zwei der Negerbauern trugen den Mann auf der Bahre, der dritte half Douglas bei dem Mädchen. Dann war noch einer dagewesen, der dawider gemurrt hatte, als Verstärkung zur Hand zu gehen, und Douglas hatte nicht streiten mögen. Wahrscheinlich hatte der Bursche die paar schäbigen Überreste des Wracks im Sinn gehabt.

Nach den ersten zweihundert Metern verloren sie den Pfad, den Douglas und Joe auf dem Wege herauf gebahnt hatten. So mußten sie erst einen neuen durch das Dickicht hacken. Sooft sie stehenblieben, um mit der Machete zu arbeiten, mußten sie ihre Bahre abstellen. Ein paarmal wechselten sie die Richtung, versuchten einen Pfad zu erreichen, der irgendwo in der Nähe dicht unter der Höhe des Hügelkammes laufen mußte. Sogar die Bauern, direkte Abkömmlinge zähen Sklavenvolks, begannen schlaff zu werden. Auf Douglas' Händen bildeten sich Blasen. Der quälende Schmerz im Rücken verschärfte die Plage. Jetzt sagte er sich, daß er die Leute mit den Bahren zurücklassen wollte, wenn sie in den nächsten fünf Minuten nicht auf jenen Pfad stießen; lieber wollte er vorauslaufen und Verstärkung holen. Als die fünf Minuten aber herum waren, gab er sich noch einmal drei. Schließlich fügte er noch zwei Minuten hinzu, um zehn vollzumachen. Und da sagte er sich, daß er den Pfad jetzt schon durch die Bäume sähe, und so blieb er dabei. Zuletzt war er überrascht, als sich herausstellte, daß es wirklich der Pfad war. Sie brachen bis zu ihm durch, und da tauchte auch Joe mit einer Gruppe von drei Männern auf, die vom Flugplatz heraufgekommen waren. Einer von ihnen war ein Pilot.

«Donnerwetter, das muß ich schon sagen, das ist ja wundervoll, wie ihr das alles organisiert habt! Ich höre, die Maschine soll so ziemlich ausgebrannt sein.»

«Bis auf das Schwanzstück», antwortete Douglas. «Das sieht aus, als wär's mit dem Rasiermesser abgeschnitten.»

«Das geht so. Hab's im Krieg öfter gesehen. Es sind ja nur umgebaute Bomber, Sie verstehen.»

«Es wäre besser, man würde keine mehr umbauen, wenn das dabei herauskommt.»

«Weiß Gott, sie sollten es lassen.» Jetzt beugte er sich über das Mädchen.

«Die ist erst seit drei Wochen bei uns. Hab den Namen vergessen. Ein lustiges Ding.» Er lachte plötzlich sonderbar auf. «Es waren ihrer zwei an Bord. Ich wußte nicht, welche er meinte, als dieser Bursche sagte, Sie hätten eine Stewardess gerettet. Ich war nämlich mit der andern verlobt.»

Douglas vergaß den Schmerz in seinem Rücken.

«Tut mir schrecklich leid», stammelte er.

Der Pilot wandte sich ab. «Ist in Ordnung. Ich glaub, ich geh noch hinauf und seh mir das an.»

«Glaub nicht», sagte Douglas, «daß viel dabei heraussieht. Wollen Sie es nicht lieber bis morgen lassen?»

«Lieber nicht. Sie nehmen es doch nicht übel, wenn Ihr Bursche uns den Weg zeigt, wie?»

«Natürlich nicht.» Sie alle machten sich wieder auf den Marsch. Douglas folgte mit den Bahren dem Pfad. Nach einer kleinen Weile mußte er zu kurzer Rast halten lassen. Er verteilte Zigaretten, zündete sich selbst eine an und setzte sich auf den Rasen. Weder der Mann noch das Mädchen waren zu Bewußtsein gekommen, doch hatte das Mädchen die Hände bewegt und nach Art der Schlafwandler ein paar unverständliche Worte gemurmelt. Sie hatte am Hinterkopf eine recht üble Quetschwunde und im übrigen eine Menge Beulen, aber sonst war nicht viel passiert. Douglas fragte sich, ob sie aus einer geistesgegenwärtigen Erwägung heraus nach rückwärts gelaufen war oder ob hier einer dieser absurden kleinen Zufälle am Werk gewesen war, die nachher so bedeutsam erscheinen wie eine unberechnete Verzögerung vor einem Schaufenster, durch die man einen Unglückszug versäumt.

Er war gerade bei den letzten Zügen seiner Zigarette und dachte, sie würden nun ihren Marsch wieder aufnehmen, als er merkte, daß das Mädchen die Augen geöffnet hatte. In schlaftrunkener Verstörtheit sah sie ihn an, dann schloß sie ihre Augen wieder.

«Ich weiß, es klingt komisch», sagte sie jetzt aus ihrer Betäubtheit heraus, «aber ich weiß wirklich nicht, wo ich bin.»

«Sie sind in Jamaica. Ein Flugzeugabsturz. Aber jetzt sind Sie in Sicherheit.»

Ihr Gesichtsausdruck veränderte sich nicht, und so dachte er schon, sie hätte wieder das Bewußtsein verloren. Nach einer kleinen Weile aber sagte sie, wieder in diesem undeutlichen Ton, wie aus einer Narkose:

«Es war gleich nach dem Start. Die Motoren fielen aus. Ich dachte, es wäre um uns alle geschehen.»

«Sie haben Glück gehabt. Das reinste Wunder.»

«Mein Leben muß irgendwie gefeit sein. Das ist das zweite Mal.»

«Ihr zweiter Absturz?»

Sie öffnete die Augen und sah ihn an.

«Nein.» Sie bemerkte, daß er rauchte. «Kann ich eine Zigarette bekommen?»

Er tastete nach seinem Päckchen. Das Mädchen lächelte schwach und sagte: «Voriges Mal wollte ich Selbstmord begehen. In Mexiko. Hab ich auch verpfuscht.»

Er nahm an, sie rede wirr. Immer noch war sie halb bewußtlos. Er warf seine Zigarette weg, zog eine andere aus dem Päckchen und zündete sie für sie an. Als er sie ihr hinhielt, sah er, daß sie die Augen wieder geschlossen hatte.

«Wollen Sie die Zigarette?»

Sie antwortete nicht. Jetzt atmete sie schwer. Wahrscheinlich träumte sie gerade, sie hätte sich selbst mit einer Axt den Hinterkopf angeschlagen. Joe hatte recht, sie war hübsch, hatte auch gute Beine. Er steckte die Zigarette zwischen seine Lippen und trat die alte aus. Dann gab er den Männern ein Zeichen. Sie machten sich an das letzte Stück. Er hatte das Gefühl, daß er jeden Augenblick unter dem Gewicht zusammenbrechen müßte. Dann versuchte er sich einzureden, die Bahre liefe in Wirklichkeit auf Gummirädern und er schiebe sie nur. Es war eine dumme Idee, aber sie half doch eine ganze Menge.

2

Ja, bitte, Mr. Lockwood.»

Er schlug die Augen auf und sah Ivys plumpe schwarze Knie unter dem Saum ihrer Schürze. Ivy kicherte. Sie kicherte immer, wenn sie sprach, und das Grinsen, das dazugehörte, saß gut in ihrem runden kleinen Gesicht.

«Ja, bitte, Mr. Lockwood.» Es war ihre Gewohnheit, diesen Satz so lange zu wiederholen, bis sie überzeugt war, daß sie ihn wach hatte. Sie trug eine Tasse Tee in der Hand.

Er bedeutete ihr, sie solle die Tasse auf den Nachttisch stellen. «Und laß die Tür offen, wenn du hinausgehst.» Es war notwendig, ihr diese genauen Anweisungen tagtäglich zu geben.

Sie trollte sich, geschüttelt von verhaltenem Lachen. Er brachte seine Hände unter der Decke hervor. Die Blasen waren nicht so schlimm, wie er befürchtet hatte, er konnte sogar die Finger bis zum Handteller schließen, ohne daß es allzusehr weh tat. Er stützte sich auf den Ellbogen auf. Ivy hatte mit ihrer Teetasse den Elefanten umgestoßen. Er stellte ihn zurecht, mit dem Rüssel gegen das Fenster; dann begann er seinen Tee zu schlürfen, sah dabei durch die Tür ins Freie hinaus.

Die Tür ging direkt auf die Veranda. Ohne sich im Bett zu rühren, konnte er tatsächlich ganz Kingston und den Hafen, fünfzehnhundert Meter unter sich, überschauen. Um diese Morgenstunde hingen immer schwere Nebel über der Stadt, die aber nachher unter der Sonnenglut rasch schwanden. Täglich kam um sieben Uhr zwanzig das Flugzeug aus Curaçao in Sicht, das wie ein kleines silbriges Insekt über den Himmel kroch. Er sah ihm gerne zu, wie es an Höhe verlor und dann am Cap Palisados landete. Der Flugplatz lag unmittelbar an dem Cap, das einen Arm von zehn Meilen Länge um den Hafen legte. Douglas würde in dem Moment aus dem Bett springen, da die Maschine vor dem Landeschuppen zum Stehen kam. Heute morgen war es auf die Minute pünktlich. Offensichtlich war es über den Absturz von gestern nachmittag nicht mehr aufgeregt als eine Fliege über den Tod einer anderen Fliege an der nächsten Fensterscheibe.

Bevor es aber den Boden berührte, wurde die Sicht von John verstellt, der die Verandastufen heraufgelaufen kam. John war neun Jahre alt und der dunkelhäutigste Zögling der Schule. Er sah vollblütig negroid aus, obwohl er Halbblut war. Jetzt warf er sich gegen das Bett und begann mit fröhlichem Gelächter Douglas zu walken. «Warum sind Sie noch nicht auf, Mr. Lockwood?»

«Fort mit dir, du kleines Biest», sagte Douglas.

«Warum?»

«Bin heute morgen für so was nicht in Laune.» Und da John nicht davon abstand, ihn weiter zu walken, sagte er: «Wie lange hältst du das eigentlich aus, ohne müde zu werden?»

«Endlos, wenn ich mag. Aber ich mag nicht.» Er gab es auf und setzte sich auf den Bettrand. «Erzählen Sie mir von dem Flugzeugabsturz, bitte, Mr. Lockwood.»

«Was möchtest du denn darüber wissen?»

«Wieviel Leute sind getötet?» Er war aufgeregt, aber er empfand die Todesfälle offensichtlich nicht als Tragödie.

«Ich weiß es nicht.»

«Haben Sie die Leichen gesehen?»

«Einige.»

«Waren sie gräßlich zugerichtet?»

«Sie waren nicht gerade hübsch», sagte Douglas. «Aber jetzt pack dich, ich muß aufstehen.»

«Wie haben sie denn ausgeschaut?»

«Daran ändern wir jetzt doch nichts mehr, wie?»

«Haben Sie die Leiche des Piloten gesehen?»

«Weiß ich nicht.»

«Robin sagt, er will jetzt nicht mehr Pilot werden, nachdem er diesen Absturz gesehen hat. Mir würde das nichts ausmachen. Auch nicht, wenn ich so ums Leben käme. Das ist noch immer weit besser als ertrinken. Ich möchte gar nicht gern ertrinken.»

«Jetzt scher dich hinaus, sonst ertränke ich dich in meiner Badewanne.»

«Ich gehe jede Wette ein, daß Sie das nicht tun, auch wenn ich bleibe.»

«Dann tu ich etwas, was mindestens ebenso schrecklich ist.»

«Was?»

Douglas schubste ihn mit den Knien von der Bettkante.

«Marsch, zieh ab!»

«Gut. Ich hab immer noch genug Zeit, um vor dem Frühstück zu meinem Haus im Baum zu gehen. Wissen Sie, was Mr. Morgan mir gegeben hat?»

«Nein.»

«Ein Tau.» Seine Augen leuchteten. Schon war das Flugzeugunglück vergessen. Nach diesem Tau hatte er gelechzt, wie er später nach einer Frau lechzen würde oder danach, weiße Haut zu haben. «Ich laß es aus der Falltür herabbaumeln, und so kann ich es einziehen, wenn ich drin bin. Und dann laß ich es nur für die herunter, die ich oben haben will. Für Silvia laß ich es nicht herunter.»

«Warum denn nicht?»

John grinste. «Weil sie ein Miststück ist.»

«Wie redest du denn da?»

«Ich dachte, hier dürfen wir alles sagen, was wir wollen?»

«Ich möchte nicht, daß Silvia das hört, sonst bekommst du ein blaues Auge.»

«Das soll sie nur versuchen.»

«Jetzt mußt du aber laufen, wenn du noch zu deinem Baumhaus willst», sagte Douglas, «und verschling nicht zu viele Mangos da droben in deiner Abgeschlossenheit!»

«Die schaden mir nie etwas.»

Er trottete davon, und Douglas stand auf. Nachdem er gebadet, sich rasiert und angezogen hatte, ging er zum Haupthaus hinüber. Sein Bungalow war früher ein Bedientenquartier gewesen, ringsherum wucherte der Busch, aber dicht darüber lag die Rasenfläche, die mit Wacholdersträuchern bepunktet war. Auf den Wacholdersträuchern wucherte Altenmannsbart, eine Flechte, die die Pflanzen langsam vernichtete, ihnen aber etwas vom Zauber flitterbehangener Christbäume gab. Das Haupthaus lag am oberen Ende des Hanges. Es war ein massiver grauer Bau, nur durch seine Größe und Antiquität davor bewahrt, ganz einfach abscheulich zu sein, höchstens noch durch die üppig wachsenden Schlingpflanzen, die den Steinblöcken ihre Plumpheit nahmen – Steinblöcken, die noch das Gedächtnis jener schweißtriefenden Negersklaven in sich trugen, von denen sie an ihren Platz gerückt worden waren. Douglas schritt durch die lange, getäfelte Halle in den Speisesaal. Die meisten von den fünfundzwanzig Zöglingen der Schule waren noch beim Frühstück, saßen in Gruppen zu vier und fünf an kleinen Tischen. Es war Schulbrauch, daß die Lehrer beim Mittagessen an diesen Tischen saßen; fürs Frühstück aber hatten sie eine eigene Tafel. Der Tisch für die Lehrer war bis auf Duffield noch unbesetzt.

Duffield wünschte Douglas ein freundliches guten Morgen.

«Da müssen Sie ja fein geschwitzt haben, gestern beim Bahrenschleppen», sagte er. Er sprach mit starkem Lancashire-Akzent. War ein kleiner Mann rund um die Vierzig. Sein Gesicht wirkte durch die hungrig eingefallenen Wangen und durch die gespannte Haut über den Backenknochen hart. Sein sandfarbenes Haar war straff niedergebürstet. Wenn irgendeine dienstliche Verpflichtung ihn den wöchentlichen Besuch des Barbiers versäumen ließ, wurde er für die nächsten sieben Tage reizbar und ungemütlich.

«Ich wäre Ihnen nachgekommen, um zuzugreifen», sagte er, «hab nur gar nicht gedacht, daß da die geringste Chance wäre, Überlebende zu finden.»

«Die Chance stand eins gegen eine Million.»

«Wie wird es denn den beiden da oben ergehen?»

«Mutmaßlich wird man sie ins Hospital schaffen, sobald sie transportfähig sind.»

«Hoffe, es ist bald soweit», meinte Duffield, «es bringt die Kinder ganz aus dem Häuschen, sie hier zu haben. Sie sind so schon aufgeregt über das Flugzeugunglück. Heute morgen haben sie einen wüsten Krach gemacht. Wir werden es nicht leicht haben, heute irgend etwas Brauchbares aus ihnen herauszuholen.»

«Ist heute nicht Ihr freier Tag?»

Duffield schüttelte den Kopf.

«Wüßte nicht, was ich da unten in Kingston verloren hätte. Ich begreife einfach nicht, was Sie an dem Ort finden. Man schwitzt sich tot, bevor man hinkommt, und wenn man dort ist, langweilt man sich zu Tode.»

«Man kann sich in das Carib-Kino setzen und es dort kühl haben.»

«Na ja, wenn Sie sich für Film interessieren, dann ...»

Duffield war in den sechs Wochen, die Douglas jetzt zur Schule gehörte, kein einziges Mal in Kingston gewesen. Gelegentlich gab er offen zu, daß der Ort nichts Verlockendes für ihn hätte, öfter aber ließ er gerne durchblicken, daß er wohl hinunter wolle, es sich aber versage, weil seine Anwesenheit in der Schule unentbehrlich sei. Das war Unsinn, aber er glaubte es nun schon selbst, und darum benützte er seinen freien Tag nie.

Eine Weile frühstückten sie schweigend, dann begann Duffield von neuem.

«Ich höre, die neueste Idee ist, jeden Tag Eiscreme für die Kinder kommen zu lassen, die sich schlecht aufgeführt haben – und sonntags zweimal.»

Douglas nahm das als Scherz hin. Wenn Duffield gut gelaunt war, begannen seine Späße immer mit «ich höre, daß ...», und dann kam irgend etwas Unwahrscheinliches. Gemeinhin spiegelten seine Späße seine Ansicht über Pawleys sogenannte fortschrittliche Pädagogik.

«Ich hätte nichts dagegen, wenn man Eiscreme für uns heraufbrächte», sagte Douglas leichthin. Er hatte bereits gelernt, sich von Duffield nicht in eine Diskussion ziehen zu lassen.

«Bringen Sie sie doch dazu!»

Jetzt kamen Mr. und Mrs. Morgan. Duffield tat, als ob er sie nicht bemerkte. Zwischen ihm und den Morgans gab es nun schon seit Monatsfrist eine Art Fehde. Begonnen hatte es damit, daß Duffield in Gegenwart der Kinder eine Bemerkung machte, in der er Morgan als einen Nigger bezeichnete. Duffield gab sich den Morgans gegenüber, als ob er sie einfach nicht sähe, als ob es auf sein Gehabe ganz ohne Einfluß wäre, daß sie am Tische säßen. Er war eben daran gewesen aufzustehen, blieb aber jetzt sitzen, damit die Morgans sich nicht einbildeten, er ginge ihretwegen weg.

Die Morgans kamen heran, als hätten sie Duffield nicht bemerkt, sagten Douglas guten Morgen und nahmen nebeneinander Platz. Morgan war ungefähr so groß wie Duffield, aber er hatte einen dunkleren Teint und sah voller aus. Sein afrikanisches Blut wäre, zum mindesten außerhalb Jamaicas, kaum aufgefallen, höchstens das schwarzgekrauste Haar, das ein wenig an einen mottenzerfressenen Astrachanpelz erinnerte, zeugte dafür. Er unterrichtete Geographie und Turnen, seine Hauptaufgabe aber war die Leitung der Schulfarm. Die ganze Farm machte nur ein paar Hektar aus, die sich am Hügelhang hinzogen. Tatsächlich wurde hier alles angebaut, was die Landwirtschaft von Jamaica produzierte, einschließlich Ananas, Grapefruits, Orangen (süß und bitter), Zitronen, Papaya, Kaffee und etwa fünfzig Arten Gemüse. Die einzigen wichtigen Produkte, die fehlten, waren Zucker und Kokosnüsse – für Zuckerrohr gab es zu wenig Wasser, und Kokosnußpalmen würden in einer Seehöhe von über dreihundert Metern keine Früchte tragen. Die Farm war eines der beliebtesten Schaustücke der Schule, aber bei den Zöglingen erfreute sie sich nur geringer Popularität, und da die Farmarbeit nicht obligatorisch war, hatte Morgan in der Tat nur zwei Jungen und ein Mädchen dazu überreden können, ihm zu helfen. Seine leidenschaftliche Propaganda für die landwirtschaftliche Arbeit begegnete keinem nennenswerten Interesse und wurde sogar von Duffield durchkreuzt, der jede derartige Neigung, die ihm zu Ohren kam, entmutigte.

Morgan wußte eine Menge über Bodenbau und konnte darüber unermüdlich sprechen. Die Geschichte der Panamakrankheit hatte er Douglas mindestens dreimal erzählt, ohne ihm auch nur ein einziges Mal die detaillierte Statistik des Schadens zu ersparen, die dieses Übel der Bananenpflanzung zufügte. Und ebenso unerschöpflich konnte er über Gegenstände reden, über die er nicht so gründlich Bescheid wußte; wurden seine übrigen Zuhörer der Sache müde und verdufteten, so begnügte er sich damit, das Thema vor seiner Frau zu Ende zu spinnen. Auch Mrs. Morgan hatte einen kleinen Einschuß von afrikanischem Blut. Es hieß, sie wäre erst zweiunddreißig Jahre alt, aber sie sah aus wie fünfundvierzig, hatte ein gerötetes, pockennarbiges Gesicht und eine freundliche Seele, die sich hinter Fettwülsten verbarg. Ihrer Ansicht nach war ihr Mann ein glänzender Denker und Redner, der eigentlich in die Politik gehörte, und sie war ihm eine brave Frau, obwohl ihre Vorliebe für Rum ihn ärgerte und zuweilen beschämte. So hatte er ein System entwickelt, ihr das Getränk in Rationen zuzuteilen, aber ihr Aussehen gab Anlaß zu dem Verdacht, daß sie Mittel und Wege gefunden hatte, die Einschränkung zu umgehen. Morgan selbst war entschiedener Abstinenzler.

«Wie ich schon bemerkte», äußerte Duffield jetzt über den Tisch herüber zu Douglas, «kann ich es mir einfach nicht leisten, meinen freien Tag einzuhalten. Zuviel lastet auf mir. Wenn Sie mich fragen, dann ist es höchste Zeit, daß Pawley ein paar neue Lehrkräfte einstellt. Wir haben einfach zuviel auf den Schultern.» Das «wir» schloß Douglas freundlich ein, aber nicht die Morgans, die mutmaßlich eher zur Belastung zählten. Duffield wischte sich noch einmal umständlich den Mund mit der Serviette, dann sagte er: «Na, nun muß ich mich wohl auf den Weg machen. Ich habe jetzt gleich eine Mathematikstunde.» Damit stand er auf und entschwand.

Douglas erkundigte sich bei Mrs. Morgan nach den beiden Überlebenden der Katastrophe.

«Es ist das reine Wunder», sagte Mrs. Morgan in ihrem jamaicanischen Akzent, der seltsam an das Walisische anklang. «Wirklich! Man möchte gar nicht erraten, was die hinter sich haben. Ich bring das Mädchen kaum dazu, daß sie im Bett bleibt. Froh werd ich sein, wenn der Doktor heute morgen kommt und ihr ein bißchen Verstand predigt.»

«Der menschliche Körper ist eine erstaunliche Sache», verkündete Morgan lehrhaft. «Ich bedaure nur, daß ich gestern nicht mit Ihnen war, Lockwood. Hätte gern genaue Einzelheiten festgestellt und darüber ein paar Zeilen für den ‹Gleaner› geschrieben. Aber ich hab es zu spät erfahren – war wohl in der kritischen Zeit in einem der Schuppen unserer Farm.»

«Einzelheiten waren da wohl nicht festzustellen», meinte Douglas.

«Ich hätte es mir trotzdem gern angesehen. Ich könnte ja auch noch heute früh hinaufgehen, aber jetzt schickt wohl der Gleaner schon seine eigenen Reporter hin ...»

«Gewiß wären sie trotzdem für alles dankbar, was du ihnen darüber schreiben möchtest», bemerkte Mrs. Morgan. «Du weißt, daß der Redakteur große Stücke von dir hält. Er hat mir selbst gesagt, es wäre ein Jammer, daß du nicht Journalist geworden bist.»

«Ich kann ihnen ja ein ‹Eingesandt› schicken», gewährte Morgan. «Aber ein Artikel kommt nicht in Frage. Ich möchte nicht aus einem tragischen Vorfall wie diesem Gewinn ziehen.»

«Nun, es war ja doch nicht deine Schuld», erwähnte Mrs. Morgan.

«Darauf kommt es nicht an», fiel er ihr ungeduldig ins Wort. «Sie verstehen doch, wie ich es meine, Lockwood? Ich bin höchstens daran interessiert, eine Analyse des Vorfalls zu liefern. Immerhin möglich, daß sich daraus bedeutsame Schlüsse ziehen lassen. Ich weiß nicht, ob Ihnen das schon aufgefallen ist, aber auch alle früheren Abstürze in Jamaica sind ausnahmslos wenige Minuten nach dem Start passiert ...»

Er schickte sich an, alle Katastrophen der Reihe nach durchzugehen, die in Jamaica vorgefallen waren, seit der Flugplatz anno neunzehnhundertundsoundsoviel in Betrieb genommen worden war. Douglas hatte nicht das Herz zu bemerken, daß ein Flugzeug, Jamaicas geringen Umfang in Rechnung gestellt, kaum mehr die Chance hatte, auf die Insel zu stürzen, wenn es nicht gleich in den ersten paar Minuten herunterfiel. Morgans gewichtige Analyse langweilte ihn fürchterlich. Bald erhob er sich. Morgan redete unbeirrt weiter, und so mußte Douglas aus Höflichkeit noch eine Minute stehenbleiben und zuhören. Dann gelang ihm die Flucht, und er überließ es Mrs. Morgan, sich allein aus dem Katalog ihres Gatten über alle Absturzmöglichkeiten informieren zu lassen, mit denen ein Flugzeug zu rechnen hatte.

Das Haus war erst vor zwei Jahren Schule geworden. Erbaut war es gegen Ende des achtzehnten Jahrhunderts, und nach einer Tradition, an der zu zweifeln kein Grund vorlag, hatte Nelson persönlich oft in seinem Garten gesessen, hatte als Gast des Hauses den Weitblick auf den Hafen und seine darin vor Anker liegende Flotte genossen; hatte sogar mit Hilfe eines starken Teleskops Signale von den Kommandeuren der einzelnen Schiffe empfangen. Damals war das Haus Hauptgebäude einer großen Kaffeepflanzung gewesen, Heim englischer Sklavenhalter. Das Gut hatte ein Jahrhundert lang geblüht, ja, noch länger, bis kurz nach dem Ersten Weltkrieg. Dann war das Geschäft schlecht geworden, die Pflanzung wurde aufgelassen, und die englische Familie zog fort. Das Hauptgebäude wurde als Gasthaus weitergeführt, da jedoch keine Straße näher als auf drei oder vier Kilometer herankam, mußten die Gäste auf Pferden oder Maultieren herreiten. Die meisten Leute aber, die sich solche Urlaubsfreuden und Erholungen leisten konnten, bevorzugten neuerdings Plätze, an denen sie mit ihren Wagen bis zur Tür fahren konnten. Nach ein paar Jahren war das Gasthaus eingegangen, und den ganzen Zweiten Weltkrieg hindurch blieb das Gebäude unbewohnt, von einem alten Neger abgesehen, der als Hausmeister in der Küche wohnte. Dann hatten Pawley und seine Frau es für ihre Schule gewählt. Sie hatten es für ein Butterbrot gekauft, aber eine Menge Geld aufwenden müssen, um die Straße bis hier herauf zu führen. Dieses Geld war von Mrs. Pawleys Vater ererbt, der es mit Zucker verdient hatte, und sie schienen nicht sehr darauf zu sehen, außer bei der Bemessung der Lehrergehälter; übrigens war die Schule ein Verlustgeschäft. Douglas hatte manchmal den Eindruck, daß Pawley seine Freude daran verlieren würde, wenn sie Geld einbrächte. Sie konnte dann nicht mehr als bündiger Beweis für seine uneigennützige Kinderliebe angesehen werden.

Pawley legte Wert darauf, daß seine Schule fortschrittlich genannt werde, aber die radikal reformistischen pädagogischen Methoden erschöpften sich in schüchternen halben Maßnahmen. Als Lehrer wußte man nie recht, woran man war – in welchem Augenblick die sanft leitende Hand zum eisernen Griff der Autorität zu werden hatte. Vermutlich wußte es Pawley selber nicht – aber wenn man ihm Gerechtigkeit widerfahren lassen wollte, so hatte er auch wenig Chancen, eine wirklich moderne Schule mit dem Lehrerpersonal zu betreiben, das ihm zu Gebote stand. Auch Douglas hatte er engagiert, und zwar offenbar gern, ohne ihn persönlich gesehen zu haben, und in voller Kenntnis der Tatsache, daß Douglas in seinem

Leben noch nie versucht hatte, einem Kind irgend etwas beizubringen. Der einzige andere Bewerber um die Stellung, der sich bei der Londoner Lehrervermittlungsagentur gemeldet hatte, war ein sauberes kleines Männchen mit einer Nelke im Knopfloch; doch hatte der frühere Chef, der Direktor einer Knabenvorschule, jegliche Referenz verweigert. Duffield und die Morgans waren von einem Halbdutzend von Lehrern, die in den zwei Jahren seit der Schulgründung gekommen und wieder verschwunden waren, übriggeblieben. Der Mangel an brauchbaren Lehrkräften in Jamaica und Pawleys Gehaltsangebote, die wohl kaum ihren Namen verdienten, machten es schwer, Ersatz zu schaffen. Gegen den Lehrermangel war einfach nichts zu tun. Die Gehälter hätte man erhöhen können, wenn auch nicht aus den Einnahmen, so doch aus Mrs. Pawleys umfänglicher Mitgift. Pawley motivierte aber den niedrigen Gehaltssatz als Prüfstein des Idealismus.

Douglas hatte Englisch und Französisch zu lehren und war überdies mit der Führung der Bücherei betraut. Die Bibliothek war der beste Raum im Haupthaus. An den Wänden standen Mahagoniregale, in einem Winkel gab es einen mächtigen Kamin, den der erste englische Kaffeepflanzer in einer Anwandlung von Heimweh im englischen Landhausstil hatte setzen lassen. Am gegenüberliegenden Ende hatte Douglas seinen Tisch. Hier saß er, wenn er nicht gerade unterrichtete, stets den Kindern erreichbar, die ihn wegen ihrer Aufgaben zu Rat ziehen wollten. Mehr als zwei oder drei Unterrichtsstunden täglich gab es nicht. Die übrige Zeit verbrachten sie damit, sich selbst mit den Aufgaben zu beschäftigen, die ihnen wöchentlich zugeteilt wurden.

Ein ganzer Stoß Hefte lag in Douglas' Fach, als er sich an diesem Morgen an seinen Tisch setzte – französische Stilübungen und englische Aufsätze. Die Aufsätze mochte er gern, die Stilübungen verabscheute er, und, nach den Arbeitsergebnissen zu schließen, fühlten die Kinder genau wie er. So machte er sich zunächst an die Stilübungen.

Kurz nach neun wurde an die Tür geklopft. Er erriet, daß es Rosemary war. Rosemary war nämlich die einzige, die nicht vergaß anzuklopfen, wenn sie in die Bibliothek kam. Sie war eine Engländerin von elf Jahren.

«Können Sie mir ein bißchen helfen, bitte, Mr. Lockwood?»
Sie setzte sich zu ihm an den Tisch.

«Wo fehlt's denn?»

«Ich bring das nicht zusammen.» Sie klappte ein Schulheft auf und schob es ihm ein wenig geringschätzig hin. Er begriff sofort, was die Geringschätzung bedeutete. Es handelte sich um Mathematik.

«Diese Aufgabe habt ihr doch von Mr. Duffield bekommen?» fragte er.

«Ja.»

«Dann mußt du damit zu ihm gehen.»

Sie schwieg einen Augenblick. Nun wandte sie ein: «Sie sind aber doch mein Tutor.»

«Das besagt nur, daß ich mich im allgemeinen um dich kümmern muß. Es bezieht sich nicht auf Aufgaben, die dir ein anderer Lehrer stellt.»

«Mr. Duffield hat gerade in einer anderen Klasse Unterricht.»

«Dann könntest du ja nach Schluß der Stunde zu ihm gehen.»

«Ich möchte aber meine Mathematikaufgabe fertig haben.» Sie zögerte, dann sagte sie nervös: «Ich habe Mr. Duffield nämlich schon gefragt, wie ich das machen soll. Hab aber wieder vergessen, was er sagte. Er würde wild werden, wenn ich ihn noch einmal fragte.»

Die meisten Kinder waren von Duffield eingeschüchtert, und Rosemary war ein besonders nervöser Typ. Das rührte davon her, daß ihre Eltern allzusehr an ihr hingen. Bis zum vergangenen Jahr war sie zu Hause aufgewachsen, ganz der Verhätschelung preisgegeben, und dann erst war sie hierher gekommen. Zu Hause hatte man nun versucht, dem Mangel an Schuldisziplin durch einen eisernen Stundenplan zu begegnen, hatte ihr überhaupt keine Freizeit gewährt. Der Vater war einmal zum Wochenende heraufgekommen und hatte Douglas verstehen lassen, was dieses Kind durchgemacht haben mußte. Um ihm zu zeigen, wie sehr er auf die Erziehung seiner Tochter bedacht gewesen sei, hatte er Douglas etwas vorgeführt. Douglas zählte zwölf «Tu-das-nicht» in weniger als fünf Minuten. «Rosemary, lauf nicht Mr. Lockwood vor die Füße! Halte deine Schultern gerade und trapple nicht so laut, Rosemary. Liebste Rosemary, hör auf, herumzuwetzen.» Er war offenbar närrisch in sie verliebt. Er sagte Douglas offen, daß das Kind bei ihm an erster Stelle stehe, dann erst käme seine Frau. Das war ein Glück für seine Frau, aber Pech für Rosemary.

«Na also, wo hapert's denn?»

«Division von Pfunden, Schillingen und Pence durch Pfunde, Schillinge und Pence.»

Er mußte sich selber ein wenig plagen, bevor er sich genau erinnerte, wie man das zuwege brachte, ohne alles auf Pence zurückzuführen. Er zeigte es ihr, dann sagte er:

«Verrate aber Mr. Duffield nicht, daß du mich gefragt hast, sonst bekommen wir beide Unannehmlichkeiten.»

«Nein, bestimmt nicht.» Sie warf einen Blick auf den Stoß Hefte. «Haben Sie meinen Aufsatz schon gelesen, Mr. Lockwood?»

«Ja.» Es war eine Arbeit aus der vorigen Woche.

«War er einigermaßen gut?»

«Nicht schlecht.» Er fischte das Heft aus dem Stoß heraus. Es war ein Aufsatz über Weihnachten. Er schob ihn ihr hin und sagte: «Lies mir die ersten paar Sätze vor.»

Sie begann vorzulesen: «Am Heiligen Abend ging Ann zum Haus ihrer Freundin Joan, um ein Geschenk abzuliefern. Der Schnee lag wie ein weißes Leintuch über die Erde gebreitet, und der Teich war ein einziger Spiegel aus Eis. Ann ...»

«Halt! Bist du schon jemals irgendwo außerhalb von Jamaica gewesen, Rosemary?»

«Papa hat mich einmal zu den Kaiman-Inseln mitgenommen.»

«Ich glaube kaum, daß du dort Schnee und Eis gesehen hast. Hast du so etwas überhaupt schon jemals zu sehen bekommen?» Das Seltsame war, daß die Hälfte der Kinder, die diesen Weihnachtsaufsatz schrieben, weiße Weihnachten darstellten mit all den Weihnachtssinnbildern eines nordischen Klimas.

«Eis habe ich im Kühlschrank gesehen.»

«Hättest du dieses Eis als Spiegel benützen können, beim Frisieren zum Beispiel?»

Sie überlegte einen Augenblick. «Nein, wohl nicht.»

«Ich habe mein Bild auch noch nie im Eis eines Teiches gespiegelt gesehen», bemerkte Douglas. «Im allgemeinen kann man annehmen, daß auch das Eis mit Schnee bedeckt ist, wenn ringsherum

Schnee auf dem Boden liegt. Ich habe den Eindruck, daß du den Ausdruck ‹ein Spiegel aus Eis› irgendwo aufgeschnappt hast und nun gebrauchst, ohne dir dabei etwas vorzustellen. Und aus dem gleichen Grund mag ich auch deine Beschreibung des Schnees nicht wirklich. ‹Wie ein Leintuch›. Das ist eine angelesene Phrase. Lies mir weiter vor. Hier unten.»

«Als Ann Joans Schlafzimmer betrat, versteckte Joan ihre Näharbeit verschämt hinter dem Rücken. Sie wollte nicht, daß Ann wüßte, wie arm sie war, und daß sie den Heiligen Abend damit verbringen mußte, ihre Kleider zu stopfen.»

«Da hast du gleich ein Gegenbeispiel. Da merkt man sofort, daß du weißt, was du niederschreibst. Hier zeigst du, daß du wirklich verstehst, wie arme Leute manchmal empfinden. Ich möchte, daß du den ganzen Aufsatz noch einmal durchgehst und versuchst, alle diese Phrasen wie ‹Spiegel aus Eis› und ‹Leintuch› selbst anzustreichen, alle, die nicht wirklich von dir selbst sind. Und dann versuche sie durch etwas Eigenes zu ersetzen.»

«Danke, Mr. Lockwood.» Sie schob das Heft in ihre Mappe. Sagte: «Mr. Lockwood ...» Dann errötete sie und blieb stecken.

«Nun?»

«Ich ... ich wollte nur fragen, ob ich nicht in einen anderen Schlafraum versetzt werden könnte.»

«Ach du meine Güte, warum denn das?» Und da sie zögerte, fragte er weiter: «Soll ich raten? Du kommst nicht mit Silvia aus.»

Sie nickte. «Ich halte es nicht aus mit ihr.»

«Hat sie dir denn etwas getan?»

«Sie hat mich nicht gehauen oder so etwas. Aber sie ist immer so frech und will alle kommandieren. Ich verstehe nicht, warum sie sich das herausnimmt. Sie ist auch erst zwölf Jahre alt.»

«Und die andern setzen sich nicht zur Wehr, wenn sie herumkommandiert werden?»

«Doch, aber da ist einfach nichts zu wollen.» Sie zögerte. «Niemand mag sie wirklich, aber einige tun so, als ob sie sie gern hätten, bloß weil sie Angst vor ihr haben. Einmal hat sie gesagt, jede von uns sollte zum Zeichen, daß wir sie gern haben, die Hand aufheben. Wir alle haben es getan mit Ausnahme von einer.»

«Na, und was hat sie dazu gesagt?»

«Sie hat der, die nicht wollte, drei Zuckerln versprochen, wenn sie es doch tut. Und da hat sie es getan.»

«Schade, daß nur eine einzige es getan hat.»

«Keine von uns darf den Mund auftun, wenn sie reden will. Und immer protzt sie. Ich glaube ihr nicht die Hälfte von allem, was sie vorbringt. Und sie sagt, es macht ihr gar nichts, wenn sie hier hinausgeschmissen wird, so wie es ihr in ihrer vorigen Schule passiert ist.»

«Wenn wir es dazu bringen, daß sie sich hier glücklich fühlt, dann wird sie auch nichts mehr tun wollen, wofür sie ausgeschlossen wird.»

In Rosemary regten sich Zweifel.

«Ich weiß nicht, wozu es gut ist, daß sie sich glücklich fühlt, wenn sie uns allen den Spaß verdirbt.»

«Sie würde nicht andern den Spaß verderben, wenn sie wirklich selbst glücklich wäre.»

«Ich glaube nicht, daß sie eine Person ist, die sich jemals glücklich fühlen könnte», erklärte Rosemary altklug. «Jedenfalls wäre ich lieber in einem Schlafzimmer, in dem ich die andern gut leiden mag.»

Douglas verkündete: «Es wäre überhaupt schrecklich nett, wenn wir alle in einer Welt leben könnten, in der lauter Leute sind, die wir gern mögen. Unglücklicherweise stoßen wir immer auf solche, die wir nicht mögen. Wenn wir unseren Seelenfrieden haben wollen, müssen wir unser Bestes versuchen und die andern ertragen. Wahrscheinlich haben sie irgendwo auch ihre guten Seiten, nur müssen wir die Geduld aufbringen, sie zu bemerken. Es wäre mir lieb, wenn du es noch ein bißchen länger in Silvias Schlafraum aushieltest. Eine muß es ja schließlich tun. Wir können sie ja nicht dauernd allein in einem Zimmer haben.»

Es war ihm widerwärtig, solche Predigten zu halten. Er wußte nur zu gut, wie ihm zumute sein würde, wenn er mit Duffield und Morgan ein gemeinsames Schlafzimmer haben sollte, aber es blieb ihm eben nichts anderes übrig, als Trostworte zu sagen. Rosemary sah niedergeschlagen aus und sagte: «Schön, Mr. Lockwood, ich will versuchen, etwas Nettes an ihr zu finden, wenn es möglich ist.»

Nachdem Rosemary gegangen war, dachte er darüber nach, was

mit Silvia anzufangen wäre, und er saß noch so da, als Mrs. Pawley in die Bibliothek kam.

«Hallo, Douglas», sagte sie, «mein Mann meinte, ob Sie wohl für einen Moment zu ihm hinunterkommen könnten?»

Mrs. Pawleys Hunde waren mit ihr in das Zimmer gekommen. Es waren zwei große, schlecht erzogene Hühnerhunde. Überallhin folgten sie ihr oder trieben sich in ihrer Nähe herum, wo immer sie sich auf dem Gelände der Schule zeigte. Douglas mochte nicht, daß sie in die Bibliothek kamen, denn sie waren imstande, Stühle umzuwerfen, mit den Schnauzen Tabletts von seinem Tisch hinunterzustoßen und sogar in ihrer zutraulichen, freudig wedelnden Manier Bücher aus den Regalen zu zerren. Von Hunden wurde angenommen, daß sie die Art ihrer Besitzer nachahmten oder umgekehrt, aber Mrs. Pawley hatte mit ihren schwarzgefleckten Hühnerhunden nichts gemeinsam, schon gar nicht die schwarzen Flecken. Obwohl sie Jamaicanerin war, geboren in Jamaica, war sie durch und durch englisch, manchmal ein wenig zu sehr.

Sie zählte fünfunddreißig Jahre. Sie gab viel auf ihr Äußeres, und das matte Blond ihres Haares war ein klein wenig verdächtig. Allgemeiner Eindruck: eine unbefriedigte Frau. Wie so viele Frauen in den Kolonien hatte sie schreckliche Sehnsucht nach England, und obwohl sie der deutlich herausgestellten Überzeugung ihres Mannes, die Neger hätten gleiche Menschenrechte zu beanspruchen, Lippendienst leistete, verachtete sie doch insgeheim alles Koloniale. Von Anfang an hatte sie es darauf angelegt, sich Douglas angenehm zu machen, vermutlich weil er aus England kam und ohne provinziellen Akzent sprach. Immer rief sie ihn bei seinem Taufnamen, eine Gunst, die sonst nur Duffield vorbehalten blieb.

«Ich weiß nicht, worum es sich handelt», sagte sie. Ihr Gehabe war auf eine neurotische Weise betont ungezwungen.

«Ich gehe gleich hinunter», erwiderte er.

Die Hunde tobten in der Bibliothek herum, zu jeglichem Spaß bereit. Mrs. Pawley rief sie herrisch an. «Hierher, Rex! Hierher, Queenie!» Mit ungewohnter Folgsamkeit schoben sie ab.

Mrs. Pawley begleitete Douglas in den Garten hinaus. Sie trug marineblaue Hosen. Sie war nicht sehr groß und hatte eine ungeduldige Art, sich im Gehen zu wiegen.

«Tut mir leid, Douglas, daß Sie gestern so etwas Schlimmes erlebt haben.» Auch ihre Stimme klang ungeduldig, als ob sie die Sache, von der sie sprach, kaum etwas anginge. «Weiß wirklich nicht, warum das Ding gerade hier herunterpurzeln mußte. Mein Mann schreibt Brief um Brief und verlangt, daß sie nicht gerade über die Schule wegfliegen. Wenn sie von seinen Briefen Kenntnis nähmen, wäre das Unglück vielleicht gar nicht passiert.»

«Vielleicht nicht.» Ihre Argumente waren niemals sehr logisch, aber es lohnte nicht, ihr zu widersprechen.

Sie schlenderten durch den Garten, zwischen sich spreizenden Büschen von Japanstaude und weißer und purpurfarbener Bougainvillea hin. Die kleinen orangefarbenen Blüten des Japanstrauches zogen Kolibris an; die Vögelchen schwebten darüber, die Flügel kaum sichtbar in der Geschwindigkeit ihrer Vibration, die Federn strahlend grün in der Sonne.

Mrs. Pawley pflückte ungeduldig im Vorbeigehen eine rote Bougainvillea.

«Nebenbei bemerkt, haben Sie vorgestern abend die Blumen in Ihrem Zimmer gefunden?»

«Als ich aus Kingston zurückkam? Ja, aber ich wußte nicht, von wem sie waren.»

«Ich habe meinem Mädchen gesagt, sie sollte ein paar im Garten schneiden. Dachte, sie würden Ihnen Freude machen. Es ist ein bißchen trist, nach einem Tag in der Stadt, so in den Bungalow zurückzukommen.»

«Tatsächlich komme ich immer gern zurück», erwiderte er. «Es ist jetzt viel zu heiß in Kingston.»

Sie kratzte mit ihren Nägeln an einem Baumstrunk.

«Ich nehme an, Sie beginnen in Kingston Bekanntschaften zu machen, wie?»

«Ich kenne keine Menschenseele dort.»

«Wirklich? Wie sonderbar.» Sie lachte kurz auf. «Und ich habe mir vorgestellt, Sie unterhielten sich prächtig da unten. Sie müssen es hier oben trostlos öde finden, nach London.»

«Nicht im entferntesten.»

«Natürlich tun Sie es. Vor mir brauchen Sie keine Höflichkeit zu äußern. Selbstverständlich finden Sie uns hoffnungslos primitiv.»

Er protestierte, aber sie gab nicht nach. «Wir sind es ja, tut mir leid. Mein Mann ist es auf jeden Fall. Als ich ihn kennenlernte, war ich jahrelang in London gewesen. Ich hatte nur bis zu meinem fünften Lebensjahr in Jamaica gelebt, verstehen Sie?»

«Ich weiß.» Sie hatte Wert darauf gelegt, ihm das schon zwei- oder dreimal zu sagen.

«Ich hätte es mir nicht träumen lassen, daß ich eines Tages als Schulmeistersfrau hierher zurückkehren würde.»

«Doch wenigstens nicht als Schulmeisterin», bemerkte er. Sie hatte angeblich eine gewisse Oberaufsicht über die Mädchen und sollte mit Mrs. Morgan die Küche überwachen, aber sie hielt keine Unterrichtsstunden.

«Also das trauen Sie mir nicht zu?» Sie warf ihm einen hastigen Blick zu, dann aber wandte sie sich, als wollte sie ihm zeigen, wie wenig ihr an der Antwort läge, zur Seite und rief ihre Hunde. «Rex! Queenie! Hierher!» Und wieder zu ihm gewandt, bemerkte sie kurz: «Mein Mann wird auf Sie warten. Ich will Sie nicht aufhalten.»

Er trennte sich von ihr und ging den Hang hinab zu Pawleys Bungalow, der zwei- oder dreihundert Meter unter dem Haupthaus lag. Er war ein klein wenig scheu wegen dieser Berufung zum Chef. Vor zwei oder drei Tagen, als er seinen freien Tag in Kensington verbracht hatte, war er in der Bar des Myrtle Bank mit einem Mann ins Gespräch gekommen, der sechshundert Hektar Zucker, Bananen und Kokosnußpalmen in St. Thomas besaß. Ein ziemlich lauter Bursche, der seinem Gegenüber gern auf die Schulter klopfte und die paar Tropfen Negerblut, die in seinen Adern flossen, damit überkompensierte, daß er immerfort «wir Weißen» sagte und mit seinem Reichtum aufprotzte; trotzdem hatte Douglas ihn ganz amüsant gefunden. Er war zum Abendessen mit ihm beisammen geblieben und hatte sich von ihm nachher bereden lassen, ein Nachtlokal aufzusuchen. «Der gläserne Eimer» hatte die Butike geheißen. Sein neuer Bekannter hatte mit den Mädchen dort auf vertrautem Fuß gestanden, und sie hatten bis elf getanzt. Dann hatte Douglas erklärt, er müsse gehen. Er fuhr den Dienstwagen der Schule, und so erklärte er sich bereit, den Mann, wohin er nur wollte, zu bringen. Als sie einstiegen, sagte sein neuer Bekannter:

«Sie sind doch kein Spaßverderber, was? Ich meine, Sie sehen sich gern ein bißchen was vom Leben an?» Er sprach den Jamaicaner Akzent, der so seltsam an das Walisische anklang.

Douglas lachte. «Mein Gott, gewiß, aber jetzt muß ich wohl heim.»

«Warum wollen Sie nicht noch eine Stunde draufgeben? Ich kenne eine Menge Häuser.»

«Ich sollte schon längst zu Hause sein, seit Stunden. Aber ich bringe Sie, wohin Sie wollen.»

«Schön, Mann, also die nächste Ecke rechts.»

Sie bogen in eine Straße voll kleiner Bungalows mit Vorgärtchen ein, die an das ärmliche Viertel eines englischen Badeortes erinnerte. Zwei halbblütige Mädchen in Kattunkleidern lehnten sich irgendwo übers Gartengitter. Erwartungsvoll blickten sie herüber, als der Dienstwagen hielt. Douglas' neuer Bekannter sagte gute Nacht und trat durch die Gittertür, an der sie ihn mit ihrem Berufslächeln begrüßten.

Nachher kam Douglas zu Bewußtsein, daß es sehr unbedachtsam gewesen war, den Mann im Schulwagen zu einem Bordell zu fahren; auch das Tanzen in dem Nachtlokal war nicht eigentlich, was man in Jamaica von einem Schullehrer erwartete. Einige von den Mädchen, die jener Mann an den Tisch gebracht hatte, waren nicht gerade von der Sorte, mit der man Tennis spielt. Möglicherweise war er gesehen oder es war darüber geredet worden, und womöglich hatte jemand Pawley geschrieben und gedroht, er werde sein Kind aus der Schule nehmen, wenn ein Lehrer nicht sofort entlassen werde, der sich in skandalösen Nachtklubs und Bordellen herumtrieb. Skandal kam in Jamaica rasch herum. Nun, immerhin, Douglas nahm selber nicht an, daß er seine Laufbahn als Lehrer beenden werde, und es war auch nicht so, daß er fürs liebe Brot an seiner Stellung hing. Er konnte sich auch einmal ein oder zwei Jahre herumtreiben, bevor er sich wieder an eine ernsthafte Arbeit machte.

Als er die Stufen der Veranda hinanstieg, bemerkte er, daß die französischen Fenster von Pawleys Arbeitszimmer offenstanden. Er klopfte an das Glas und trat ein. Pawley saß an seinem Schreibtisch. Er schrieb einen Augenblick weiter, dann blickte er auf, als ob er Douglas erst jetzt bemerkte.

«Ach, Lockwood! Haben Sie meine Bestellung bekommen?» Er glotzte ihn funkelnd durch seine Hornbrille an und deutete auf einen Stuhl. «Ich fürchte, Sie werden ihn etwas gebrechlich finden, aber Sie brauchen nicht wirklich Angst zu haben, daß er unter Ihnen zusammenbricht. Wenn Sie aber kein Zutrauen zu ihm haben, hebe ich Ihnen den da hier hinüber.»

Pawley eröffnete seine Gespräche immer mit solchem Geschwätz – wahrscheinlich hatte er irgendwo gelesen, daß man Leute so dazu bringen konnte, sich gemütlich zu fühlen. Sein Gerede war kein Beweis, daß er nicht doch über das Bordell sprechen wollte, aber gleich darauf ergab sich, daß es nicht darum ging – Silvia war es, über die er reden wollte.

Bei Pawley wurde man nie das Gefühl los, daß bei ihm irgend etwas fehlte – wie der Gin bei einem Cocktail oder Maggi bei der Suppe. Vermutlich empfand Pawley das selbst, und aus diesem Grund trug er wohl einen Bart. Irgendwie schien er zu hoffen, daß der Bart das Fehlende ersetzen würde.

Gewiß war dieser Bart das Eindrucksvollste an seiner Erscheinung, aber auch so verschaffte er ihm nicht wirklich ein einprägsames und gebieterisches Aussehen. Er war ein ziemlich großer Mensch mit einem schlaffen, schlaksigen Körper, an dem der schlechtsitzende Tropenanzug herabhing. Er hatte kräftige Knochen und eine fahle Hautfarbe. Sein Gesicht paßte irgendwie nicht ganz zu dem Bart, und wenn man diese Inkongruenz empfunden und sich ihn bartlos vorgestellt hatte, so wurde man ein gewisses Unbehagen nicht los wie bei einer Frau, deren Haar unpassend gefärbt ist. Man fühlte sich bei ihm nicht recht sicher. Etwas Fischiges war an der Art, wie er hinter den horngeränderten Gläsern hervorglotzte.

«Wollen Sie es also riskieren?» fragte er. Er kam noch immer nicht von dem Stuhl los.

«Alles in Ordnung», sagte Douglas und setzte sich. Es war überhaupt nichts an dem Stuhl zu beanstanden.

«Nun, Sie haben es auf Ihre Kappe genommen. Sie sind gewarnt, und wenn's zum Schlimmsten kommt, so dürfen Sie sich nicht auf mich ausreden.» Er lehnte sich zurück und legte die Spitzen seiner knochigen Finger gegeneinander. Seine Augen sahen hinter den Linsen formlos und unbestimmt aus. «Ich nehme an, daß Sie arg auf mich böse sind, wie?»

«Warum?» fragte Douglas. Pawley liebte diese Art, auf verdeckten Umwegen zum Thema zu kommen.

«Weil ich Ihnen eine solche Menge Ärgerlichkeiten auf den Hals geladen habe. So, jetzt wissen Sie, was ich meine.» Die Brille funkelte. «Ich denke, es ist an der Zeit, daß wir einmal ein wenig über sie sprechen – ich bin in letzter Zeit nicht recht dazu gekommen, sie im Auge zu behalten. All das Zeug hier, Sie können sich vorstellen, daß es einem über den Kopf wächst.» Mit einem Märtyrerlächeln deutete er auf die Papiere, die auf seinem Schreibtisch herumlagen. «Wahrscheinlich stellen Sie sich vor, daß ich hier sitze und die Daumen drehe, nicht wahr? Ich wollte, ich könnte Ihnen eine Vorstellung davon verschaffen, was für eine Unmenge Geschreibsel notwendig ist, um ein Haus wie dieses in Betrieb zu halten.»

«Ich würde die Hälfte davon im Austausch für Silvia auf mich nehmen», bemerkte Douglas.

«Klingt ominös», sagte Pawley. «Hoffentlich sind Sie nicht auch zu der Überzeugung gekommen, daß es unvorsichtig von uns war, sie aufzunehmen.»

«Ich bin noch nicht ganz entschieden.» Silvia war erst seit vierzehn Tagen in der Blue Mountain School. Sie war mitten während des Jahres hergekommen, nachdem man sie wegen unverbesserlich schlechten Betragens aus der vorigen Schule gejagt hatte. Pawley hatte sie angenommen, weil er hoffte, etwas bei ihr auszurichten und an diesem Beispiel die Überlegenheit seiner fortschrittlichen Pädagogik zu demonstrieren.

«Etwas höchst Merkwürdiges ist gestern nachmittag passiert», fuhr Pawley fort. «Es geschah, während Sie zu der Unglücksstelle liefen.» Sein Lächeln sah verdächtig vorwurfsvoll aus. «Tatsächlich habe ich sofort nach Ihnen gesucht, aber ich wußte nicht, wo Sie waren.»

«Sehr bedauerlich. Ich hatte keine Zeit, mich bei Ihnen abzumelden. Dachte, es wäre wichtiger, so schnell wie möglich dorthin zu laufen.»

«Vollkommen richtig. Ich finde nichts daran auszusetzen.» Trotzdem gelang es ihm, eine leichte Ungehaltenheit durchblicken zu lassen. Derlei konnte er vortrefflich. «Ich höre, Sie konnten sich nützlich machen.»

«Der Ruhm gebührt Joe. Er hat die Überlebenden zuerst aufgespürt.»

«Fein ... freut mich, das zu hören», sagte Pawley leichthin, offensichtlich an der Katastrophe nicht interessiert. Dann kam er zu seinem sonderbaren Vorfall zurück. «Ich bin keineswegs der Ansicht, daß Ihre Abwesenheit Silvias Verstoß ermutigt hat.»

«Meistens benimmt sie sich am besten, wenn ich weg bin», stellte Douglas fest. «Die Mehrzahl ihrer Missetaten soll wohl hauptsächlich ihre Geringschätzung meiner Autorität als Tutor zum Ausdruck bringen.»

«Offensichtlich hat sie sich Joes Abwesenheit zunutze gemacht. Nachdem er Ihnen nachgelaufen war, gab es niemand mehr, der die Lichtanlage im Auge behielt. So nahm Silvia die Gelegenheit wahr, sich dort einzuschleichen.»

«Um sie kaputt zu machen?»

«Glücklicherweise ließ sie es nicht so weit kommen. Sie gab sich damit zufrieden, Wasser in das Benzin der Reservekanister zu gießen.»

Douglas lachte. «Bin nur froh, daß Sie sie gestellt haben, bevor wir eine Nacht im Finstern sitzen mußten.»

«Wir haben sie ja gar nicht erwischt, das ist gerade das Komische an der Sache.» Er schwieg und strich sich den Bart. Das war so eine seiner Gepflogenheiten, vielsagende Pausen in die Rede einzulegen. Er fand sie besonders effektvoll und gab sich selbst ihrer Wirkung viel zu innig hin, als daß er bemerkt hätte, wie sie andern Leuten auf die Nerven gingen. Dabei glotzte er einen auf eine Weise an, die auf die Folter spannen sollte. Nun nahm er den Faden seiner Rede wieder auf. «Alice ist zu mir gekommen und hat es mir berichtet.» Wieder eine Pause. «Sie finden das doch wohl merkwürdig, nicht?»

«Höchst merkwürdig. Ich hätte Alice viel zu verschüchtert gehalten, als daß sie über irgend jemand Geschichten erzählte. Und am allerwenigsten über Silvia.»

«Stimmt. Genau das war auch mein Gedanke, als sie mit der Geschichte zu mir kam. Ich sah auch sofort, es konnte einem gar nicht entgehen, daß sie in einem Zustand nervöser Erregung war. Natürlich habe ich sie gefragt, warum sie Silvia verklatschte. Ich hatte es gar nicht so leicht, sie zum Sprechen zu bringen.» Jetzt kam der auf die Folter spannende Blick. «Und da hat sie mir gestanden, daß Silvia ihr nicht nur gezeigt hat, was sie angestellt hatte, sondern daß sie sie geradezu gezwungen hat, zu mir zu gehen und sie zu verklatschen.»

«Ich nehme an, Silvia hat ihr befohlen, so zu tun, als handelte sie aus eigenem Antrieb.»

«So ist es», bestätigte Pawley sichtlich enttäuscht, daß Douglas diese Pointe weggefischt hatte. «Und damit hat die Sache beileibe noch nicht ihr Bewenden. Nachdem ich Silvia zur Rede gestellt hatte, ist sie hingegangen und hat Alice vor den andern Kindern schlechtgemacht, weil sie ihren harmlosen Scherz dem Schuldirektor gesagt hätte. Und dann hat sie Alice gestoßen und geschlagen. Es war eine richtige Prügelei. Glücklicherweise haben die anderen Kinder für Alice Partei genommen. So wurde es mir wenigstens später hinterbracht.» Er streckte seine Hände aus und strahlte. «Nun, Lockwood, sie ist Ihrer besonderen Obhut anvertraut. Lassen Sie hören, wie Sie sich zu der Sache einstellen.»

«Ich finde die ganze Geschichte nur typisch. Seit vierzehn Tagen legt sie es darauf an, mich dazu zu bringen, daß ich irgendeine Strafe über sie verhänge, und bisher ist es ihr nicht gelungen. Jetzt hofft sie offenkundig, bei Ihnen eher zum Ziel zu kommen. Sie haben sie doch nicht bestraft?»

«Aber mein Bester!» Er sah geradezu gekränkt aus. Dann aber entschloß er sich, die Sache ins Scherzhafte zu ziehen, und lächelte. «Natürlich habe ich ihr tausend Zeilen zum Abschreiben aufgegeben, bis zum Abendessen.» Für den Fall, daß Douglas das ernst nähme, fügte er hinzu: «Nein, Lockwood, ich habe ihr nur gesagt, daß ich mit Ihnen darüber sprechen würde. Ich habe keine Gelegenheit daraus gemacht, von unseren Prinzipien abzugehen. So leicht lasse ich unseren Rekord nicht brechen.» Der Rekord war, daß in den zwei Jahren, seit die Schule bestand, keine Strafe verhängt worden war.

«Tausend Zeilen hätten ihr einen Heidenspaß gemacht», bemerkte Douglas.

«Wenn ich auch nicht gerade das annehme ...»

«Doch, verlassen Sie sich darauf. Sie lechzt danach, gestraft zu werden.»

«Wenn dem so ist, muß sie sich in ihrer vorigen Schule außerordentlich wohlgefühlt haben. Wie man mir berichtet hat, wurde sie dort ausgeschlossen, weil den Leuten absolut keine Strafe mehr einfiel, die man noch über sie verhängen konnte.» Er scherzte gern über die Barbarei anderer Schulen.

«Ich bezweifle nicht, daß sie eine ganze Menge Befriedigung daraus gezogen hat», versicherte Douglas. «Es gab ihr ein so wohliges, nettes Gefühl, eine Märtyrerin zu sein.» Pawley hätte dieses wohlige Gefühl kennen müssen, wenn er einer solchen Empfindung selbst fähig gewesen wäre.

«Hier werden wir ihr solche Sensationen nicht verschaffen», entschied er. «Sie wird sich gezwungen finden, einen gesünderen Ausblick auf das Leben zu gewinnen.»

«Ich verstehe nur nicht recht, wie man sie kampflos aus ihrem Märtyrerglück herausdrängen soll», meinte Douglas. «Seit sie hier ist, macht sie Überstunden, um uns zu überzeugen, daß sie eine perfekte Rebellin ist. Sie begreift einfach nicht, warum wir nicht endlich die Feindseligkeiten eröffnen. Sie würde es als kolossalen Triumph empfinden, wenn sie es dazu brächte, daß wir die Nerven verlieren und sie bestrafen. Es würde ihrem Stolz gewaltig schmeicheln. Meiner Ansicht nach wird sie, bevor sie den gesünderen Ausblick gewinnt, ihre Anstrengungen als Rebellin verdoppeln und ihr Bestes tun, um die Sache für uns recht unerträglich zu machen.»

Eine Minute lang sah Pawley nachdenklich aus. Er nahm seine Brille ab und begann sie mit dem Taschentuch zu putzen. Seine Augen waren noch sonderbarer, wenn sie der schützenden Brille beraubt waren. Sie waren dann nicht mehr in ihrem Element, wie Fische auf dem Trockenen. Schließlich sagte er:

«Passen Sie auf, Lockwood, ich möchte Ihre aufrichtige Ansicht hören. Finden Sie es unbedacht, daß wir Silvia hier in der Schule behalten? Es wäre nicht allzu schwer, jetzt in diesem frühen Stadium, einfach zu erklären, daß wir mit ihr nicht fertig werden. Wir könnten geltend machen, daß wir eben früher mit ihr hätten beginnen müssen, als sie noch jünger war.»

«Warum sollen wir sie denn nicht hierbehalten?» Das hatte Douglas nicht erwartet.

Pawley schob seine Brille bedächtig an ihren Platz.

«Wir müssen auch auf unseren Ruf bedacht sein. Ein Vorfall wie der gestrige mag uns nicht allzu bedeutsam erscheinen, aber die Eltern können das anders empfinden. Wir zensieren die Briefe der Kinder nicht – es ist Ihnen bekannt, daß gewisse Dinge mir einfach gegen den Strich gehen –, und Alice wird zweifellos nach Hause schreiben und sich darüber beklagen, wie Silvia sie behandelt hat. Dann gibt es ein mächtiges Gerede. Ich möchte auch nicht gerade den Eindruck erwecken, daß wir gewillt sind, ein solches Betragen zu dulden.»

«Wenn wir ein Mädchen aufnehmen, das aus einer anderen Schule hinausgejagt worden ist, müssen wir auch darauf vorbereitet sein, eine ganze Menge zu dulden. Ich war übrigens der Meinung, Duldung wäre ein wesentlicher Faktor Ihres Systems.»

Pawley glotzte schicksalsergeben.

«Sie haben mich da nicht ganz richtig verstanden», dozierte er. «Ich möchte nur klarstellen, daß unsere Methode nicht von Silvia aufs Spiel gesetzt werden darf. Unsere Stellung ist heikel. Das müssen Sie verstehen.»

«In welchem Sinne heikel?»

Pawley spielte mit einem Bleistift und lächelte vage, als ob Douglas von selber hätte verstehen müssen, daß die Lage zu heikel war – zu heikel, als daß es erklärbar gewesen wäre. Dann verkündete er: «Vorläufig müssen wir unser System noch als ein Experiment betrachten. Wir können uns Fehlschläge nicht leisten. Nein, wir können sie uns buchstäblich nicht leisten, Lockwood. Es ist Ihnen doch wohl klar, daß unsere Schule immer noch ein Zuschußunternehmen ist?» Er starrte Douglas an, um sich zu vergewissern, daß dieser es wußte.

«Doch, das ist mir bekannt.»

«Nicht, daß es uns unlieb wäre, Geld in die Sache hineinzustekken», lächelte Pawley hastig. «Wir beide, meine Frau und ich, sind der Ansicht, daß wir Geldfragen überhaupt nicht in Erwägung ziehen dürfen, solange es auf Jamaica noch ein Kind gibt, dem wir helfen können.»

«Und ich hätte gedacht, Silvia wäre dieses eine Kind, dem wir helfen könnten», bemerkte Douglas.

Pawley setzte eine Miene auf, als ob er jetzt mit der vollen Wahrheit herausrücken wollte, und sagte: «Ganz aufrichtig, ich bin enttäuscht, daß sie keine besseren Fortschritte macht.»

«Wie können wir denn erwarten, Fortschritte in vierzehn Tagen zu konstatieren?»

«Sie müssen nicht etwa glauben, daß ich an Ihrer Art, das Kind zu behandeln, etwas auszusetzen habe.» Die Brille funkelte. «Verschleierte oder andere.»

«Ich weiß. Aber meine Ansicht ist es, daß wir von Glück reden können, wenn wir im Laufe dieses Schuljahres irgendwelche Anzeichen einer Besserung gewahren.»

«Empfinden Sie das so?» fragte er.

«Ja. Man zähmt kein Tier über Nacht. Man muß ihm immer wieder den Zucker hinhalten und riskieren, daß man in die Hand gebissen wird, bevor das Tier endlich glaubt, daß man nicht eine Peitsche hinter dem Rücken verborgen hält. Trotzdem bin ich überzeugt, daß wir mit der Zeit etwas bei Silvia erreichen werden.»

Pawley sah drein, als ob ihn diese Zuversicht belustigte. Wieder streckte er seine Hände aus.

«Schön, wenn Sie das Gefühl haben, daß Sie die Geduld aufbringen ...»

«Es geht dabei nicht nur um meine Geduld. Ich halte durch. Ich schau ihr gelassen zu, wenn sie tagtäglich Schulbänke zu Kleinholz zerhackt. Vielleicht ist das eben ihre Art, ihr Gefühlsleben zum Ausdruck zu bringen, und ich brauche die Schulbänke ja nicht zu bezahlen. Aber alles das hat keinen Sinn, wenn Sie sich über die Meinungen der Eltern Gedanken machen.»

«Sie haben eine gewisse Neigung zu übertreiben», beschwichtigte Pawley. «Ich mache mir keine Gedanken – ich halte sie nur auch in meinem Blickfelde.»

«Egal; wenn Sie der Meinung sind, daß Sie eine zu hohe Verantwortung auf sich nehmen, indem Sie Silvia hierbehalten ...»

«Das habe ich ja nicht gesagt.» Pawley lächelte entwaffnend. «Ich habe es nur als möglichen Gegenstand einer Diskussion angenommen. Natürlich höre ich mit Entzücken, daß Sie das Gefühl haben, wir könnten Silvia helfen. Fein, wollen wir also beide unser Bestes tun, ja?»

So ging das immer aus. Pawley brachte etwas aufs Tapet, man entkräftete sein Argument, und dann tat er, als hätte er es nie vorgebracht. Das war das Ärgerliche, er ließ einen fühlen, daß man sein Argument, was ihn betraf, keineswegs entkräftet hätte, er einem aber gestattet habe, nach dem eigenen Kopf zu handeln.

Douglas erhob sich. Pawley tastete nach seiner Tasche und zog Pfeife und Tabakbeutel heraus.

«Apropos, Lockwood –», sagte er. Er stützte seine Ellbogen auf den Tisch, begann die Pfeife zu stopfen und schielte häßlich. Dann blickte er wieder auf. «Setzen Sie sich noch auf eine Minute, ja?»

Douglas setzte sich. Vielleicht hatte man also doch über das Bordell geredet.

Pawley brauchte eine volle Minute, um den Tabak in seine Pfeife zu pressen. Es war eine Pfeife mit einem S-förmigen Halsstück. Mutmaßlich hatte er das Gefühl, auch diese Pfeife gäbe ihm Stil. Charakter, ganz wie der Bart. Jetzt brannte er sie an, blickte über die Flamme des Streichhölzchens hinweg auf Douglas. Dann stieß er eine mächtige Rauchwolke hervor, blies das Streichholz aus und sagte freundlich:

«Machen Sie kein so ernstes Gesicht, alter Freund. Es ist nichts Tragisches. Ich hatte nur das Bedürfnis, Ihnen zu sagen, daß Sie hier prächtige Arbeit leisten.»

So etwas war bei ihm immer faul. Sagte er Nettigkeiten, so wirkten sie wie ein Kniff.

«Danke», erwiderte Douglas.

Pawley rückte sich bequem zurecht.

«Ich habe manchmal nach unseren kleinen Erörterungen das Gefühl, daß Sie finden, ich zügle Sie, lege Ihnen gewissermaßen die Trense an. Tu ich nicht. Ich bringe Sie nur dazu, Ihre Meinung zu sagen.» Er strahlte. Jetzt war er vollends der Zauberkünstler, der seinem Publikum das Geheimnis seiner Tricks verrät. «Das ist meiner Meinung nach der beste Weg, um Sie dazu zu bringen, daß Sie Ihre Ansichten entwickeln und darlegen.»

«Ich fürchte, ich bin geneigt, das ein wenig dogmatisch zu tun», räumte Douglas ein.

«Ich mag es gern, wenn Leute auf ihren Ansichten beharren. Bin auch nicht der Meinung, daß Sie sich Sorgen zu machen brauchen, Sie würden nicht ein guter Lehrer werden. Die Qualität Ihrer Arbeit hat auf mich den denkbar besten Eindruck gemacht.»

Douglas rutschte auf seinem Stuhl herum. Pawley zog, in Betrachtung versunken, an seiner Pfeife, dann fuhr er fort:

«Ich stehe nicht an, Ihnen zu sagen, daß ich zuerst, als ich Ihre Bewerbung in Händen hielt, geteilter Meinung war. Zwei Faktoren sprachen gegen Sie – der Mangel an Praxis und Ihre Scheidung.» Er nahm die Pfeife aus dem Mund. «Sie nehmen es mir doch nicht übel, daß ich offen spreche, wie?»

«Durchaus nicht.»

«Das hatte ich erwartet.» Er tat die Pfeife wieder in den Mund. «Welches immer Ihre Ansichten sein mögen, wir müssen uns darüber klar sein, daß man speziell im Lehrberuf gegen einen geschiedenen Mann ein eindeutiges Vorurteil hegt. Ich brauche wohl nicht zu erwähnen, daß ich selbst großzügiger denke als der Durchschnitt» – er lächelte bescheiden über den gemilderten Ausdruck –, «aber natürlich habe auch ich derlei in Erwägung zu ziehen. Schließlich kann man eine Schule nicht ohne Zöglinge führen. Und Zöglinge bekommt man nicht, wenn man nicht Eltern soviel Vertrauen einflößt, daß sie einem ihre Kinder überlassen.»

«Natürlich nicht.»

«Nun also, ich habe die Sache mit meiner Frau durchgesprochen, und wir haben uns entschlossen, das Risiko auf uns zu nehmen.» Er pausierte, überließ es seinem Gegenüber, die Größe des Risikos zu ermessen. Erst dann setzte er Douglas von dem Ergebnis in Kenntnis. «Nun, ich habe keinen Grund gehabt, meinen Entschluß zu bedauern. Im Gegenteil.»

«Freut mich», sagte Douglas einfältig.

«Ich hielt es nur für richtig, Ihnen das zu sagen. Es ist meine Gepflogenheit, Anerkennung auszusprechen, wo sie verdient wird.» Er beugte sich vor und begann, die Papiere auf dem Tisch glattzustreichen. «Na, das wäre dann alles. Der Stuhl scheint ja Ihr Gewicht ausgehalten zu haben, wie?» Er schielte fröhlich. «Ich hatte es gehofft.»

Er hatte noch zehn Minuten bis zu seiner Französischstunde, also ging er ins Krankenzimmer hinauf. Mrs. Morgan hatte ihre Pflegerinnentracht angezogen und zeigte sich geschäftig. Sie hatte die Ärmel aufgerollt, ihre Arme sahen wie Würste im Kranz aus. Er fragte, ob er die Patientin sehen dürfte.

«Lieber nicht, Mr. Lockwood. Der Doktor ist erst vor einer Viertelstunde weggegangen. Er hat beiden Ruhe verordnet.»

«Aber sie sind doch wohlauf?»

«Doch, obwohl es ein Wunder ist. Wegen Mr. Taylor bin ich trotzdem sehr in Sorge. So heißt nämlich der Herr. Seine Frau und seine Tochter waren mit ihm im Flugzeug.» Ihr pockennarbiges Gesicht wurde vor Traurigkeit schlaff. «Sie waren auf der Heimfahrt nach England nach einem Urlaub. Die Kleine war erst sieben Jahre alt.»

«Wie schrecklich!» bemerkte Douglas.

«Es ist doch wirklich keine Gerechtigkeit in so was, wie? Da fragt man sich, ob es überhaupt eine gibt. Wirklich.»

«Und das Mädchen?»

Mrs. Morgans Miene wurde weniger mitteilsam.

«Sie scheint sich gar keine Sorgen zu machen, ist auch weiter nicht aufgeregt. Benimmt sich, als wäre solch ein Absturz in ihren Augen nur ein Spaß. Sonderbar, nicht? Da möchte man meinen, daß ihr so was nahegeht – schließlich ist die Kameradin, mit der sie sich in die Arbeit teilte, ums Leben gekommen. Ich komme da nicht dahinter. Das geht über meine Begriffe.» Sie sann einen Moment nach, dann sagte sie sanfter: «Na ja, man kann den Leuten ja nie ins Innere sehen, nicht, Mr. Lockwood? Man darf nicht nach dem Augenschein urteilen. Oft sind es die, die lachen – gerade sie empfinden die Dinge am tiefsten.»

Er verschob seine Aussprache mit Silvia auf den Nachmittag. Während seiner Unterrichtsstunde saß sie schweigsam da, setzte ihre geringschätzige Miene auf, mit der sie zum Ausdruck bringen wollte, daß die Lektion tief unter ihrer Würde sei. Als es vier Uhr läutete, rief er sie zu sich. Er lud sie ein, zu einer Aussprache in seinen Bungalow zu kommen.

«Gut, es ist mir recht», sagte sie huldvoll. «Ich will nur zuerst meine Bücher nach Hause tragen.»

«Laß mich nicht zu lange warten, wenn du noch etwas vom Tee abbekommen möchtest.»

«Aus Tee mache ich mir gar nichts.»

Im Weggehen ließ sie es sich angelegen sein, keine Eile zu zeigen. Douglas schritt zu seinem Bungalow hinunter und setzte sich auf die Veranda. Sofort tauchte Ivy mit dem Tablett auf und stellte es vor ihm auf den Tisch. Er wartete etwas, dann goß er sich eine Tasse ein. Silvias Verspätung war typisch. Das war einfach Ehrensache, ihre Unbotmäßigkeit zu zeigen – eine Routinegeste ihres Rebellentums. Trotzdem war er überzeugt, daß sie früher oder später doch auftauchen würde, und wenn es auch nur aus Neugierde geschah. Es machte gar keinen Spaß, ein Rebell zu sein, wenn man nicht dabei erfuhr, was andere Leute von unserem Rebellentum hielten.

Er dachte nicht darüber nach, was er sagen sollte – hatte sich noch gar keinen Plan zurechtgelegt; jetzt aber, während er dasaß und wartete, stieg plötzlich in ihm der Wunsch auf, es gäbe weiter nichts für ihn zu tun, als ihr eine Standpauke zu halten und aus irgendeinem Katalog eine Strafe aufzudiktieren. Er erinnerte sich an den Strafkatalog in der Schule, die er in England besucht hatte. Die einzelnen Strafen waren nach ihrem Härtegrad abgestuft. Vier Rundläufe um das Kricketfeld vor dem Frühstück war das mildeste, eine Tracht Prügel, vom Hausmeister verabreicht, die strengste. Die Rundläufe zählten einen Punkt in der Schlußzensur, die Tracht Prügel zehn. Hatte man in einem Schuljahr dreißig Punkte zusammengebracht, so wurde man zum Direktor befohlen und bekam eine die Seele schüttelnde Standpauke; sah es aber aus, als ob die Standpauke die Seele nicht beutelte, so trat an ihre Stelle eine schärfere Züchtigung des ungeschützten Hinterns. Hatten die Lehrer erst die Prinzipien von Schuld und Sühne, das Rezept der Strafzumessung erfaßt, hatten sie gelernt, mit ihrem Finger die Liste hinunterzufahren, so hatten sie ein recht sorgloses Leben. Es war ein gesundes, heilsames, zielbewußtes Verfahren, nur fühlte man sich dabei als Lehrer mehr wie ein Polizist oder Oberfeldwebel. Nein, im großen und ganzen genommen war es doch gut, daß es keinen solchen Katalog und keine solche Bequemlichkeit mehr gab.

Zwanzig Minuten später erschien Silvia. Plötzlich stand sie unten an der Verandatreppe.

«Wollen Sie, daß ich hinaufkomme?» fragte sie. Es sollte klingen, als ob sie nicht ganz gewiß wüßte, ob er sie herbestellt hatte oder nicht.

«Ja. Wenn du eine Tasse Tee haben willst, so findest du eine drinnen auf dem Tisch.»

«Ich mag keinen Tee.»

«Dann komm und setz dich.»

Sie kam die kleine Treppe herauf, eifrig bestrebt, unbefangen zu wirken. Sie war erst zwölf Jahre alt, sah aber weit reifer aus als die meisten Mädchen ihres Alters in England. Sie war eine weiße Jamaicanerin. Hatte dunkles, gelocktes Haar und ein blasses Gesichtchen, das Glück vielleicht hübsch gemacht hätte. Doch war ihr Ausdruck immer unnatürlich, bemüht überlegen. Sie wollte damit wohl den Eindruck erwecken, daß sie schon erwachsen wäre.

Sie setzte sich, kreuzte die Arme in gleichmütiger Ergebung und schien Douglas einzuladen, sein Sprüchlein aufzusagen.

«Ich höre immer von anderen», sagte er, «wie du dich hier zurechtfindest, aber du kommst niemals und sagst es mir selber. Ich würde es lieber von dir hören.»

«Vermutlich hat Mr. Pawley Ihnen von dem Benzin gesagt», erwiderte sie mit einem hochmütigen Lächeln. «Mir ist das gleichgültig, was er redet. Ich habe Alice nicht gesagt, daß sie mich angeben soll.» Sie starrte ihm ins Gesicht, als ob sie ihn nicht eigentlich ansähe, ihm bloß ihre Augen zeige, um ihren Worten mehr Überzeugungskraft zu geben. «Es ist mir weiter gleichgültig. Die anderen Mädchen können tun, was ihnen paßt. Ich mach mir aus keiner von ihnen was.»

«Sehr viel Spaß kannst du hier nicht haben, wenn du es so empfindest.»

Sie zuckte die Achseln. «Die sind alle nur eifersüchtig auf mich, genau wie in meiner vorigen Schule.»

«Warst du in deiner vorigen Schule glücklich?»

«Ich hasse die Schule.»

«Das tun die meisten. Ich habe es zu meiner Zeit auch getan. Oder genauer gesprochen, ich haßte eine Schule, und dann kam ich in eine andere, die ich gern hatte.»

«Ich hasse alle Schulen», erklärte sie unbekümmert.

«Was also hast du gern? Zu Hause zu sein?»
«Manchmal.»
«Was magst du am liebstgen von allem?»
«Tun, was ich will.»
«Und was ist das?»
Wieder ihr Achselzucken. «Och . . . ins Kino gehen. Spazierengehen. Jamaica hasse ich. Ich möchte in Amerika leben.»
«Bist du jemals in Amerika gewesen?»
Sie wandte die Augen ab.
«Natürlich.»
«Wo denn überall?»
«Ich bin überall herumgekommen», sagte sie vage. «Washington . . . und New York.»
«New York ist eine hübsche Stadt. Wo hast du denn gewohnt?»
Sie schlenkerte unbehaglich mit den Armen. «Ich hab eine Menge Bekannte in New York. Ich erinnere mich gar nicht mehr, wo ich überall gewesen bin.» Sie hatte die Augen abgewandt, jetzt aber richtete sie sie wieder auf ihn und erklärte patzig: «Ich hab eben bei Bekannten gewohnt.» Irgend jemand mußte ihr gesagt haben, daß man beim Lügen seinem Gegenüber nicht in die Augen schauen kann, und so trainierte sie darauf, es doch zu tun. Er wollte sie gar nicht fühlen lassen, daß er ihre Lüge durchschaute, denn das hätte ihre feindselige Bockbeinigkeit nur versteift; so wandte er sich ab und sagte harmlos: «Ja, ja, in diesem Punkt bist du mir über. Ich habe mir immer gewünscht, die Staaten kennenzulernen, bisher bin ich noch nicht hingekommen.»
«Es ist herrlich in Amerika», sagte sie entspannt. «Das war einer der Gründe, warum sie mich in meiner vorigen Schule nicht leiden konnten. Ich wußte eben viel mehr als die anderen.»
«Und welche Gründe gab es noch?»
«Ich habe immer alles getan, was sich die anderen nicht trauten.»
«Was zum Beispiel?»
Sie setzte ihr überlegenes Lächeln auf, um ihm zu zeigen, daß sie nicht davor zurückscheute, es ihm zu sagen.
«Ich habe Männern Briefe geschrieben, zum Beispiel. Es war uns verboten, aber mir war das egal.»
«Und was geschah, wenn du etwas tatest, was nicht erlaubt war?»

«Dann wurde ich bestraft. Sie sperrten mich in mein Zimmer. Darüber habe ich nur gelacht. Bin eben aus dem Fenster gestiegen, wenn es mir paßte. Dann setzte ich mich in den Garten und rauchte.» Offenbar nahm sie an, daß das auf ihn tiefen Eindruck machen würde, und so fuhr sie fort: «Ich hab auch jetzt Zigaretten bei mir, wenn Sie es wissen wollen.»

«Die Mühe hättest du dir nicht zu geben brauchen. Mein Vorrat reicht aus.» Er schob ihr ein Päckchen hin. «Bediene dich.»

Unsicher starrte sie ihn an.

«Sie nehmen es mir nicht übel, wenn ich rauche?»

«Wenn du schon früher geraucht hast, so wird es dir jetzt auch nicht mehr viel schaden. Du kannst hierher kommen und immer eine kriegen, wenn es dich danach verlangt.»

Sie zögerte. «Jetzt gerade mag ich nicht.» Sie war offensichtlich scheu, vor ihm einen Hustenanfall zu bekommen.

«Man sagt eben allgemein, daß das Zigarettenrauchen junge Leute im Wachstum schädigt, aber ich bezweifle, daß das wahr ist. Es wäre ganz interessant, das einmal zubeobachten.

«Sie scheinen sich nicht viel daraus zu machen, was jemand hier tut», sagte sie. Es war, als ob sie einen Fühler ausstreckte.

«Na ja, irgendwie müssen wir die große Linie halten. Wir können dir nicht erlauben, die anderen Mädchen umzubringen, Ihre Eltern würden etwas dagegen einwenden. Auch sind wir nicht gerade darauf aus, daß du das Haus niederbrennst oder sonst irgendwelche Zerstörungen anrichtest.»

«Ich weiß nicht, worauf das hinaus soll, eine Schule, in der man praktisch alles tun kann», wandte sie ein.

«Es wird dir wohl schon aufgegangen sein, daß wir hier ein bißchen komische Ideen haben, Silvia. Zumindest scheinen sie gewissen Leuten komisch, wenn auch nicht uns selbst. So sind wir zum Beispiel der Ansicht, daß ein Mensch nichts Rechtes leisten kann, wenn ihm sein Tun keine Freude bereitet. Du hast dich offenbar auf die Feststellung versteift, daß Schulen nur dazu da sind, um Kinder unglücklich zu machen. Diese Schule hier besteht, um dich glücklich zu machen, damit du am Lernen Freude hast. Schließlich ist es keine dumme Idee, sich ein paar Kenntnisse anzueignen, bevor man loszieht und das Leben bei den Hörnern faßt.»

Silvia behielt die Arme gekreuzt, sah hochmütig und unbeeindruckt drein. Nach einer Minute fragte sie herausfordernd:

«Sie wollen mich also nicht bestrafen?»

«Weswegen?»

«Wegen all des Zeugs, was man Ihnen über mich erzählt hat.»

«Nein, das werden wir nicht tun.»

«Es ist mir übrigens gar nicht wichtig, was Sie mir tun.»

«Unter dieser Voraussetzung wäre es wohl erst recht unnütz, dich zu bestrafen. Viel zweckmäßiger wäre es, wenn wir ein Mittel ausfindig machten, daß du dich glücklicher fühlst. Weißt du, was ich einmal gelesen habe? ‹Kein Mensch, der glücklich war, hat jemals eine Versammlung gestört, einen Krieg gepredigt, einen Mord begangen.› Ich habe so die Vorstellung, wenn du hier wirklich glücklich wärst, würden die anderen aufhören, sich über dich zu beklagen.»

«Ich bin vollkommen glücklich», sagte Silvia.

«Na fein. Aber wenn du jemals auf die Idee kommen solltest, du wärst es nicht, dann möchte ich, daß du zu mir kommst und es mir sagst.»

Silvia stand auf. Nichts in ihrem Gesichtsausdruck deutete auf Freundschaft oder Zutrauen.

«Ist das alles?» fragte sie.

«Ja, du kannst gehen, wenn du willst.»

Sie stieg die Treppe hinab. Er sah ihr nach, als sie den Pfad entlang ging und um die Ecke bog; irgendwie hatte ihr plötzlicher Aufbruch ihn verletzt, er hatte diese Sache satt. All dieses Gesalbader über Glück. Damit machte man keinen glücklich, daß man ihm sagte, er sollte es sein. Man gewann auch keines Menschen Vertrauen, indem man ihn Zigaretten rauchen ließ. Das alles war schrecklich einfach in der Theorie. Man war nett zu einem Kind, das Kind seinerseits erwiderte die Nettigkeit. Es hörte auf, unartig zu sein, alle waren glücklich, und wenn sie nicht gestorben sind, so leben sie heute noch. Quatsch! Was wirklich eintrat, war, daß das Kind einen verachtete, weil man ein patzweicher Narr war, einen ausnützte und sich um ein gutes Stück schlimmer betrug als zuvor. Trotzdem wußte er nicht recht, was er sonst hätte tun sollen. Der Strafkatalog und der Polizeiknüttel waren schließlich keine Lösung. Sie hätten dem Pädagogen Ruhe verschafft, aber Silvia hätten sie nicht geholfen. Die Pädagogen waren für Silvia da, nicht Silvia für die Pädagogen. Vielleicht war er auch zu ungeduldig. Hatte er nicht Pawley gesagt, daß man rasche Ergebnisse nicht erwarten durfte? Nein, man durfte es eben nicht.

Jetzt sah er Silvia zurückkommen. Einen Moment lang stiegen Hoffnungen in ihm auf. Dann aber sah er, daß nichts an ihrem Gehaben weicher geworden war. Am Fuß der Treppe blieb sie stehen.

«Es ist aufs Wort wahr, daß ich in Amerika gewesen bin», sagte sie.

Er lachte. «Warum auch nicht?»

«Mein Vater wird Ihnen sagen, daß ich nicht in Amerika war, aber ich war!»

«Wie hast du denn das nur gerichtet, daß er nichts merkte?»

«Man hat Ihnen wohl gesagt, daß ich aus meiner letzten Schule auf eine Woche fortgelaufen bin?»

«Nein, das wurde nicht erwähnt.»

«Wahrscheinlich hatten sie nicht den Mut, es zuzugeben. Aber es stimmt. Und ich hab ihnen nie gesagt, wo ich gewesen bin.»

«Und da warst du in Amerika?»

«Ja.» Sie sah ihm wieder in die Augen. «Einer meiner amerikanischen Freunde hatte einen Privataeroplan. Er kam extra und holte mich ab. Wir flogen nach New York. Dann hat er mich wieder zurückgebracht. Wir landeten bei Nacht auf einem besonderen Flugfeld. Glauben Sie mir das nicht?»

«Doch, warum nicht?»

«Es ist aufs Wort wahr. Ich wollte es Ihnen nur sagen für den Fall, daß Sie mit meinem Vater sprechen und dann denken, ich wäre eine Lügnerin.»

«Es freut mich, daß du es mir gesagt hast.»

Einen Moment lang sah sie ihn an, dann machte sie kehrt und ging davon. Es war sonderbar, mit wieviel Überzeugung sie ihre kleine Geschichte vorgebracht hatte, als ob sie selber daran glaubte. Vielleicht tat sie es. Ein unverbrauchter jugendlicher Verstand war phantasiereich, und die Grenzlinie zwischen Wachtraum und Wirklichkeit war oft unscharf gezogen.

Er dachte über die eigentümliche Phantasie Silvias nach, über die Rolle, die eine große Heldentat darin spielte, vollbracht aus reiner Liebe; er erinnerte sich einer Phantasie aus seinen eigenen Knabentagen, worin er sich gesehen hatte, mit reiner Liebe geliebt von einer wunderschönen Frau, die er aus einem sinkenden Schiff gerettet hatte; und dann dachte er an Caroline und an all die unbefriedigenden und wirren Dinge, die für ihn aus der wirklichen Liebe entstanden waren. Wenn man doch immer in der Phantasie hätte leben können! Aber das konnten nur Wahnsinnige, während die armen Gesunden den schäbigen Ersatz hinzunehmen hatten, den die Wirklichkeit bot. Vielleicht bestand, was man eine gute Erziehung nannte, im großen und ganzen darin, daß man Kinder dazu abrichtete, sich rasch mit dem schäbigen Ersatz abzufinden.

Er saß noch ein paar Minuten, dann stand er auf und ging in den Bungalow. Der Holzelefant stand auf dem Nachttischchen, den Rüssel zur Tür gewandt. Ivy hatte ihn beim Abstauben wieder verrückt.

Er trat heran und drehte ihn mit einer automatischen Bewegung zum Fenster. Dabei kam ihm ein trivialer, aber amüsanter Gedanke.

Er hatte Ivy über die besonderen Eigenschaften des Elefanten nichts gesagt, denn sonst wäre unfehlbar eine von zwei Möglichkeiten eingetreten. Entweder wäre sie in ein Gekicher ausgebrochen, das alle ihre bisherigen Rekorde brach, oder ihre abergläubische Urwaldnatur wäre verängstigt worden und sie hätte sich glatt geweigert, den Bungalow jemals wieder zu betreten. Es gab übrigens noch einen Grund, warum er ihr nichts sagte – in der Tat sprach er niemals zu jemandem davon. Es hätte geklungen, als ob er es ernst nähme.

Der Elefant war etwa acht Zentimeter lang. Er hatte ihn während des Krieges in Indien bekommen, als Gegengabe für Almosen, und zwar von einem Fakir, der langes schwarzes, verfilztes Haar hatte und sich mühelos und ohne erkennbaren Schaden fünfzehn Zentimeter lange Nägel ins Fleisch trieb. Der Fakir hatte in der Unendlichkeit nicht schlechter Bescheid gewußt als darin, was wohl solch ein Westländer von ihm erwartete: darum hatte er ihm erklärt, daß der Rüssel des Elefanten, wenn er Glück bringen solle, immer zum Fenster gewandt sein müsse. War er zur Tür gekehrt, würde er die umgekehrte Wirkung haben – zumindest würde seine Fähigkeit, Übel abzuwenden, aufgehoben sein. Damals war Douglas' Leben unmittelbar bedroht gewesen; und unmittelbar drohende Gefahr macht einen abergläubisch. So hatte er den Elefanten als eine Art Versicherung angenommen – in der Art, wie ein Ungläubiger betet: «Bitte, o Gott – sofern es einen Gott gibt ...» Während der folgenden Monate war er in ein Dilemma geraten: er hatte nämlich in Zelten leben müssen, deren einzige Öffnung Fenster und Tür zugleich war. Wohin sollte da der Rüssel zeigen? Er hatte keine Lösung gefunden, aber diese Schwierigkeit mußte bei der Vorsehung Würdigung gefunden haben, denn eine ununterbrochene Folge von Glücksfällen hatte ihn begünstigt, und sein Leben war über alle Erwartungen hinaus beschützt gewesen. Nach dem Krieg hatte die Kraft des Elefanten fühlbar nachgelassen – aber das bewies schließlich nur, daß auch die übernatürlichen Kräfte nicht ganz gegen eine gewisse Kriegsmüdigkeit gefeit waren. Jedenfalls hatte er lange genug Vorteil aus der Sache gezogen, und so wäre es undankbar gewesen, den Elefanten jetzt im Stich zu lassen. Er hatte ihn treulich behalten und ihn während der ganzen Schwierigkeiten mit Caroline den Rüssel zum Fenster kehren lassen, hatte ihn schließlich in seinen Koffer gepackt und nach Jamaica gebracht. In seinem Bungalow stellte er ihn täglich zurecht, nachdem Ivy ihn beim Abstauben verrückt hatte, und seine Geste dabei war so festgelegt wie die beim Abtrocknen seines Messers nach dem Rasieren.

Jetzt, da er ihn um die bedeutsamen neunzig Grad drehte, kam ihm seine Knabenphantasterei in den Sinn, in der er ein Mädchen aus dem sinkenden Schiff gerettet hatte. Vielleicht hatte es gar nichts mit dem Elefanten zu tun, daß dieser belustigende Gedanke in ihm aufstieg, obwohl das nicht so ganz sicher war – hernach wunderte er sich oft darüber. Fest stand einfach und klar, daß er jener Knabenphantasie niemals näher gekommen war als am Tag zuvor, da er dieses Mädchen aus dem Wrack des Flugzeuges holte.

Er sagte sich, das wäre ein lustiger Gedanke, denn es wäre ihm zuwider gewesen einzugestehen, daß es ihm bedeutsam schien. Eine Minute lang stand er so da, fand Belustigung darin, sich vorzustellen, daß er jetzt jene Knabenphantasie zu Ende lebte, sich in das Mädchen verliebte, sie diese Liebe natürlich erwiderte, und daß diese Liebe die reine Liebe seiner Träume wäre und nicht das fatale Ding, als das sie sich in Wirklichkeit immer herausgestellt hatte. Seine Phantasie war lebhaft und vermochte Bilder auszumalen; fast unwillkürlich bot sich ihm eine ganze Folge von bildhaften Situationen, er sah, wie sich diese idyllische Liebesaffäre entwickelte und in einer Szene gipfelte, in der er mit seiner Traumheldin im Sand des Karibischen Strandes lag. Im Hintergrund, zwischen den Palmen, konnte er den Bungalow sehen, in dem sie lebten, und auf der Veranda (sein Bewußtsein arbeitete wie eine Filmkamera mit «Kameraschwenk» und «Großaufnahme») gab es einen Tisch, auf dem ein Kübel mit Eisstückchen stand, zwei Cocktails nicht zu vergessen, die aussahen wie ein farbig gedrucktes Inserat in einem amerikanischen Magazin. Und jetzt lachte er auf, um zum Ausdruck zu bringen, wie sehr diese banale Ähnlichkeit ihn selbst amüsierte, wandte sich von dem Elefanten ab und blickte auf die Uhr. Fünf vorbei. Die Stunde, da er die Kinder bei ihren Spielen und Vergnügungen überwachen sollte.

Die Spiele und Freizeitbeschäftigungen unterlagen freier Wahl, und die meisten von den Kindern bevorzugten solche auf dem Spielplatz. Zwischen den Wacholdersträuchern war gerade eine Fußballpartie im Gang, als er hügelan schritt. Er lehnte die Einladung ab, mitzuspielen, und ging ins Modellieratelier. Es war leer – nicht einmal Rosemary hatte sich eingefunden. Für diesen Fall hatte er sich vorgenommen, den Patienten einen Besuch abzustatten. Er trat in den Garten zurück. Als er aber das Haupthaus betreten wollte, kam Duffield gerade heraus. Und Duffield sagte mäkelnd:

«So was würde natürlich nicht passieren, wenn ich diese Schule leitete.»

«Was denn?» Duffield hatte eine lästige Art, sich über Dinge, die ihm gerade untergekommen waren, zu äußern, als ob man davon schon wüßte.

«Ich habe eben Alan dabei erwischt, wie er aus dem Fenster pinkelte. Er erklärte, es wäre zuviel verlangt, daß er jedesmal die Treppe hinaufginge.»

«Wie aufmerksam von ihm, daß er wenigstens bis zum Fenster ging», erwiderte Douglas.

«Mich würde es nicht wundern, wenn einige der Mädchen ihn

vom Garten aus beobachtet hätten. Und dagegen kann man nicht das geringste tun!»

«Nicht sehr viel.»

«Ich würde zu Pawley gehen – aber Sie wissen doch, was für einen Quatsch er wieder losläßt, nicht wahr?»

«Er würde vermutlich von natürlicher Unbefangenheit sprechen, sofern ihm nicht die Sorge aufstiege, was etwa die Eltern von der Sache halten könnten.»

«Aller Wahrscheinlichkeit nach würde er Alan befehlen, die ganze Woche hindurch nur aus dem Fenster zu pinkeln, bis ihm die Sache fad würde.» Er schüttelte den Kopf ungläubig. «Wenn es nach mir ginge, würde Al sich seine Unarten rascher abgewöhnen. Würde nicht länger dazu brauchen, als bis ich ihm ordentlich den Hintern versohlt hätte. Wenn Pawley soviel Erfahrung mit Buben hätte wie ich, würde es weniger Unbefangenheit geben und mehr verletzte Hintern.» Dieser Gedanke schien ihn etwas aufzuheitern, und er fügte minder sorgenbedrückt hinzu: «Es ist nur gut, daß ich nicht meinen freien Tag genommen habe. Sonst hätte ich wahrscheinlich beim Zurückkommen die ganze Schule in breiter Front aufgereiht gefunden, damit beschäftigt, die Blumen zu gießen.» Er zwang sich ein trockenes Lächeln ab. «Na schön, wir treffen uns beim Abendessen.»

Douglas stieg die Treppe hinauf. Es gab nur ein einziges Krankenzimmer in der Schule; Kinder waren zur Zeit nicht drin, und so hatte man es für die Patientin freigemacht. Der Mann, der Frau und Tochter verloren hatte, war in einen der Knabenschlafräume gelegt worden, und die Buben hatte man anderwärts untergebracht.

Douglas ging zu dem Schlafraum und klopfte leise an die Tür. Da niemand antwortete, warf er einen Blick hinein. Der Mann schlief. Douglas schloß die Tür schuldbewußt, aber aufatmend: die Pflicht, sein Beileid auszusprechen, war ihm unangenehm gewesen. Jetzt ging er den Korridor entlang bis zum Krankenzimmer. Vor diesem Besuch hatte er keine Scheu empfunden, jetzt aber, da er sich der Tür näherte, überkam ihn eine unerwartete Hemmung. Er wußte kaum mehr, wie das Mädchen aussah, in seiner Vorstellung war es von dem anderen verdrängt worden, das zu dem Bungalow am Strand und zu den Cocktails gehörte; die Wirklichkeit jetzt vor

Augen zu haben, mußte ihn in die Welt der Tatsachen zurückreißen und den Spaß am Traum verderben. Nun, trotzdem, er klopfte an.

Das Mädchen stand beim Fenster.

«Oh», sagte sie, «ich dachte, es wäre Mrs. Morgan.»

«Tut mir leid . . .»

«Mir nicht. Verstehen Sie recht, ich habe sie nicht ungern, nur würde sie mir bestimmt einen Krach machen, wenn sie mich außer Bett erwischte.»

Sie trug ein Nachtgewand, das viel zu lang für sie war. Offenbar hatte sie es von Mrs. Morgan entliehen. Die Überfülle an Stoff war um die Hüften gefaltet und mit einer Pyjamaschnur umgurtet. Das Haar war blond und hing lose über die Schultern herab. Das Mädchen hatte eine Nase, die ein ganz klein wenig schräg stand, und ein rasches, nettes Lächeln. Genau diese Art Lächeln, durch die man aller einleitenden Formalitäten enthoben wurde.

«Ich bin durchaus auf seiten Mrs. Morgans», versicherte er. «Wie ich sehe, hat sie es mit Ihnen gar nicht leicht.»

«Aber es ist doch auch absolut nichts mit mir los.»

«Von einem schweren Flugzeugabsturz abgesehen . . .»

«Ach Unsinn, zwei leichte Schnittwunden. Ist es nicht eigentlich nach allem, was da passiert ist, geradezu unwahrscheinlich? Man wird die Narbe nicht einmal sehen. Schauen Sie her, ich will sie Ihnen zeigen, wenn Sie mögen. Interessieren Sie sich für so was?» Sie machte kehrt, ohne auf seine Antwort zu warten, und teilte das Haar am Hinterkopf mit den Händen. Dann wandte sie sich wieder zu ihm. «Sie sind doch der Mann, der mich herausgezogen hat?»

«Ich war dabei.»

«Ich wollte, ich wüßte jetzt einen hübschen Spruch zu sagen. Den Leuten für etwas danken, darin war ich nie stark. Ich müßte Ihnen wohl eine Schachtel Zigarren schenken oder eine goldene Zigarettendose oder etwas dergleichen. Möchten Sie gern eine goldene Zigarettendose?»

«Nein. Ich möchte gern, daß Sie sich wieder ins Bett legen.»

«Dem Reden nach sind Sie ein Schulmeister. Sind Sie es wirklich? Übrigens macht es mir nichts aus, im Bett zu liegen, wenn ich jemand zum Plaudern habe. Sie laufen mir doch nicht gleich wieder davon?»

Sie sprang mit einer Energie ins Bett, die bei einem Menschen, der eben aus einer schweren Katastrophe gerettet worden war, erstaunlich wirkte. So etwas von Vitalität war ihm nur selten begegnet. Dieses Mädchen hatte die ungebärdige Energie eines Kindes, und dabei war sie doch kein Kind, und sie hatte die Frische einer Jungfrau, und aller Wahrscheinlichkeit nach war sie das auch nicht. Er stellte fest, daß ihre Fingernägel lackiert waren, die Farbe war aber jetzt ungleichmäßig verteilt. Das Mädchen fing seinen Blick auf und sagte:

«Scheußlich, nicht wahr? Ich habe nichts, um den Lack herunterzubekommen, und keinen, um nachzupinseln. Hat auch wahrscheinlich keinen Sinn, hier jemand darum zu bitten?»

«Höchstens Mrs. Pawley, die Frau des Schulleiters.»

«Sie lackert ihre Nägel?»

«Zyklamenfarben.»

«Oh, das wäre gerade das Richtige.» Aber da hatte sie die Nägel auch schon wieder vergessen. «Ich erinnere mich nur, daß ich auf einer Bahre hierhergebracht wurde. Habe ich nicht eine Menge Unsinn zusammenphantasiert?»

«Doch, das haben Sie.»

«Dacht ich mir's doch!» Sie lachte auf. «Was habe ich denn gesagt?»

«Daß Sie in Mexiko einen Selbstmordversuch gemacht haben.» Er lächelte. Jetzt wußte er, daß das Unsinn war. Diese hier war nicht die Sorte Mädchen, die Selbstmord verübte.

«Oh, das ist vollkommen wahr», bestätigte sie mit einem freimütigen Lachen.

«Nicht zu glauben!»

«Doch, habe ich!» Sie mochte es nicht, daß man an ihren Worten zweifelte. «Ich habe fünfunddreißig Schlaftabletten geschluckt.»

«Das hätte genügen müssen.»

«Es hätte doch reichen müssen, nicht wahr? Und gleichzeitig habe ich mir die Pulsadern aufgeschnitten, aber ich bin ohnmächtig geworden, bevor ich durch war. Wollen Sie es sehen?»

Sie streckte ihren Arm aus. Eine schmale, zollange Narbe lief am Handgelenk entlang. Drei Nahtspuren säumten sie.

«Ist das nicht großartig, wie die einen wieder zusammenflicken?

Ich kannte jemand, der nach einer Operation siebzehn Einstiche bekam.»

«Sie werden den Betreffenden schlagen, wenn Sie so weitermachen. Warum haben Sie es denn getan? Waren Sie pleite?»

«Ach nein. Zum mindesten war das nicht der Grund. Sondern der andere übliche . . .»

«Ein Mann?»

«Ja. Blöd, nicht wahr?»

«Wie ist es ihm denn ergangen? Hat er es erfahren?»

«Großer Gott, nein!» Ihre Augen waren ganz unverwirrt, blitzten belustigt. Es waren grüne Augen, und ihr Liebreiz machte Eindruck auf Douglas. «Er war schon zu seiner Frau zurückgegangen.»

3

Ihr Name war Judy Waring. Sie zählte siebenundzwanzig Jahre, obwohl man ihr höchstens dreiundzwanzig oder vierundzwanzig gegeben hätte. Keinesfalls war sie der Typ, dem man einen Selbstmord zutraut, weder depressiv noch von Neurosen behelligt; eher besaß sie etwas von jener Unschuld, die keine Lebenserfahrung trüben kann. Es wunderte Douglas sogar, daß sie unter dem Eindruck einer Liebe versucht haben sollte, sich zu töten. Ihr ganzes Wesen war heiter, das Leben leichtnehmend. Von ihrem Selbstmord erzählte sie in harmlos unbefangener Weise, weder prahlerisch noch beschämt, auch nicht eben scherzhaft, sondern wie man aus einem nicht gerade ereignisreichen Leben eine natürliche Episode berichtet.

Der Mann, der sie zu diesem Selbstmordversuch gebracht hatte, hörte auf den Namen Louis; sie hatte ihn in Paris ungefähr vor zwei Jahren auf dem Rummelplatz an der Place Pigalle kennengelernt. Judy lebte damals mit einem jungen französischen Studenten der Rechte. Diesen Studenten hatte sie in London während des Krieges getroffen, als er bei der Luftwaffe der Freien Franzosen diente. Es war zwischen ihnen des öfteren vom Heiraten die Rede gewesen. Doch besaß Judy eine Leidenschaft, die der junge Jurist nicht teilte – eine Leidenschaft für Rummelplätze, für die Sensationen der Berg- und Talbahn und der Raritätenkabinette –, und als sie Louis im Zelt des Haarmannes aus Indochina traf, war der Student nicht bei ihr. Und die gleiche Versäumnis ließ er sich am folgenden Tag zuschulden kommen, als die beiden einander im «Tale des Todes» wieder begegneten.

Sie trafen einander noch öfter, und eines Tages nahm Louis Judy zu sich nach Hause mit; da wurde Judy klar, daß ihre Liebe zu dem Juristen nicht gar so groß sein konnte, wenn ihr eine Untreue so leicht fiel. Nach einigen unangenehmen Szenen mit dem Studenten räumte sie seine elegante Wohnung und richtete sich in Louis' verlotterter Bude ein.

Judy hatte zuvor in London als Mannequin gearbeitet, und als Louis das Geld ausging, trat sie wieder in eine Modefirma ein. Louis selbst arbeitete gar nicht – er bereitete sich gerade darauf vor, in die Neue Welt auszuwandern. Er war verheiratet. Seine Frau, eine Schweizerin, besaß eine Menge Geld und lebte in Zürich. Getrennt hatte er sich von ihr nach einem Streit, in dem sie kategorisch erklärt hatte, er solle ihr nie wieder unter die Augen kommen.

Eines Tages, als Judy schon an die sechs Monate mit ihm lebte, tauchte seine Frau in Paris auf. Sie war davon abgekommen, ihn ganz freizugeben. Louis erklärte Judy, daß das Auftauchen seiner Frau ihn kalt ließe. Andererseits aber wäre es unklug, sie vor den Kopf zu stoßen, gerade jetzt, wo der Geldmangel das einzige sei, was seiner Auswanderung im Wege stehe. Eine kurze Zeit später gab er Judy zu wissen, es breche ihm zwar das Herz, aber seine Frau werde ihn nach Venezuela begleiten. Drei Tage später stachen sie in Cherbourg in See. Judy arbeitete weiter in der Modefirma und kehrte nicht zu dem Studenten zurück, obwohl er sie mit Bitten bestürmte und alles verzeihen wollte.

Sechs Monate vergingen, während welcher Judy nur zwei Ansichtskarten aus Caracas, der Hauptstadt Venezuelas, erhielt. Dann traf ein Kabel ein, von einem Luftpostbrief gefolgt, in dem Louis berichtete, seine Frau habe ihn verlassen und sei nach New York gegangen. Es sei nicht ihre Absicht, jemals wieder zu ihm zurückzukehren. Unseligerweise hatte sie bei der Abreise, die Hals über Kopf erfolgte, die Unaufmerksamkeit begangen, ihm Geld dazulassen, so daß er Judy nicht sofort die Überfahrt bezahlen könne. Trotzdem gebe er sich der Hoffnung hin, sie würde Mittel und Wege finden, um nachzukommen; mittlerweile würde er eine hinlänglich einträgliche Stellung gefunden haben, so daß sie in dem Stil leben konnten, an den Europäer in Venezuela gewöhnt waren. Judy besaß gerade genug, um die Reise zu bezahlen, und da Louis noch in ihrem Herzen wohnte, buchte sie sofort die Überfahrt. Am Tag, bevor sie abreisen sollte, traf ein neues Kabel ein. Es meldete kurz und knapp, daß er jetzt in Mexiko sei, welches Land weit größere Chancen böte, eine Zukunft aufzubauen. Es gelang ihr, das Billett einzutauschen, und sie reiste ab. Als sie in Mexiko City eintraf, fand sie Louis in einer schmutzigen Bude, die an seine alte in Paris erinnerte; Arbeit hatte er noch nicht gefunden, aber er strotzte von Plänen und Ideen. Demnächst würde er ein Exportgeschäft, das hauptsächlich nach Europa lieferte, starten.

Judy stieß sich nicht an dem Schmutz, sie war überglücklich, wieder mit Louis zusammen zu sein, und schickte sich an, eine Stellung zu suchen, damit sie ihn durchbringen könnte, wie sie es in Paris getan hatte. Binnen vierzehn Tagen hatte sie, im Besitz der Fähigkeit, englisch und französisch zu korrespondieren, eine Stellung als Sekretärin. Nun sollte sie am folgenden Montag ihre Arbeit antreten, als Louis' Frau unangemeldet aus New York eintraf.

Louis' Frau hieß Grete, war sechs Jahre älter als er und hatte sich zu dem Entschluß durchgerungen, ihm alles zu verzeihen. Sie war sogar bereit, all ihre eigenen Fehltritte in New York zu vergessen. Natürlich hatte sie nicht damit gerechnet, Judy bei ihm zu finden; da es aber geschehen, war sie auch willens, diesen Schönheitsfehler zu übersehen, unter der Voraussetzung allerdings, daß Louis versprach, Judy nie mehr im Leben einen Blick zu schenken; eine kurze Frist wurde ihm gewährt, sie zur Heimreise nach Europa zu bewegen.

Louis kam aus dem Hotel zurück, in dem seine Frau abgestiegen war, dem teuersten in Mexiko City, und ließ das Taxi unten warten, während er in seine schmutzige Kammer hinaufstieg, um seine paar Habseligkeiten zu holen und Judy das Ultimatum zu stellen. Er tat es nicht ohne Bedauern, da seine Liebe zu Judy weit größer war als die zu seiner Frau; aber es war ihm inzwischen klar geworden, daß Mexiko kein geeignetes Land war, in dem ein schönes, kultiviertes europäisches Mädchen wie sie leben konnte. Auch war er zur Einsicht gelangt, daß die Konkurrenzverhältnisse im Exportgeschäft für einen Neuling wenig Erfolgschancen offen ließen. Er war wirklich sehr böse auf sich, daß er so gedankenlos und leichtsinnig gewesen war, sie herüberkommen zu lassen. Glücklicherweise hatte seine Frau, in Ansehung der Umstände, großmütig genug Geld herausgerückt, um Judys Heimreise nach England oder Frankreich zu bestreiten. Er hatte die Banknoten in der Tasche.

Judy lachte und sagte ihm, er solle das Geld lieber für den Tag aufbewahren, an dem er sich wieder mit seiner Frau verkrachen würde. Sie dächte nicht daran, Mexiko zu verlassen, der lateinische Rassentyp liege ihr, und sie sei gar nicht abgeneigt, einen Mexikaner zu heiraten und sich ganz hier einzurichten. Louis fand diese Idee durchaus annehmbar, sofern es ihr nichts ausmachte, daß er seiner Frau sagen würde, sie bereite ihre Heimreise vor. Dies würde seiner Gattin genügen, die leider nicht frei von Eifersucht sei; darüber hinaus würde er – ach, er verstehe nur zu gut, warum Judy das Geld nicht annehmen wolle – in die Lage versetzt sein, ein paar kleine Schulden zu regulieren, über die er nicht gerade gern mit Grete sprach.

Nachdem Louis gegangen war, verließ Judy unverzüglich das Zimmer und machte sich auf die Suche nach einem Arzt. Sie war durchaus ruhig, keineswegs verwirrt. Dem Doktor erzählte sie, daß sie an Schlaflosigkeit leide, und er gab ihr ein Rezept für zehn Schlaftabletten. Doch besorgte Judy, sie würden, selbst auf einmal genommen, nicht ausreichend wirken; in der Medikatur, die direkt an das Ordinationszimmer des Arztes stieß, gelang es ihr, ein ganzes Fläschchen voll der gleichen Tabletten zu stehlen, von welchen der Pharmazeut ihr gerade ein paar einwickelte. Sie kehrte nach Hause zurück, packte ihren Koffer und machte sich auf die Suche nach einem neuen Zimmer, in dem niemand sie kannte, so daß Louis nie erfahren würde, was geschehen war. Sie fand ein geeignetes Zimmer und sagte der Vermieterin, sie sei schrecklich müde und wünsche nicht vor dem nächsten Morgen gestört zu werden. Dann nahm sie ein Glas Wasser, setzte sich aufs Bett und verschluckte zuerst die zehn Tabletten, die man ihr verschrieben hatte, und dann die fünfundzwanzig aus dem Fläschchen.

Seit sie sich auf die Suche nach dem Arzt gemacht hatte, waren ihre Gedanken Louis ferngeblieben; doch stand für sie fest, daß ein Leben ohne ihn unerträglich öde und leer sein würde. Die Vorstellung, nach Europa zurückzukehren, das sie von so hohen Erwartungen erfüllt verlassen hatte, schien niederschmetternd. Die Arbeit als Sekretärin würde eine sinnlose Plackerei sein, wenn man sie nicht für Louis tat. So war der Selbstmord eindeutig die beste Lösung, und Judy fürchtete sich nicht vor dem Tod. Nachdem sie die Tabletten geschluckt hatte, war es ihre einzige Besorgnis, sie möchten nicht wirken. Da sie keine Empfindung hatte, die den Tod ankündigte, stand sie wieder auf und suchte in ihrem Koffer nach einer Rasierklinge. Eine Weile stand sie mit dem Stahlplättchen in der Hand da, bevor sie den Mut aufbrachte, sich ins Handgelenk zu schneiden. Dann zog sie die Klinge durch die Haut, und dabei wurde sie ohnmächtig und fiel so laut zu Boden, daß die Vermieterin neugierig wurde.

Von da an setzten ihre Erinnerungen aus, bis sie im Krankenhaus erwachte. Da war die leidige Magenauspumpung schon vorüber, und eine nette kleine mexikanische Pflegerin saß an ihrem Bett und stickte an einem Tischtuch. Judy erinnerte sich ganz genau, was sie getan und warum sie es getan, und sie war weder entzückt noch betrübt, daß es ihr mißlungen war. Es fiel ihr gar nicht ein, den Versuch zu wiederholen. Sie grübelte noch darüber nach, was sie tun sollte, war noch zu keinem klaren Entschluß gekommen, als der Arzt ihr eröffnete, daß nach mexikanischem Gesetz der Anspruch auf Hospitalpflege sich nicht auf Selbstmörder erstrecke, ja, daß Selbstmörder die Gastfreundschaft dieses Landes nicht länger in Anspruch nehmen dürften. Und wenn sie nicht genug Geld habe, nach Europa zurückzukehren, so rate er ihr, sich nach Britisch-Westindien zu wenden. Eine Woche später war sie in Jamaica.

Zwei Tage nachher machte ihr ein reicher Jamaicaner, den sie zwei Stunden nach ihrer Ankunft kennengelernt hatte, einen Heiratsantrag. Er fühlte sich einsam und tat Judy leid. Schon einmal hatte er eine Liebesaffäre mit einem englischen Mädchen gehabt.

Die Eltern der jungen Dame hatten die Heirat hintertrieben, weil er Halbblut war. Das Mädchen wollte ihn trotzdem heiraten, aber da kam heraus, daß er vorher auf seiner Pflanzung eine Farbige als Geliebte gehalten hatte. Dies versetzte dem Idealismus des Mädchens einen schweren Stoß, und sie sandte ihm den Verlobungsring durch die Post zurück.

Judy spielte mit dem Gedanken, den Antrag des Jamaicaners anzunehmen. Jetzt hatte sie plötzlich, nach dieser Selbstmordgeschichte, das Gefühl, ihr Leben wäre gänzlich ziellos. Sie wollte eine Aufgabe zu erfüllen haben. Lieben würde sie den Jamaicaner nicht, aber sie fand, daß sie ihm in mannigfacher Beziehung von Nutzen sein könnte. Mit einem impulsiven Enthusiasmus, der für sie typisch war, erkannte sie darin ihre Mission. Am nächsten Tag würde sie es ihm sagen. Eine ganze Nacht verbrachte sie damit, sich auszumalen, was es doch für ein herrliches Ding sei, eine Mission zu haben; am nächsten Morgen aber stiegen ihr Zweifel an ihrer Berufung zur Heiligkeit auf. Gewiß würde sie dem Jamaicaner noch vor Ablauf einer Woche untreu sein. Er würde das übel aufnehmen, würde unglücklich sein. So entschloß sie sich, lieber eine Stellung anzunehmen.

Sie suchte zwei Schiffahrtsgesellschaften auf, ohne unterzukommen, und sprach dann im Luftfahrt-Büro vor. Gewöhnlich engagierte die Luftfahrt ihre Leute in England, aber zufällig fehlte gerade eine Stewardess, und so kabelten sie nach London um die Erlaubnis, Judy einzustellen. Sie wurde auf Luftfestigkeit geprüft, bekam Anschaffungsgeld für eine Uniform und wurde unter der Obhut und Aufsicht einer anderen Stewardeß auf eine erste Fahrt nach Trinidad geschickt. Nach ihrer Rückkehr arbeitete sie eine Woche im Büro in Kingston. Es war ihr zweiter Flug, bei dem sich die Katastrophe ereignete.

Die Maschine war auf dem Fluge nach Cuba und Miami und sollte am nächsten Morgen zurückkehren. Gleich nach dem Start vom Flugplatz in Kingston hatten Judy und ihre Kameradin sich angeschickt, den Tee zu servieren. Die Maschine kreiste über Kingston, um Höhe zu gewinnen, und nahm dann Kurs auf Camaguey. Sie hatten noch die Hügelkette, die den Blauen Bergen vorgelagert war, nicht überquert, als das Alarmsignal gegeben wurde. Judy und die andere Stewardeß liefen nach vorne, um den Passagieren beim Umlegen ihrer Rettungsgürtel behilflich zu sein. Die Hälfte von ihnen mochten keine; sie begriffen wohl, daß etwas mit den Motoren nicht stimmte, aber obwohl die Flugzeuge keine Fallschirme mitführten, wollten sie frei sein, um herausspringen zu können. Mittlerweile war die Maschine in das Tal eingebogen, das keine brauchbare Landegelegenheit bot.

Während Judy den Passagieren noch zuredete, die Gürtel umzulegen, sagte ihr eine Frau, daß ihr Mann sich in den Toilettenraum begeben hatte. So lief Judy nach rückwärts und klopfte an die Toilettentür. In diesem Augenblick gab es einen furchtbaren Stoß, der offenbar davon herrührte, daß die Maschine einen Baum streifte; Judy erinnerte sich noch, daß sie gegen ein Regal geschleudert wurde, und dann war wieder dieses schmerzlose Dunkel um sie gewesen wie damals nach dem Schnitt mit der Rasierklinge.

Judy sah ernst aus, als sie das erzählte, aber es war nicht in ihrer Natur gelegen, lange ernst zu bleiben. Nun zuckte sie mit den Achseln und sagte:

«Nun ja, so ist es. Ich nehme an, daß es für die andern ein ebenso schmerzloses Dunkelwerden war, nur eben ohne Erwachen.» Sie lächelte flüchtig. «Ich gewöhne mich langsam daran, mir vorzustellen, daß ich eigentlich tot bin. Mein Leben muß irgendwie gefeit sein, nicht? Da ich nicht ums Leben gekommen bin, denke ich mir eben, daß es mir so bestimmt war. Bin schon eine rechte Fatalistin. Sind Sie kein Fatalist?»

Ein paar Minuten saßen sie schweigend. Douglas schüttelte eine Zigarette aus dem Päckchen, gab sie ihr und zündete sich selbst auch eine an. Er beobachtete sie, wie sie da auf dem Bett saß, in Mrs. Morgans Nachtgewand gewickelt, und wie sie betrübt auf ihre abgeraspelten Nägel blickte. Nach einer Weile sagte er:

«Und Sie lieben Louis noch?»

«Mir läuft es noch über den Rücken, sooft ich an ihn denke. Wenn es das ist, was Sie meinen . . .» Und dabei sah sie ihn ganz munter an.

«Er muß schon ein faszinierender Mensch sein, wenn Sie alles das für ihn tun konnten.»

Sie strich sich das Haar aus der Stirn und lachte.

«Du lieber Gott, nein», sagte sie. «Ich hab, was die Männer betrifft, immer so einen komischen Geschmack gehabt. Er ist halb so groß wie Sie, schaut schrecklich jüdisch aus und hat Tbc.»

4

Und als ob die Flugzeugkatastrophe nicht ausgereicht hätte, um Gesprächsstoff für eine Woche zu liefern, kam ein paar Tage später der anonyme Brief wegen John.

An diesem Nachmittag hatte Douglas unter einem der Wacholdersträucher auf dem Grashang Unterricht gehalten. Ihm war der Freiluftunterricht nie sehr ergiebig erschienen, und am Vormittag gab er die wichtigeren Stunden immer im Haupthaus, denn die Konzentrationsfähigkeit der Kinder zeichnete, gleich der seinen, etwa eine halbe Stunde vor dem Läuten der Mittagsglocke eine jäh abfallende Kurve. Im Freien wandte sich die Aufmerksamkeit leicht vom Lehrgegenstand ab. Verwunderlich war das weiter nicht. Die Aussicht, die man hier genoß, hatte nicht ihresgleichen in Jamaica. Ganz Kingston lag vor einem ausgebreitet, zuweilen in schimmernden Dunst getaucht, dann wieder so scharf und klar, daß man die einzelnen Häuser genau erkennen konnte – das Regierungsgebäude, das Myrtle Bank Hotel, die neue Telephonzentrale, den weißen Riesenbau des Carib Cinema. Einige der Kinder konnten sogar die Häuser ihrer Eltern genau ausmachen.

Die Ein- und Ausfahrt der Schiffe zog immer die Aufmerksamkeit der Kinder auf sich, noch faszinierender aber war das pausenlose Treiben auf dem Flugplatz. Das Anfluggelände lag offen auf die Bay hinaus, und wenn die Maschinen landeten, sah es oft aus, als ob sie sich in der Entfernung geirrt hätten und ins Wasser fielen. Und noch aufregender war der Start. Wenn die Sonne prall auf das Feld herabschien, konnte man beobachten, wie sich die Maschine beim Aufsteigen von der Rollbahn von ihrem Schatten löste; an nebligen

Tagen aber war an nichts zu erkennen, daß sie schon hochkam, und so wartete man ein paar atemlose Sekunden lang, ob sie nicht am Ende der Bahn ins Meer liefe.

Bei den Freiluftstunden war es eine Frage der pädagogischen Geschicklichkeit, ob man das Interesse der Kinder für Schiffe und Flugmaschinen und allenfalls für die unzähligen Insektenarten, die das Gras bevölkerten, ausrunden konnte. Douglas versuchte es nicht allzu oft, lieber überließ er die Nachmittagsstunden freier Lektüre, dem Geschichtenerzählen oder heimatkundlichen Erörterungen. Tauchte etwas Ablenkendes auf, so wechselte er das Thema und sprach über den Gegenstand des Interesses.

An diesem Nachmittag hatte seine Stunde kaum begonnen, als irgendwer auf einen vollaufgetakelten Schoner wies, der eben um Cap Palisados in den Hafen steuerte. Sie sahen eine Weile hinüber, dann begann er über den Schoner zu sprechen und schlug vor, man sollte Geschichten über die Leute an Bord erzählen. Das war eine gute Phantasieübung, Geographie und Geschichte kamen auch auf ihre Rechnung, und niemand langweilte sich.

John, der zu den Schülern dieser Klasse gehörte, war im Geschichtenersinnen ebenso groß, wie er sich auf den Bau eines Baumhauses verstand. Seine Erzählung über den Schoner verdiente den ersten Preis. Da gab es einen eitlen alten Kapitän, der sich weiß Gott was darauf zugute tat, den größten und schönsten Schoner in der Karibischen See zu besitzen. Ein Junge der Mannschaft haßte den Kapitän, desertierte eines Tages von dem Schiff und ging daran, sich einen eigenen Schoner bauen zu lassen. Als der fertig war, fuhr er damit dicht hinter dem des alten Kapitäns her. Der wußte, daß kein Schiff schneller lief als das seine, und setzte stolz alle Segel. Der Junge in dem neuen Schoner jagte in voller Fahrt hinter ihm her, saß ihm im Genick – und dann, plötzlich, setzte er noch ein Segel und ließ den andern hinter sich. Darüber war der Kapitän so wütend, daß er den neuen Schoner bei Nacht zu rammen versuchte. Bei diesem Kampf ging jedoch sein eigenes Schiff auf Grund, er aber wurde an Bord des Rivalen gerettet und wurde nun einer von der Mannschaft des Jungen.

Es lag klar auf der Hand, daß John sich mit dem jungen Deserteur seiner Geschichte identifizierte; und der Verdacht war nicht zu weit hergeholt, daß er unbewußt seinen Vater mit dem Kapitän des Schoners gleichsetzte. Indem er diesen Kapitän niederkämpfte und dann in seine eigene Mannschaft aufnahm, gewann er den Sieg über seinen Vater, nach dem er lechzte. Douglas hatte aus der Zurückhaltung, mit der John über seinen Vater sprach, schon lange geargwöhnt, daß hier Haß vorlag; jetzt aber war er seiner Sache vollkommen sicher. Die Geschichten der Kinder gewährten oft solche Durchblicke, verrieten einem, was die Zöglinge sonst geradeheraus weder hätten sagen können noch wollen.

Bald wandte sich das Interesse von dem Schoner ab, und Douglas zog ein Buch hervor, um während der letzten zwanzig Minuten der Stunde vorzulesen. Gerade da kam Pawleys farbige Dienerin den Hang herauf und reichte ihm eine Mitteilung. Sie war mit Pawleys peinlich sauberen Zügen geschrieben.

«Mr. Lockwood,
würden Sie so freundlich sein und zu einer Ihnen passenden Stunde nach mir sehen?

Leonhard Pawley»

Douglas sagte der Dienerin, er würde gleich nach der Stunde hinunterkommen, und dann setzte er seine Vorlesung fort. Fünf Minuten später tauchte Pawley selbst auf. Er trieb sich nervös, als hätte er sein Erscheinen zu entschuldigen, in der Nähe herum, bis Douglas auf ihn aufmerksam wurde. Vor den Kindern nahm er gern eine solche scheu-überbescheidene Art an, um ihnen vorzuführen, daß er zwar der Schuldirektor sei und einen Bart trage, aber doch keineswegs unnahbar und im Herzen selbst ein Junge sei.

Er schielte zu den Kindern hinüber. «Ich hoffe, ich störe nicht allzusehr?» Und da es ein Gemurmel gab, fuhr er fort: «Ihr nehmt es mir hoffentlich nicht krumm, wenn ich euch Mr. Lockwood für eine Minute entführe? Vielleicht übernimmt einer für ihn das Vorlesen?» Douglas reichte das Buch einem der Knaben. Pawley funkelte sie durch seine Brille an.

«Ihr seid mir doch nicht böse, nicht wahr?»

Sie gingen zur Seite. Pawley hatte einen Brief in der Hand. Als sie außer Hörweite waren, sagte er:

«Augenblick, Lockwood... wie lange sind Sie jetzt in Jamaica?»

«Zwei Monate.»

«Natürlich.» Er nickte. «Selbstverständlich können Sie sich in so kurzer Zeit nicht in einem neuen Land zurechtfinden. Da kann einer noch so scharfe Augen haben, es ist erstaunlich, wie lange er braucht, um sich auch nur auf einer so kleinen Insel wie der unsrigen zu orientieren. Ich bin jetzt über zwei Jahre hier und will offen bekennen, daß auch meine Landeskenntnis noch große Lücken aufweist.» Er lächelte Douglas an, um die Offenherzigkeit dieses Geständnisses zu unterstreichen. «Meine Frau, die doch eine geborene Jamaicanerin ist, sagt, daß kaum ein Tag vergeht, ohne daß sie etwas Neues über das Leben in Jamaica erfährt.»

Jetzt klang es definitiv so, als ob Pawley auf eine Predigt über lasterhaftes Nachtleben hinsteuerte – obwohl ihm zuzutrauen war, daß er fast jeden Gegenstand mit solchen Umschweifen einleitete. Douglas warf einen Seitenblick auf den Brief, den Pawley in der Hand hielt. Jamaicanische Marke. Poststempel Kingston.

«Wenn man da einen Vergleich ziehen wollte», legte Pawley wieder los, «so könnte man Jamaica mit einer kleinen englischen Provinzstadt gleichsetzen, wo tatsächlich Krethi weiß, was Plethi tut. Wirklich», die Analogie entzückte ihn, «man könnte die Klassengegensätze in einer englischen Stadt mit den Farbunterschieden hier vergleichen. Die Tatsache läßt sich einfach nicht verkennen, daß Beruf und Einkommen allgemein in einem direkten Verhältnis zur Hautfarbe stehen. Nun, darum geht es ja im Moment nicht. Ich komme nur darauf zu sprechen, um zu betonen, daß diese provinzielle Art Jamaicas uns zwingt, sehr auf Klatsch zu achten. Was über einen hinter dem Rücken geschwätzt wird, das spielt hierzulande eine große Rolle, das würgt einen wie nicht der schlimmste Feind.

Also war es doch das Bordell! Wenn Pawley nur endlich damit herausrücken wollte!

«Schlimmer als eine Seuche ist das», perorierte Pawley. «Und das bringt mich zu dem ärgerlichen Brief, den ich da eben bekommen habe.» Er zog ihn aus dem Umschlag, faltete ihn aber noch nicht auf. «Es tut mir leid, daß ich Ihnen mit solch unangenehmen Dingen lästig fallen muß. Nun, ich habe ja versucht, den Boden vorzubereiten. Vielleicht lesen Sie am besten selber.»

Douglas nahm den Brief. Auf den ersten Blick sah er, daß er nichts mit seinem Nachtleben in Kingston zu tun hatte. Es war ein anonymer Brief, auf billigem liniertem Papier von ungeübter Hand geschrieben. Aufmerksam entzifferte er ihn.

«Ich halte es für meine Pflicht, Sie darauf hinzuweisen, Sir, daß John Cooper, der bei Ihnen in die Schule geht, nicht geeignet ist, mit anderen Menschen zusammenzuleben. Sein Großvater ist in der Leprakolonie von Spanish Town gestorben, seine Tante ebenso, davon können Sie sich jederzeit überzeugen. Alle Welt weiß, daß die Lepra auf Kinder übergeht, und darum müssen Sie, Sir, John Cooper aus Ihrer Schule tun, denn wenn das herauskommt, können Sie sich darauf verlassen, daß alle ihre Kinder von Ihnen wegnehmen. Ich schreibe Ihnen diesen Brief nur in Ihrem eigenen Interesse, Sir, denn sicher wollen Sie weder die andern Kinder mit Lepra anstecken lassen noch Ihre Schule verlieren.»

Angewidert reichte Douglas ihm den Brief zurück. Mit einer gewissen Befriedigung stellte Pawley fest: «So, jetzt sehen Sie wenigstens, mit was für Dingen wir hierzulande zu rechnen haben, Lockwood.»

«Ja, das tu ich wohl.»

«In diesem Sinn bin ich eigentlich froh, den Brief bekommen zu haben.» Er wollte Douglas' Verwunderung über dieses Paradoxon in dessen Zügen lesen, aber Douglas war noch zu angewidert, um Verblüffung zu zeigen. So fuhr Pawley fort: «Viele Leute haben uns abgeraten, als wir diese Schule gründeten. Es gäbe schon zu viele Schulen hier, sagten sie, und auf jeden Fall hätte es keinen Sinn, etwas Modernes, Experimentelles zu wagen – derlei stünde dem Charakter der Insel entgegen.» Er klopfte auf den Brief. «Ich denke, dies da widerlegt solche Argumente. Kein Mensch, der so etwas liest, kann positiv über den Bildungsgrad der Jamaicaner urteilen.»

Douglas verstand diese Beweisführung nicht. Ihm schien, der Schreiber jenes Briefes sei keinesfalls eine Person gewesen, die eine teure Schule besucht hatte, aber er hatte schließlich kein Interesse daran, dies von Pawleys Standpunkt zu betrachten, als Rechtfertigung seines Systems. Er wollte nur wissen, worauf Pawley hinzielte.

«Nun ja», sagte er, «für anonyme Briefe gibt es seit eh und je nur einen Platz, den Papierkorb.» Er war ein wenig ärgerlich über den Wirbel, den Pawley anrichtete. Warum hatte er das Zeug nicht einfach zerrissen, statt damit herumzuflunkern? Wenn er nicht sehr irrte, so würde Pawley jetzt darüber zu Morgan sprechen, Morgan würde es weitergeben, und noch vor Abend würde der Klatsch die ganze Schule durchlaufen haben, kurz, genau das Übel würde eintreten, was der Schreiber offenbar beabsichtigte.

«Durchaus Ihrer Meinung», nickte Pawley. «Andererseits aber können wir es uns einfach nicht leisten, uns taub zu stellen.»

«Man könnte den Brief der Polizei übergeben», meinte Douglas, «aber ich bezweifle sehr, daß sie den Schreiber ausfindig machen wird – und die Nachforschungen erregen erst recht den Klatsch.»

«Stimme vollkommen mit Ihnen überein», bestätigte Pawley. «Es wäre grundfalsch, die Polizei jetzt hineinzuziehen.» Es klang, als ob er sich widerwillig dieser Erkenntnis füge – zweifellos hätte es ihm großes Vergnügen bereitet, den Polizeileuten auseinanderzusetzen, wie sehr dieser Brief die Existenz der Blue Mountain School rechtfertige. «Doch handeln wir gegen die anderen Kinder nur fair, wenn wir diesen Bezichtigungen nachgehen.»

«Ich kann nicht finden, daß es irgendeine Rolle spielt, wenn die ganze Leprakolonie von Spanish Town mit Großeltern und Tanten Johns besiedelt ist. Wir wissen ganz genau, daß John niemals im Bad die Finger oder die Zehen abfallen.»

Pawley schielte schicksalsergeben durch seine Brille.

«Unglücklicherweise – oder vielleicht müßten wir sagen glücklicherweise – zeigt sich dieses Übel nicht immer sogleich in seiner entsetzlichen Form. Ein Kind kann damit behaftet sein, ohne daß die äußeren Zeichen erkennbar sind.»

«Aber dann ist die Krankheit doch nicht ansteckend, wie?» wandte Douglas ein, leicht herabgestimmt.

«Die Lepra ist überhaupt und in jedem Stadium weit weniger ansteckend, als die meisten Leute glauben. Die allgemeine Angst davor geht zum großen Teil auf Aberglauben zurück.» Douglas konnte sich des Gedankens nicht erwehren, daß Pawley soeben in einem Lexikon nachgeschlagen hatte. Jetzt setzte der Schuldirektor ein bescheidenes Lächeln auf und bemerkte: «Sie sehen, Lockwood, meine zwei Jahre in Jamaica waren nicht ganz unnütz.»

«Was wollen Sie also tun?»

«Ich wollte Sie fragen, was Sie meinen. Wie Sie wissen, ist es im allgemeinen meine Taktik, die Entscheidung, solange es irgend möglich ist, in den Händen der einzelnen Tutoren zu lassen. Ich liebe es nicht, mich als Ihr Vorgesetzter zu fühlen. Nur als Ihr beratender Führer.»

«Dann schlage ich vor, den Arzt John gründlich untersuchen zu lassen.»

«Ausgezeichnet.» Pawley sah befriedigt aus. «Ich habe angenommen, daß Sie in diesem Punkt der gleichen Ansicht sein würden. Tatsächlich habe ich Dr. Knowles bereits angerufen und ihn gebeten, heute abend heraufzukommen. Sie können John darauf vorbereiten, daß er um halb sechs gerufen werden wird.»

«John wird das sehr sonderbar finden.»

«Dagegen läßt sich nichts tun.»

«Es könnten ja bei der gleichen Gelegenheit noch ein paar untersucht werden», regte Douglas an. «Sonst werden die Kinder herumraten, was wohl mit John los ist, und wenn eines zu Hause schon von diesem Geschwätz über Lepra gehört hat, so wird es ein wildes Geklatsch geben. Man könnte Knowles zum Beispiel bitten, alle Buben aus diesem Schlafraum zu untersuchen. Das würde jeden Verdacht ausschalten.»

Pawley sah erfreut drein. «Daran hatte ich nicht gedacht. Sage ich's nicht immer, daß wir die besten Ergebnisse erzielen, wenn wir gelegentlich ein wenig die Köpfe zusammenstecken?» Er setzte ein Lächeln bescheidener Selbstverspottung auf. «Welches immer meine Fehler sein mögen, Lockwood, Sie werden mich nie zu stolz finden, eine Idee anzunehmen, bloß weil sie nicht von mir ist.»

Es fand sich natürlich keine Lepra bei John – zum mindesten keine in erkennbarer oder ansteckender Form.

Der Arzt kam eine halbe Stunde zu früh, und die Buben mußten mühsam von allen Spielplätzen zusammengefangen werden. Sie versammelten sich im Ordinationsraum. Die einzige Schwierigkeit, die sich ergab, war, daß man die Sache irgendwie Mrs. Morgan beibringen mußte, die sehr auf ihre Autorität als Krankenpflegerin und Hüterin der Hygiene bedacht war. Douglas wußte, daß die

Sache, wenn man mit ihr von dem Brief sprach, binnen weniger Minuten Morgan zu Ohren kommen mußte, und das mindeste, was man dann auszustehen hatte, war ein mehrstündiger Vortrag über Lepra, deren Geschichte, Ätiologie, Therapie und Statistik. Douglas sprach Dr. Knowles unten auf dem Korridor an.

«Machen Sie sich keine Sorgen», beruhigte ihn der Arzt. «Ich sage ihr, daß ich einen Sonderbericht über den verbesserten Gesundheitszustand der Jungen hier oben ausarbeite. Das heute ist eben eine Art Stichprobe.» Er wirkte freundlich. Dr. Knowles war ein netter kleiner Bursche mit einem nußbraunen Gesicht und weißem Haar. Die Erfahrung hatte ihn gelehrt, wie man mit der gutgläubigen Mrs. Morgan umzugehen hatte.

Eine halbe Stunde später kam er wieder herunter. Douglas begleitete ihn in den Garten.

«Alles purer Mist», sagte er. «Der Bursche ist so gesund wie Sie und ich.»

«Gott sei Dank!»

«Bestellen Sie es Pawley von mir, ja? Ich habe es eilig.»

Douglas fand Pawley in seinem Bungalow und überbrachte ihm die Nachricht.

«Freut mich sehr, das zu hören, Lockwood», sagte er, als wäre das Gegenteil immerhin im Bereich der Möglichkeit. «Freut mich wirklich außerordentlich.»

«Ich hoffe, die Sache ist damit erledigt.»

Pawley lächelte wehmütig.

«Hoffen wir es. Bosheit vermag viel. Man könnte sie fast eine Leidenschaft nennen.»

Aus dem Mund eines Mannes, der so leidenschaftslos war wie Pawley, klang das wie eine Wahrheit aus zweiter Hand, aber nun ja, er war eben nicht zu stolz, auch fremde Gedanken anzunehmen, und diesmal hatte er entschieden recht.

5

Die Katastrophe hatte am Donnerstag stattgefunden, und der darauffolgende Montag war Douglas' freier Tag. Es war verabredet worden, daß er Taylor im Dienstwagen in ein Erholungsheim in Kingston bringen sollte. Taylors physische Schäden waren nicht ernster Art, aber die Aufregung über seine Frau und seine Tochter hatten ihn beinahe gelähmt. Er hatte die ganze Zeit über im Bett gelegen, hatte vor sich hingestarrt und nichts Eßbares anrühren wollen; offensichtlich erforderte sein Fall eine Art Pflege, die ihm die Schule nicht bieten konnte. Judy ihrerseits ging es von Tag zu Tag besser. Sie in ein Erholungsheim zu schicken hatte keinen Sinn, aber der Arzt hatte empfohlen, ihr wenigstens noch eine Woche der Ruhe in der kühlen Bergluft zu gönnen. Bevor Douglas mit Taylor losfuhr, trat er bei Judy ein, um zu fragen, ob sie etwas aus Kingston brauchte.

«Na und ob! Wollen Sie in mein Zimmer gehen, es gründlich durchsuchen und alles, was nicht niet- und nagelfest ist, in einen Koffer stopfen? Und vergessen Sie um Himmels willen nicht den Lippenstift! Ich komme mir ohne ihn wie eine Nonne vor – und aufrichtig, es steht mir doch nicht, eine Nonne zu sein, nicht wahr?»

Douglas und Mr. Morgan transportierten Taylor in den Wagen. Als sie durch die Halle kamen, sagte er: «Lassen Sie doch, ich komme schon allein weiter.» Kaum aber hatten sie den Druck unter seinen Armen gemildert, drohte er zusammenzusacken, und so eskortierten sie ihn den Rest des Weges. Er wurde auf den Platz neben dem Steuer gesetzt. Im ersten Teil der Fahrt sprach Douglas kaum, er empfand eine gewisse Verlegenheit, wünschte nicht, auf den schweren Verlust anzuspielen, und scheute gleichzeitig wieder davor zurück, belanglos draufloszuplaudern. Taylor war ein guter Fünfziger, ein erfolgreicher Geschäftsmann aus den Midlands, mit einem weichen, runden Gesicht wie ein Baby. Wahrscheinlich war sein Gehaben sonst derb-jovial. Er war ganz die Sorte Mann, die es gar nicht ungern hat, wenn man auf ihre Kosten lacht, die selber mitlacht, hinter dieser knabenhaften Gutmütigkeit aber eine Fuchsschlauheit verbirgt. Sie waren schon eine Weile unterwegs, als Taylor sagte:

«Die Straße ist nicht gut zu fahren.»

Douglas erwähnte, daß es hier auf sieben Kilometer an die hundert Haarnadelkurven gäbe.

«Doch nicht wortwörtlich?»

«Ja, hier muß man aufpassen. Da kann man es sich nicht leisten, die Aussicht zu genießen.»

«Glaub es Ihnen aufs Wort.» Einen halben Kilometer lang saßen sie schweigend. Dann sagte er wieder: «Verdammt viel Biegungen!»

«Wahrhaftig, nicht wahr? Teuflisch viele.»

«Da hat man keine Zeit, sich umzuschauen.»

«Nein. Beide Augen auf die Straße gerichtet.»

Plötzlich zitterte Taylors Stimme. «Meine Frau wollte gar nicht fliegen, wissen Sie.»

«Sie wollte nicht?»

«Nein. Schon wegen der Kleinen. Ich meinte, das wäre Unsinn, kein Anlaß, sich Sorgen zu machen. Schließlich ließ sie mir meinen Willen. Das hat sie immer getan.»

Douglas fiel nichts ein, was er sagen konnte.

«Sie war eine wunderbare kleine Frau», fuhr Taylor fort. «interessierte sich für Bilder. Gemalte, verstehen Sie. Ich hab sie ausgelacht. Sie wollte so gern eines kaufen, bevor wir abflogen. Fünfunddreißig Pfund. Ich hab es ihr nicht geben wollen.»

Seine Stimme erstickte. Zwei- oder dreimal setzte er an, dann konnte er weitersprechen. «Ich werde mir das nie verzeihen können. Ich habe ihr das Bild verweigert.»

«Es hätte natürlich nichts geändert am Ablauf der Dinge», bemerkte Douglas.

«Es hätte sie glücklich gemacht. Und können Sie sich vorstellen, was ich ihr letzte Weihnachten geschenkt habe?» Er ließ ein keuchendes Lachen hören, als ob er um Atem ränge. «Eine Füllfeder. Zweiunddreißig Schillinge und sechs Pence.» Die letzten Worte preßte er hervor, als müsse er sie durch eine Enge zwängen, durch eine Höhle in einem Damm, den er gegen seine Verzweiflung errichtet hatte. Im nächsten Augenblick riß der Damm, und Taylor begann zu schluchzen. Douglas fuhr behutsam weiter. Nichts machte einen so tiefen Eindruck auf ihn wie die Tränen eines erwachsenen Mannes.

Nach einer geraumen Zeit brachte Taylor ein Taschentuch hervor und wischte sich die Augen.

«Entschuldigen Sie. Es ist das erste Mal, daß mir so was passiert. Verdammt egoistisch, andern damit auf die Nerven zu fallen. Bin schließlich auch nicht der erste, der jemand verloren hat.»

«Kann ich denn gar nichts für Sie tun?» meinte Douglas. «Soll ich jemandem für Sie schreiben oder sonst was?»

«Nein, danke schön. Weiß selber noch nicht, was ich tun werde. Das Heimfahren, davor gruselt's mir. Das Haus betreten, verstehen Sie. Überall die Sachen meiner Frau. Peggys Zimmer, genau, wie sie es verlassen hat. Ich glaube, das halte ich nicht aus.»

«Ich nehme an, Sie haben Verwandte, die hilfreich zur Hand sind?»

«Ja. Wahrscheinlich gehe ich zuerst auf eine Weile zu meiner Schwester. Kann ihr sagen, daß sie den Haushalt auflösen soll. Glaube kaum, daß es meiner Frau recht gewesen wäre, wenn ich ihre Sachen in die Hand nähme. Wenn ich es nur wüßte!»

«Ich würde auch lieber jemand darum bitten», riet Douglas.

Schweigend fuhren sie eine Weile weiter. Er dachte schon, Taylor habe sich erholt, aber als er ihn mit einem Seitenblick streifte, sah er, daß sich sein Babygesicht wieder verkrampft hatte und daß er still vor sich hin weinte. Taylor bemerkte den Blick und brachte mühsam hervor:

«Das Schwierige ist, daß ich gar nicht weiß, wo meine Frau dieses Bild gesehen hat. Ich kann es ihr gar nicht kaufen, nicht einmal jetzt.»

Nachdem er Taylor in dem Erholungsheim abgeliefert hatte, fuhr er in die Stadt. Hier unten war es wirklich wie in einem Dampfbad, die Hitze und Taylors Unglück hatten ihn so weit gebracht, daß er sich ganz elend und abgekämpft fühlte. Dieses absurde Schuldgefühl wegen des Bildes und die Tränen, die ihm über die weißen, fleischigen Backen liefen, das hatte mehr Eindruck auf Douglas gemacht als alle übrigen Aspekte der Katastrophe zusammengenommen, die verkohlte Frau mit dem weißen Bein eingeschlossen. So reagierte man immer, man sah fünfzig zerfleischte Leichen in einer Reihe liegen und fühlte nur, wie sich einen Moment lang der Magen umdrehte, aber die Nuancen einer persönlichen Tragödie griffen einem ans Herz. Wahrscheinlich waren es gerade die Nuancen, die einem dieses «um Gottes willen» auf die Lippen brachten. Aber durch Gottes gnädige Fügung gab es außer Taylor noch eine Million andere Leute, deren Rolle Douglas hätte zufallen können, eine Million Rollen, die er lieber gespielt hätte als seine eigene.

So ging es einem immer, wenn man nach Kingston kam, ihm zum mindesten ging es stets so – plötzlich war die Stimmung, die einen von der Schule hierhergelockt hatte, wie mit einem Schlag verschwunden. Wahrscheinlich gab es auf der ganzen Welt keine zweite Stadt, hatte es nie eine gegeben, der jede Besonderheit so vollkommen abging; nirgends sprang einem die Mittelmäßigkeit so prall ins Gesicht. Diese Mittelmäßigkeit saugte sich an ihm fest, sickerte in ihn ein, fiel auf seine Seele wie Mehltau – hockte über ihm wie ein grindiger Geier und wartete, bis sein Lebensblut verströmt war. Mittelmäßigkeit legte sich um einen wie ein eiserner Ring. Mittelmäßigkeit lehrte ihn, sich selbst zu sehen. Plötzlich gewahrte er sich hier in einer neuen und zwingend realen Perspektive, so wie er irgendeinem Fremden erscheinen mochte, dem er nur die wichtigsten Daten seines Lebens anvertraut hätte – ein Entlaufener aus einer schlechten Ehe und einer unbefriedigenden Laufbahn, jetzt Schulmeister in einer verrückten, ins Kolonialland verrutschten Schule, ein Mann über Dreißig, der noch nichts hinter sich gebracht, nirgends festgewachsen war, noch kein Glück gesehen hatte. Während er so durch diese mittelmäßigen Straßen schlenderte, schienen sie sich über seine jungenhaften Träume, denen er noch nicht ganz entwachsen war, die noch klar vor seiner Erinnerung standen, lustig zu machen. Ruhm, fleckenloses Glück, reine Liebe ... All diese Dinge, die immer hinter der nächsten Ecke zu warten schienen, es auch jetzt noch taten, nicht bewußt erwartet, aber unbewußt erhofft ... bis Kingston wie das Fenster einer Auslage, an dem man vorbeilief, einem sein wahres Bild entgegenspiegelte und einen mit Verzweiflung erfüllte.

Es war seine Absicht gewesen, sich an diesem Tag noch einen Tropenanzug zu kaufen, aber statt dessen fuhr er direkt zum Myrtle Bank, dem größten Hotel in Kingston, das der beste Zufluchtsort war vor Auslagenfenster und Mittelmäßigkeit. Im Hotelpark gab es ein Schwimmbassin. Im Garderobenraum schlüpfte er aus seinen schweißfeuchten Kleidern, dann nahm er eine Dusche und schwang sich ins Wasser. In dem kühlen Naß fühlte er sich sofort besser. Er schwamm herum, blickte zu den Wedeln der Palmen hinüber, die regungslos in der schweren tropischen Luft erstarrten. Dann kletterte er aus dem Wasser, setzte sich unter einen orangefarbenen Sonnenschirm, bestellte etwas zum Trinken und einen Imbiß. Die Niedergeschlagenheit kehrte allmählich zurück, ergriff wieder Besitz von ihm. Als er in England gewesen, die Scheidung vorüber und Caroline gegangen war, hatte er gemeint, um sich selbst zu entkommen, bedürfte es nichts weiter als einer Fahrt über den Atlantik; es mußte genügen, wenn man Bambusstauden und Palmen um sich hatte und nicht mehr Londons altvertraute Straßen. Schön, es wirkte nicht, man änderte nichts an sich, wenn man sich im Antlitz der Erde ein anderes Fleckchen als Domizil suchte. Er mußte sich an den Bürokollegen in London erinnern, der ihn gewarnt hatte: «Wenn Sie darauf aus sind, etwas zu vergessen, dann bleiben Sie um Gottes willen den Kolonien fern – die sind voll von Gedenksteinen, zur Erinnerung an Leute, die das auch versucht haben.» Das war derselbe Kollege gewesen, der auf die Ankündigung, Douglas werde in einer modernen Reformschule Unterricht erteilen, gesagt hatte: «Ach, das sind wohl diese Institute, in denen man den Beweis erbringt, daß die lächerlichen alten Methoden doch die richtigen waren?» Douglas hatte gemeint, der Bursche jongliere nur mit Aphorismen, so wie er Reklameslogans aus dem Ärmel schüttelte, aber vielleicht, so schien es ihm jetzt, hatte doch mehr dahintergesteckt. Wenn Douglas hier unten im Hotelpark saß und an Silvia dachte, an ihren Hochmut und ihre Verlogenheit, so hätte er ihr mit Vergnügen den Hals umgedreht.

Der Kellner brachte den Lunch auf einem Tablett und stellte es auf ein niedriges Tischchen neben seinem Sessel. Es war ein ältlicher Neger, dessen krauses Haar an graues Persianerfell erinnerte. Caroline hatte einen prächtigen Persianermantel besessen, und so begann Douglas an sie zu denken und sich zu fragen, was sie jetzt wohl tun mochte. Im Geist sah er sie vor sich, nicht ohne Neid, unter der freundlicheren Sonne Italiens auf einem Felsen liegend oder unter einem Sonnenschirm auf einem Pariser Boulevard sitzend oder sogar schon wieder in London, gerade im Begriff, sich todschick für Ascot anzukleiden. Oder war Ascot jetzt schon vorüber? Er konnte sich nicht genau erinnern. Die Zeiten waren vorbei, da er an Ascot gedacht hatte, an Kunstsalons und Dinners bei Kerzenlicht; die Zeiten, da er Wert darauf gelegt hatte, die richtigen Leute zu kennen und an den richtigen Orten gesehen zu werden. Knapp ein Jahr hatte das gedauert. Ihr neuer Reiz hatte jäh mit dem Krieg geendet, und die Entdeckung neuer Wirklichkeiten hatten ihm der Reihe nach tödliche Streiche versetzt. Als der Krieg zu Ende ging, in Malaya, hatte er geglaubt, seine Liebe zu Caroline müsse mit seiner Hinneigung zu dem Leben, das sie vorstellte, erstorben sein; mit einem unbehaglichen Gefühl war er aus den Armen einer chinesischen Hure in Penang nach Hause zurückgekehrt. Als er aber herausfand, daß Carolines Liebe noch mehr erloschen war als seine, hatte ihn ein neues Verlangen nach ihr überrannt. Eitelkeit! Pure Eitelkeit! Er hatte sich Mühe gegeben, jene Abgelöstheit wiederzuerlangen, die er in Malaya schon erreicht hatte; aber jetzt gab es nur mehr den Schmerz, nicht geliebt zu werden, die Demütigung ihrer offenen Untreue. Die schmerzlichen Erinnerungen der nächsten sechs Monate brannten ihn wie offene Wunden, und er quälte sich, indem er sie der Reihe nach mit der Fingerspitze abtastete. Zuweilen versuchte er Salbe darauf zu streichen, sich zu sagen: «Ich liebe Caroline gar nicht, wir wären nie miteinander glücklich geworden.» Aber die Salbe der Vernunft heilt nur selten Wunden.

So stichelte er die ganze Zeit über in den wehen Stellen herum, während er seinen Lunch verzehrte, und als er damit fertig war, stand es für ihn fest, daß es keinerlei Sinn hatte, so herumzulungern; besser, man kehrte so bald wie möglich in die Kühle des Höhenlandes zurück. Er kleidete sich wieder an und ging zu seinem Wagen. Erst als er Kingston beinahe schon im Rücken hatte, erinnerte er sich des Versprechens, das er Judy gegeben. Wie merkwürdig, daß er das alles vergessen hatte! Er wendete den Wagen und machte sich auf die Suche nach ihrer Adresse. Es war eine simple Pension, die sich großspurig Gästehaus nannte, ungefähr dort am Stadtrand gelegen, wo die Einkommen zu steigen beginnen und wo die Haut heller wird. Die Pensionswirtin war kaffeebraun und hatte einen Leibesumfang wie Mrs. Morgan. Als sie in der Zeitung von der

Katastrophe gelesen, so berichtete sie ihm, hatte sie nicht gewußt, ob sie vor Mitleid und Kummer über die Tragödie weinen oder vor Freude über Judys Entkommen lachen sollte. Auch jetzt hielt sie sich noch zwischen Lachen und Weinen in der Mitte. In der schäbigen kleinen Kammer half sie ihm, Judys Kleider zusammenzupakken, während lautes Schnarchen monoton durch die dünne Wand drang. Er trug den Koffer zu seinem Wagen. Zwanzig Minuten später hatte er Kingston hinter sich, die Straße begann anzusteigen. Fast unvermittelt wurde die Luft frischer und kühler, Douglas pumpte tiefe Züge in seine Lungen, und der Geier, der über seiner Seele hockte, raschelte mit dem Gefieder und flatterte enttäuscht davon. In der Entfernung konnte Douglas jetzt den jäh aufsteigenden Gipfel des Blue Mountain Peak erkennen. Manchen Leuten brachten die hohen wilden Berge ihre eigene Bedeutungslosigkeit und Trivialität zu Bewußtsein. Douglas waren sie ein Gegenmittel gegen die Mediokrität der Stadt, ihre Maßlosigkeit und Wildheit sprach seine Seele an. Er fühlte sich neugeboren.

Er brauchte etwas über eine Stunde, um die Schule zu erreichen. Er parkte den Wagen zwischen den beiden hohen, glattstrünkigen Eukalyptusbäumen, die wie Schildwachen an der Einfahrt standen. In der Garage stieß er auf Joe.

«Sie wollen, ich Ihre Koffer tragen, Sir?»

«Nein, ich schaff's schon selbst.»

Er ging zum Haupthaus hinüber. Pawley hockte unter einem Wacholderbaum und hielt Geschichtsstunde; er schielte herüber, als Douglas vorbeikam. Der ging schnurgerade ins Krankenzimmer. Diesmal lag Judy brav im Bett. Sie setzte sich auf.

«Ich war vollkommen überzeugt, daß Sie's vergessen würden.»

«Ich hoffe, ich habe alles gebracht, was Sie benötigen.»

«Nach dem da werde ich mich in allem großartig fühlen. Ich kann jetzt auch ausgehen – doch, der Arzt hat es gesagt. Wollen Sie mich ein bißchen spazierenführen? Einmal rund um die Schule herum?»

Er sah nach der Uhr. «In einer halben Stunde. Dann haben die Kinder frei. Sie können sie bei ihren selbstgewählten Beschäftigungen sehen, wenn Sie mögen.»

«Da bleibt mir gerade Zeit, mich anzuziehen. Werden Sie kommen und mich holen?»

Er ging in seinen Bungalow. Auf seinem Tisch lag ein Brief von Caroline, mit einer österreichischen Briefmarke. Er ließ ihn liegen, während er sich wusch und ein frisches Hemd nahm. Ihn einige Minuten ungeöffnet zu lassen war nichts weiter als ein lächerlicher Versuch, sich selber vorzumachen, die Sache ließe ihn kalt. Oder vielleicht täuschte er sich nicht einmal, es war eher eine Art Selbstdisziplin, ein Training in Gefühlskontrolle. Sogar als er den Brief öffnete, tat er es auf beherrschte Weise, ganz so, als kümmerte ihn das Schreiben nicht mehr als irgendeine Drucksache. Caroline schrieb in ihrem Telegrammstil. «Hoffe zu Gott, niemand fragt uns, wie wir hier zwei Monate mit fünfunddreißig Pfund durchgekommen sind, aber es ist einfach göttlich schön hier. Ich weiß, leider, Du würdest sagen: zu altmodisch. Mußten aus der Schweiz flüchten, lauter Südende-Volk hier. Alec traf seine Exfrau in Luzern und tanzte mit ihr. Sehr chic, mit seiner Exfrau zu tanzen. Du solltest zurückkommen und es auch probieren, Lieber: es ist die ganz große Mode. Was soll, um Gottes willen, Jamaica? Alec meint, Dein einziger Hemmschuh wären Deine mittelländischen Moralauffassungen.» Nett von Alec. Douglas löste die Marke von dem Umschlag, um sie John zu geben, warf den Brief in eine Schublade und ging ins Haupthaus. Judy stand vor dem Wandspiegel, mit ihrem Make-up beschäftigt.

«Heiliger Himmel, ich bin noch nicht fertig. Können Sie das nicht leiden?» Sie winkte mit dem Lippenstift.

«Hab nicht das geringste dagegen.»

«Ich sehe appetitlich aus, wenn ich hergerichtet bin. Wahrscheinlich haben Sie bis jetzt einen falschen Eindruck von mir gehabt.»

«Sie hatten die Lippen gefärbt, als wir Sie herauszogen.»

«Wahrscheinlich war die Farbe ganz verschmiert.»

«Nein, das war sie nicht. Wahrscheinlich war der Lippenstift sturzfest.»

Sie lachte. «Kußfest und sturzfest. Gäbe einen hübschen Slogan ab, wenn Sie in die Reklamebranche zurückkehren.»

«Prachtvoll.» Sie bearbeitete weiter ihr Gesicht. Nachdem er ihr eine Weile zugesehen, sagte er: «Sie sind der einzige Mensch hier oben, mit dem ich ein bißchen Unsinn reden kann. Das ist ein ungeheurer Trost.»

«Ich kann überhaupt nur Unsinn reden. Zu intellektueller Konversation habe ich nie getaugt.»

«Das würde hier oben nichts ausmachen», beruhigte er sie. «Damit würden Sie nur den Leuten auf die Zehen treten und Empfindlichkeiten wachrufen.»

«Schauerlich. Ich würde ununterbrochen daneben treffen. Ich habe gar kein Geschick mit den Empfindlichkeiten anderer Leute.»

Barfüßig kam sie quer durchs Zimmer und setzte sich, um ihre Schuhe anzuziehen. Sie trug ein lustiges Sommerkleid, ihre Figur war knabenhaft schlank. Man merkte ihr an, was für ein gutes Modell sie abgegeben hatte. Aber nichts an ihren Bewegungen war posenhaft, wie man es sonst bei Mannequins antrifft; sie gab sich mit der jugendlichen Lebhaftigkeit eines Füllens. Unvorstellbar, daß sie versucht hatte, Selbstmord zu begehen. Douglas nahm an, daß sie es mit demselben Eifer, der gleichen Unschuld und Verantwortungslosigkeit getan hatte.

Er lächelte.

«Worüber lächeln Sie?»

«Ich tu es nur, damit Sie mich fragen, warum.» Betroffen sah sie ihn an. «Ich hätte nicht den Mut gehabt, es auszusprechen, wenn Sie mich nicht fragten.»

«Nun, also?»

«Als kleiner Junge hatte ich oft einen Traum, da zog ich ein hübsches Mädchen aus einem torpedierten Schiff. Näher bin ich diesem Traum nie gekommen als bei Ihrer Rettung aus dem Flugzeug. Allerdings war mein heroischer Anteil an der Sache geringer als in dem Traum.»

Sie bürstete sich das Haar aus der Stirn und blickte belustigt zu ihm herüber.

«Und wie ist es in dem Traum weitergegangen?»

«Natürlich habe ich mich in das Mädchen verliebt.»

Er kam sich närrisch vor, als er das gesagt hatte, ganz wie einer, der unter dem Tisch nach dem Knie eines hübschen Mädchens tastet. Aber ein Mädchen von Judys Aussehen, das in der Welt herumgekommen war wie sie, wußte wohl auch, wie man mit Knietasten und Anspielungen umzugehen hatte. Sie lachte nur belustigt und sagte ganz unbefangen:

«Verlieben Sie sich um Himmels willen nicht in mich, Douglas, ja? Zuerst würde es mir zu Kopf steigen, dann würde ich mich wie eine Erzhure benehmen, und Sie würden sich von ganzem Herzen wünschen, daß ich nie aus Ihrem Wachtraum hervorgetreten wäre. Oder daß Sie mich lieber hätten ertrinken lassen.»

Als er um halb acht zum Abendessen hinunterkam, waren die Morgans eben im Begriff zu gehen, aber Duffield hatte gerade erst Platz genommen. Duffield war entzückt, ihn zu sehen, denn es war ihm widerwärtig, mit Morgan und seiner Frau bei Tisch zu sitzen. Es fiel ihm schwer, ihre Unterhaltung zu ignorieren, und es bot sich keine Gelegenheit, an irgendeine neutrale Person Bemerkungen zu richten, die leicht verschleierte Beleidigungen an die Morgans enthielten. Man hätte annehmen mögen, daß die Aufregung anläßlich der Flugzeugkatastrophe sie bewogen hätte, wieder miteinander zu sprechen, aber die Fehde war offensichtlich noch nicht beendet.

Heute war Duffield ungewöhnlich guter Laune. Er hatte sich sein Haar fast bis auf Stoppeln zurückschneiden lassen.

«Wie ich höre, kommen Sie mit Ihrer jungen Freundin da oben gut vorwärts», sagte er, nachdem die Morgans gegangen waren. Natürlich hatte er gar nichts gehört, hatte Douglas nur zufällig bemerkt, wie er sie um die Schule herumführte.

«Prächtig komme ich vorwärts», antwortete Douglas. «Ich habe sie spazierengeführt, und sie hat Guajavas direkt von den Bäumen gegessen. Sie fand sie köstlich.»

«Mir wär's lieb, sie ginge nächstes Mal in die Farm und äße ein paar von Morgans Orangen.» Diese Idee amüsierte Duffield über alle Maßen. Er lächelte sogar. Morgan ließ niemand auf fünfzig Meter an seine Orangenbäume heran.

«Oder von seinen Grapefruits», meinte Douglas. Morgans Grapefruits gewannen immer Preise. Aber gleich darauf tat ihm leid, daß er das gesagt hatte. Es klang, als stünde er auf Duffields Seite, und er nahm niemals Partei. Jedenfalls war Duffield von der Bemerkung entzückt. Er strahlte.

«Ich mache mir nichts aus Frauen, die lackierte Nägel haben», bemerkte er vernünftig, als gäbe er zu, dies wäre nur ein geringfügiges und ganz persönliches Vorurteil. «Aber nichts zu sagen, sie sieht gut aus.»

«Für hier ist sie jedenfalls außergewöhnlich.»

«Werden ja sehen, was dabei herauskommt.» Er war der Mann mit den vielen Weibererfahrungen. «Möchte nur nicht, daß Sie sich die Finger verbrennen. Oder wir hören die Hochzeitsglocken läuten, bevor wir wissen, woran wir sind.» Das sollte schalkhaft klingen.

«Wir haben heute nachmittag nichts dergleichen erörtert.»

«Aber Sie sahen ganz so aus, als ob Sie auf bestem Wege wären.» Es war immer noch Scherz. «Mir fehlt so etwas nicht, wissen Sie. Hab Erfahrungen genug gemacht. Man ist nicht mit vierzig Jahren ein Junggeselle, ohne gelernt zu haben, wie man auf seine Rechnung kommt. Das werden Sie zugeben.»

Douglas gab es zu. Er besorgte, Duffield werde sich verlocken lassen, Erinnerungen auszupacken. Und so war es. Er berichtete von einem Mädchen in Bolton, mit dem er gegangen war, bis er zur Einsicht kam, daß die Ehe seiner Laufbahn im Wege stehen würde. Dem Mädel hatte er das Herz gebrochen, aber man mußte eben an die vielen Kinder denken, die nachher von seiner Entschlußfestigkeit den Nutzen gehabt hatten. Dann hatte es während des Krieges ein Mädel gegeben, irgendwo im Mittelosten. Er hatte dort als Ausbildungsoffizier bei der R. A. F. gedient. Das Mädel hatte Sergeantenrang gehabt. Sie hatte mit ihm ins Bett gehen wollen, und damit war es Schluß gewesen. Nicht daß er etwas gegen einen kleinen Spaß gehabt hätte, beileibe nicht, zu seiner Zeit war er selber ein ordentlicher Draufgänger gewesen, aber mit solch einem Mädel war es etwas anderes. Douglas erinnerte sich, daß Morgan einmal eine Andeutung hatte fallen lassen, Duffield habe etwas mit einer der farbigen Dienstmägde. Wer wußte, ob es wahr war?

Die Erinnerungen brachten Duffield in Stimmung. Nach dem Abendessen lud er Douglas auf ein Glas Rum in seinen Bungalow. Nur um ihn nicht zu beleidigen, ging Douglas mit. Der Rum tat seinem Namen keine Ehre an, man schmeckte ihn kaum aus dem Wasser heraus. Duffield trank selbst kaum, vermutlich aus Knauserei, aber er hatte längst daraus eine Prinzipiensache gemacht. Douglas argwöhnte, daß er aus dem gleichen Grund Junggeselle geblieben war. Auch daraus hatte er sich eine Tugend zurechtgedeutet. In der Kunst der Selbstrechtfertigung war er geübt, jedenfalls gelang es ihm immer, sich zu überzeugen. Nun ja, es gab auch andere Leute, die in diesem Spiel eine gute Hand hatten!

Von romantischen Erinnerungen aus seinem Leben ging Duffield zu Erziehungsproblemen über. Ein Gespräch mit ihm über Pädagogik gelangte selten zu einem andern Punkt als zur Frage der körperlichen Züchtigung. Er wärmte ein paar alte Geschichten auf über Jungen, die er verprügelt und mit denen er hernach einen Händedruck gewechselt hatte; zehn Jahre später waren sie dann alle als Männer, die sich im Leben bewährt und groß durchgesetzt hatten, wiedergekommen und hatten ihm für die Prügel gedankt. Einer von ihnen war mit Dreißig Parlamentsmitglied geworden. Der Abgeordnete hatte Duffield versichert, er hätte es wohl ohne die zielbewußte Aufmerksamkeit, die jener seinem Hintern gewidmet, nie zu einem Sitz im Hause der Gemeinen gebracht. Douglas fragte Duffield, ob er ein guter Abgeordneter wäre, und der erwiderte: «Jedenfalls ist es keiner, der sich für den Bolschewikenunsinn erwärmt.» Das war nicht gerade eine Antwort auf die Frage, aber es war besser, es dabei zu belassen. Douglas versuchte ihn vom Thema der Prügelstrafe wegzulocken, bevor er ausführte, daß man zu seiner Zeit auf der Schule Hiebe gekriegt hatte, gerade richtig, um eine Woche lang nicht sitzen zu können; und hatte ihm das etwa Schaden zugefügt, bitte schön? Aber Duffield ließ sich nicht abbringen, und so nahm Douglas sein Glas und unterdrückte die Bemerkung, daß er wohl nicht so von der Prügelbegeisterung besessen wäre, wenn er nicht seinerzeit solche Hiebe gekriegt hätte. Ein paar Minuten später erklärte er, er müsse jetzt gehen. Duffield schlug vor, sich noch einen auf den Weg zu genehmigen, und lieferte eine etwas substantiellere Mischung. Er war wohl sehr einsam und redete gern, wenn er erst in Hitze gekommen war. Auch hatte er etwas für Douglas übrig, hielt ihn nur für mißgeleitet und unerfahren, aber bekehrbar. Und er hängte sich an Douglas wegen seiner Fehde mit den Morgans – war nicht robust genug, mit allen gleichzeitig schlecht zu stehen. Während Douglas den Toddy für den Heimweg trank, erzählte ihm Duffield, warum er nach dem Krieg nicht zu seiner alten Schule zurückgegangen war. Also das war wegen des neuen Schuldirektors gewesen. Ein Blick hatte genügt. Eben erst zweiunddreißig Jahre alt und ein ausgewachsener Bolschewik. Douglas meinte, gerade die

Elementarschule wäre wichtig, und dann war das Glas geleert. «Man hat mir 1939 die Direktion angeboten», erwähnte Duffield, «aber ich habe abgelehnt, weil ich einrücken wollte. So dankt man einem jetzt dafür, daß man seinen Beitrag geleistet hat.» Douglas nahm die Mitteilung reserviert auf, glaubte aber nun zu verstehen, warum Duffield nach Jamaica gekommen war. Er hatte sich oft darüber den Kopf zerbrochen. Nun stand er auf.

«Eigentlich könnten wir die angebrochene Flasche leeren», schlug Duffield vor.

«Das müssen Sie schon allein tun.»

«Haben es wohl eilig, nach Ihrer Freundin zu sehen?» spöttelte Duffield schelmisch.

«Das gäbe wohl einen feinen Skandal, was?»

Er verließ Duffield und ging zu seinem Bungalow zurück. Der Mond war beinahe schon voll, der Weg hell wie im Tageslicht. Er hatte nicht daran gedacht, noch einmal nach seiner neuen Freundin zu sehen, aber da man ihn jetzt darauf hingelenkt hatte, setzte ihn die Idee in Verlegenheit. Wie ein Schuljunge war er, der einen gewagten Streich ausheckt. An der Weggabelung, wo ein Pfad zu seinem Bungalow führte, der andere über den Grashang zum Haupthaus, blieb er stehen. Er zitterte jetzt, die Spannung lastete auf seinem Magen. Es war ihm selber nicht recht klar, was ihn so besorgt machte: die Überlegung, was Judy davon denken würde, oder die Scheu vor den andern, wenn sie es herausbrachten. Er war überzeugt, daß er Mr. oder Mrs. Morgan in den Weg laufen würde, die im Haupthaus am selben Gang wohnten, an dem das Krankenzimmer lag. Er sah nach der Uhr. Knapp über neun. Im Krankenzimmer konnte er jetzt nicht bleiben, aber Judy einladen, auf einen Drink in seinen Bungalow zu kommen. Da oben langweilte sie sich gewiß nur, ohne Zweifel würde sie annehmen. Und wenn sie kam, dann würde es Liebe sein. Er sah sich im Geist, wie er sie liebte, wie er ihr das Haar aus der Stirn strich und sagte: Judy, Liebste, liebste Judy, der Himmel hat dich mir gesandt ... Und dann sah er sich wieder Mrs. Morgan auf dem Korridor in den Weg laufen, wie ein lächerlicher Narr stand er da, wußte nicht, was er zu sagen hatte, und Mrs. Morgan rannte ins Zimmer zurück, um das Ungeheuerliche ihrem Mann zu berichten. Jetzt fiel ihm ein, daß Judy es vielleicht gar nicht darauf abgesehen hatte, geliebt zu werden; hatte sie nicht gesagt, es würde ihr zu Kopf steigen? Aber vielleicht mochte sie es doch? Nun wußte er gar nicht mehr, was er denken sollte, stand da im Mondlicht an der Weggabelung und schwitzte vor Unentschlossenheit. Großer Gott, man wurde nie ganz erwachsen! Lange vor dem Krieg, lange, bevor Caroline kam, hatte er so an einer Wegkreuzung gestanden, in Notting Hill Gate, hatte all seinen Mut zusammengerafft, um ein Mädchen in ein Boardinghouse einzuladen und zu verführen. Bei dieser Gelegenheit hatte er seinen Spruch gesagt, und dann war er vor Nervenschwäche wie gelähmt gewesen, und das Mädchen, das neunzehn Jahre alt war und vielleicht eine Jungfrau, hatte geäußert, sie wolle ihm zugute halten, daß er wohl verrückt sei. Nun, seither war ihm mancherlei klargeworden, diese Hörner hatte er sich abgestoßen. Er hoffte, daß niemand ihn beobachtete, wie er da im Mondlicht stand und tat, als ob er das abgefallene Laub eines Busches studierte. Also sehr viel hatte er nicht gelernt – Gewandtheit schon einmal bestimmt nicht, wie es schien; und nicht einmal, daß man als Schullehrer nicht mitten auf dem Schulgelände einem Mädel nachlief, über das man kaum etwas Bestimmtes wußte. Nein, nicht einmal Schicklichkeit hatte er gelernt. Von diesem Argument ließ er sich beeindrucken, löste sich aus dem Schatten des Busches und wanderte den Pfad durch niedriges Gesträuch zu seinem Bungalow hinunter. Der Druck, der auf seinem Magen gelastet hatte, ließ nach. Gott schütze die Schicklichkeit! Was für ein alberner Narr war er doch beinahe gewesen!

Als er den Bungalow erreichte, fühlte er sich von all der Unentschlossenheit erschöpft, holte sich von drinnen ein Glas, eine Flasche Rum und eine Flasche Ingwerbranntwein und setzte sich damit auf einen Sessel der Veranda. Er wußte, daß Schicklichkeit dabei keine Rolle gespielt hatte, pure Feigheit war es gewesen, er hatte einfach Schiß gehabt. So etwas Schicklichkeit zu nennen, so ein Trick sah höchstens Duffield ähnlich; aus einem Versagen eine Tugend machen! Nun egal, er war froh, daß er nicht zu Judy hinaufgegangen war. Gar so sehr lechzte er nicht nach ihr, und es stand ja auch noch gar nicht fest, daß sie nach ihm verlangte. Sie würde ihm natürlich nicht zugebilligt haben, daß er verrückt sei, nein, die Sorte war sie nicht; aber es konnte geschehen, daß sie ihm ins Gesicht lachte und nein sagte. Oder sie hätte gar geantwortet, sie liebe immer noch diesen Louis. Nein, Douglas nahm natürlich nicht an, daß dies sie zurückhalten würde. Oder doch? Man wußte nie etwas Gewisses.

Erst nahm er einen kleinen Rum, dann einen gehörigen, nur um diesem Duffield vorzuführen, was ein Schluck Rum sei. Es war eine warme Nacht, der Mond wurde im Höhersteigen strahlender. Tief unter Douglas lagen der Hafen und das flache Niederland in mattweißes Licht gebadet. Die geisterhafte Brandungslinie am Cap Palisados wirkte wie ein verirrter Lichtstreifen auf einer Photoplatte. Die Lampen von Kingston strahlten wie gelbe Sterne aus der Knochenfahlheit der Küstenebene. Er erinnerte sich, wie ihm heute morgen in Kingston zumute gewesen war. So klar stand diese Erinnerung vor ihm, als säße er selber noch dort unten, gleichzeitig aber wäre ihm gestattet, aus Himmelshöhe, sozusagen aus einer Götterperspektive, auf sich hinabzusehen; wie ein Schauspieler war er, der seinen Körper dort unten auf der Bühne gelassen hatte und zugleich aus einer Galerieloge auf sich hinabsah, um einen Eindruck von sich zu gewinnen. Komisch, wie man sich verschieden sehen konnte. Nicht daß es viel ausmachte – zuletzt war man ja doch eben nur man selbst; war nichts weiter als diese gewisse Person, die sich nichts aus Feigen machte, der Mann, der Prügel als Rezept glaubte oder nicht glaubte, einer, der geschieden oder nicht geschieden worden war. Zuweilen hüllte man seine Belanglosigkeit in einen Mantel aus gelben Sternen, aber dann kam die Dämmerung, und man mußte den Mantel wieder von den Schultern gleiten lassen.

Er entsann sich, daß er im Haus noch eine Zigarre hatte, und so ging er sie holen. Er setzte sich wieder, zündete die Zigarre an und überlegte, wie er sich in der Sache Judy verhalten sollte. Ihre langen schmalen Beine fielen ihm ein, ihr rasches, freimütiges Lächeln. Möglicherweise war sie sehr zugänglich, würde auch ihm erlauben, sie zu lieben, und nachher würde es ihm leid sein, weil sie ja wieder fort mußte. Er taugte nicht dazu, das Spiel der Liebe zu spielen und sich dabei doch nicht zu verlieben; er glich in dieser Beziehung mehr einer Frau. Sogar über das Chinesenmädel in Penang war er ganz außer Rand und Band geraten, das ihn wegen der netten roten Blechdosen der Craven-A-Zigaretten so liebte, die man für acht

Dollar die Packung verkaufen konnte; und er hatte mit ihr nicht einmal reden können, nur durch Gebärden. Sogar in einem Bordell konnte er sich bis über die Ohren verlieben; konnte in die Liebe hineinstolpern; sein Pech war es, daß er nicht in einem Bordell aus dieser Liebe zu Caroline herausklettern konnte, sonst hätte er es gewiß schon längst versucht. Vielleicht würde Judy ihm ein wenig helfen, aus dieser Liebe zu Caroline herauszufinden. Jedenfalls war das ein brauchbarer Vorwand ...

Die Zigarre war gut. In England hätte man fünf Schilling und sechs Pence für sie geben müssen, aber in Jamaica kostete sie nur einen Schilling. Ihr Aroma gab ihm ein Gefühl des Wohlbefindens, und so kam es ihm wieder in den Sinn, daß er Judy das Haar aus der Stirn streichen könnte, statt daß sie es selber besorgen mußte; und wie hübsch es sein müßte, zu sagen: Judy, Liebste, liebste Judy; er faßte den Entschluß, morgen zu ihr zu gehen und sie zu fragen, ob sie nicht nach dem Abendessen zu ihm kommen wolle; sie würde wissen, was das bedeutete, würde ja oder nein sagen. Gottlob, sie war wenigstens nicht die Type, die dann sagte, «ja, wenn Sie versprechen, mein Vertrauen nicht zu mißbrauchen», und die dann kam, sich so setzte, das Kleid so zurechtzog, daß man die Schenkel zu sehen bekam, und darauf sagte, «verderben Sie doch nicht alles, Sie erinnern sich doch, was Sie versprochen haben».

Es war erst halb zehn, so bewilligte er sich noch einen Rum. Während er den Kork in die Flasche stöpselte, stand die Frage vor ihm, ob er sich morgen wieder vernünftig und aufs Schickliche bedacht fühlen würde; fast immer war er am Morgen ein Mann, der die Grenzen kannte; dann würde er sich entschließen, Judy in Ruhe zu lassen, ein paar Tage später würde sie fortgehen, und dann wäre alles vorbei. Komisch, sich vorzustellen, daß er gar nicht wußte, ob er Judy je haben würde oder nicht. Und wenn es nicht Judy war, wer mochte die nächste sein, die er bekam? Darüber sann er noch nach, als er durch einen tierischen Laut aus dem Gebüsch aufgeschreckt wurde, und einen Augenblick später preschte einer von Mrs. Pawleys Hühnerhunden auf den Pfad vor dem Bungalow heraus. Unmittelbar darauf folgte der zweite. Beide stoppten sie, standen keuchend im Mondlicht.

Ihr Fell war gezeichnet wie eine Tarnung für das Mondlicht, die schwarzen Flecken hätten für scheckige Schatten des Laubes gelten können. Eine Minute später tauchte Mrs. Pawley auf dem Pfad auf. Sie blieb stehen, sah zu dem Bungalow herüber, konnte Douglas aber offenbar im Dunkel der Veranda nicht bemerken. Dann setzte sie sich abrupt wieder in Bewegung und eilte die Treppe herauf. Er erhob sich.

«Oh, ich habe Sie gar nicht gesehen, Douglas», bemerkte sie in ihrer ungeduldigen Art, immer leicht nebenhin sprechend. «Hab bloß die Hunde ein wenig ausgeführt. Und da dachte ich, ich könnte Ihnen bei dieser Gelegenheit das Buch, nach dem Sie verlangt hatten, hereinbringen.» Sie reichte ihm das Buch mit einer Gebärde, als habe das Ding alles Interesse für sie verloren. Er konnte sich auch nicht erinnern, sie um eines ihrer Bücher gebeten zu haben. Er warf einen Blick nach dem Titel. Es war ein Roman, sie hatte ihn einmal gefragt, ob er ihn kenne, und er hatte verneint. Er dankte ihr. «Wußte gar nicht, ob Sie zu Hause wären», bemerkte sie. «Störe ich?»

«Natürlich nicht.» Sein Blick streifte den Tisch, er fragte sich, ob er es wohl vermeiden könnte, ihr etwas zu trinken anzubieten. Sie bemerkte seinen Blick und ließ ein kurzes, ungeduldiges Auflachen hören.

«Keine Sorge, Sie brauchen mich nicht einzuladen.»

«Ich hätte es gern getan», antwortete er nicht ganz überzeugend.

«Aber Sie machen sich Sorgen, was mein Mann wohl davon halten würde? Nun ja, Douglas, gar so spät ist es ja noch nicht, wie?» Es sollte scherzhaft klingen, aber es wirkte doch anders. «Wir sind nicht so konventionell, wie Sie vielleicht glauben.»

Das sah ganz aus, als ob er in der Falle säße.

«Ich habe nur Rum hier», sagte er.

«Ich trinke immer Rum. Aber vielleicht ist es besser, ich gehe. Es ist mir unlieb, Sie aus Ihrer Behaglichkeit aufzuschrecken. Sie fühlen sich gedrängt.» Wieder lachte sie auf.

«Ich hole ein Glas.» Er mochte solche Sachen nicht.

«Wenn es Ihrem Gewissen bestimmt nichts ausmacht, die Direktorsfrau nach neun Uhr hier zu haben?»

«Durchaus nicht.» Er ging hinein, um ein Glas zu holen. Als er wieder heraustrat, schaltete er die Verandalampe an.

«Das tun Sie doch ungern?» fragte Mrs. Pawley.

«Man sieht besser beim Einschenken.»

«Und dann wirkt es auch viel ehrlicher», spöttelte sie schwach.

«Das auch.»

Sie ließ sich in einen der Korbsessel fallen. Sie trug Hosen. Im Laufe von zwei Monaten hatte er sie nur zweimal in einem Kleid gesehen. Vielleicht zog sie die Hosen vor, weil man dann ihre Gelenke, die ein wenig dicklich waren, nicht sah. Ansonsten war ihre Figur für eine Frau von fünfunddreißig Jahren nicht übel. Hätte sie nicht ihre etwas forcierte Art und dieses neurotische Gehabe gezeigt, so wäre sie wohl ganz anziehend gewesen.

Er mischte Rum und Ingwer und reichte ihr das Glas. Als er sich setzte, erwähnte sie obenhin, ein wenig verdrießlich:

«Gott sei Dank haben wir morgen den Platz wieder für uns.»

Er verstand nicht, was sie meinte.

«Das Mädel geht weg.»

«Sie meinen die Stewardess?»

Sie antwortete nur mit einer ungeduldigen Gegenfrage: «Bezeichnen Sie sie als das?»

«Ich dachte, sie bliebe noch ein paar Tage», erwähnte Douglas. «Dr. Knowles meinte, sie solle noch bleiben, wenn es möglich wäre.»

«Dr. Knowles hat gar nichts zu bestimmen. Ihm gehört die Schule nicht – er ist bei uns angestellt.»

Douglas lenkte ein. «Er hat es ja wohl nur als Vorschlag gemeint. Ich entnahm seiner Bemerkung, er hätte mit Mr. Pawley gesprochen, und der wäre einverstanden.»

«Wohl möglich.» Sie klopfte mit ihren Nägeln auf die Armstütze des Sessels. «Aber mir scheint, mein Mann hat wohl das Recht, seine Absichten zu ändern. Er wünscht eben nicht, daß aus der Schule ein öffentliches Krankenhaus wird.»

«Natürlich nicht. Aber die Gefahr besteht doch wohl kaum.»

«Auf jeden Fall ist es möglich, daß wir das Krankenzimmer für eines der Kinder benötigen.»

«Könnte das Mädchen nicht bleiben, bis dieser Fall eintritt?»

Mrs. Pawley winkte ab, gab mit einer Gebärde zu verstehen, daß die Sache sie nicht interessiere.

«Weiß Gott, Douglas, mich geht das nichts an. Wüßte auch nicht, warum Sie sich darum kümmern sollten.»

«Ich dachte, ich wäre vielleicht ein wenig schuld, weil ich sie heute nachmittag um die Schule herumgeführt habe. Es war töricht, daß ich nicht erst die Erlaubnis Ihres Mannes einholte.»

«Ach, Sie haben vermutlich nicht anders können», bemerkte sie ungezwungen. «Die hat sich ein wenig an Sie angehängt, wie? Ich finde auch nicht, daß sie ideal der Typ ist, den wir in der Nähe der Kinder halten wollen.»

«Wahrscheinlich ist sie nicht halb so flott, wie sie aussieht», wehrte er ab. Er wünschte nicht, daß es aussähe, als kümmere er sich um Judy; aber er war ärgerlich. Es war leicht zu erraten, daß es Mrs. Pawley selbst war, nicht ihr Mann – sie wollte Judy nicht hier in der Schule haben; Douglas fiel ein, daß sie vielleicht heute abend nur in seinen Bungalow gekommen war, um auszuschnüffeln, ob Judy hier wäre.

«Reden wir doch bitte von etwas anderem, Douglas», sagte Mrs. Pawley abschließend. «Mir persönlich ist das völlig egal, ob das Mädel hier ist oder nicht. Glaube kaum, daß sie irgend jemanden interessieren könnte, höchstens mit Ausnahme von Duffield.» Sie sagte das ärgerlich – ihre Meinung von Duffield war immer schon niedrig gewesen; doch bevor Douglas etwas darauf erwidern konnte, wechselte sie energisch das Thema. «Ich hatte ganz vergessen, daß Sie von Ihrer Veranda aus eine so wundervolle Fernsicht haben. Sie ist sogar hübscher als unsere.»

«Sie ist köstlich», erwiderte er ohne Begeisterung. Ihn beschäftigte die Frage, was Mrs. Pawley wohl getan haben würde, hätte sie ihn mit Judy ertappt. Sah ganz so aus, als ob es ihm unmöglich sein würde, Judy morgen abend hierher zu bitten. Ganz davon abgesehen, daß sie schon fort sein würde.

«Es wäre mir lieber, Sie drehten das Licht wieder aus, Douglas. Man kann die Aussicht viel besser genießen, wenn es dunkel ist.»

Er stand auf und drehte das Licht aus.

«So, jetzt ist es viel netter. Es ist Ihnen doch recht, nicht wahr?»

«Gewiß.»

«Ich plaudere gern im Mondschein.» Sie lachte nervös. «Na, lange bleib ich ja nicht.»

«Bleiben Sie, solange Sie wollen.» Er sprach absichtlich tonlos.

«Klingt ja sehr drängend.» Sie wechselte ihre Taktik und legte die Karten offen auf den Tisch. «Wissen Sie, manchmal tut es mir schrecklich wohl, jemand anderen als meinen Mann zur Unterhaltung zu haben. Leider geht er mir häufig auf die Nerven. Er ist schrecklich langweilig.»

«Vielleicht ist er in gewissem Sinne nicht immer unterhaltsam.»

«Er ist es bestimmt nicht, wenn man mit ihm leben muß. Nun ja, natürlich, er ist eben viel älter als ich. Das haben Sie vermutlich erraten, wie?»

Er bejahte; tatsächlich hatte er angenommen, daß ein gewisser Altersunterschied zwischen ihnen bestand, obwohl der sicher nicht so groß war, wie sie ihn verstanden wissen wollte. Douglas wußte genau, was nun kommen würde. Sie würde ihm sagen, warum sie Pawley geheiratet hatte, daß es einen anderen Mann gegeben hatte, den sie liebte, und wie alles anders gekommen wäre für sie, wenn sie den andern gewählt hätte. Wie oft hatte er diese Geschichte nicht schon gehört, und immer fing das so an: «Nun ja, natürlich, mein Mann ist viel älter als ich.» Jetzt sagte sie:

«Wissen Sie, alle haben mir abgeraten, ihn zu heiraten. Er war damals nur Leiter einer Vorbereitungsschule in England. Meine Familie hat natürlich gewünscht, daß ich jemand heirate, der unseren gesellschaftlichen Verhältnissen entspräche, aber aus diesen Dingen habe ich mir nie etwas gemacht. Sie können sich nicht vorstellen, wieviel Anträge ich abgewiesen habe. Als ich mich mit Leonard verlobte, schickte einer der Leute, die sich um mich beworben hatten, ein Kabel aus Indien und beschwor mich, ich sollte es mir noch einmal überlegen. Er war einer der engsten Mitarbeiter des Gouverneurs in Bombay, hatte eine glänzende Karriere vor sich und Erbansprüche auf einen sehr hübschen Titel. Ich hab natürlich darüber gelacht. Steckte damals noch voll von Idealen. Genau wie Leonard. Das war es, was ich an ihm so gern hatte. Und ich wußte auch noch nicht, daß er viel zu schwächlich ist, um sie in die Tat umzusetzen.»

«Sind Sie nicht doch etwas zu streng in Ihrer Kritik? Das ist keine Kleinigkeit, eine solche Schule auf die Beine zu stellen.»

«Ohne mich hätte er es nicht zuwege gebracht. Immer habe ich die Entscheidungen für ihn treffen müssen. Erst hatte er Schulgründungspläne in England. Dort hätte er sich nie durchgesetzt. Es wimmelt ja schon von modernen Reformschulen in England, darum habe ich ihm geraten, nach Jamaica zu kommen. Es war mir im vorhinein klar, daß er hier weit mehr Aussichten hätte. Selbstverständlich bedeutete das Opfer, viele Opfer, aber wir hatten uns beide die Schule in den Kopf gesetzt. Sie wissen doch wohl warum?»

«Nein.»

«Ich dachte, mein Mann hätte es Ihnen einmal gesagt. Wir sind beide solche Kindernarren. Und eigene können wir ja nicht bekommen.»

«Das wußte ich nicht. Es ist traurig.»

«Na, egal.» Sie schob das Thema ungeduldig beiseite. «Mir fiel plötzlich ein, es könnte Sie interessieren. Wahrscheinlich ist es Ihnen ganz gleichgültig.» Sie sah ihn an und lächelte. «Sie sollen mir lieber von sich erzählen.»

«Sie wissen ja alles über mich.»

«Ich weiß nur, daß Sie geschieden sind. In dieser Beziehung teile ich durchaus die Ansichten meines Mannes. Ich bin da ganz vorurteilslos. Es tut mir nur leid, wenn Sie Schlimmes durchgemacht haben.»

«Hoffentlich sehe ich nicht aus, als ob ich allzu schlimm gelitten hätte.»

«Sie sehen aus wie einer, der einsam ist. Es ist mir oft aufgefallen.»

«Nicht doch!»

«Doch, doch, man sieht es Ihnen an.» Das erstarrte Lächeln saß noch in ihrem Gesicht. «Gerade darum meinte ich ja, wir könnten einander helfen.»

«Wie das?» Er hatte nicht den geringsten Wunsch, das zu erfahren, aber es gab nichts anderes zu sagen.

Sie antwortete nicht. Er nahm an, daß ihr Lächeln als Antwort gelten sollte. Um auszubiegen, nahm er noch ein Glas. Jetzt sagte sie mit einem harten, nervösen Auflachen:

«In gewissem Sinn sind Sie noch ein rechter Junge, nicht wahr, Douglas?»

«Wirklich?»

«Sie haben schrecklich Angst, etwas Unkorrektes zu tun. Ich finde das Unkorrekte eher verlockend. Na, auf jeden Fall dürfen Sie sich nicht von solcher Scheu den Spaß verderben lassen.»

«Ich hab allen Spaß, nach dem mich verlangt.» Die Unterhaltung begann allzu banal zu werden, und er fragte sich, wie er sie zu einem Ende bringen konnte, ohne zu unhöflich zu sein. Glücklicherweise stand Mrs. Pawley jetzt auf.

«So», fragte sie mit einer Miene, die wohl mädchenhaft scheu wirken sollte, «dann ist es wohl besser, ich gehe, bevor Sie heute abend einen Spaß haben wollen. Sie dürfen es sich nicht zu Kopf steigen lassen, daß die Frau des Direktors Sie zu so später Stunde besucht.»

«Ich will's versuchen», erwiderte er.

«Sonst kann ich ja nicht wieder zu Ihnen kommen ...»

«Das wäre höchst mißlich.» Er stand auf, wobei er seinen Stuhl zuerst nach rückwärts schob, damit er ihr nicht zu nahe kam.

«Sie dürfen höchstens meine Hand küssen, aber das ist auch alles», sagte sie. Sie streckte ihm ihre Hand entgegen. Er kam sich lächerlich vor, als er sie nahm und hastig küßte. Sie hatte keine Eile, ihre Hand zurückzuziehen. Dann lachte sie auf. «Sie sind so absurd schüchtern, Douglas. Es macht mir Spaß, Sie aufzuziehen.»

«Mich aufzuziehen ist keine Kunst.»

Die Hunde hatten sie aufstehen gesehen und rannten erwartungsvoll umher. Mrs. Pawley trat auf die oberste Stufe. Er hatte es eigentlich für vorsichtiger gehalten, Judy nun nicht mehr zu erwähnen, aber jetzt änderte er seinen Entschluß.

«Mrs. Pawley ...», begann er.

Sie blieb stehen und wandte sich erwartungsvoll um, lächelnd stand sie im vollen Mondschein.

«Zu scheu, meinen Vornamen zu gebrauchen?»

Im Moment erinnerte er sich nicht, wie sie mit ihrem Taufnamen hieß. Ihm schwebte vor, es wäre Joan ... nun, auf jeden Fall würde er ihn nicht gebrauchen.

«Meinen Sie nicht doch, daß wir Ihren Gatten überreden könnten, die Stewardess noch ein paar Tage hier zu lassen? Dr. Knowles äußerte die sehr bestimmte Ansicht, daß sie es nötig haben würde.»

Ihr Lächeln erstarb. «Sie scheinen sich ja sehr für dieses Mädchen zu interessieren», erwiderte sie ärgerlich, machte kehrt und stieg die Stufen hinab. «Fragen Sie meinen Mann doch selbst. Ich habe Ihnen ja gesagt, daß es mir ganz gleichgültig ist, ob sie hier bleibt oder nicht.»

«Schön, ich werde ihn fragen. Gute Nacht.»

Sie sagte nicht gute Nacht, sondern rief nach ihren Hunden.

«Hierher, Rex! Queenie, hierher!» Ungeduldig schritt sie davon, ohne sich umzuwenden. Ihr Haar schimmerte erzen im strahlenden Schein des Mondes.

6

Gemeinhin verloren die Dinge an Gewicht, wenn er sie überschlief, aber als Ivy ihm am nächsten Morgen den Tee brachte, stieg sein Unmut wie eine Welle wieder in ihm auf. Es lag nicht nur daran, daß er Judy mochte und sie gern noch einige Tage hierbehalten wollte. Er hätte es ebenso ärgerlich empfunden, wäre es Taylor gewesen, den man hinausschaffte. Das Krankenzimmer wurde im Augenblick für keines der Kinder benötigt, und in der Küche waren acht farbige Mägde bereit, um die Mahlzeiten zustande zu bringen. Judys Gegenwart konnte nicht die leiseste Ungelegenheit verursachen.

Mrs. Morgan saß am Lehrertisch, als er zum Frühstück kam. Pawley hatte ihr eben einen Laufzettel heraufgeschickt. Es hieß darin, daß er «im Hinblick auf die beengten Möglichkeiten der Schule» bedauerlicherweise gezwungen sein werde, Miss Waring zu bitten, sie möge sich um ein anderes Unterkommen bemühen. Alles genau so, wie Pawley etwas dergleichen schrieb.

«Es ist eine Schande», murrte Mrs. Morgan. «Wirklich eine Schande.» Sie hatte an Judy einen Narren gefressen.

«Schön», meinte Douglas, «können Sie Pawley nicht sagen, daß Sie durch Miss Warings Bedürfnisse gar keine Beengung erleiden?» Es schien natürlich besser, wenn diese Vorstellung von ihr kam. Genaugenommen ging ihn die Sache ja gar nichts an.

«Och, das kann ich nicht», erklärte Mrs. Morgan und schüttelte ihren Kopf, daß die Wangen wabbelten. «Mr. Pawley wird schon seine Gründe haben.» Keinesfalls wollte sie Pawley nahetreten, denn der konnte sie wegen Trunksucht hinauswerfen, und dann würde auch ihr Mann seine Stellung verlieren.

«Wann kommt Knowles nächstes Mal?»

«Erst heute abend.»

«Dann spreche ich selbst mit Pawley.»

Mrs. Morgan sah betreten aus.

«Es wäre mir lieb, wenn Sie nicht weiter erwähnten, was ich gesagt habe, Mr. Lockwood.»

Pawley gab um neun im Haupthaus eine Stunde. Douglas fing ihn ab, als er in den Garten kam.

«Ich weiß, ich mische mich da in eine Sache, die mich kaum etwas angeht, aber ich hätte gern mit Ihnen über Miss Waring gesprochen.»

«Ach ja, Lockwood, natürlich.» Es war ja eines seiner Prinzipien, daß jede Frage von zwei Seiten betrachtet werden könne und daß jedermann ein Recht habe, angehört zu werden. So hielt er seinen Bart zur Seite und lieh Douglas ein unparteiisches Ohr.

«Dr. Knowles war der Meinung, sie sollte nicht in die Hitze hinuntergetrieben werden, wenigstens für zwei oder drei Tage. Auch sind die Fäden noch nicht aus ihrer Wunde gezogen.»

Pawley nickte verständnissinnig.

«Ja, er erwähnte das auch mir gegenüber.»

«Sehr lästig ist sie uns hier nicht. Wenn Sie sie aber nicht im Krankenzimmer haben wollen, könnte sie solange meinen Bungalow bekommen, und ich würde mir ein Bett zu Duffield stellen. Glaube kaum, daß er etwas dagegen hätte.»

Pawley studierte den Japanstrauch aufmerksam durch seine Hornbrille. Dann sagte er:

«Ich weiß Ihr Angebot sehr wohl zu schätzen, Lockwood. Aber es bringt keine Lösung unseres Problems. Meine Frau hat die Empfindung, daß wir einen Präzedenzfall schaffen, wenn wir das Mädchen hier lassen. Verstehen Sie, wir möchten nicht bei den Leuten den Eindruck erwecken, wir betrieben hier ein öffentliches Krankenhaus.»

Douglas wußte Bescheid. Das Argument schien die Grenze der Absurdität zu überschreiten.

«Soviel mir bekannt ist, war das hier oben seit mindestens fünf Jahren die erste Flugzeugkatastrophe. Es ist kaum wahrscheinlich, daß in den nächsten fünf Jahren wieder eine folgt, und selbst dann ist es noch nicht sicher, daß es Überlebende gibt.»

«Gewiß», meinte Pawley nachgiebig. «Durchaus richtig. Aber wenn die Leute erst heraus haben, wie günstig das Klima bei uns hier oben für solche Erholungen ist, werden wir uns vor Anfragen nicht retten können, ob wir Patienten aufnehmen. Es gibt auf unserer Höhe oben keine andere Baulichkeit ähnlicher Größe, nicht wahr?»

«Solche Anfragen negativ zu bescheiden, ist keine Kunst», entgegnete Douglas. «Aber es ist etwas ganz anderes, jemand hinauszuwerfen, der nun einmal da ist.»

Pawley sah ein bißchen gequält aus.

«Ich bin doch nicht der Ansicht, daß man gleich den Ausdruck hinauswerfen gebrauchen müßte. Erinnern Sie sich, daß wir Miss Waring seit einigen Tagen gepflegt haben.»

«Ja, so lange wird's wohl sein», brummte Douglas. Pawleys Einwand schien ihm so blöde, daß es schwer war, seinen Ärger zu verhehlen.

«Auf jeden Fall ist die Angelegenheit keine Verstimmung wert», lächelte Pawley duldsam.

«Entschuldigen Sie, aber nach einer verdammt bitteren Geschichte wie dieser müßten wir meiner Meinung nach tun, was in unserer Macht steht, und wäre es nur, um den Ruf der Schule zu wahren.» Das brachte ihn auf einen neuen Gedanken. «Einer der Faktoren, die wir doch immer der Öffentlichkeit ins Bewußtsein zu rufen wünschen, ist das gesunde Klima hier oben. Wenn die Leute unten über Miss Waring sprechen, so ist es schließlich Reklame.»

Dieses Argument machte Eindruck. Pawley sann einen Augenblick nach, dann sagte er:

«Ich frage mich, ob meine Frau das bedacht hat. Es ist ein höchst beachtenswerter Gesichtspunkt.»

«Es ist der springende Punkt», sagte Douglas, entschlossen, seinen Vorteil wahrzunehmen. «Stellen Sie sich vor, was es für ein Geschwätz gäbe, wenn Miss Waring etwas zustieße, weil sie zu rasch von hier fortgeschafft worden ist. Malen Sie sich das aus! Wir würden eine Menge Trübes erleben.»

«Jedenfalls müssen wir die Sache aus diesem Gesichtspunkt erwägen», entschied Pawley. Er kiefelte noch ein wenig daran, und Douglas befürchtete, alles würde schließlich darauf hinauslaufen, daß Pawley mit seiner Frau sprechen müsse. Aber es kam anders. «Ich will Mrs. Morgan fragen, ob sie Miss Waring noch einige Tage im Krankenzimmer behalten kann.»

«Mrs. Morgan wird nichts dagegen haben.»

«Schön, so machen wir es, Lockwood.» Sein Ausdruck war wieder umwölkt. Er betrachtete seine Stiefelspitze, die ein Muster in den Sand des Pfades zeichnete. Vielleicht war ihm jetzt doch zu Bewußtsein gekommen, daß er besser täte, seine Frau zu Rat zu ziehen. Es dauerte eine ganze Minute, dann brachte er hervor: «Das ist nicht ganz leicht zu erklären, Lockwood. Ich hoffe, Sie nehmen es nicht persönlich. Meine Frau hatte einen anderen Grund, vorzuschlagen, daß Miss Waring fortgeschickt würde. Meine Frau hatte die Empfindung, die Anwesenheit der jungen Dame hier oben könnte Anlaß zu lästigen Redereien geben.»

«Das könnte die Anwesenheit jeder Frau, wenn man es so nimmt», erwiderte Douglas unwillig.

«Ja, natürlich. Aber eine unverheiratete Frau . . .» Sein verlegenes Lächeln tastete nach Verständnis. «Wir beide haben Beispiele genug gehabt, wie leicht in Jamaica ein Klatsch entsteht. Braucht nur eines der Kinder in einem Brief an seine Eltern ein Wort fallen zu lassen . . . eine noch so unbegründete Verdächtigung . . . Sie wissen doch, worauf ich anspiele?»

«Schade», sagte Douglas, «ich hätte Miss Waring gestern nachmittag nicht auf dem Schulgebäude spazierenführen dürfen. Mutmaßlich war es das, worüber sich Ihre Frau geärgert hat.»

Pawley hob abwehrend die Hand.

«Glauben Sie bitte nicht, daß wir persönliche Einwände haben. Aber wir müssen im Auge behalten, was andere Leute sagen könnten. Und in Ihrem Fall müssen wir besonders vorsichtig sein.» Er strahlte. Douglas würde wohl erraten, was das hieß. Er tat es.

«Aha, natürlich, wegen meiner Scheidung.»

Die rasche Einsicht war Pawley angenehm.

«Sie verstehen also, es geht nur darum, daß wir eben zuerst auf Sicherheit bedacht sein müssen.»

«Ernsthaft, Sie wollen doch nicht Miss Waring fortschicken, weil ich ein geschiedener Mann bin und sie gestern nachmittag spazierengeführt habe?»

«Durchaus nicht. In Ansehung des anderen Gesichtspunktes, den Sie gaben, werden wir wohl einen besseren Ausweg finden. Ich meine, sofern Sie das nicht als Kritik persönlich nehmen, daß ...»

«Sie wollen sagen, daß Miss Waring hierbleiben kann, daß Sie aber eine Begegnung zwischen ihr und mir nicht wünschen?»

Pawley brachte ein um Entschuldigung bittendes Lächeln zustande.

«Ich fürchte, ich lege Ihnen damit eine ungerechtfertigte Einschränkung auf.»

«Nun schön.» Douglas kam sich ausgerundet vor, aber nachdem er gestern abend beinahe zu Judy gegangen war, schien ihm, was jetzt passierte, nur verdient. «Es ist Ihnen aber doch recht, daß ich Miss Waring aufsuche, um ihr die Situation zu erklären? Sie würde mein Verhalten sonst ziemlich merkwürdig finden.»

«Aber natürlich, gewiß doch», zeigte Pawley sich willig. Offenbar war er auf größere Schwierigkeiten gefaßt gewesen. «Und darf ich wohl sagen, es ist mir sehr lieb, mit Ihnen in diesem Punkt zu einer Einigung gelangt zu sein ... nichts hilft eben so gut zur Klärung wie eine persönliche Aussprache.»

Zuerst dachte er bloß ein Billett zu senden, aber dann kam er wieder davon ab und entschloß sich, den einen Besuch, der ihm zurationiert worden war, in aller Form abzustatten. Er verschob ihn auf die Stunde nach dem Tee. Den ganzen Tag fühlte er sich besiegt und niedergestritten, und als er nachmittags noch Ärger mit Silvia bekam, verstimmte ihn das noch mehr.

In den letzten Tagen hatte sich unter den Kindern eine entschiedenere Haltung gegenüber Silvia herausgebildet. Sie hatten untereinander Rat gehalten, hatten Silvias unkameradschaftliches Betragen erörtert und waren zu dem einstimmigen Beschluß gelangt, sie für eine Woche aus ihrer Gemeinschaft auszuschließen. Jetzt führten sie diesen Beschluß mit peinlicher Genauigkeit durch. In der

Klasse und bei Tisch ignorierten sie Silvia ebenso unerbittlich, wie Duffield die Morgans ignorierte. Silvia hatte darauf mit hochmütig zur Schau gestelltem Gleichmut reagiert. Aller Wahrscheinlichkeit nach aber zerbrach sie sich den Kopf, wie sie die Aufmerksamkeit der anderen wieder auf sich lenken könnte; wenn dem so war, so hatte sie bis jetzt nur einen bitteren Fehlschlag erlitten.

An diesem Nachmittag nahm sie an einer von Douglas' Freiluftstunden teil. Er hatte den Unterricht mit zwanzig Minuten «Situationen» eröffnet, die den Kindern als eine Art Spiel galten, zugleich aber doch eine gute Übung waren, besser als Nacherzählungen und freie Aufsätze. Die Idee war, zu erörtern, wie man sich in einer gewissen angenommenen Lage verhalten würde. «Ihr erfahrt, daß im Postamt des Ortes fünf Pfund gestohlen worden sind. Es ist euch bekannt, daß der Dieb ein netter Bauernbursche ist, dessen Mutter bitter hungert. Würdet ihr ihn der Polizei anzeigen?»

Wenn die Kinder ihre Meinungen geäußert und die Mehrheit sich gegen die Anzeige entschieden hatte, konnte man den Fall komplizieren. «Schön, wenn aber der Bauernjunge das Geld nicht auf dem Postamt gestohlen hat, sondern bei einem anderen Bauern, dessen Mutter auch verhungern muß, wenn sie das Geld nicht zurückbekommt?» War man nun einig, daß der Dieb doch gemeldet werden mußte, so ergab sich noch eine weitere Erschwerung: «Wenn aber die hungernde Mutter des Bestohlenen zu ihren Enkeln grausam und häßlich ist, während die Mutter des Diebes schon einmal ihren einzigen Hut verkauft hat, um ihren Enkelchen zu Weihnachten Karamelbonbons zu kaufen?» Die endgültige Entscheidung war selten einstimmig, aber bei solchen Erörterungen lernten die Kinder Klarheit des Gedankens und Ausdruckes.

An diesem Nachmittag hatte er kein praktisches Problem bereit, so ließ er sie mit hunderttausend Pfund auf die Welt los. Eines der Mädchen, eine Elfjährige, wollte damit ganz Jamaica aufkaufen und sich zur Königin krönen lassen. Douglas fragte, was sie dann als nächstes vorhätte. «Alle anderen Frauen aufhängen lassen», schlug sie vor. Die beiden Buben waren bescheidener in ihren Ansprüchen. Der eine wollte das Geld sofort für ein Riesenfeuerwerk ausgeben. Der andere, altruistischer, wollte ein hohes Haus bauen, in dem es statt der Treppen nur Aufzüge gäbe, und darin müßten alle Leute der Welt wohnen, die nur ein Bein hatten. Douglas fragte Silvia, was sie unternehmen würde, und sie erwiderte von oben herab: «Ich brauche keine hunderttausend Pfund.» Die anderen Kinder blickten zur Seite und schwiegen, als hätte Silvia gar nichts gesagt. Douglas meinte, dies wäre vielleicht der vernünftigste von allen Gedanken, und ließ es dabei sein Bewenden haben. Einen Augenblick später stand Silvia auf.

«Darf ich gehen?»

Er fragte, warum sie gehen wollte.

«Ich möchte auf die Toilette gehen.» Sie sagte das in einem Singsangtonfall und mit einem hinterhältigen Lächeln, offenbar um zu unterstreichen, daß es nur eine Ausrede wäre. Er zögerte einen Moment, dann entschied er:

«Schön, du kannst gehen.»

Sie nahm ihre Bücher zusammen und schritt planmäßig in der Richtung nach dem Haupthaus davon. Er setzte den Unterricht fort. Eine Viertelstunde später sah man Silvia den Hang herabkommen. Sie hatte ihr hübschestes Kleid angezogen und trug eine kokette Handtasche. So folgte sie dem Pfad, der auf zwanzig oder dreißig Meter an der Stelle vorbeiführt, wo Freiluftunterricht gehalten wurde. Der Pfad führte zur Haupteinfahrt des Schulgeländes. Sie selbst warf im Vorbeigehen keinen Blick herüber, hatte aber offenbar diesen Weg gewählt, um bemerkt zu werden. Der direkte Pfad vom Hauptgebäude zur Einfahrt lag außer Sichtweite.

Der Entschluß der Kinder, sie einfach nicht zu beachten, erlahmte gegenüber dieser neuen Wendung. Auch ihre Aufmerksamkeit war dahin. Alle starrten ihr nach.

«Weiß keiner, wo sie hingeht?» fragte Douglas.

Niemand wußte es. Es war nur bekannt, daß sie keine Erlaubnis hatte, die Schule zu verlassen. Es gab ein aufgeregtes Getuschel. Offenbar lief Silvia davon. Nicht doch, wenn sie das wollte, würde sie mehr Kleider mitgenommen haben. Nein, das würde sie nicht, denn wenn sie mehr Kleider nahm, so war die Sache zu eindeutig.

Jemand fragte: «Werden Sie sie nicht aufhalten, Mr. Lockwood?»

Er wußte nicht recht, was er tun sollte. Jedenfalls hatte er keine Lust, hinter ihr dreinzulaufen. Er überlegte, ob er nicht jemand mit der Meldung zu Pawley schicken sollte.

«Und wenn sie ganz fortläuft, Mr. Lockwood?»

Sie verschwand jetzt eben um einen Vorsprung des Hügels. Der Teufel sollte ihn holen, wenn er Pawley um Hilfe bat.

«Norah!» Norah war das Mädchen, das gewünscht hatte, Königin aller männlichen Jamaicaner zu werden. «Lauf ihr nach und frage sie, was sie da tut.»

«Soll ich ihr sagen, daß sie zurückkommen muß?»

«Nein. Bring nur heraus, wohin sie geht.»

Das Mädchen trabte davon. Er selbst sagte zu den übrigen:

«Ich dachte, ihr alle beachtet sie nicht mehr? Sieht mir ganz so aus, als ob sie die Wette gewinnen sollte.»

«Ich glaub nicht, daß sie irgendwohin geht», sagte einer der Jungen. «Sie will nur wieder, daß alle auf sie hinschauen.»

«Ich würde an deiner Stelle gar nicht an sie denken», sagte Douglas. «Wovon sprachen wir gerade?»

Nach fünf Minuten erschien Norah.

«Sie sagt, ein Freund kommt und holt sie im Wagen ab, Mr. Lockwood. Sie behauptet, er hätte ihr heute morgen einen Brief geschrieben. Sie fährt mit ihm nach Kingston hinunter. Und sie sagt, sie würde vermutlich am Abend wieder da sein.»

Einen Moment lang herrschte gespanntes Schweigen: dann redeten alle durcheinander.

«Sie hat heute morgen einen Brief bekommen.»

«Ja, ich hab's gesehen.»

«Bestimmt, ich auch.»

«Wahrscheinlich von ihrem Vater.»

«Ich finde das kolossal frech.»

«Wenn es ihr Vater wäre, hätte sie um Erlaubnis gebeten.»

«Sie werden sie doch nicht so gehen lassen, Mr. Lockwood?»

«Nun, es fällt mir gar nicht ein, mit ihr auf offener Straße zu ringen und sie dann über meine Schulter gelegt zurückzutragen.»

«Und wenn alle so ohne Erlaubnis fortliefen?»

«Das wäre höchst mißlich. Wir hätten dann keine andere Möglichkeit mehr, die Schule weiterzuführen, als Polizisten im Gebüsch zu versteckten. Glücklicherweise haben die meisten hier mehr Verstand. Ich ziehe es vor, für einen Abend auf Silvia zu verzichten, statt die übrigen mit Polizeigewalt festzuhalten.»

«Ich bin trotzdem nicht der Meinung, daß das erlaubt sein soll.» Dies war der Junge mit dem Feuerwerk.

«Wenn du mir mein Taschentuch stehlen wolltest, Alan, könnte ich dich mit einem Klaps daran hindern. Aber auch keine Tracht Prügel würde mir erklären, warum du etwas Närrisches tust, während Michael es nicht tut. Helfen könnte ich dir erst, wenn ich wüßte, warum du es versucht hast. Auch Silvia kann ich nicht helfen, solange ich nicht herausgebracht habe, warum sie immerfort Narrheiten begeht, die ihr andern nicht anstellt.»

«Ich finde nicht, daß Silvia Hilfe verdient.»

«Verdient oder nicht, dies ist zufällig der Grund, warum sie hier ist. Ihr Vater bezahlt dafür Schulgeld genau wie dein Vater. Wenn du sie aber nicht magst, so kannst du es mir überlassen, ihr zu helfen. Du brauchst sie nur weiter zu ignorieren.»

Es war eindeutig, daß diese Erklärung die Kinder nicht befriedigte, aber sie schwiegen still, und er führte den Unterricht fort. Douglas gab sich Mühe, die Kinder nicht erraten zu lassen, daß er sich bei seinen Argumenten auch nicht wohlfühlte. Es war ziemlich sicher, daß Silvia niemand treffen und zur Abendbrotzeit wieder zurück sein würde, aber verlassen konnte man sich darauf nicht. Auf jeden Fall war es möglich, daß ihr in der Zwischenzeit etwas zustieß, was jenseits ihrer Absichten oder Berechnungen lag. Wenn sie auf der Straße zusammengefahren wurde, über einen Felsen stürzte oder gar entführt wurde, so würde er einen schweren Stand haben. Je mehr er darüber nachdachte, desto klarer war ihm, daß er närrisch gehandelt hatte, sie so einfach davonlaufen zu lassen.

Kaum hatte die Glocke vier geschlagen, als er die Klasse entließ und zur Haupteinfahrt ging. Joe war vor der Garage damit beschäftigt, den Dienstwagen abzuspritzen. Er hatte Silvia nicht aufgehalten, denn Norah hatte ihm gesagt, er solle es nicht tun.

«Sie die Straße hinuntergehen, Sir.»

«Es ist in Ordnung, Joe.»

Er trat durch das Tor, zwischen den Eukalyptusbäumen hindurch. Als er an die nächste Biegung der Straße kam, konnte er von hier aus fast zwei Meilen überschauen, die sich um die Schluchten des Berghanges wanden. Er blieb stehen und spähte fünf oder zehn Minuten lang talwärts, aber weder Silvia noch ein Wagen kam in

Sicht. Überraschend war das nicht. Das Mädchen war ja schon eine halbe Stunde unterwegs.

Er machte kehrt und schritt zur Einfahrt zurück. Allem Anschein nach würde er jetzt mit Pawley darüber sprechen müssen, aber es ging ihm sehr gegen den Strich. Vermutlich würde Pawley in panische Angst geraten, Suchtrupps aussenden und die Polizei anrufen. Andererseits, wenn er Pawley nichts sagte und Silvia etwas zustieße, so geriet er in eine noch schlimmere Patsche. Das hieß ein allzu großes Risiko eingehen. Langsam schlenderte er zu Pawleys Bungalow hinunter und überlegte, was besser wäre, seinen Entschluß, Silvia einfach laufen zu lassen, formell zu verteidigen oder unumwunden zuzugeben, daß er töricht danebengegriffen hatte.

Der Zufall ergab, daß er keines von beiden zu tun brauchte, denn Pawley war nicht da. Die Magd meldete, er sei vor ein paar Minuten mit seiner Frau zu einem Spaziergang aufgebrochen. Douglas hätte ihnen nachgehen können, er wußte, in welcher Richtung sie ihre Nachmittagsspaziergänge unternahmen, aber der Teufel ritt ihn, wenn er sich vor Mrs. Pawley wegen Silvia rechtfertigen mußte. Nach seinen Bemühungen um Judy heute morgen würde es ihr nur zu lieb sein, ihn in der Patsche zu finden. So entschloß er sich, die Dinge einfach laufen zu lassen und nachher Pawley allein abzufassen. Vielleicht war Silvia inzwischen auch zurück.

Sein Tee stand auf dem Verandatisch. Fast kalt. Er trank eine Tasse, dann ging er ins Haus, um sich zu beschäftigen. Gegen halb sechs lief er wieder ins Haupthaus. Silvia war noch nicht wieder aufgetaucht. Aber nachdem er die Sache so lange belassen hatte, ohne Pawley hineinzuziehen, konnte er auch noch bis nach dem Abendessen der Kinder um halb sieben warten.

Er begann sich ruhiger zu fühlen. Je mehr er darüber nachdachte, desto unwahrscheinlicher schien es ihm, daß Silvia wirklich einen Bekannten getroffen hätte oder daß ihr etwas zugestoßen wäre. Sie war schließlich zwölf Jahre alt. War oft in Kingston allein ausgegangen, und hier oben war man ein gut Teil sicherer als im Straßenverkehr der Stadt. Einen Felsabsturz würde sie erkennen, wenn sie an einen geriet, und die Bauern hier in der Umgebung, bei denen war es schon gar nicht der Brauch, Kinder zu verschleppen. Allein schon die Neugierde würde das Kind bald zurücktreiben. Gewiß verzehrte sie sich vor Begierde zu wissen, ob sie Eindruck geschunden hatte.

Er trat wieder aus dem Haupthaus und ging durch den Garten zum Modellieratelier. Niemand war da außer Rosemary. Douglas' Stärke war das Modellieren in Plastilin auch nicht gerade, aber man hatte die Sache ihm aufgehalst, weil niemand von den übrigen Lehrkräften auch nur eine Ahnung davon hatte. Einige Kinder waren zuest mit Feuereifer an die Sache herangegangen, hatten in jeder freien Minute Ton geknetet (der Ton, den man hier in der Nachbarschaft fand, eignete sich ideal für diese Zwecke) und daraus Tierfiguren und Köpfe geformt. Douglas hatte gehofft, wenigstens eine ergiebige Begabung aufzuspüren, aber die Ergebnisse waren enttäuschend, und so erstarb die Begeisterung schnell. Auch Rosemary hatte er in Verdacht, daß sie es nur weiterbetrieb, weil sie sonst seine Gunst zu verlieren fürchtete. Sie war noch unbegabter als die anderen, aber man konnte sie nicht leicht entmutigen, ohne ihre Gefühle zu verletzen. Ihre augenblicklichen Bemühungen zielten darauf ab, einen Vogel darzustellen. Es hätte ebensogut ein Löwe oder ein Walfisch sein können. Es war auch nichts interessant Surrealistisches an dem Versuch; einfach mangelnde Beobachtungsgabe und fehlender Formensinn. Er riet ihr, doch lieber etwas zu kopieren, was sie vor Augen hätte, und schickte sie um eine Birne in den Garten. Während sie die Birne nachformte, versuchte er es selbst mit einem Vogel, aber sehr viel kam auch nicht dabei heraus.

Um halb sieben verließ Rosemary ihre Birne, die nicht allzu gut gelungen war, und ging zum Abendessen. Er wartete noch zehn Minuten, dann folgte er ihr in das Hauptgebäude. Alle Kinder waren schon versammelt – alle außer Silvia. Mrs. Morgan, die beim Abendessen die Aufsicht hatte, war eben von dem Vorfall in Kenntnis gesetzt worden. Sie begleitete Douglas in den Saal. Er meinte, es gäbe keinen Anlaß zur Sorge, Silvia müsse jeden Augenblick kommen, und auf jeden Fall liege die Verantwortung ja bei ihm. Sie sah sehr aufgeregt aus und äußerte, sie hätte immer schon gewußt, daß Silvia ein schlechtes Ende nehmen würde. Er ließ sie allein, ging wieder zur Einfahrt und dann bis zur nächsten Straßenbiegung. Von Silvia keine Spur. Als er auf das Schulgelände zurückkam, traf er Duffield, der eben bei Pawley gewesen war.

«Hab da eben eine Auseinandersetzung gehabt», verkündete er. Der Streit war durch einen Jungen veranlaßt, dem Pawley erlaubt hatte, dem Mathematikunterricht fernzubleiben, weil er keinen Spaß daran fand – gemeint war offenbar, daß er Duffield nicht leiden konnte. Pawley war steif geblieben und hatte alle seine Argumente auffahren lassen. Die Schwierigkeiten, die dem Jungen die Mathematik bereitete, hätten seine ganze übrige Arbeit gedrückt, von seiner Verdauung ganz zu schweigen, und es würde weiter gar nichts ausmachen, wenn er eine Klasse lang dem Mathematikunterricht fernbliebe. Duffield war zutiefst beleidigt. «Hat man so einen verdammten Unsinn schon gehört? Wissen Sie, was ich jetzt tue? Demnächst sage ich meine Mathematikstunde ab. Und wenn Pawley dann nur ein Wort darüber verliert, erkläre ich ihm, daß meine Verdauung gelitten hat. Wollen sehen, was er dazu sagt!»

Irgend etwas veranlaßte Douglas, von Silvia zu sprechen. Duffield zeigte sich weniger empört, als er erwartet hatte.

«Weiter kein Verlust, wenn die nicht wiederkommt. Ich würde Pawley einfach sagen, an Ihrer Stelle, daß ich sie gar nicht weggehen sah.»

«Kann ich doch nicht! Alle die Kinder haben zugesehen.»

Duffield zuckte die Achseln.

«Es war Ihnen wohl unangenehm, eine Szene zu machen? Wenn Sie mich fragen, dann will ich Ihnen sagen, daß die meisten dieser neuen Ideen nur einen einzigen Ursprung haben. Die Lehrer haben eine tierische Angst vor den Kindern.»

«Da mag wohl etwas daran sein.»

«Es ist einfach alles verfahren», verkündete Duffield fast väterlich. «Wenn die keine Angst vor einem haben, dann könnte man ebensogut versuchen, eine Herde Wildschweine zu erziehen. Das ist ja der Grund, warum man angemessene Strafen ausgedacht hat. Man muß sie nicht unbedingt anwenden, aber zur Hand muß man sie haben, um die Bande in Gottesfurcht zu erhalten. Das sind ja nur kleine Tiere, verstehen Sie?»

«Durchaus.» Es war jetzt nicht an der Zeit, dieses Thema neu aufzurollen.

«Das ist Ihre ganze Schwierigkeit, Lockwood – Sie haben eine zu schwache Hand, darum wachsen Ihnen die über den Kopf. Hab oft genug bemerkt, was Ihre Klassen für einen Spektakel machen, wenn Sie eine halbe Minute zu spät kommen. Wissen Sie, was ich tue, wenn ich einen dabei erwische, daß er nach dem Glockenläuten noch schwätzt? Ich lasse sie alle fünf Minuten schweigend sitzen. Und wer sich auch nur auf seinem Platz rührt, muß für jeden Rutscher fünf Minuten nachsitzen – nach der Stunde.»

Vielleicht hätte Douglas sich jetzt zu etwas Ähnlichem aufgerafft, aber er war noch zu sehr in Sorge wegen Silvia. Duffield bemerkte es und sagte tröstend:

«Ich würde mir an Ihrer Stelle nicht den Kopf zerbrechen. Die kommt schon wieder. Aber dann werden Sie etwas tun müssen, was sich ihr einprägt. Die dürfte mir die Sonne nicht mehr sehen, das Tageslicht! Bitten Sie doch Pawley, daß Sie sie nachmittags nach der Schule in ihr Schlafzimmer sperren dürfen, sagen wir, vierzehn Tage lang! Die versucht es nicht mehr, zu entwischen.»

«Genau das hat man in der letzten Schule mit ihr getan.»

«Offenbar nicht gründlich genug, das ist die ganze Geschichte.»

Als Duffield gegangen war, kam John über den Wacholderhang gelaufen.

«Mr. Lockwood, Sie haben mir versprochen, sich mein Baumhaus anzusehen.»

«Ich hab es doch schon ein Dutzend Mal gesehen.»

«Aber nicht, seit ich das Tau daran festgemacht habe.»

«Ich hab jetzt was anderes vor.» Er mußte mit Pawley sprechen.

«Kommen Sie nicht wenigstens für eine Minute?»

«Also schön, auf eine Minute.»

Johns Baumhaus war auf einem der Mangobäume über der Farm angebracht. Da die Bäume nicht zur Farm gehörten, hatte dieser Bau Morgans Gnade gefunden, der sogar das nötige Holz und die Nägel zur Verfügung gestellt hatte. John verbrachte fast seine ganze Freizeit hier. Er hatte zwischen zwei horizontalen Ästen eine Plattform, drei oder vier Fuß im Quadrat, errichtet, Seitenstützen und ein Dach gebaut und so eine recht komisch geformte Hütte zuwege gebracht. Ursprünglich waren Holzstücke an den Baumstamm genagelt gewesen, so daß man leicht hinaufsteigen konnte. Jetzt aber waren die Holzstücke entfernt, und der einzige Zugang bestand in einem mehrfach verknoteten Tau, das seitlich herabhing.

«Sie müssen hinaufklettern», befahl John.

«Hoffentlich reißt es nicht ab.»

«Bestimmt nicht. Mr. Morgan hat es ausprobiert.»

Douglas zog sich an dem Tau hinauf. Die Plattform war höchstens zehn Fuß über dem Boden. Als er seinen Kopf durch die Öffnung steckte, sah er, daß drei Kinder bereits in den Winkeln hockten, zwei Jungen und Norah, Königin von Jamaica. Sein Auftauchen erregte befriedigende Überraschung. John schrie von unten vor Vergnügen herauf.

«Sie wußten nicht, daß schon jemand drin war?»

«Nein, das wußte ich nicht.»

«Steigen Sie nur richtig ein, ich komm nach.»

Douglas zwängte sich durch den schmalen Eingang. John kletterte affenschnell nach und zog dann das Tau ein.

«Jetzt kann uns keiner nachkommer.»

«Viel Platz wäre auch nicht mehr da, wenn es jemand könnte.»

«Das ist hier wie eine Burg mit einem Graben und einer Zugbrücke. Ich wollte nur, ich hätte Feinde. Auf die würde ich siedendes Öl hinabgießen.»

«Das wäre ein Spaß, siedendes Öl auf Silvia zu gießen», sagte die Königin von Jamaica. Alle pflichteten ihr bei.

«Bitte, laß jetzt die Zugbrücke wieder herunter», verlangte Douglas, «ich muß gehen.»

«Und wenn ich jetzt das Seil hinunterwerfe? Dann müßten Sie bleiben.»

«Ich würde dich hinunterwerfen und dann auf dich springen.»

«Wo müssen Sie denn hin?»

«Ich habe mit Mr. Pawley zu sprechen.»

«Wegen Silvia?»

«Über alles mögliche.»

«Wetten, es ist wegen Silvia?»

Er ließ das Tau hinab. Douglas zwängte sich durch die Öffnung und begann hinabzuklettern. Er war noch damit beschäftigt, als einer der Knaben sagte:

«Schaut, da ist sie!»

Alle Kinder waren aufgeregt.

«Ja, es ist Silvia.»

«Und wir haben kein siedendes Öl.»

«Wir beachten sie gar nicht.»

«Nein, wir schauen sie nicht an.»

Douglas sprang zur Erde hinab. Silvia kam den Pfad entlang. Sie trug ihre Handtasche und schritt mit betonter Würde einher. Er gab sich Mühe, sie nicht erraten zu lassen, wie er aufatmete. Die Rückkehr eines Kameraden von einem gefährlichen Patrouillengang hatte ihn im Krieg nicht mehr beruhigt.

«Hallo, Silvia!»

«Hallo.» Es kostete sie sichtlich Mühe, ihre gleichmütige Überlegenheit zu wahren.

«Hast du dich gut amüsiert?»

«Doch, danke schön.»

«Was hast du denn getrieben?»

«Oh», sie zuckte die Achseln, «ich war im Kino.»

Sie ließ es sich angelegen sein, laut genug zu sprechen, daß auch die Kinder im Baumhaus sie hören konnten, obwohl sie so tat, als ob sie sie nicht bemerkte. Sie hatte Puder und Lippenstift im Gesicht und sah recht komisch aus.

«Ich hoffe, du hast was zu essen gekriegt. Das Abendessen hast du versäumt.»

«Oh, reichlich. Ich habe im Restaurant gespeist.»

«Fein – wir möchten nicht, daß du hungerst. Und wo ist dein Freund geblieben?»

«Er hat mich vor der Einfahrt abgesetzt. Ich wünschte nicht, daß er mich hereinbegleitet.»

Sie ging zum Haupthaus weiter. Der Rückenteil ihres Kleides war zerknittert und an der Stelle, auf der sie gesessen hatte, haftete ein dorniges Blatt. Keines der Kinder im Baum schien das bemerkt zu haben, und es mochte ihnen auch nicht aufgefallen sein, daß es eine ziemliche Hetze war, nach Kingston zu fahren, ins Kino zu gehen, im Restaurant zu speisen und wieder zurückzufahren, alles in der Zeit, die Silvia weggewesen war. Aber vielleicht war es besser, wenn es ihnen nicht auffiel. Solange der phantastische Freund für sie existierte, existierte er auch für Silvia. Sie brauchte ihn offenbar jetzt. Wenn Douglas sie richtig behandelte, würde sie ihn eines Tages nicht mehr brauchen.

Die Kinder sahen ihr nach, bis sie außer Sicht war. Offenbar hatte sie Eindruck gemacht.

«Möchte wissen, wer es war.»

«Sie hat Lippenstift draufgehabt.»

«Ich weiß, sie hat ihn immer in ihrer Handtasche. Sie hat ihn uns einmal gezeigt.»

«Also kann es nicht ihr Papa gewesen sein. Da hätte sie sich nicht getraut.»

«Woher weißt du das?»

Dann sagte einer der Buben:

«Ich glaub überhaupt nicht, daß sie in Kingston war. Die macht sich nur wieder wichtig. Glauben Sie, daß sie unten war, Mr. Lockwood?»

Allgemeines Schweigen, man erwartete gespannt seine Antwort. Er lachte auf.

«Warum nicht? Sie müßte arg hungrig sein, wenn sie nicht unten war.»

Er war nach dem Tee viel zu sorgenbedrückt gewesen, um zu Judy zu gehen, aber jetzt, da Silvia heimgekommen war, machte er sich auf den Weg und klopfte an die Tür des Krankenzimmers. Judy lag angekleidet auf ihrem Bett und las in einem Buch, das er ihr aus der Schulbibliothek gebracht hatte. Sie sah ein wenig gelangweilt aus.

«Hallo, Douglas!»

«Haben Sie schon gehört, was passiert ist? Es ist mir verboten worden, Sie zu besuchen. Ein Ukas vom Chef.»

«O heiliger Himmel!» Sie legte das Buch weg.

«Unsere kolonialen Anstoßnehmer hätten sonst die Chance ihres Leben – unmoralische Vorgänge im Zimmer neben einem Schlafraum der Mädchen und weiß Gott was noch.»

«Ach, wie schade! Hab's mir nicht träumen lassen. Es ist natürlich meine Schuld. Es war so nett, jemand zum Plaudern zu haben.» Es klang nicht, als ob es ihr viel mehr bedeutet hätte.

«Es war auch meine Schuld. Auch ich brauchte eine Unterhaltung.»

Sie stützte sich auf den Ellbogen auf und strich sich das Haar aus der Stirn.

«Na, morgen fahre ich.»

«Pawley sagte, sie könnten bleiben.»

«Ich weiß, aber ich mag keine solchen Störungen verursachen.»

«Ist ja alles geordnet.»

«Ich bin trotzdem entschlossen zu gehen. Der Arzt kommt am Morgen herauf. Er kann mich gleich mitnehmen.»

Douglas war elend zumute, warum, das wußte er nicht recht; nun ja, sehen würde er sie ja doch nicht können, so oder so. Vielleicht war es nur, weil sie ihm an diesem Abend so ganz fremd vorkam. Er erinnerte sich, wie er gestern abend beinahe hierhergekommen war, und mit welchen Absichten. Die Erinnerung setzte ihn in Verlegenheit. Er mußte rein den Kopf verloren haben.

«Tut mir furchtbar leid.»

«Sie waren jedenfalls schrecklich nett», sagte er. «Ich hätte mir etwas ausdenken müssen, um Ihnen zu danken.»

«Sie haben mir ja nichts zu danken.» Ein betretenes Schweigen. Solche Verlegenheitspausen hatte es früher nicht gegeben. «Sie gehen doch nicht zur Luftfahrt zurück?»

«Großer Gott, ja, warum denn nicht?»

«Das wird einigen Mut kosten.»

«Finde ich nicht. Abstürze gibt es nur alle heilige Zeiten.»

«Aber nächsten Mittwoch werden Sie doch nicht schon wieder abgeflogen sein? Dann komme ich nach Kingston hinunter. Wir könnten etwas verabreden, wenn Sie frei wären.»

«Gern.» Sehr begeistert klang das nicht.

«Nur wenn Sie wirklich mögen.»

«Natürlich mag ich. Ich hab mich nur besonnen, ob Ihr Chef nicht wieder etwas findet.»

«Das geht ihn nichts an.»

«Ich weiß, daß ich nicht besonders respektabel aussehe.» Sie lächelte. Trotzdem war nichts an diesem Lächeln sonderlich vertraut, es war nicht das Lächeln, das er in Erinnerung hatte.

«Unsinn! Haben Sie ernstlich Lust, mich zu treffen?»

«Ernstlich.»

An diesem Abend fühlte er sich elend. Er saß auf der Veranda und trank ein paar Gläser Rum. Der Himmel war bewölkt, es gab keine Aussicht auf Kingston. Er dachte, er könne Judy ja immer noch vor

Mittwoch abschreiben. Sie machte sich ja nichts aus der Verabredung, Schluß, punktum. Leer, dieses Leben. Er dachte an Caroline, legte seinen Finger an ein oder zwei wunde Stellen. Dann kehrten seine Gedanken zu Judy zurück. Eigentlich hatte er jemand wie Judy gebraucht – genauso dringend, wie Silvia ihren Wagenfreund brauchte. Sie war kaum in das Krankenzimmer eingeliefert gewesen, da hatte er schon ihre Tragfähigkeit als Stützbalken geprüft. So wie man in Kohlenminen Stützbalken braucht, um die Wände abzusteifen, sonst stürzt die Decke ein. Jetzt war der Balken weggedrückt worden. Bei ihm wankte die Decke. Ergo Rum. Er konnte begreifen, warum manche Leute in den Kolonien vor die Hunde gingen.

Am Morgen fühlte er sich ein wenig besser. Vielleicht konnte er Judy noch abfangen, wenn sie wegfuhr, und ihr adieu sagen. Er freute sich darauf. Möglicherweise hatte er sich nur eingebildet, daß sie kühl war. Oder sie hatte sich wirklich über die Geschichte mit Pawley geärgert. Beim Frühstück fragte er Mrs. Morgan, wann sie Dr. Knowles erwartete. Um elf, sagte sie. So ging er um elf hinauf. Aber da sagte ihm Mrs. Morgan, Knowles wäre schon um zehn dagewesen und hätte Judy bereits mitgenommen. Fort.

«Sie war wirklich ein nettes Mädel», bemerkte Mrs. Morgan.

Kein Wort, daß Judy ihr Grüße für ihn aufgetragen hatte. Warum hätte sie auch sollen? Sie hatten ja gestern abend Abschied genommen. Na, egal, jedenfalls würde er für Mittwoch absagen. Er begann zu überlegen, was er schreiben sollte.

Dann lief er Mrs. Pawley in die Quere, als sie zum Mittagessen kam. Seit ihrem Besuch in seinem Bungalow hatte er sie nicht mehr gesehen. Eigentlich erwartete er, daß sie über Judys Abzug triumphieren würde. Sie tat es nicht.

«Das Mädel ist abgefahren, nicht?» erwähnte sie, ohne sonderliches Interesse. «Tut mir leid, daß Sie der Ansicht sind, mein Mann hätte da unnütz Wirbel gemacht. Wahrscheinlich war es doch das beste so.»

«Wahrscheinlich.»

Sie lächelte ungeduldig. So fremd war sie, so fern wie Judy.

«Ich hab mich so amüsiert über Sie neulich abends, Douglas. Sie waren mir doch nicht böse, daß ich Sie ein wenig aufgezogen habe?»

«Warum hätte ich sollen?»

«Sie sahen aus, als hätten Sie Angst, ich würde Sie verführen.» Sie lachte nervös. «Keine Sorge!»

«Hab keine.»

Sie rief die Hunde. Beim Mittagessen drängten sich die Hunde in den Speisesaal. Heute war Douglas an der Reihe, an Silvias Tisch zu sitzen. Die Kinder sprachen noch immer nicht mit ihr. Douglas redete sie sofort an, aber sie tat furchtbar überlegen und war frech, so daß er das Wort nicht wieder an sie richtete. Sie gab sich selbstsicherer als zuvor, als säße der Freund, der für sie stritt und der ihr in Liebe ergeben war, an ihrer Seite.

7

An diesem Tag gab es keinen weiteren Ärger mit Silvia, sie holte sich nach dem Tee ein Buch aus der Bibliothek und setzte sich damit unter einen der Wacholderbäume; aber am nächsten Abend ging sie wieder fort.

Am Morgen war sie aus eigenem Antrieb zu Douglas in die Bibliothek gekommen. Sie hatte sich irgendeine Schwierigkeit bei einer Hausarbeit ausgedacht, aber der wirkliche Zweck ihres Besuches war offenbar, ihm eine Gelegenheit zu geben, sich über ihr Betragen auszulassen. Es wäre klug gewesen, gar nichts zu sagen – unterbliebener Tadel ließ sie in einem Vakuum, brach ihrer Rebellion die Spitze ab –, aber er folgte einem Impuls und fragte sie, ob ihr Freund sie wieder abholen werde.

Sie sah ihn starr an.

«Er kommt heute abend.» Offenbar war sie herzensfroh, daß er gefragt hatte.

«Wie schade! Könntest du ihm nicht absagen? Oder ihn versetzen?»

«Wollen Sie versuchen, meine Rendezvous zu verhindern?»

«Durchaus nicht. Aber vielleicht hättest du gern ein wenig Musik gehört?»

«In Ihrem Bungalow?»

«Ja.»

Sie überlegte es sich. Dann entschied sie:

«Es ist zu spät, um ihm abzusagen.»

«Wenn du einfach fortbleibst, wird er erraten, daß dir etwas dazwischengekommen ist. Er nimmt es bestimmt nicht übel.»

«Ich werde es mir überlegen.»

«Na, jedenfalls mußt du ja heute nicht gehen, bevor der Unterricht zu Ende ist, wie?»

Das hatte sie sich alles zurechtgelegt. Ohne Zögern sagte sie:

«Nein, ich treffe ihn heute erst um halb fünf.»

«Nun, verschieb es, wenn du kannst.»

Er gab diese Grammophonabende einmal wöchentlich in seinem Bungalow. Pawley hatte Geld für einen Apparat und einen kleinen Vorrat Platten bewilligt und kam oft selbst. Meistens hörten acht oder neun von den Kindern zu, die Hälfte, weil sie wirklich Musik hören wollten, die übrigen, weil sie nichts auslassen mochten. Vorige Woche war auch Silvia gekommen, hatte sich auf der Veranda in einer zurechtgelegten Pose abseits gesetzt. Sie tat, als ob sie etwas von klassischer Musik verstünde – das war erwachsen und förderte ihr Prestige –, und so war die Hoffnung nicht unbegründet, daß sie heute die Musikvorführung als Ausrede gebrauchen würde – jedenfalls konnte sie, ohne ihr Gesicht zu verlieren, ihre Eskapade preisgeben. Sehr lustig mochte es ja auch nicht sein, stundenlang allein im Dschungel zu sitzen.

Als die ersten gegen half fünf kamen, war sie nicht darunter, aber Douglas gab die Hoffnung nicht auf. Sie wußte sich in Szene zu setzen – wenn sie kam, so mußte ihr Auftreten von durchschlagender Wirkung sein. Wahrscheinlich würde sie in zwanzig Minuten kommen und behaupten, sie hätte ihren Freund gesehen und ihm gesagt, sie wäre anderweitig vergeben. Douglas reichte die Schachtel mit Schokoladebiskuits herum, die eine anerkannte Eröffnungsformalität bei den Musikvorführungen war, und legte die erste Platte auf.

Aber auch um dreiviertel fünf zeigte sich Silvia nicht und um fünf auch nicht. Kurz nach fünf erschien Pawley und stieß zu der Gruppe auf der Veranda. Es war mitten während einer Symphonie. Die Kinder wollten aufstehen, aber Pawley schielte und schlenkerte lautlos mit den Händen, als klopfe er Staub aus, wohl um anzudeuten, daß niemand sich bewegen sollte. Dann ging er auf den Fußspitzen übertrieben leise näher, den Finger auf den Lippen. Einer der Buben machte einen Stuhl für ihn frei. Er winkte den Jungen zurück und setzte sich zwischen zwei der Kinder auf den Boden. Musik war ein demokratischer Genuß – eine gute Gelegenheit, zu zeigen, daß man sich nicht herausstellte. Er zog seine Pfeife aus der Tasche und begann sie zu stopfen.

Das Grammophon hatte Federantrieb. Beim Plattenwechsel arbeiteten zwei Kinder zusammen, den Apparat anzukurbeln und die Nadeln auszutauschen. Die andern saßen in heiligem Schweigen da oder wiesen einen unmusikalischen Stümper zur Ruhe, der dachte, die Symphonie wäre schon aus. An diesem Abend kam die Symphonie überhaupt nicht zum Ende, denn gerade bei einem Pianissimo im dritten Satz gab es plötzlich ein wildes Gequietsche drüben am Wacholderhang. Man achtete nicht darauf, die Musik schwoll wieder an; eine Minute später aber kam ein Junge, der Roger hieß, den Pfad herangerast. Er hielt unten an der Verandatreppe. Verschreckt wie ein Kaninchen sah er aus. Pawley hatte er wohl nicht bemerkt. So rief er dringend Douglas an:

«Können Sie kommen, Mr. Lockwood? Silvia ist wahnsinnig geworden.»

Douglas erhob sich sofort und folgte Roger den Pfad zurück, der an dem Bungalow vorbeiführte. Als sie ins Freie hinaustraten, sah er Silvia halben Wegs auf dem Grashang. In hysterischer Wut schlug sie mit einem langen Bambusstock um sich. Alan, der Junge, dessen höchster Ehrgeiz ein Riesenfeuerwerk war, sprang im Zickzack herum und versuchte ihren Schlägen zu entgehen. Silvia hielt ihn nicht nur in Schach, sondern placierte auch einen gelegentlichen Streich auf einem Mädel, das ins Gras gefallen war. Es war Norah, die Königin von Jamaica. Sie schrie aus letzten Kräften und versuchte gar nicht mehr aufzustehen. Douglas rannte hinzu. Als Silvia ihn gewahrte, erhöhte sie die Heftigkeit ihres Angriffs. Dann wandte sie sich gegen ihn. Nur einmal erwischte sie ihn, dann hatte er die

Bambusstange gefaßt und rang sie ihr aus den Händen. Keuchend stand sie da, ihr Gesicht wutverzerrt. Norah lag auf dem Boden, japste und heulte. Sie hatte rote Striemen auf den Armen und Beinen. Douglas half ihr auf die Füße und wies Roger an, sie nach Hause zu schaffen. Sie stützte sich auf seinen Arm, ihr Humpeln sah etwas übertrieben aus. Als Douglas sich zu den andern zurückwandte, sah er Pawley in der Nähe. Er stand nur einige Schritte entfernt, folgte der Szene mit einem Ausdruck gequälter, aber unparteiischer Betretenheit, als wäre er Zuschauer bei einem sonderlich blutrünstigen Boxmatch. Er sog noch immer an seiner Pfeife. Offenbar legte er keinen Wert darauf, als Schiedsrichter zu gelten.

«Was ist passiert?» fragte Douglas die Kinder.

Keiner äußerte etwas. Silvia nahm eine Miene hochmütiger Gleichgültigkeit an, um zu zeigen, daß sie sich aus den Ergebnissen dieses Verhörs nichts mache. Schließlich sagte Alan:

«Sie hat behauptet, daß sie wieder ihren Freund trifft und nach Kingston fährt. Wir haben es nicht geglaubt und sind ihr nachgegangen. Sie hat sich im Dschungel versteckt. Als wir sie aufstöberten, ist sie mit dem Stock auf uns losgegangen.»

«Ihr seid lauter Feiglinge», sagte Silvia. «Drei gegen einen!»

«Aber wir hatten keine Stöcke.»

Jetzt mischte sich Pawley ein und sagte ziemlich geringschätzig:

«Lockwood, Sie regeln das wohl selbst. Vielleicht sprechen wir nachher darüber. Würde es Ihnen etwas ausmachen, zu mir hinunterzukommen?» Er stapfte davon.

Silvia erklärte: «Und ich war doch verabredet! Wenn ihr es nicht glaubt, kann ich die Briefe zeigen.» Trotz ihrer hochmütigen Miene war sie dem Weinen nahe.

«Du bist nur ein Lügenmaul», sagte Alan. «Alle haben genug von dir. Es war höchste Zeit, daß wir es dir nachgewiesen haben.»

«Mr. Lockwood weiß, daß ich jemanden treffen sollte. Er hat es erlaubt. Wenn ihr gewartet hättet, so hättet ihr es selber gesehen.»

«Quatsch», sagte Alan.

Silvia tat den Mund auf, aber dann begriff sie, daß sie das Weinen nicht mehr zurückhalten konnte. Sie machte kehrt und schritt davon. Alan sagte überlegen:

«So dumm sind wir nicht, wie sie glaubt. Jetzt weiß sie wenigstens, daß sie sich nicht mehr wichtig machen darf. Werden Sie sie hinauswerfen?»

«Warum denn?»

«Sie hätte Norah umbringen können, wenn ich nicht dagewesen wäre.»

«Es tut mir leid, daß einer von euch da war», sagte Douglas. «Was geht euch das an, ob sie jemand trifft oder nicht?»

«Sie hat es ja nur gemacht, damit wir glauben sollen, daß sie jemand hat, einen, der sie liebt und mit ihr ins Kino geht. Sie ist sich furchtbar gescheid und groß vorgekommen.»

«Damit hat sie euch doch nichts angetan. Ihr hättet sie weiter ignorieren sollen. So hättet ihr Norah arge Hiebe erspart.»

Alan sah ihn mißtrauisch an.

«Sie werden Silvia das doch nicht durchgehen lassen?»

«Wenn ich Silvia bestrafe, hilft das Norah auch nichts. Ihr alle habt es ja darauf angelegt, daß so etwas passieren mußte. Habt ihr nicht im voraus gewußt, daß Silvia wütend sein würde, wenn ihr sie aufspürt?»

«Na, ich denke wohl», sagte Alan. «Aber irgendwer mußte ja etwas tun. Es scheint ja niemand anderer daran interessiert zu sein, ihr Manieren beizubringen.»

Er sagte das ziemlich spitz, es gefiel Douglas nicht.

«Man ist daran mehr interessiert, als du denkst, Alan. Jetzt geh in das Haupthaus und sieh zu, was du für Norah tun kannst.»

Alan ging schweigend ab. Douglas sah Silvia unter einem der Wacholderbäume stehen und ging zu ihr hinüber. Sie bemühte sich, nicht zu zeigen, daß sie geweint hatte.

«Nun, das war keine sehr würdige Szene», meinte er.

Sie verbarg einen Moment lang wieder das Gesicht. Er wartete, nach einer kleinen Weile sagte sie schluchzend:

«Jetzt wird er glauben, ich will ihn gar nicht mehr treffen, weil ich nicht dort war, und er wird nicht wiederkommen.»

Pawley war natürlich vernünftig – ominös vernünftig und geduldig. Schweigend schielte er von seinem Platz herüber, während Douglas den ganzen Sachverhalt klarlegte. Dann machte er eine Pause, um keine übereilige Kritik zu äußern, und entschied:

«Es wäre mir allerdings lieber, Sie hätten es doch der Rede wert gefunden, mich zu Rat zu ziehen, als sie das erste Mal fortlief, Lockwood. Ich habe ein Gefühl, Sie hätten es vielleicht doch tun sollen.»

«Vermutlich hätte ich das. Aber als sie zurückkam, schien die Sache nicht mehr wichtig.»

«Vielleicht wäre ich doch fähig gewesen, Ihnen mit Rat an die Hand zu gehen.» Er mochte empfinden, daß es großsprecherisch klang, und so schwächte er sofort ab. «Oder sagen wir auf jeden Fall, es hätte nicht geschadet, wenn wir ein bißchen die Köpfe zusammengesteckt hätten.»

«Ich wüßte nicht, wie wir sie hätten hindern sollen, noch einmal wegzulaufen.»

«Ich meine, wenn wir ein bißchen entschiedener mit ihr gesprochen hätten ...»

«Wenn wir sie nicht einsperrten, wäre sie so oder so gegangen», sagte Douglas. «Ich hielt es jedenfalls für das beste, ihr ihren Weg zu lassen. Wenn die andern ihr nicht nachgegangen wären, hätte es auch nichts gegeben.»

«Wir können die Kinder nicht so im ganzen Land herumlaufen lassen. Es kommt nicht nur darauf an, was wir für das Beste halten. Die Frage ist, was andere Leute denken werden.»

«Zu diesem Behuf können wir unsere Schule ganz gut nach demselben Rezept führen wie alle anderen Schulen in Jamaica.»

«Wir brauchen doch nicht gleich so weit zu gehen», beschwichtigte Pawley.

«Wenn wir überhaupt reformistisch und modern sein wollen, müssen wir an unseren Ideen festhalten und den Leuten vorführen, wie sie wirken.»

Pawley lächelte. «Ich fürchte, Norahs Hiebe werden nicht sehr überzeugend wirken.»

«Man müßte den Leuten eben sagen, was sich da zugetragen hat», meinte Douglas lahm.

«Wenn wir Silvia gehindert hätten, heute nachmittag das Schulgebiet zu verlassen, so hätte sich eben nichts ereignet.»

«Aber Sie geben doch zu, daß es für Silvia das beste war, sie gehen zu lassen?»

«Ja, wenn man Silvia in Betracht zieht, aber nicht die Leute draußen.»

Sie bewegten sich in einem Circulus vitiosus.

«Na ja, ich bedaure», sagte Douglas. «Meine Absicht war es nur, Ihre Ideen in die Praxis umzusetzen. Ich teile diese Ideen, aber ich teile nicht die Ideen der Leute draußen.»

Pawley spreizte seine Hände bedauernd. «Wir können es uns leider nicht leisten, mit dem Kopf durch die Wand zu rennen. Die Welt ist nun einmal so, wie sie ist, und wir müssen lernen, Kompromisse zu schließen. Wir müssen lernen, unsere Ideen dort durchzusetzen, wo wir es am besten können und so gut wir es können.»

«Zu so etwas tauge ich nicht», sagte Douglas. «Bin nicht genug in Fühlung mit den lokalen Auffassungen hier, um zu wissen, wann wir unsere Ideen in Anwendung bringen können.»

«Ich glaube, ich kann mich auf Ihr gesundes Urteil verlassen», lenkte Pawley ein.

«Weiß ich nicht, ob Sie das können.» Es war ihm klar, daß er kein Recht hatte, ärgerlich zu sein; in Pawleys Lage konnte man wirklich nicht ganz über die öffentliche Meinung hinwegsehen; das schlimme war nur, daß Pawley keine hinreichend starke Persönlichkeit war, um den Kompromiß zur Tugend zu erheben. «Soviel ich sehe, wird sich das mit Silvia noch oft wiederholen. Wenn Sie mir nicht freie Hand lassen, möchte ich lieber nicht länger ihr Tutor sein. Es wäre mir lieber, Sie überantworteten sie jemand, der sie den Meinungen der Leute da draußen gemäß klar und eindeutig führen kann. Warum weisen Sie sie nicht Duffield zu?»

Pawley sah fast beleidigt aus. «Ich habe gar nicht angedeutet, daß ich sie Ihnen wegnehmen wollte.»

«Weiß ich. Aber warum wollen Sie nicht? Duffield wird ihr nicht erlauben, im ganzen Land herumzustreunen. Er wird sie durchbleuen und nachsitzen lassen.»

«Ich halte das nicht für die Lösung des Problems.»

«Schön, was also dann?»

Pawley überlegte sich die Sache. Nach einer Weile sagte er: «Ich will es Ihnen sagen, Lockwood. Ich möchte, daß Sie Silvia weiterhin genauso behandeln, wie Sie es bisher getan haben. Mein einziger Vorschlag wäre vielleicht» – er gab durch Händewinken zu verstehen, wie wenig ihm das bedeutete –, «daß wir die Köpfe ein bißchen zusammenstecken, wenn sich schwierige Situationen ergeben.»

«Mit Silvia zu tun zu haben, ist eine einzige, dauernd schwierige Situation.»

«Ich verlasse mich vollkommen darauf, daß Sie selbst den richtigen Zeitpunkt finden werden, wann Sie meinen Rat benötigen», sagte Pawley. Dann fuhr er fort, als ob er sich eine besondere Gunst ausbäte: «Sie nehmen es mir also nicht allzu übel, wenn ich sie nicht jemand anderem übergebe? Sie erweisen mir einen besonderen Dienst, wenn Sie bei der Stange bleiben.»

Endlich gab Douglas nach.

«Ich danke Ihnen, Lockwood. Ich habe allen Grund, Ihnen wirklich außerordentlich dankbar zu sein.» Douglas erhob sich, aber Pawley hielt ihn zurück.

«Dann war da noch eine Kleinigkeit, die ich mit Ihnen bereden wollte.»

Bei Pawley gab es immer noch eine Sache. Douglas setzte sich wieder.

«Diesmal ist es eine minder wichtige Angelegenheit. Machen Sie sich viel aus Cocktailgesellschaften?»

Douglas blieb zugeknöpft.

«Ich hoffe, dergleichen macht Ihnen Spaß», fuhr Pawley fort. «Ich bin nämlich nächste Woche zu einer eingeladen, und ich habe keine Zeit hinzugehen. Zuviel zu tun. All diese Schreibereien da ... Darum frage ich Sie, ob Sie mich nicht vertreten möchten. Sie könnten meine Frau hinunterbringen – es ist nämlich ihr Bruder, der die Gesellschaft gibt. Mittwoch.»

«Das ist mein freier Tag», sagte Douglas. «Ich habe mir schon allerhand für Kingston vorgenommen.» Zwar hatte er den Brief, in dem er Judy absagte, geschrieben, hatte ihn dann aber wieder zerrissen.

«Wie schade! Und ich hatte mir so große Hoffnung gemacht, Sie würden für mich einspringen.»

Douglas lachte. «Und ich hatte gedacht, wenn irgend etwas in Jamaica Ärgernis erregen könnte, so wäre es mein Erscheinen bei einer Cocktailgesellschaft mit Ihrer Frau.»

«Sie nehmen mich manchmal zu wörtlich», sagte Pawley. «Wir

dürfen auch nicht den Fehler begehen, die Leute für zu dumm zu halten. Und ich hätte selbstverständlich meinen Schwager angerufen, um es ihm zu erklären.»

«Tut mir leid, daß es kein anderer Tag ist.»

«Es wäre mir ein Vergnügen gewesen, Ihnen statt dessen den Donnerstag freizugeben», sagte Pawley großmütig. «Sie könnten nicht etwa Ihre Verabredung umlegen?» Seine Brille funkelte hoffnungsvoll. Dann lachte er entschuldigend und sagte unbeholfen: «Um ganz offen zu sein, Lockwood, ich habe gehofft . . . ich habe um meiner Frau willen gehofft, Sie würden es einrichten können. Es ist hier oben nicht sehr amüsant für eine Frau, Sie verstehen. Natürlich hat sie das nicht selbst gesagt, aber ich kann mir denken, daß ihr das Leben hier manchmal zum Hals heraushängt.» Er lächelte freimütig. «Und wahrscheinlich bin ich ihr auch ein wenig langweilig. Es wäre eine nette Abwechslung für sie, wenn Sie sie einmal ausführen würden. Ich kann Sie natürlich nicht drängen. Aber ich hätte es als eine große Gefälligkeit empfunden.»

Douglas war nicht gerade darauf aus, Pawley Gefälligkeiten zu erweisen, zum mindesten nicht Gefälligkeiten dieser Art, aber er sah voraus, daß sich Schwierigkeiten wegen des Dienstwagens ergeben würden. Er würde ihn nicht haben können, wenn Mrs. Pawley ihn auch brauchte, und so erklärte er sich einverstanden.

Pawley lehnte sich befriedigt lächelnd zurück. Sein überlegener Takt hatte wieder einmal triumphiert.

«Ich danke Ihnen, Lockwood. Ich hoffe, Sie werden es nicht als allzu drückende Pflicht empfinden.» Und dann fügte er für den Fall hinzu, daß Douglas einen falschen Hintergedanken gefaßt hätte: «Nebenbei bemerkt, es war durchaus mein eigener Vorschlag. Vielleicht bedarf das der Erwähnung . . . Meine Frau hat keine Ahnung, daß ich Sie darum bitte.»

Mrs. Pawley dachte auch, dies bedürfe der Erwähnung, und so erwähnte sie es binnen fünf Minuten, nachdem sie am Mittwoch nachmittag im Dienstwagen Platz genommen hatte.

«Ich war so überrascht, als mein Mann mir sagte, daß er Sie gebeten hat, mich hinunterzubringen. Sie haben doch nicht gedacht, es ginge von mir aus?»

Er erwiderte, er hätte keinen Grund gehabt, das anzunehmen. Er hatte überhaupt keinen Grund, sich darüber den Kopf zu zerbrechen, wer diese Sache ausgeheckt hatte; er ärgerte sich bloß über sich selbst, daß er so willig darauf eingegangen war. Am meisten war er wütend. weil er auf seinen Brief an Judy keine Antwort erhalten hatte. Sein Vorschlag war gewesen, das Rendezvous auf Donnerstag zu verlegen. Entweder hatte sie Kingston schon verlassen oder die Angelegenheit war ihr keinen Brief wert. Oder sein Brief war verlorengegangen – oder schließlich der ihre. So oder so, jetzt würde er Judy vielleicht versäumen, bloß weil Mrs. Pawleys Bruder diese Cocktailgesellschaft gab. Es ärgerte ihn, Judy zu verfehlen, und das bewies, daß er sie noch immer als Stützbalken benötigte. Schade, daß er so wenig Stützbalken hatte. Ideal wäre es, wenn er sich etwas aus Violinespielen machte oder aus dem Studium der Gepflogenheiten der Ameisen. Oder wenn er wenigstens den Ehrgeiz gehabt hätte, als Pädagoge Erfolg zu haben.

«Sie sind sehr wortkarg», bemerkte Mrs. Pawley.

«Muß meine Aufmerksamkeit auf die Straße richten.»

«Sie sind doch nicht etwa schlecht gelaunt?»

«Durchaus nicht.»

«Fein. Sie werden sich gut amüsieren, sogar wenn Sie es nur als Pflicht tun.»

«Ich tue es ja nicht als Pflicht.»

«Wirklich nicht?» Sie lachte kurz und ungeduldig auf. «Wie nett von Ihnen, daß Sie das sagen.»

Mrs. Pawleys Bruder wohnte in einem Haus am Hange eines der Hügel, die Kingston umkränzen. Es war halb sieben Uhr, als sie vorfuhren. Die Auffahrt war bereits mit Wagen vollgestopft. Als sie aus ihrem Dienstwagen stiegen, sagte Mrs. Pawley:

«Vergessen Sie um Himmels willen nicht, daß Sie nicht Mrs. Pawley zu mir sagen dürfen – es sei denn, Sie wünschen den Eindruck zu erwecken, daß wir sonst kaum miteinander sprechen. Die Leute hier sind halb so steif, wie Sie zu glauben scheinen.»

Ihr Vorname war Joan, jetzt erinnerte er sich genau, aber er brachte es einfach nicht über sich, sie so zu nennen. Er würde sie eben überhaupt nicht ansprechen.

Die Party fand im Garten statt. Es waren ein paar hundert Gäste da und ein Dutzend weißgekleideter Negerdiener lief mit Tabletts voll Drinks und Appetitbissen herum. Unter den Gästen gab es keine Farbigen. Es mußte ziemlich schwierig gewesen sein, in Kingston zweihundert Gäste von positiv garantiert kaukasischer Abstammung zusammenzubringen. Das schaffte man höchstens, wenn man nicht Anstoß nahm, auch Juden zuzulassen. Mrs. Pawleys Bruder hatte sich dazu bereit gefunden – Großzügigkeit war offenbar ein Familienzug.

Douglas hatte Mrs. Pawleys Bruder noch nicht kennengelernt. Dieser betrieb eine ansehnliche Zuckerpflanzung, die seinem Vater gehört hatte, und kam niemals in die Schule hinauf. Mrs. Pawley ihrerseits besuchte ihn selten; wie sie sagte, mochte sie seine Frau nicht. Jetzt geleitete sie Douglas zu ihrem Bruder, und die Frau war an seiner Seite. Der Bruder war ein zäher Bursche, gut aussehend, wenn auch eher brutal und hochfahrend. Sein Name war Findlay. Die Frau war plump, sah gutmütig aus und war übermäßig bemalt. Nach Mrs. Pawleys Angaben hatte sie nur das Geld des Bruders geheiratet, hatte ihn dazu gebracht, das halbe Vermögen auf ihren Namen zu schreiben. Wenn das stimmte, so war sie tüchtiger, als sie aussah.

Findlay hatte eine knochenerweichende Art, einem die Hand zu drücken.

«Sind Sie auch aus der Psychologiebude da oben, Mann Gottes? Wie halten Sie es aus? Ich würde mir eine Kugel vor den Kopf knallen, wenn ich eine Woche da oben bleiben müßte. Na ja, wahrscheinlich sind Sie auch so ein Gehirnakrobat.» Er wandte sich an Mrs. Pawley: «Er ist doch einer von diesen Gehirnakrobaten, was?»

«Ich weiß nicht, wie wir ohne Douglas weiterkämen», meinte Mrs. Pawley.

«Ich sag's ganz offen, ich gehöre nicht zum Gehirntrust», erklärte Findlay. «Ich verstehe mich gerade darauf, einen Besitz zu verwalten, das ist alles. Wenn Sie mich fragen wollten, wieviel fünf mal sieben ist, wäre ich auf den Mund geschlagen. Na, ich kann nicht behaupten, daß es mir abgeht. Ich zahle einen Buchhalter dafür, daß er mir das Rechnen abnimmt. Kommen Sie, Mann, wir wollen was zu trinken für Sie suchen.»

Douglas folgte ihm durch das Gedränge. Auf den Tabletts gab es

Drinks aus Whisky und Gin, aber keinen Rum. Douglas nahm Whisky. Findlay sagte: «Wie kommen Sie mit diesem barttragenden Scheusal da oben aus? Mir ist er unerträglich. War verdammt froh, als er für heute abend absagte. Bei solch einer Gesellschaft ist er zu nichts gut. Er weiß sich nicht mit den Leuten zu stellen.»

Douglas bemerkte, Pawley habe gewisse andere Qualitäten – auf Distanz war er immer loyal.

«Mir ist nie klar geworden, was meine Schwester an ihm gefunden hat. Na ja, sie ist selber ein bißchen meschugge.»

Douglas murmelte, auch Mrs. Pawley habe ihre Qualitäten.

«Also Sie kommen aus mit ihr? Ich hätte mich nicht gewundert, wenn es anders wäre. Sie kann einem auf die Nerven gehen, wenn sie es sich in den Kopf setzt. Und verteufelt viel Temperament. Na, vielleicht bekommen Sie ihr gut. Sie braucht einen, der sie zurechtbeutelt.»

«Bis dahin bin ich noch nicht gelangt.»

«Mir wär's lieb, wenn Sie den beiden da oben ein wenig Verstand beibrächten. Die vergeuden nur ihre Zeit hier. All dieser moderne Quatsch mag ja ganz nett sein für uns in England. Aber die Leute hier draußen sind für so was noch nicht zu haben. Die muß man erst sacht vorbereiten.»

«Ich glaube nicht, daß wir sie auf etwas Besonderes vorzubereiten hätten. Übrigens soll die Schule ja dazu dienen, sie vorzubereiten.»

Findlay sah aus, als ob ihm das nicht ganz eingegangen wäre. «Natürlich bin ich selber auch für Fortschritt», erklärte er. «Bin keiner von denen, die zum Beispiel Vorurteile wegen der Farbe haben. Aber man soll auch nicht gleich tun, als ob der Nigger dasselbe wäre wie wir. Verdammt faul ist er, und wenn man Arbeit aus ihm herausholen will, muß man ihm den Herrn zeigen. Das ist's, was ihr meiner Ansicht nach nicht gleich begreift, wenn ihr frisch aus England herüberkommt. Aber jetzt entschuldigen Sie mich, alter Freund, muß mich ein bißchen unter die Leute mischen. Warten Sie, ich stelle Sie jemand vor.»

Er holte einen Mann in mittleren Jahren aus einer Gruppe heraus, auch einen Pflanzer, mit Namen Higgins. An den wandte er sich:

«Lockwood ist einer von diesen Hirnakrobaten. Bildet sich natürlich ein, wir hier draußen wären ein Rudel Schwachköpfe. Blödes Kolonialvolk, Sie verstehen schon. Erzählen Sie ihm was von Ihren Kokosnüssen, vielleicht ändert er seine Meinung.»

Higgins war trocken und wortkarg. Douglas mußte ihn drängen, von seinen Nüssen zu erzählen. 1938 hatte er fünfundzwanzigtausend Kokosnußpalmen auf seinem Boden gehabt. Sie waren zu zehn Schilling pro Palme versichert. Er meinte, es würde doch nicht jedes Jahr einen Zyklon geben, aber für das nächste Jahr wäre sicher mit einem zu rechnen, so erhöhte er 1939 den Betrag. Und er erhöhte ihn Jahr um Jahr, so daß er 1944 die höchstversicherten Palmen in ganz Jamaica besaß, vier Pfund pro Palme. In diesem Jahr gab es einen entsetzlichen Zyklon. Der Kern des Orkans ging genau über seine Pflanzung hinweg. Am nächsten Morgen standen noch knapp fünftausend Palmen. Alle übrigen waren in der Mitte geknickt wie Streichhölzer. Die Versicherung mußte achtzigtausend Pfund auf den Tisch legen. Douglas wollte ihn dazu bringen, mehr von dem Zyklon zu erzählen, aber da mischte sich jemand dazwischen, fing ein Gespräch mit Higgins an, und so zog er sich zurück und verschwand in der Menge. Dann fand er sich einem älteren, jüdisch aussehenden Mann mit einem krummen Rücken, dem ein Monokel an einem schwarzen Band herabhing, gegenüber. Er dachte gerade nach, wie er eine Unterhaltung anknüpfen konnte, als der Jude ihm, mit seinem Monokel spielend, ein freundliches Lächeln gab und sagte:

«Ich werde nie herausbringen, wie man bei einer Cocktailgesellschaft eine Unterhaltung anknüpft. Verstehen Sie sich darauf? Irgendwann einmal habe ich eine Geschichte gelesen, über einen berühmten Gelehrten, der mit derselben Schwierigkeit zu kämpfen hatte. Die Sache war ihm sehr lästig. Er wollte einen guten Gesellschafter abgeben, seiner Frau zuliebe. Schließlich verfiel er darauf, sich ein paar Themen und Bonmots vorzubereiten, und schrieb sich die Stichworte, um sie stets bereit zu haben, auf die Manschetten. Dann wurde er einer der gesuchtesten Salonlöwen in seiner Stadt. Seine Frau war begeistert. Eines Tages aber schmiß er all die Stichworte durcheinander und redete Unsinn. Niemand konnte ihm Einhalt gebieten. Man mußte ihn in eine Irrenanstalt einliefern.» Er zwinkerte Douglas zu. «Die einzige Notiz, die ich auf meiner Manschette habe, ist diese Geschichte. Das Fatale ist, daß ich nicht weiter weiß, wenn ich mit ihr zu Ende bin. Es wäre denn, ich befriedigte einfach meine Neugier und fragte Sie geradeheraus, was Sie für einen Beruf haben.»

Douglas erzählte von der Schule. Der Jude antwortete:

«Ich hatte eine Nichte, die in England eine solche Schule besuchte. Bevor sie dahin kam, war sie ein lästiges, verantwortungsloses kleines Ding. Als sie jene Schule verließ, war sie noch weit lästiger und verantwortungsloser. Fünf Jahre später beging sie Selbstmord.» Er spielte mit seinem Monokel und lächelte charmant. «Natürlich, wenn sie in eine andere Art Schule gekommen wäre, hätte sie sich vielleicht schon ein paar Jahre früher umgebracht. So was ist schwer zu sagen, nicht?»

Douglas fragte ihn, was für eine Art Schule er selbst wohl besucht hätte.

«Eine billige und primitive Privatschule in den Midlands. Ich kann in der Erinnerung schwer entscheiden, wer sadistischer war – die Lehrer oder die Schüler. Alle quälten sie mich, weil ich Jude bin.»

«Und es hat Sie nicht verbittert?»

«Ganz im Gegenteil, es war eine höchst wertvolle Lektion. Ich habe daraus gelernt, daß das menschliche Verhalten nie von vernünftigen Erwägungen bestimmt wird, und das hat mir in meinem Leben viele Enttäuschungen erspart. Drei Jahre des größten Elends sind ein billiger Preis für eine so überzeugende Belehrung.»

«Wir werden also Rassenverfolgung oben in unserer Blue Mountain School in den Lehrplan aufnehmen müssen», schlug Douglas vor.

«Natürlich sollten Sie das. Darf ich Ihnen noch empfehlen, ein System einzuführen, daß alle Unarten unbestraft bleiben, unschuldige Kinder aber nach dem Los die schlimmsten Strafen zudiktiert bekommen? Es wäre hochinteressant, die Ergebnisse zu beobachten.»

Douglas war froh, einen Gesprächspartner gefunden zu haben, ihm gefiel sein Augenzwinkern und das gleiche Zwinkern in allem, was er sagte. Gern hätte er sich den ganzen Abend über an ihn gehängt, aber da Cocktailgesellschaften nun einmal sind, was sie auf der ganzen Welt sind, von Schanghai bis Valparaiso, verlor er ihn nach einiger Zeit und geriet an eine Frau, die ihn fragte, ob er drüben in Montego Bay gewesen sei, um sich das Polomatch anzusehen. Nein, das war er nicht, und darauf gestand sie ihm, daß Polo sie fürchterlich langweile. Dann wollte sie wissen, ob er beim letzten Empfang des Gouverneurs in der Residenz gewesen sei. Das war er auch nicht, und so erklärte sie ihm, es wäre ihr einfach unbegreiflich, warum Leute so großen Wert darauf legten, ins Gouverneurshaus eingeladen zu werden, zumal man ja auch nie wisse, wem man dort begegne. Sie selbst konnte sich noch sehr gut der Zeiten erinnern, da schwarze Leute an der Tafel des Gouverneurs höchstens servierten. Jetzt saßen sie dort. Und sie könne sich nur fragen, wie lange es noch dauern werde, bis Weiße dort die Schwarzen bedienten. Douglas wunderte sich darüber, mit welcher Genauigkeit und welchem Sinn fürs Detail englische Frauen in den Kolonien dem entsprachen, wie Romanschriftsteller sie sich vorstellen; in diesem Augenblick rief sie sein Interesse wach, indem sie erwähnte, sie hätte mit Bedauern von seiner Scheidung gehört. Und sie setzte auseinander, daß sie ihn sofort erkannt habe, weil sein Foto ja im Gleaner erschienen sei. Fast jedermann, wer immer nach Jamaica kam, sei es zu «erholsamem Urlaub in Montego Bay», sei es, «um sich in Jamaica nach Investitionsmöglichkeiten umzusehen», wurde für den Gleaner fotografiert. Sein eigenes Bildnis war mit dem bescheidenen Text versehen worden: «Mr. Douglas Lockwood, der eine glänzende Karriere als eine von Londons Reklamekanonen aufgegeben hat, um Mr. Leonard Pawley bei seinem pädagogischen Experiment in den Blue Mountains zu helfen. Willkommen in Jamaica, Mr. Douglas Lockwood!» Der Gleaner («Auslese») hatte es taktvoll vermieden, seine Scheidung zu erwähnen, also mußte die Dame ihre Information anderswo aufgelesen haben. Sie beeilte sich zu bemerken, daß sie in einer Scheidung nicht unbedingt einen Makel erblikke.

Dafür war er ihr von Herzen dankbar, und er erlaubte sich, sein leeres Glas gegen ein volles einzutauschen, das ihm auf einem Tablett entgegengehalten wurde. Jetzt fragte ihn seine Gesprächspartnerin mit gesenkter und vertraulicher Stimme, wie er wohl ein Leben in so unmittelbarer Nähe von Mr. und Mrs. Pawley ertrage. Bevor er Zeit fand, Mr. oder Mrs. Pawleys Qualitäten zu umreißen, erwähnte sie hastig, sie habe persönlich nichts gegen die beiden, nur wären sie eben so furchtbar langweilig, und Mr. Pawleys Bart solle doch wohl irgendeinen Fehler an seinem Kinn verbergen, Mrs. Pawley aber sei ein notorischer Snob. Sie habe auch gehört, aber das wäre wohl nur eine jener Redereien, die sich in Jamaica mit so skandalöser Eile verbreiten, daß Mrs. Pawley nicht ganz gleichgültig sei gegen das andere Geschlecht. Komisch, nicht, daß gerade ein solches Paar sich die Erziehung von Kindern zur Aufgabe gemacht habe? Dann vergaß sie, daß sie ihn eigentlich gefragt hatte, wie er ein Zusammenleben mit den Pawleys ertrage, und wollte wissen, ob es wahr sei, daß einer der Zöglinge ihrer Schule an Lepra leide.

«Es ist nicht wahr.»

Sie lächelte wissend. Alles in allem war sie eine Frau von dreißig oder fünfunddreißig Jahren und hatte das Überlegenheitsgefühl, sich für eine femme fatale zu halten, weil die jüngeren Offiziere der kolonialen Garnison es sich nicht versagen konnten, ihr nachzustellen.

«Sie möchten das natürlich geheimhalten», sagte sie. «Entschuldigen Sie, ich hätte nicht fragen sollen.» Nichtsdestoweniger verriet ihre Miene, daß sie ihren klappernden Augenlidern zutraute, hinter die Wahrheit zu kommen.

«Wenn einer unserer Zöglinge Lepra hätte, würde er doch wohl nicht in der Schule verbleiben», antwortete Douglas.

«Ach, diese Pawleys haben so verstiegene Ideen!»

«Gar so verstiegen doch wohl nicht», meinte er und fügte hinzu, er würde gerne erfahren, wo sie dieses Gerede über die Lepra aufgeschnappt hätte.

Sie zuckte die Achseln und klapperte mit den Augendeckeln. Ihre Augen standen sehr eng beisammen.

«Ach, irgendein Gerede. Nicht zu glauben, wie so etwas herumkommt. Wissen Sie, jemand, den ich kenne – ein Freund meines Mannes – erwähnte einmal vor jemand in Port Antonio, der König von Schweden käme auf Urlaub nach Jamaica. Natürlich nur ein Spaß. Einen Monat später ließ er sich in Kingston einen Anzug anmessen, und da sagte ihm der Schneider, er halte für den König von Schweden bei seiner Ankunft sechs Anzüge bereit. Natürlich sagte ihm unser Freund, wer diesen Ulk angezettelt hätte. Der

Schneider wußte nicht, wo er hinschauen sollte. Er schämte sich so, daß er unserem Freund den Anzug zum halben Preis ließ.»

Douglas löste sich von der liderklappernden Dame, sobald es nur anging. Die Geschichte mit der Lepra hatte ihn wütend gemacht. Es war das erste Mal, daß er davon gehört hatte, seit Pawley jenen anonymen Brief bekam, und er hatte die Sache beinahe vergessen. Nun, gewiß konnten die schlimmsten Zungen John nicht in einen Leprösen verwandeln. Wenn es ganz arg wurde, konnte man eine offizielle Erklärung veröffentlichen.

Er besorgte sich noch einen Whisky, dann geriet er in eine öde Unterhaltung mit einigen Leuten über die allgemeine Preissteigerung seit dem Kriege. Rum, der immer auf zwei Schilling die Flasche gestanden hatte, kostete jetzt sechs. Er machte sich davon und fand den Juden wieder; der zwinkerte ihm lustig zu, warf einen Blick auf die Manschette und sagte:

«Du meine Güte, meine Geschichte habe ich an Ihnen ja schon verbraucht, nicht? Tut nichts . . . ich erzähle Ihnen dafür von einem kleinen Erfolg, den ich heute abend gehabt habe. Meines Wissens bin ich der einzige männliche Bewohner dieser Insel, der nicht Mitglied der Geheimen Brüderschaft ist. Eine geraume Weile lang hab ich mir Mühe gegeben, den Trick beim Händeschütteln, an dem sich die Brüder erkennen, herauszubringen. Ich glaube, jetzt ist es mir zu guter Letzt geglückt. Ich habe den Händedruck an einem Mann ausprobiert, der mich seit langem nicht ausstehen kann, und er wurde für einen Augenblick ganz warm. Unglücklicherweise habe ich die Kennworte, die man noch zur Bestätigung braucht, nicht gewußt, und so wurde er wieder feindselig. Verstehen Sie jetzt, was ich meine, wenn ich behaupte, daß das menschliche Verhalten niemals auf vernünftigen Erwägungen begründet ist?»

Douglas verbrachte den Rest des Abends mit dem Juden. Der zwinkerte noch ganz vergnüglich und fingerte an seinem Monokel herum, als Mrs. Pawley auftauchte und verkündete:

«Ach, da hab ich Sie endlich, lieber Douglas! Ich habe mir schon den Kopf darüber zerbrochen, was aus Ihnen geworden ist. Wir müssen gehen.»

Der Garten war grell mit elektrischen Lampen angeleuchtet gewesen, und so hatte Douglas gar nicht beachtet, wie es dunkelte. Der Mond war noch nicht heraus, aber die Scheinwerfer des Wagens überstrahlten die Straße, bildeten zwischen und unter den Bäumen einen Lichttunnel.

Jetzt sagte Mrs. Pawley:

«Ich komme um vor Hunger. Wie ist's mit Ihnen, Douglas?»

«Ich habe keinen nach all diesen Appetitbissen.» Er hatte kaum ein paar Oliven genossen.

«Sie müssen etwas Richtiges zu essen bekommen. Wenn wir oben eintreffen, ist es viel zu spät, um noch im Haupthaus etwas zu erhalten.»

«Ich könnte mich auch ohne das behelfen.»

«Nein, das erlaube ich nicht. Ich habe es übernommen, auf Sie aufzupassen. Gehen wir ins Mount Mansfield.»

«Es ist ziemlich spät», wandte er ein. «Schon nach neun.»

In ihrer spöttelnden Art fragte sie: «Da gehören Sie wohl schon ins Bett?»

«Ich dachte an Ihren Mann.»

«Heiliger Himmel, glauben Sie, er fürchtet sich, daß Sie mich entführen?»

Sie fuhren ins Mount Mansfield. Das war ein Restaurant an der Straße, die zur Schule führte, ein paar hundert Fuß über dem Berganstieg. Es gab Tische und eine lustig erleuchtete Bar in einer Laube. Überall wucherte die Bougainvillea. Es war das, was man einen romantischen Platz nennen mochte. Douglas ließ sich noch einen Whisky geben, und Mrs. Pawley bekam Gin. Sie aßen kalten Schinken.

«Das Gartenfest hat Ihnen wohl Spaß gemacht?» fragte Mrs. Pawley.

«Ich habe einen interessanten Menschen kennengelernt.»

«Diesen Juden?»

«Er war höchst amüsant.»

«Und gar keine Frauen?»

«Nur eine, und die war sehr öde.»

«Ich hätte gedacht, Sie wären darauf aus, ein paar Frauen kennenzulernen. Sie müssen sich doch hier zu Tode langweilen.»

«Durchaus nicht.»

«Sie betrinken sich doch nicht, Douglas? Ich verliere das Zutrauen zu Ihnen, wenn Sie betrunken sind.»

«Sie können mir auch dann vertrauen, aber ich bin es nicht.»

«Was für ein Jammer! Wie schade!»

Er wußte, worauf solche Konversationen hinausliefen. So suchte er das Thema zu wechseln und berichtete über den Lepraklatsch.

«Ach», sagte sie ungeduldig, «an das gewöhnt man sich.»

«Es könnte der Schule allerhand Abbruch tun.»

«Könnte. Da vermögen Sie auch nichts dagegen.» Sie winkte ab. «Wir wollen uns doch nicht heute abend über die Schule den Kopf zerbrechen, wie? Sagen Sie etwas Nettes zu mir, Douglas.»

Ihm fiel nichts Nettes zu sagen ein. So äußerte er etwas über die Bougainvillea.

«Komplimente machen ist wirklich nicht Ihre Stärke, wie?» fragte sie. «Sie sind so schüchtern! Einfach süß finde ich das! Dafür will ich Ihnen etwas Nettes sagen. Sie waren mit Abstand der hübscheste Mann in der ganzen Gesellschaft. Ich war sehr stolz auf Sie.»

«Daß Sie hier in der Schule einen so hübschen Lehrer haben?»

«Ja.» Sie lachte. «Und daß er mein Begleiter war.»

«Ich dachte, Sie hätten mich schon neulich abend genug aufgezogen.»

«Sie brauchen nicht so bescheiden zu sein. Ich ziehe Sie gar nicht auf.»

«Wozu sagen Sie es dann?»

«Das erraten Sie nicht?»

«Nein.»

«Sie sind köstlich, Douglas. Und so loyal!»

«Loyal?»

«Können es einfach nicht vergessen, daß ich die Frau Ihres Direktors bin.»

Der Mond stieg auf, als sie die Bergstraße hinanfuhren. Genau hinter dem Peak schob er seine Pfeile heraus. Eine weiße Wolke saß auf dem Gipfel wie eine Mütze, der Mond schien dahinter hervor und kränzte die Ränder der Wolke, ließ sie in einer märchenhaften Glorie von Silbergold schimmern. Es war, als könnte man Gottes Stimme dahinter hervorklingen hören.

«Halten wir und sehen wir uns das an, Douglas», schlug Mrs. Pawley vor.

«Die Straße ist hier ziemlich eng.»

«Sie können ja unter dem Wollbaum halten, er muß gleich kommen.»

Es war ein malabarischer Wollbaum, ein uraltes Ungetüm, dessen Stamm über zehn Meter hoch war, bevor er die ersten seiner gigantischen Äste ausstreckte. Die farbigen Einwohner hier ringsum glaubten, daß dies der Versammlungsort der Duppies wäre, der Geister der Abgeschiedenen, und so verhielten sie hier nie, wenn sie zur Nachtzeit an diesem Baum vorbeikamen. Douglas hielt den Wagen an. Der Mond hatte sich jetzt von dem Peak abgelöst und strahlte durch den Windschirm herein.

«Möchten Sie aussteigen?» fragte er.

«Nein, lassen Sie uns doch hier sitzen und plaudern.»

«Ich hab eine Menge zusammengeplaudert seit sechs Uhr abends.»

«Nun, wir müssen ja auch nicht reden.»

Sie saßen schweigend. Er fühlte sich unbehaglich und wünschte, er hätte mehr getrunken; dann wäre er auf jeden Fall willig gewesen, zärtlich zu ihr zu sein, und das hätte die Sache einfacher gemacht. Ihm war das verhaßt, sogar das Unbehagen, wenn man sich am nächsten Morgen an das Geschehene erinnerte, schien ihm erträglich dagegen. Er gab ihr einen Seitenblick. Sie lächelte. Ihm schien sie im Mondlicht nicht hübscher als sonst. Ihr Gesicht hatte die glatte Härte einer Porzellanpuppe. Das weiße Licht ließ ihre roten Lippen schwarz erscheinen; er konnte die kleinen weißen Flecken in den Schatten unter den Augen erkennen.

«Sie erinnern sich doch? Ich habe Ihnen gesagt, daß wir, mein Mann und ich, keine Kinder haben können, Douglas.»

«Ja.»

«Vielleicht haben Sie sich darüber gewundert. Nun, es ist nicht meine Schuld. Es ist die Schuld meines Mannes.»

«Das tut mir leid.»

«Daß es nicht meine Schuld ist?»

«Nein. Daß mit Ihrem Mann etwas nicht in Ordnung ist.»

Sie lachte unbeholfen. «Wahrscheinlich finden Sie das komisch. Aber es ist wahr, wir haben unsere Ehe niemals konsumiert.»

«Ich finde das nicht im geringsten komisch.» Jedenfalls erklärte es mancherlei, was er an Pawley beobachtet hatte.

«Ich hätte die Heirat natürlich für ungültig erklären lassen können, wenn ich es gewünscht hätte; doch schien mir das nicht fair gegen ihn, es war schwer für uns beide. Er fühlte sich deswegen schuldig ...»

«Kann ich mir denken. Immerhin war da die Schule eine gute Lösung. So haben Sie eine Menge Kinder an der Hand, denen Sie sich widmen können.»

Sie lachte wieder auf. «Das ist kein Ersatz für all das andere.»

«Vielleicht nicht.»

«Ich bin ihm nicht immer treu gewesen. Auf seine Weise war er froh darüber. Es machte alles leichter für ihn.»

«Ein Glück, daß er so vorurteilsfrei ist.» Er gab sich Mühe, keine Ironie anklingen zu lassen.

«Nicht wahr?»

Wieder schwiegen sie. Er sah sie nicht an.

«Sie begreifen also, daß Sie keine Scheu vor ihm zu empfinden brauchen.»

«Ich tue es nicht.»

«Natürlich tun Sie es.» Sie sagte das in ihrer spöttischen Art, und um zu zeigen, daß sie ihn nur aufzog, legte sie ihre Hand auf sein Knie. Die Hand blieb liegen. Er berührte sie nicht.

«War Ihre Frau sehr reizvoll?»

«Zu reizvoll.»

«Und hat Sie so unglücklich gemacht!»

«Ich komme schon darüber hinweg.»

«Natürlich.»

Sie rückte näher an ihn heran. Er tastete in seiner Tasche nach einer Zigarette. Unwillkürlich lehnte er sich dabei gegen sie, und sie antwortete sofort mit zärtlichem Gegendruck; als sie sah, daß er nur seine Zigaretten hervorzog, rückte sie mit einer ärgerlichen Gebärde ab. Er hielt ihr die Packung hin.

«Zigarette?»

«Nein.»

So zog er nur eine heraus und zündete sie an.

«Sie rauchen gern.» Dann, ganz plötzlich, sprang sie aus dem

Wagen, knallte die Türe zu, ging hastig etwa zwanzig Meter weit, blieb stehen und starrte zu dem Peak hinüber. Einige Minuten lang stand sie so. Er war mit seiner Zigarette fast fertig, als sie zurückkam. In einer ganz geschäftsmäßigen Art kam sie wieder in den Wagen, setzte sich möglichst weitab von ihm.

«Wollen wir nicht wieder fahren?» sagte sie, als spräche sie zu einem Chauffeur.

Er startete den Motor, schaltete die Scheinwerfer an und trat auf den Gashebel. Um zu erproben, wie es um sie bestellt wäre, sagte er: «Dieser Wagen nimmt Steigungen gut.»

Sie erwiderte nichts. Er konnte ihre Wut fühlen. Fünf Minuten vergingen, dann sagte sie unvermittelt:

«Mein Mann sagt mir, daß Sie morgen eine Verabredung in der Stadt haben.» Sie sagte das so, als hätte sie es eigentlich nicht äußern wollen, nur der Ärger habe die Worte aus ihr hervorgezwungen.

«Ja, das stimmt.»

«Dann muß ich Ihnen wohl sagen, daß er dergleichen Dinge nicht schätzt.»

«Aber er schätzt es, daß ich seine Frau ausführe.»

«Wollen Sie beleidigend werden?»

«Ist nicht meine Absicht.»

Eine Minute lang brachte sie nichts hervor. Dann kam all ihre Bitterkeit hoch.

«Das kommt dabei heraus, wenn einem die Leute leid tun! Ich bin nur nett zu Ihnen gewesen, weil Sie mir leid taten. Sie bilden sich doch hoffentlich nicht ein, daß mir sonst an Ihnen gelegen ist, oder ja?»

Er erwiderte nichts.

«Wenn Sie die volle Wahrheit wissen wollen», sagte sie, «Sie sind mir absolut widerwärtig.»

8

Sie brauchten weitere zwanzig Minuten, um die Schule zu erreichen. Keiner von ihnen tat den Mund auf. Er hielt vor der Garage.

«Wollen Sie hier aussteigen?» fragte er.

Wortlos stieg sie aus dem Wagen. Er trat auf den Gashebel, um den Wagen in die Garage zu lenken. Im selben Moment bemerkte er, daß sie die Tür wieder zu öffnen versuchte. Ihr Arm wurde vorwärtsgerissen, bevor er bremsen konnte.

«Entschuldigen Sie», sagte er, obwohl es nicht schlimm gewesen sein konnte. «Ich habe nicht bemerkt, was Sie taten.»

Jetzt riß sie die Tür auf. Sie weinte fast vor Wut.

«Wo ist meine Handtasche?»

Sie war heruntergerutscht. Mrs. Pawley riß sie ihm aus der Hand.

«Wenn Sie eine Minute warten wollen», sagte er, «so begleite ich Sie zu Ihrem Bungalow.»

Ohne zu antworten knallte sie die Tür böslaunig wieder zu und schritt davon. Er sah sie den Pfad hinuntereilen. Dann brachte er den Dienstwagen in die Garage und schloß das Tor. Wanderte zu seinem Bungalow hinüber. Er hoffte, es würde ein Brief von Judy da sein, daß sie ihn morgen erwartete. Oder daß sie ihn treffen konnte. Schnurgerade ging er an seinen Tisch. Ivy hatte hier aufgeräumt, die Papiere waren sauber in die Fächer gelegt, Brief gab es keinen. Er sah alle Papiere durch, um sich zu vergewissern, daß der Brief nicht irrtümlich daruntergeraten war, und dann setzte er sich aufs Bett. Jetzt erst bemerkte er eine Vase voll Rosen auf dem Nachttisch. Rosen waren es aus Mrs. Pawleys Garten. Sie mußte ihr Mädchen beauftragt haben, sie hierherzubringen, bevor sie zu der Cocktailgesellschaft aufgebrochen waren. Er sah die Rosen an und lachte auf, obwohl die Sache nicht eigentlich sehr spaßhaft war.

Am nächsten Morgen beim Frühstück nahm Duffield ihn aufs Korn, weil er mit Mrs. Pawley aus gewesen war, und dann noch einmal, weil er heute nach Kingston hinunter wollte. Er behauptete, er hätte erfahren, Douglas wolle Judy treffen, und das bedeutete, daß er in Wirklichkeit gar nichts gehört hatte. Douglas ließ es sich nicht angelegen sein, Duffields Neugierde zu befriedigen. Jetzt tauchten die Morgans auf, Duffield sagte zu Douglas: «Nun ja, ich hab heute einen schweren Tag vor mir», und ging. Morgan äußerte, daß es seiner Ansicht nach noch vor Abend Regen und Sturm geben werde. Er lieferte genaue meteorologische Daten, die er seinen Instrumenten verdankte. Seine Wetterprognosen waren selten zutreffend, und Douglas rechnete damit, daß es ein wundervoller Tag werden würde. Er verließ das Haupthaus und ging zu Pawleys Bungalow hinunter. Vielleicht war es doch besser, Pawley daran zu erinnern, daß er heute seinen freien Tag hatte.

Pawley war schon in seinem Arbeitszimmer.

«Morgen, Lockwood», sagte er. «Sie wollen mich noch vor der ersten Unterrichtsstunde sprechen?»

Douglas erinnerte ihn daran, daß er heute keine erste Unterrichtsstunde halten würde. Pawley sah peinlich berührt drein.

«Ach ja, natürlich, Sie haben recht», räumte er ein. »Ich habe Ihnen doch diesen Tag freigegeben, nicht wahr? Ich hatte eigentlich gehofft, Sie würden ihn auf nächste Woche verschieben.»

«Ich habe ja nächste Woche auch einen freien Tag.»

«Ja, gewiß.» Er schielte ratlos. «Es liegt nur daran, daß diese Verlegungen unseren ganzen Stundenplan durcheinanderbringen.»

«Durchaus meine Meinung», sagte Douglas unmutig. «Es war ja nicht mein Vorschlag, den Tag zu verlegen. Sie haben doch gewünscht, daß ich Mrs. Pawley zu der Cocktailgesellschaft bringe.»

Pawley beschwichtigte ihn mit zwei gespreizten Händen, als wolle er einen vollen Akkord in die Klaviatur schlagen.

«Ist in Ordnung, Lockwood. Wenn Sie das so empfinden, müssen Sie natürlich gehen. Sie sind durchaus im Recht.»

Er erhob sich von seinem Tisch und trat mit Douglas an die Fenstertür. Sein trüb herabhängender Bart ließ erraten, daß er etwas auf dem Herzen hatte.

Eine geraume Minute verstrich, dann sagte er: «Tut mir leid, daß sich meine Frau gestern abend über irgend etwas geärgert hat.»

«Ja, ich hatte auch den Eindruck.»

«Verstehen kann ich es nicht. Es ist so schade. Hatte gehofft, ihr zwei würdet euch gut vertragen. Mir sind Meinungsverschiedenheiten und Gegensätzlichkeiten im engsten Kreis sehr unlieb, Lockwood.»

«Mir auch.»

«Na, darum keinen Groll», suchte er einzulenken. «Ihr seid ja beide gescheite Leute. Werdet eure Differenzen schon beilegen, welcher Art sie auch sein mögen.»

«Sicherlich.»

Er ließ Pawley auf seiner Veranda. Als er durch den Garten kam, lief er geradewegs in Mrs. Pawley hinein. Sie kam mit ihren Hunden den Pfad entlang. Er dachte, er würde etwas Belangloses über gestern abend sagen und versuchen, darüber wegzukommen. Er wünschte ihr einen guten Morgen. Mrs. Pawley sah zur Seite, als ob sie ihn nicht bemerkt hätte. Dann ging sie schnurgerade an ihm vorbei, als wäre er Luft.

Es war erst halb zwölf, als er vor dem Myrtle Bank vorfuhr. Er parkte seinen Wagen und ging direkt zu dem Schwimmbassin. Mit Judy war er erst für halb vier verabredet. Er badete, dann bestellte er ein Mittagessen. Der Lunch kam, aber ihm war nicht sehr nach Essen zumute. Nie war ihm Kingston modriger erschienen. Modrige Feuchtigkeit sickerte aus dem Himmel herab, der wie eine schwere Decke lastete. Douglas meinte, Judy würde nicht kommen, der Kingstoner Trübsinn legte sich lastend auf ihn, und der schwarze Geier hockte düster über seiner Seele. Der Kellner, der ihn bediente, war jener mit dem Haar, das an ein Persianerfell erinnerte. Das lenkte seine Gedanken zu Caroline, und er brachte eine halbe Stunde damit zu, masochistisch an seinen Wunden zu kratzen. Nach dem Lunch zog er sich wieder an und schlenderte durch die Stadt. Er betrat eine Buchhandlung und sah sich die Titel an; dann schlief er durch die Hitze beinahe ein, also ging er wieder und ließ sich in einer Bar in King Street ein Eiscreme-Soda geben. Während er die Eiscreme nahm, plauderte er am Bartisch mit einem Mulatten, dessen Kinn unrasiert war. Der Bursche sprach ihn Mr. Lockwood an. Douglas fragte ihn, woher er seinen Namen wüßte, und der Mulatte antwortete, er sei wohl nur ein armer Nigger, aber er kenne alle berühmten weißen Leute in Jamaica. Es war das erste Mal, daß Douglas einen Mulatten sich einen armen Neger nennen hörte. Als er gehen wollte, grinste der Bursche unterwürfig und bemerkte, es wären jetzt schwere Zeiten, sonderlich für ihn. Douglas gab ihm ein

Sixpence und ging zum Myrtle Bank zurück. Er war jetzt fest überzeugt, daß Judy nicht da sein würde, und bemühte sich, seine Seele gegen den Wogenprall der Enttäuschung zu wappnen. Er sah sich rings um den Swimming Pool nach ihr um, sie war nicht da, die Woge ging über ihn hinweg, und es war ganz so, als ob er sich gar nicht gegen sie gewappnet hätte, alles vergebens. Er setzte sich unter einen Sonnenschirm. Eine Minute später sah er sie aus dem Umkleideraum herüberkommen, und wieder ging eine Woge über ihn hinweg, diesmal eine Woge der Freude. Sie trug bereits ihren Badeanzug. Ihr Körper war gebräunt und schlank.

«Ich hatte gar nicht mehr gehofft, daß Sie kommen würden!»

«Aber warum denn, um Himmels willen?»

«Sie haben nicht geschrieben.»

«Hätte ich sollen? Ist mir gar nicht eingefallen. Ich bin eine schlechte Briefschreiberin.»

Nachdem sie gebadet hatten, nahmen sie den Tee, sie hatten wieder den Kellner mit dem Persianerhaar, aber diesmal dachte Douglas nicht an Caroline. Übrigens hatte er sie nicht gern in dem Persianerpelz gesehen.

«Ich weiß eigentlich gar nichts von Ihnen», sagte er.

«Außer daß ich mich mit Männern einlasse und Selbstmord begehe.»

«Ich meinte – vorher. Wo sind Sie eigentlich geboren? Sie passen mir gar nicht in irgendein Milieu. Kann mir gar keinen geeigneten Hintergrund für Sie denken.»

«Ich gehöre eben zu den Leuten ohne Hintergrund. Hab kein Milieu.» Sie lächelte und strich das Haar zurück. «Städte ziehen uns auf. Wir enden in Bordellen in China.»

«Aber Sie hatten doch eine Familie?»

«In gewissem Sinn, ja.»

«Entschuldigen Sie. Ich frage wohl zuviel.»

«Ich sage es Ihnen schon, wenn Sie darauf Wert legen – ich mach mir nie etwas daraus, es den Leuten zu sagen. Nicht im entferntesten. Ich bin ein uneheliches Kind.» Sie lachte. «Wissen Sie denn nicht, daß sie jetzt schockiert zu sein haben?»

«Ich bin entsetzlich schockiert», spottete er, «es hat mir die Rede verschlagen.»

«Nun, Sie haben jetzt zu sagen: Aber ich bitte Sie, heutzutage kümmert sich doch niemand mehr um so etwas, wie? Und dann haben Sie schnurstracks über das Wetter zu reden.»

«Ich möchte gern mehr darüber wissen. Wer waren Ihre Eltern?»

«Meine Mutter war meines Vaters Sekretärin oder so etwas ... hauptsächlich so etwas, nehme ich an. Sie starb bei meiner Geburt, und dadurch bekam er es mit dem Gewissen zu tun. Er hatte bereits ein erquickliches Familienleben. Zum mindesten sahen sie aus wie eine ideale Familie. Einmal sah ich sie durch einen Zufall in einem Theater. Er mußte so tun, als ob er mich nicht bemerkte. Ihm war es furchtbar peinlich, und als wir uns das nächste Mal sahen, bekam ich einen Pelzmantel.»

Er fragte, wer sie erzogen hätte.

»Ein kinderloses Ehepaar in Ealing. Mein Vater zahlte ein ordentliches Kostgeld und besuchte mich einmal monatlich. Trat immer als Onkel auf. Sie sagten mir die Wahrheit, als ich sechzehn Jahre alt war. Sie fürchteten, ich würde vor Entsetzen sterben, aber ich fand es ganz spaßhaft. Als Vater das nächste Mal kam, brachte er mir eine scheußliche Abendtasche. Ich bat, sie umtauschen zu dürfen. Er gab mir fünf Pfund darauf, damit ich es könnte. Ich weiß nicht, warum nicht alle Leute lieber unehelich sind.»

«Sie hatten ein glückliches Temperament», bemerkte Douglas. «Und Sie lagen auf der Butterseite.»

«Ja, nicht wahr? Mein Vater war eigentlich ganz nett. Er fabriziert Kugellager oder so was und steckt auch in der Börse drin. Ich wollte Schauspielerin werden, so schickte er mich zur R.A.D.A. Aber auf der königlichen Akademie habe ich zu nichts getaugt. So lebte ich mit einem, der Talent hatte, ich dachte, es würde etwas werden, aber dann fiel er im Krieg. Ich wäre auch beinahe getötet worden, in einem Ambulanzwagen. Hab nie ganz begriffen, warum ich damals nicht ums Leben kam. Ich wußte ja noch nicht, damals, daß mein Leben gefeit ist. Komisch, nicht?» Sie zuckte die Achseln und lächelte. «Nun ja, um zum Ende zu kommen, auf der Bühne war nichts mit mir anzufangen, so versuchte ich es als Mannequin. Dann lernte ich den bewußten Franzosen kennen. Das Weitere wissen Sie. Ich traf Louis in Paris und gab dem Franzosen den Laufpaß. Ich hab so meine Art, Leuten den Laufpaß zu geben.»

«Aber Louis gaben Sie ihn nicht.»

«Wahrscheinlich hätte ich es auch getan, aber er kam zuerst auf den Gedanken. Jemand abschieben ist das sicherste Mittel dagegen, daß man selber abgeschoben wird – es gibt kein besseres.»

«Ich habe das von Caroline gelernt», bemerkte er.

«Wir sind schon ein feines Paar, wir zwei, nicht?» sagte sie. «Aber ich hasse es, wenn Leute dahocken und sich ihre Wunden lecken.»

«Ich auch. Ich kann mich dabei nicht ausstehen.»

«Ich habe Sie noch gar nicht dabei ertappt.»

Hernach fuhren sie in Judys Pension, die sich «Gästehaus des Hafens» nannte. Der kleine Raum sah jetzt netter aus, mit allen Spuren des Lebens darin, aber das Schnarchen des Mannes von nebenan klang noch immer monoton durch die dünne Wand.

«Der schnarcht den ganzen Tag», sagte sie. «Essen geht er nie. Um sieben Uhr abends steht er auf, zieht einen hübschen Khakianzug an, setzt sich den Tropenhelm auf und geht fort, um sich zu betrinken. Um ein Uhr nachts kommt er zurück und weckt mich, indem er auf der Veranda Lärm schlägt. Dann macht er mir unanständige Anträge, ich sage nein, und darauf geht er zu Bett und schläft bis zum nächsten Abend. Wenn er schläft, hat er seinen Tropenhelm auf. Kommen Sie hierher und schauen Sie hinein.»

Douglas trat auf die Veranda und blickte durch das Drahtnetz, das vor dem offenen Fenster des Nachbarraumes hing. Der Mann lag auf seinem Bett, nackt bis auf eine Hose. Wie eine graue, fleischige Riesenmade sah er aus, die man mit einem Spaten augegraben und umgedreht hatte. Den Tropenhelm hatte er sich über die Stirn gestülpt. Sein ganzer Körper schien bei jedem Schnarchlaut anzuschwellen.

Als Douglas in Judys Zimmer zurückkehrte, fragte er:

«Können Sie keine bessere Unterkunft finden?»

«Doch – hab ich es Ihnen nicht schon gesagt? Ich habe eine Wohnung gefunden. Eine ganz kleine, aber sogar mit Kühlschrank. Ich ziehe Montag um.»

«Und Sie wollen wirklich zur Luftfahrt zurück?»

«Doch, natürlich. Mein Vater würde mir wohl Geld schicken, wenn ich ihn darum bäte, aber ich habe nie mehr welches von ihm verlangt, seit ich damals von der R.A.D.A. weggelaufen bin. Ich habe das Gefühl, ich bin ihn irgendwie los. Und die Steuern sind ja auch so verdammt hoch in England.»

«Der Gedanke ist mir verhaßt, daß Sie wieder fliegen sollen», sagte Douglas.

«Aber ich tue es gern. Aufrichtig gesagt, ich würde dafür zahlen, wenn ich Geld hätte. Ich würde Geld dafür geben, überallhin zu kommen, an all diese Orte. Und Rio habe ich noch nicht gesehen. Sie haben versprochen, mich bald hinzuschicken.»

«Aber Sie kommen doch wieder zurück?»

«Ach ja, es ist doch nur ein Flug – ich muß ja zurück.»

Er ging aus dem Zimmer, damit sie sich umkleiden könnte, und während er im Vorraum wartete, kam die Vermieterin von den unteren Regionen heraufgewatschelt, um mit ihm zu sprechen. Sie behauptete, sie hätte Judy gern im Gästehaus des Hafens behalten, sie wäre so ein braves Mädel, und ob er ihr nicht zureden könnte, hier zu bleiben, statt eine Wohnung zu nehmen. Er lehnte ab, soviel Einfluß, sagte er, hätte er wohl nicht. Die Vermieterin wollte wissen, ob Judy wegen des Schnarchers ausziehe; ihr war sein Schnarchen sehr bedauerlich, aber unseligerweise konnte sie nichts tun, denn der Schnarcher war der Bruder ihres Mannes. Wenn Judy es aber wollte, würde sie ihn in einen entlegeneren Raum umquartieren. Oder nein, noch einfacher, um gar keine Familienempfindlichkeiten zu wecken, sie würde Judy in einen entlegeneren Raum umquartieren, in ein Zimmer, das kühler und angenehmer war. Er erwiderte, seiner Ansicht nach ziehe Judy gar nicht wegen des Schnarchers um. Jetzt rief sie ihn herein, und sie hatte ihr Haar hochfrisiert und sah seltsam überdreht, modern und fehl am Platz aus in dem schäbigen kleinen Raum mit dem Rasseln des Schnarchers unter seinem Tropenhelm hinter der Wand.

«Mögen Sie es so, Douglas?»

«Ich werde mich ganz neu an Sie gewöhnen müssen.»

«Ob Sie es gern haben? Ich ändere die Frisur, wenn Sie sie nicht mögen.»

«Nein, lassen Sie sie. Sie ist hübsch für den Abend.»

«Louis wollte sie immer so haben. Er hatte es gern, wenn ich ausgefallen aussah. Er war von der Sorte . . . er hatte einen solchen Geschmack, besonders, wenn er keinen Sou in der Tasche hatte.»

«Caroline trug ihr Haar auch so.»

«Schluß mit Wundenlecken!» befahl sie.

«Sie haben angefangen.»

«Ich habe ja nicht Wunden geleckt.»

«Wir streiten schon. Kommen wir nicht rasch miteinander vorwärts?»

Zum Dinner gingen sie in ein chinesisches Restaurant. Das Essen war armselig, es war auch keineswegs chinesisch, und es gab nicht einmal Stäbchen, um sich damit interessant zu machen. Serviert wurde von einem neunjährigen Mädchen, halb Chinesin, halb Negerin, wahrscheinlich auch mit etwas Indianerblut. Eine interessante Mischung.

«Ich würde fürchten, daß Sie mich auf der Stelle stehenlassen, wenn diese Kleine um sechs Jahre älter wäre», sagte Judy.

«Ich dachte nur, es wäre wünschenswert, wir hätten so einen Mischling bei uns in der Schule.» Sie fragte, was es in der Schule Neues gäbe, und er erzählte ihr von Silvias jüngster Eskapade. Dann sagte er: «Nein, reden wir lieber nicht vom Geschäft. Sie sind die einzige Person, die ich kenne, mit der ich nicht vom Geschäft reden muß ... abgesehen von einem netten alten Juden, den ich gestern abend kennenlernte.»

«Und was hat der Jude gesagt?»

«Daß das menschliche Verhalten niemals auf die Vernunft gegründet ist.»

«Ist es das nicht?»

«Nein. Wenn es das wäre, säße ich jetzt nicht hier und würde mit Ihnen dinieren.»

«Wollen Sie, daß ich nach Hause gehe?»

«Nein. Wenn wir mit dem Essen fertig sind, sollen Sie mit mir tanzen gehen.»

Sie fuhren in den Colony Club hinüber. Die Tische waren im Freien um eine Palme arrangiert, an der Lampions hingen. Die Abendluft bebte vor Jazz. Er geleitete Judy in das Gedränge auf der Tanzfläche, er hielt sie in den Armen, und da war der Jazz weit fort, die Menge verschwunden, keinen Mr. Pawley gab es und keine Mrs. Pawley und keine Schule, nichts außer Judys Lächeln und der Nähe ihrer Augen und ihres Haares.

«Erinnern Sie sich an den Nachmittag, an dem ich Sie um die Schule herumführte?»

«Ja.»

«Ich wäre am Abend beinahe wieder zu Ihnen gekommen. Nach dem Essen.»

«Ernstlich?»

«Ich hätte Sie gebeten, zu mir in meinen Bungalow zu kommen.»

Sie lächelte, ohne etwas zu erwidern.

«Wären Sie gekommen?»

«Ich habe Ihnen ja gesagt, wie leicht ich Einfällen nachgebe.»

«Es war ein Glück, daß Sie nicht kamen. Mrs. Pawley tauchte auf, um mir ein Buch zu bringen.»

«Vielleicht wäre das halb so schlimm gewesen.»

«Meinen Sie?»

«Weiß nicht.»

Ihre Augen waren grün und belustigt. Etwas vom Duft ihres Haares mischte sich in die Atmosphäre, die sie ausströmte.

Jetzt sagte er: «Ich halte das nicht aus. Sie sind mir zu nahe. Setzen wir uns.»

Als sie die Tanzfläche verließen, rief ein Mann von einem der Tische: «Holla, Judy, Mädel!» Es war ein Jamaicaner mit dunkel olivfarbener Haut und aufdringlichen Manieren.

«Entschuldigen Sie mich«, bemerkte Judy, ging an den Tisch und plauderte mit dem Mann. Douglas setzte sich. Nach zwei oder drei Minuten kam sie zu ihm zurück.

«Das war der Mann, den ich beinahe geheiratet hätte.»

«Möchten Sie mit ihm tanzen?»

Sie schüttelte den Kopf. «Mir ist inzwischen klar geworden, daß ich nicht dazu tauge, eine Mission zu haben.» Plötzlich sah sie fast bedrückt aus. «Ich wollte, es wäre anders. Er ist ein netter Kerl, wenn er nicht angibt. Ich hätte ihm schon helfen können.»

«Wahrscheinlich hätten Sie das.»

«Aber es reicht nicht dazu bei mir. Bin schon ein mißratenes Geschöpf, Douglas. Wieso bemerken Sie das nicht?»

«Sie waren nicht mit ihm zusammen, wie?»

Sie schüttelte den Kopf. «Trotzdem, ich war nicht nett zu ihm. Hab ihn abschwimmen lassen.»

«Weil Sie ihn nicht geheiratet haben?»

«Weil ich ihn hoffen ließ.»

«Doch nur zwei Tage lang», tröstete Douglas.

Sie tanzten noch zwei- oder dreimal. Beim letzten Tanz schmiegte sie sich eng an ihn und sagte:

«Douglas, schicken Sie mich nach Hause.»

«Ich bringe Sie heim.»

«Nur zu Hause absetzen», sagte sie. «Lieber Douglas, wirklich, ich tauge zu nichts. Nur absetzen.»

Sie gingen zum Wagen hinaus. Das Gästehaus lag nicht weit vom Colony Club entfernt. Er parkte ein Stück vorher.

«Schicken? Bringen? Oder wirklich nur absetzen?»

«Douglas, es ist eine Schande, ich hab Sie verschleppt.»

«Sehr viel List war dazu nicht nötig.»

«Wir hätten nicht miteinander tanzen dürfen.»

«Also nur absetzen?»

«Douglas, ich tauge doch nichts.» Sie war noch immer niedergeschlagen. «Ich tauge nichts. Sie können hinaufkommen, wenn Sie wollen, aber es wird zu nichts Gutem führen. Dieses Haus ist nicht gut. Warum vergessen Sie mich nicht lieber ganz?»

«Ich komme nächste Woche wieder herunter», schlug er vor. «Bis dahin werden Sie doch nicht davongeflogen sein?»

«Glaube kaum.»

«Wir könnten den ganzen Tag für uns haben. Könnten zum Strand hinausfahren.»

«Ich werde es Ihnen nicht übelnehmen, wenn Sie es sich noch überlegen.»

«Ich werde es Ihnen übelnehmen, wenn Sie es sich überlegen – aber ich werde versuchen, es nicht zu zeigen.»

«Gut, Lieber. Adieu.»

Er fühlte sich berauschend glücklich, zugleich aber lag eine bleischwere Last auf ihm, denn eine Woche schien ihm wie eine Ewigkeit, und er war auch noch nicht ganz sicher, wieviel er davon glauben durfte; hatte Judy wirklich Lust, ihn wiederzutreffen? Hatte sie ihn heute abend haben wollen oder nicht?

Plötzlich steckte ein alter Neger seinen Kopf durch das offene Wagenfenster. Er hatte gerötete Augen und verrottete Zähne.

«Sie suchen eine interessante Haus, Mister?»
«Nein.»
Der Neger kam noch näher.
«Horchen, Mister, bitte.»
«Scher dich zum Teufel!»
Die ganze Nacht über fühlte er sich elend, dachte an den Schnarcher, der nach Judy verlangte, dann an den Mann, den sie beinahe geheiratet hätte; er fragte sich, ob es wahr sei, daß es weiter nichts zwischen ihnen gegeben hatte – sie war ja ganz die Art Mädel, die sich aus Herzensgüte geben konnte. Dann wieder überlegte er, ob sie vielleicht auch ihm nur aus Herzensgüte Freundlichkeit gezeigt hatte, er versuchte sich die Worte genau in Erinnerung zu rufen, die sie gesprochen, als sie auseinandergingen, den genauen Wortlaut und Tonfall; einmal klangen sie aufrichtig, das andere Mal hatten sie den Unterton einer Ausflucht. Er schlief in dieser Nacht nicht viel, oder wenigstens schien es ihm so.
Am nächsten Morgen saß er in der Bibliothek, als Pawleys Magd hereinkam.
«Ein Telefonanruf für Sie in Mr. Pawleys Bungalow!»
Er rannte hinunter. Es war das erste Mal, daß er in der Schule einen Anruf bekam, und er war überzeugt, daß es nur Judy sein konnte, die ihre Verabredung für die nächste Woche absagte. (Glücklicherweise waren weder Pawley noch seine Frau im Arbeitszimmer.) Er hob den Hörer vom Tisch auf.
«Ich hätte wohl nicht anrufen sollen, wie?» fragte Judy. «Hört uns jemand zu?»
«Nein, niemand.»
«Ach, Lieber, ich hab mich so geschämt wegen gestern abend, bis aufs Blut. Kann mir gar nicht vorstellen, was Sie von mir gehalten haben. Sind Sie mir nicht böse? Wollen Sie mich ernstlich nächste Woche treffen, ja?» Und nachdem er ihr seinen Entschluß klargemacht hatte: «Also wirklich? Ich hab mich schon gar nicht mehr ausgekannt. Hab gedacht, Sie wären vielleicht nur freundlich zu mir wegen all der Dinge, die ich Ihnen erzählt habe, mein Zuhause und der Selbstmordversuch und all das ...»
Er lachte, als er den Hörer auflegte, und als er aus dem Bungalow trat, zitterte ganz Jamaica vor Lachen in der Morgensonne.

«Eine Büchersammlung . . .

... ist der Gegenwert eines großen Kapitals, das geräuschlos unberechenbar Zinsen spendet.»

Dieses Goethe-Wort könnte beinahe auch für Pfandbriefe gelten, allein: dafür bedarf es keines *großen* Kapitals, und die Zinsen sind berechenbar.

9

Der Gottesdienst am Sonntagmorgen in der Bibliothek sollte um elf beginnen, aber fünf Minuten nach elf war der Geistliche noch nicht aufgetaucht. Pawley sah nach seiner Uhr.

«Nun, Lockwood, wollen Sie nicht hinuntergehen und nachsehen, was passiert ist?»

Alle Welt wußte bereits, was los war, denn es passierte fast jeden dritten Sonntag, sooft der Austin Seven des Geistlichen trotz der göttlichen Natur seiner Mission an der scharfen Steigung der Straße scheiterte. Das kapriziöse Betragen des Wagens strafte jede wissenschaftliche Erklärung Lügen. Morgen hatte immer wieder neue Theorien entwickelt, die auf das wechselseitige Verhältnis von Wetter, Straßenbeschaffenheit und atmosphärischem Druck gegründet waren, aber jede dieser Theorien war nachher geprüft und wieder verworfen worden. Jetzt gab er sich selbst geschlagen.

Douglas fuhr mit sechs von den Kindern, die sich abwechselnd bei diesen Gelegenheiten als Begleitung anboten, im Dienstwagen los. Vier oder fünf Kilometer weiter unten stießen sie auf den Geistlichen, der mit der Geduld, die nur wahrer Religion zukommt, neben seinem Austin Seven stand. Der Kühler des Wagens dampfte jammervoll. Sie rollten das Seil ab und schleppten den Austin bis zum Haupthaus. Dreiviertel Stunden zu spät begann der Gottesdienst.

Er war nicht obligatorisch, denn in religiöser Beziehung hielt sich Pawley streng an die Prinzipien der freien modernen Schulen in England, mit denen er wetteiferte. An Regentagen gab es immer eine Menge Teilnehmer, aber bei gutem Wetter bot das freie Gelände zu viele Verlockungen. Bis vor kurzem noch, bis Abhilfe geschaffen worden war, hatte der Geistliche für seinen Kampf mit dem Austin oft nur eine dürftige Belohnung erhalten, knapp ein paar Mädchen, die zur Andacht kamen. Die Abhilfe war einer Inspiration Pawleys zu danken – er hatte nämlich eingeführt, daß es nach dem Gottesdienst eine kleine Unterhaltung gab, bei der die Teilnehmner auf der Veranda Limonade und Schokoladetäfelchen bekamen. Gewiß war das eine leise Abweichung von den fortschrittlichen Prinzipien, soweit sie Bestechung betrafen; aber der Geistliche konnte jetzt wenigstens auf ein Halbdutzend Leckermäuler und für sich selbst auf ein Glas Limonade rechnen.

Bald nach dem Gottesdienst pflegten die Eltern vorzufahren, um ihre Kinder für den Tag auszuführen, ein Brauch, den Douglas mißbilligte. Hätte die Schule ihm unterstanden, so hätte er Elternbesuche überhaupt nur zum Semesterwechsel geduldet. Diese erneute Berührung mit der Außenwelt, nur für einen kurzen Moment, verwirrte die Kinder bloß. Überdies gerieten die Zöglinge, die keinen Besuch bekamen, weil ihre Eltern sich keine Wagen leisten konnten, in Nachteil und fühlten sich unterlegen.

Noch lästiger war ihm diese Sitte, weil manche von den Eltern, so zum Beispiel Rosemarys Vater, diesen Besuch benützten, um mit den Lehrern über ihre Kinder zu sprechen, wohl gar einen Wochenbericht über Betragen und Fortschritte erwarteten. Rosemarys Vater hatte sogar die Gepflogenheit, sein Herzliebchen vor Douglas einer wöchentlichen Prüfung zu unterziehen. «Kannst du jetzt schon ‹Regierung› buchstabieren, Rosemary?» «Wie heißt die Hauptstadt von China, Rosemary?» «Rosemary – jetzt aufgepaßt –, wann lebte und regierte Königin Elisabeth?» Gab Rosemary richtige Antworten, so nickte er Douglas billigend zu – er war ein freundlicher Mann –, um seine Zufriedenheit zum Ausdruck zu bringen. Wußte sie die Antwort nicht, so sagte er: «Laß es dir von jemand sagen, Liebling, du merkst es dir ja doch nicht, wenn ich es dir sage. Nächste Woche frage ich dich wieder.» Und sobald Rosemary außer Hörweite war, erklärte er Douglas: «Sie ist ein gut veranlagtes Kind, aber wir müssen sie ordentlich bei der Stange halten. Lassen Sie sie nicht aus den Augen, ja? Sie ist alles, was ich auf dieser Welt habe.» Dann nahm er sie zum Essen mit und verdarb alles, was die Schule im Laufe der Woche zustande gebracht hatte. Papas Schatten hing bis Dienstag oder Mittwoch über ihr, dann war sie erst wieder sie selbst.

Obwohl Douglas den Eltern am Sonntag nach Möglichkeit aus dem Wege ging, legte er doch Wert darauf, sie einmal kennenzulernen. Wenn man eine Vorstellung von ihnen hatte, so war es leichter, die Kinder zu verstehen; und es war interessant, sie mit dem Bild zu vergleichen, das man sich nach den Kindern von ihnen gemacht hatte.

An diesem Sonntag kam Silvias Vater zum erstenmal in die Schule. Douglas war ihm noch nicht begegnet und hatte sich vorgestellt, er müsse ein harter, kolonialer Typ mit einem sinnlichen und brutalen Gesicht wie Mrs. Pawleys Bruder sein. Aber es ergab sich, daß er nichts dergleichen war. Ein kleiner, zusammengeschrumpfter Mensch mit traurigen Augen und einem blassen Gesicht. Hätte er nicht den Tropenanzug getragen, hätte man ihm eher zugetraut, daß er mit einem steifen Hut an irgendeiner Haltestelle in einer Londoner Vorstadt stünde und auf die Straßenbahn wartete, um ins Büro zu fahren.

Er kam nach dem Essen und holte Silvia zu einem Spaziergang ab. Danach besuchte er Douglas, blieb aber nur fünf Minuten. Er sah bedrückt aus und schien sich für all den Wirrwarr, den Silvia verursachte, entschuldigen zu wollen.

«Mr. Pawley sagte mir, daß Sie sehr nachsichtig zu ihr sind. Ich danke es Ihnen recht sehr. Ich weiß, Sie haben es nicht leicht mit ihr.»

Douglas erwiderte, seiner Ansicht nach habe Silvia sich von Anfang an eingebildet, alle wären gegen sie und führten weiß Gott was gegen sie im Schilde. Hoffentlich konnte man ihr gelegentlich verständlich machen, daß dem nicht so war.

«Ich weiß nicht, woher sie das hat, es ist eine fixe Idee von ihr, seit jeher», erklärte ihr Vater. «Ich bin immer gut zu ihr gewesen – doppelt gut, weil ihre Mutter ja gestorben ist, als sie noch ein ganz kleines Ding war. Sie hat ein freundliches Zuhause gehabt. Hat alles bekommen, wonach sie verlangte, wenn es nur irgend anging. Manchmal frage ich mich, ob ich sie vielleicht verwöhnt habe.»

«Glaube kaum, daß es daran liegt», meinte Douglas. Dann fragte er, in wessen Händen die Erziehung gelegen habe.

«Ich hatte zwei oder drei verschiedene Gouvernanten für sie, bevor sie zur Schule kam. Alle behandelten sie gut, aber sie zeigte nie auch nur die geringste Zuneigung zu ihnen.»

«Zeigt sie denn Ihnen welche?»

«Leider muß ich sagen, ich habe oft den Eindruck, daß sie mich haßt.» Er schüttelte den Kopf. «Verstehen kann ich es nicht. Ich hab sie wirklich sehr gern.»

«Und Sie haben nie daran gedacht, wieder zu heiraten?»

«Doch, einmal, tatsächlich. Silvia haßte das Mädchen. Ich wagte es kaum ins Haus zu bringen, so schlecht benahm sich Silvia. Das war sogar zum Teil der Grund, warum ich den Plan wieder aufgab.»

«Die Kleine scheint arg auf Sie eifersüchtig zu sein», vermutete Douglas.

«Andere Kinder benehmen sich doch nicht so. Ich habe einen Freund, der sich wiederverheiratet hat, und seine Kleine hängt mehr an der zweiten Frau als je zuvor an der eigenen Mutter.»

Er sann eine Weile nach. «Wissen Sie, ich glaube beinahe, wenn ein Kind seiner Natur nach, von Geburt her böse ist, dann können Sie gar nichts anfangen. Sie hat wohl eine schlechte Anlage ererbt. Einer ihrer Onkel, von seiten der Mutter, war ein übler Bursche. War in England ein paarmal im Gefängnis.»

«Vererbung mag dabei eine gewisse Rolle spielen, aber wir müssen auf jeden Fall versuchen, aus dem Material, so wie wir es bekommen haben, das Beste herauszuholen.»

«Sie glauben also, daß wir noch eine Chance haben, sie ein wenig zurechtzubiegen?»

«Eine gute Chance, meiner Ansicht nach, wenn man uns Zeit läßt.»

Er stand auf und schüttelte Douglas die Hand.

«Ich setze sehr großes Vertrauen in Sie, Mr. Lockwood.» Es klang so aufrichtig, daß Douglas in Verlegenheit geriet. «Ich möchte so gern, daß die Kleine sich herausmacht, schon der Mutter wegen. Und ich habe das Gefühl, daß ich mich auf Sie verlassen kann.»

Douglas begleitete ihn zu seinem Wagen. Am selben Abend traf er Silvia, die zum Essen ging. Sie hatte sich seit dem Vorfall mit Norah auf dem Wacholderhang unauffällig gemacht, gab aber keine Zeichen von milderer Denkart. Er fragte sie, ob der Besuch ihres Vaters sie erfreut habe.

«Er kann kommen, wann er will», sagte sie und zuckte die Achseln. «Mir ist das gleichgültig.»

Jeden Montag um neun Uhr morgens gab es eine Sitzung des Lehrkörpers, die in dem Gemeinschaftsraum neben der Bibliothek abgehalten wurde. Mr. und Mrs. Morgan saßen an der einen Seite des Tisches, Duffield und Douglas an der anderen. Die Pawleys hatten ihre Plätze an den beiden Tischenden. In den letzten Wochen war der Gang der Konferenz durch die Fehde Morgan–Duffield erschwert gewesen, denn wenn die eine Partei ein Thema aufbrachte, schwieg sich die andere aus. Jetzt gab es eine neue Komplikation durch die Fehde Mrs. Pawley–Douglas. Er war ihr seit jenem Freitag mehrmals begegnet. Immer hatte sie getan, als ob er Luft wäre. An diesem Morgen machte er einen neuen Versuch, ihre Beziehung in normale Bahnen zu lenken. Als sie eintrat, wünschte er ihr einen guten Morgen. Sie ignorierte ihn. Es war wirklich ein vergnügliches Beisammensein.

Glücklicherweise gab es an diesem Morgen nicht viel zu diskutieren. Pawley selbst hatte nur einen Punkt aufs Programm gesetzt. Er wollte wissen, ob die Lehrer es als zu große Belastung empfinden würden, aktiver an den selbstgewählten Freizeitbeschäftigungen der Kinder teilzunehmen. Seine Frau ihrerseits war bereit, das Klavierspiel wieder mehr in Mode zu bringen, das zu ihren Lehrgegenständen gehörte. Morgan sprach formell sein Bedauern darüber aus, daß das Interesse am Schmetterlingsammeln ins Hintertreffen geraten sei. Pawley ließ taktvoll durchblicken, das liege möglicherweise an der Abneigung der Kinder gegen das Auswendiglernen lateinischer Namen, das wiederum die nötige Vorbedingung für die Mitgliedschaft bei Morgans Schmetterlingssammlerklub war. Das brachte Morgan dazu, in einer längeren Rede den internationalen Charakter der Entomologie zu unterstreichen und darzulegen, von welcher Bedeutung es sei, daß die von den Sammlern gebrauchten Vignetten in Omsk ebenso verständlich wären wie in Timbuktu. Als es Pawley gelang, nach fünf oder sechs Minuten den Faden seiner Rede abzuschneiden, war die Frage, um die es eigentlich ging, glücklich vergessen.

Mrs. Pawley äußerte sich ärgerlich darüber, daß Joe mit den Mädchen zu vertraulich würde. Sie hatte ihn dabei ertappt, wie er eines der Kinder auf den Lehmhaufen hob, auf dem sie Ton kneteten, unnötigerweise, denn die Mädchen konnten ganz gut allein hinaufklettern. Da das Tonkneten in Douglas' Kompetenz fiel, hielt er diesen Angriff für eine direkte Attacke, obwohl Mrs. Pawley ihn dabei nicht angesehen hatte.

Pawley verwies die Sache an Douglas, und Douglas äußerte,

er werde Joe anweisen, die Kinder nicht mehr auf den Lehmhaufen zu heben, obwohl er annähme, Joes Freundlichkeit sei eher seiner allgemeinen Hilfsbereitschaft als einem sinnlichen Interesse an kleinen Mädchen zuzuschreiben. Pawley wandte sich wieder an Mrs. Pawley, die ihre Achseln zuckte, als ob sie nicht zugehört und das Interesse an der Sache verloren hätte.

Jetzt stellte Morgan, der mindestens fünf Minuten lang still gewesen war, einen Antrag, die Arbeit in der Farm wenigstens für die Buben obligatgorisch zu erklären. Diesen Antrag stellte er bei jeder Konferenz und stützte ihn immer auf einen überzeugenden Vortrag darüber, wie wichtig wissenschaftliche Kenntnisse auf dem Gebiet der Agrikultur für jeden Jamaicaner wären. Pawley replizierte mit einer ebenso weitschweifigen Gegenrede über die abträgliche Wirkung jeglichen Zwanges, und nachdem die Frage von allen Gesichtspunkten beleuchtet worden war, wurde der Antrag verworfen. Duffield grinste mit diskreter Genungtuung. Schließlich fragte Pawley, ob noch eine Frage offenstünde. Der Reihe nach nahm er jeden einzelnen schielend in die Zange seiner Blicke.

«Duffield? Lockwood? Mrs. Morgan?» Da niemand etwas vorbrachte, stützte er seine Hände auf den Tisch und sprach strahlend seine üblichen Schlußworte: «Ich danke Ihnen allen für Ihre freundliche Aufmerksamkeit. Ich hoffe, wir dürfen uns wieder einmal auf eine zufriedenstellende Woche freuen.» Dann wandte er sich an Douglas. «Es wäre mir lieb, wenn Sie mir noch einen Augenblick gönnen könnten.»

Als die andern gegangen waren, setzte er sein Märtyrerlächeln auf, schob Douglas einen zusammengefalteten Brief herüber und sagte:

«Leider sind wir unseren anonymen Korrespondenten noch nicht los.»

Es war wieder die gleiche ungeübte Hand wie voriges Mal. Der Brief lautete:

«Zu meinem Bedauern finde ich, daß Sie von meiner freundlichen Warnung nicht Gebrauch gemacht haben, und John Cooper ist noch immer in Ihrer Schule, steckt unschuldige Mitschüler weiter mit der schrecklichen Krankheit an, die er von seinen Vorfahren geerbt hat, wie jeder weiß. Ich habe Ihnen mitgeteilt, daß es Lepra ist. Viele Leute in ganz Jamaica, Leute, auf die es ankommt, reden schon darüber, und es ist nur mein guter Wille, daß ich Ihnen rate, schicken Sie John Cooper aus Ihrer Schule fort, bevor es zu Schlimmerem kommt.»

Douglas legte den Brief auf den Tisch.

«Diesmal werden wir aber doch etwas tun müssen, scheint mir», sagte er und berichtete, was er bei der Cocktailgesellschaft gehört hatte.

Pawley sah eingeschüchtert aus, mehr noch durch die Klatscherei bei der Cocktailgesellschaft als durch den Brief.

«Ja», sagte er, «jetzt können wir es uns nicht mehr leisten, den Brief einfach zu ignorieren. Ich möchte einen Vorschlag machen. Natürlich ... wenn Sie eine bessere Idee haben ... wir könnten das dann erörtern, aber meiner Meinung nach sollten wir zuerst einmal Johns Eltern zu Rate ziehen. Schon aus Korrektheit. Vielleicht haben sie eine Idee, wer dieser Briefschreiber ist. Meiner Ansicht nach ist es jemand, der sich darüber aufregt, daß wir einen farbigen Jungen in der Schule haben.»

«Nach der Art, wie der Brief geschrieben ist, möchte ich fast annehmen, daß der Schreiber selbst farbig ist», vermutete Douglas. «Oder zum mindesten Mulatte.»

«Mutmaßlich Mulatte. Die sind natürlich die ersten, etwas an John zu finden, weil er um einen Hauch schwärzer ist als sie.»

«Nun, auf jeden Fall stimme ich darin mit Ihnen überein, daß wir Johns Eltern zu Rate ziehen sollten», sagte Douglas. «Wenn wir sie nicht warnen, erfahren sie ja doch früher oder später durch jemand anderen von diesen Treibereien.»

«Es wäre mir lieb, wenn Sie das so bald wie möglich tun wollten. Wie wäre es mit morgen früh? Wir müßten natürlich Ihre Stunden absagen.»

«Ich könnte ja meinen freien Tag morgen nehmen statt Mittwoch», schlug Douglas vor. «Ich würde dann weniger Zeit in der Schule verlieren.» Und er würde Judy einen Tag früher sehen.

«Wäre Ihnen das recht? Ich habe Sie nicht darum bitten wollen, nachdem ich Sie schon vorige Woche mit etwas behelligt habe.»

Der Bote nahm die Post am Nachmittag mit in die Stadt. Douglas schrieb ein Telegramm aus und tat es mit etwas Geld in einen verschlossenen Umschlag. Er war den ganzen übrigen Tag lang in bester Laune. Der Dienstag hatte wie eine Wüstenei ohne Oasen vor ihm gelegen, die er durchqueren mußte, bevor er Judy wiedersehen durfte; und plötzlich stand sie für ihn diesseits davon ...

Kurz nach dem Frühstück verließ er die Schule, und vor zehn war er in Kingston. Johns Eltern kannte er noch nicht, sie besaßen keinen Wagen und kamen nie zu den sonntäglichen Visiten. Schnurgerade fuhr er zu ihnen. Das Haus war ein Bungalow in einem kleinen Garten in einer langen Zeile von ganz gleichgearteten Bungalows und Gärten, die alle nach verschämter Armut aussahen, nach Respektabilität bei kleinen Einkommen.

Als er die Gartentür öffnete, erschien eine Frau in der überdachten Tür, die eine Schürze umgebunden hatte und einen Besen hielt. Sie stand in mittleren Jahren, hatte negroide Gesichtszüge und einen kaffeebraunen Teint. Das war Johns Mutter.

Nachdem Douglas sich vorgestellt hatte, nahm sie mit einer Entschuldigung ihre Schürze ab und führte ihn in ein kleines Zimmer, das sie den Salon nannte. Sie ließ nicht zu, daß er eine Erfrischung ablehnte, und holte eine Flasche Whisky aus einem Schränkchen – es hing gerade hinter ihr, die Flasche war sichtlich für besondere Gelegenheiten. Auf einem Tischchen stand ein gerahmtes Foto, ihr Sohn und ihr Mann. Der Mann arbeitete in einem Regierungsamt. Er sah weit weniger negroid aus als seine Frau, und John war offenbar der dunkelste und negroideste von ihnen.

Mrs. Cooper setzte sich mit der Miene jemandes, der seiner Angst vor schlimmen Nachrichten nicht Raum geben will. Douglas setzte ihr den Grund seines Besuches auseinander und versicherte ihr, mit John habe das weiter nichts zu tun; niemand denke daran, ihn fortzuschicken, es gehe nur darum, das um sich fressende Feuer üblen Klatsches auszutreten.

Während er sprach, trat ein Ausdruck hoffnungsloser Verzweiflung in ihr Gesicht. Ihre plumpen Hände zitterten.

«Ich wußte, daß die Leute reden. Aber ich hätte mir nicht träumen lassen, daß sie Briefe schreiben würden.»

«Und Sie haben keine bestimmte Idee, wer das getan haben könnte?»

Sie schüttelte ungewiß den Kopf.

«Herausbringen müssen wir es aber», sagte Douglas.

«Kann mir nicht denken, wer es gewesen sein soll.» Es klang wenig überzeugend. Sie zitterte stärker als zuvor.

«Wir müssen es aber um Johns willen herausbringen, Mrs. Cooper.»

Plötzlich begann sie zu weinen. Sie zog ein Taschentuch aus dem kurzen Ärmel ihres Kattunkleides. Als sie sich ein wenig beruhigt hatte, sagte sie:

«Ich glaube, ich weiß, wer es ist. Aber ich hab nicht den Mut, es Ihnen zu sagen. Ich trau mich nicht.»

Er drang in sie, versprach Stillschweigen. Schließlich sagte sie: «Ich glaube, es ist eine Frau, die mir meinen Mann wegnehmen will. Sie haßt mich. Sie weiß, daß ich auf alles verzichte, nur um John in eine gute Schule zu schicken. Und daß es mir das Herz bricht, wenn er dort fortgeschickt wird. Das Herz möchte sie mir brechen, das ist es.»

«Wir könnten sie gerichtlich verfolgen wegen dieser Briefe», erwähnte Douglas.

«Nein.» Sie schüttelte heftig den Kopf. «Ich trau mich nicht. Mein Mann ...»

«Ihr Mann kann doch nur wünschen, daß sie aufhört, solche Briefe zu schreiben. Oder nicht?»

«Er wird nicht wollen, daß sie Unannehmlichkeiten bekommt.»

«Aber wenn er das erfährt?»

Sie begann wieder zu weinen.

«Das geht schon eine Ewigkeit so. Sie möchte ihn von mir wegbringen. Er ist verliebt in sie – sie ist hübscher als ich. Heller. Und jünger auch. Aber sie würde ihn nie glücklich machen. Sie ist eine richtige Schlampe.»

«Schmähbriefe schreiben, das ist jedenfalls eine sonderbare Art, sich um die Zuneigung eines Mannes zu bemühen», bemerkte Douglas.

«Er macht sich nichts aus John. Möchte ein hellfarbiges Kind. Er war furchtbar böse, daß John nicht heller war.»

«Weiß er, was die Leute über diesen Fall von Lepra sprechen?»

«Ja. Das macht ihn nur noch ärgerlicher, stimmt ihn gegen mich.

Es ist ja auch wahr, daß mein Vater und meine Schwester an Lepra starben. Ich aber habe die Krankheit nie gehabt. Als wir heirateten, hab ich es ihm verschwiegen, denn die Leute sind einmal so, sie scheinen es für ein Verbrechen zu halten. Hernach hat er es anderswo aufgeschnappt. Damals ist er mir beinahe davongelaufen. Ich glaube, er selber hat es dem Mädel gesagt.»

«Ich würde gern mit Ihrem Mann darüber sprechen, wenn es Ihnen recht ist», schlug Douglas vor.

«Nein, bitte, das dürfen Sie nicht tun.»

«Aber vielleicht könnte ich ihm begreiflich machen, wieviel Schlimmes diese Briefe anrichten könnten?»

Sie schüttelte den Kopf.

«Ich weiß, wie er ist. Es würde ihn nur noch mehr gegen mich einnehmen. Und gegen John. Er wird sagen, wir wären an all dem schuld. Darauf hat es dieses Mädel ja gerade angelegt. Sie hofft, daß er sich unser schämt und uns verläßt.»

«Würden Sie es mir übelnehmen, wenn ich diese Briefe der Polizei übergäbe?»

Sie sah ihn entsetzt an.

«Um Gottes willen, nein, das dürfen Sie nicht tun!»

«Ich könnte es ja so tun, daß Sie nicht hineingezogen würden. Ich würde nicht sagen, daß ich mit Ihnen gesprochen habe.»

«Die Leute hier in der Straße werden Sie beobachtet haben. Mein Mann wird es erfahren. Er wird mir die Schuld geben, was immer passiert. Er wird mich zwingen, John aus der Schule zu nehmen. Es wäre mir viel lieber, wenn Sie gar nichts unternehmen wollten.»

«Und Sie erlauben auch nicht, daß ich mit Ihrem Mann spreche?»

«Nein, bitte, tun Sie es nicht. Es würde nur alles schlimmer machen. Viel ist nicht notwendig, daß er mit dem Mädchen wegläuft. Er bleibt so nur mehr bei mir, weil er um seine Stellung bei der Regieung besorgt ist und Angst vor dem Gerede hat.»

«Nun schön, ohne Ihr Einverständnis werden wir nichts tun. Vielleicht wird das Gerede aufhören.»

Sie begleitete ihn zur Tür. Dort sagte sie:

«Mr. Lockwood, John weiß doch nichts davon? Sie haben ihm nichts gesagt?»

«Natürlich nicht. Wir sind sehr vorsichtig gewesen.»

«Ich danke Ihnen dafür», erwiderte sie mit einem Aufatmen. «Danke, Mr. Lockwood. Irgendeinmal wird er es ja erfahren müssen, aber jetzt mag ich es ihm noch nicht sagen. Es war so schrecklich für mich.»

«Machen Sie sich keine Sorgen. John ist ein so prächtiger kleiner Bursche, alle in der Schule mögen ihn gern. Er wird schon seinen Weg machen. Er wird es weit bringen.»

Sie strahlte vor Freude und Stolz. Ihre trüben Augen leuchteten auf.

«Alles andere ist mir gleich, wenn nur er vorwärts kommt. Alles gleich», sagte sie.

Judys neue Wohnung lag drei Kilometer vom Stadtzentrum entfernt im ersten Stock eines Familienhauses, das man in Einzelappartements aufgeteilt hatte. Douglas war in Sorge, ob sie sein Telegramm auch bekommen hätte; als er eintraf, wartete sie bereits auf ihn, hatte schon den Picknickkorb bereit für den Ausflug an den Strand. Sie trug einen Morgenmantel.

«Sie sollen entscheiden, was ich anziehe», sagte sie. «Rosa Strandhosen oder diesen Tennisdress?»

«Die Strandhosen würden mich zu sehr an Mrs. Pawley erinnern», meinte er.

«Schön, also den Tennisdress. Wir zeigen uns doch nicht in Kingston, nicht wahr? Die Fluggesellschaft würde mir den Laufpaß geben, wenn ich so in der Harbour Street herumliefe. Sie können sich die Wohnung ansehen, während ich mich umziehe. Obwohl nicht gerade viel daran zu sehen ist.»

Es gab weiter nichts als ein Wohnzimmer, das recht billig möbliert war, aber hoch und luftig, und eine nette kleine Küche mit einem Kühlschrank und einem elektrischen Herd. Ein geräumiger Balkon, auf den man durch das Wohnzimmer gelangte, ging auf den Garten hinaus. Die Bourgainvilleen standen säuberlich in der Reihe, proper gestutzt, der Rasen war frisch mit der Mähmaschine behandelt. Mitten auf dem Rasen stand ein Baum mit knorrigen, gewundenen Ästen. Eine Unmenge blauer Blüten sproßten darauf, die Douglas an kleine Blumen erinnerten, wie sie im Frühling im schmelzenden Schnee der Alpen sprossen.

«Wissen Sie, was es für ein Baum ist?» fragte Judy und trat zu ihm auf den Balkon.

«Hier unten habe ich sie schon zu Dutzenden gesehen. Bei uns da droben wachsen sie nicht.»

«Es ist mein Lieblingsbaum. Es war mein Lieblingsbaum, bevor ich erfuhr, wie er heißt. Gelacht hab ich, als ich es hörte!» Auch jetzt lachte sie.

«Nun, wie heißt er?»

«Lignum vitae – der Baum des Lebens. Möchte wissen, ob ich nicht unter einem geboren bin. Vielleicht bin ich darum gefeit.»

«Es ist ein hübsches Sinnbild für Sie, auf jeden Fall», meinte er. Und es war wirklich ein wundervolles Sinnbild, soviel Vitalität besaß sie, daß er davon etwas abbekommen, daß er daran teilnehmen konnte; sogar hier unten in der Stadt, wo er sich meist niedergeschlagen und gemütskrank fühlte, war er jetzt von ungewohnter Lebendigkeit.

«Wollen wir gehen?» fragte sie. «Wir können es uns nicht leisten, heute auch nur eine Minute zu verlieren.»

Sie fuhren zu den Docks hinunter und trieben einen Bootsmann auf, der sie in einem Motorboot hinausbrachte. Der ölige Schmutz des Hafenwassers glitt an dem Boot vorbei, bald wurde das Wasser klar und blau, und über ihren Köpfen stand der blaugraue Dunst des Tropenhimmels. Quer durch den Hafen folgten sie den Bojen, die den Weg markierten. Auf vielen der Bojen standen Pelikane, und wenn das Boot näherkam, schwebten sie mit breitklatschenden Flügeln über das Wasser davon, als ob sie sich mit leisem Unbehagen, aber ohne Vorwurf von ihnen abwendeten. Sie beschrieben im Flug einen Kreis und kehrten auf ihre Bojen zurück, sobald das Boot vorüber war. Es waren einige Meilen zurückzulegen, bis man aus der Bay heraus war. An der einen Seite der Ausfahrt zeigten sich die verfallenen Mauern einer alten Befestigung. Dann wurde die Küste felsig, hinter Klippen ragten steinige, unbewohnte Hügel. Ein seltsamer Trick war es, den die Natur mit Jamaica gespielt hatte. Ein paar Meilen weiter, hinter Kingston, gab es Dschungel mit Orchideen, Bambus und üppigen tropischen Blattpflanzen, dann folgten Zuckerrohrplantagen, hier aber gedieh nichts außer einigen Kakteen. Die Kakteen standen reihenweise da, gegen den Himmel silhouettiert wie eine Armee grotesker Soldaten in einer wüsten Mondlandschaft.

Sie gelangten an eine Stelle, wo sie anlegen konnten. Eine schmale Mole war hier an die Klippen gelehnt, und am Ufer stand ein kahler Steinbau mit klaffenden Tür- und Fensteröffnungen. Ein verrosteter Schienenstrang lief zwischen den Kakteen steil bergwärts. Sie folgten ihm bis zur Höhe und gelangten zu einem alten Geschützstand mit betonierten Munitionslagern und einem großen runden Bassin. Überall waren vergilbte Zeitungsschnitzel und verrostete Konservenbüchsen verstreut. Spuren, die frühere Besucher zurückgelassen hatten, längst von den Fliegen entdeckt und wieder aufgegeben.

«Ich mag solche Orte», versicherte Judy lachend. «Ich habe eine Vorliebe für das Groteske und Kahle. Nach dem Lignum vitae ist der Kaktus meine Lieblingspflanze.»

«Minder verdientermaßen», bemerkte er.

«Wir werden unter einem Kaktus sitzen und essen müssen. Haben Sie etwas dagegen?»

Einige der Kakteen waren riesenhaft, sie gestikulierten mit langen stacheligen Armen und breiten grünen Händen. Da und dort sproßten ein paar Grashalme dürftig aus dem Sand hervor. Kein Lüftchen regte sich. Die Hitze brannte auf der Haut. Unten hatte die See ihr Spiel mit den Klippen, zerschellte pausenlos in Gischt und Schaum.

«Mögen Sie Salat und Pasteten?» fragte Judy. «Ich bin in solchen Dingen nicht viel wert. Hab eigentlich nichts weiter mitgebracht.»

Sie hatte viel mitgebracht, eine Unmenge Salat, in nasse Tücher geschlagen, Rahmkäse, Orangen, ein paar Flaschen Bier. Das Bier schmeckte nicht eigentlich wie Bier, sondern wie billiges Parfüm, aber Douglas fand es nichtsdestoweniger köstlich; und als Duffield ihm einige Zeit später in der Schule von der gleichen Sorte anbot, brachte es ihm mit jäher, überwältigender Kraft die ganze Stimmung und Atmosphäre dieses Picknicks wieder, die Hitze, die Kakteen, sein Glück, Judys lange, glatte, bronzefarbenen Beine, die im Sand ausgestreckt waren.

«Hat Caroline sich von Ihnen scheiden lassen?» fragte Judy. «Oder war es umgekehrt?»

«Heute werden nicht Wunden gekratzt», sagte er.

«Nein, aber ich möchte es gern wissen.»

«Sie hat sich von mir scheiden lassen. Es wäre ihr andersherum lieber gewesen – weil es flotter ist –, aber ich wollte ihr diesen Spaß nicht verschaffen. Vor Gericht Geständnisse ablegen ...»

«Ein nettes Ding, scheint es?»

«Schrecklich nett – bester Stall, ohne Herz.»

«Wieso haben Sie sich in sie verliebt?»

»Sie war wirklich eine Partie. Gut für mein Ego. Und es war schlecht für mein Ego, daß meine Liebe ausließ. Alles Eitelkeit. Niemand macht sich genug Gedanken über Eitelkeit, und doch überwuchert sie alles. Denken sie nur an Silvia. Sie muß um jeden Preis eine Heldin sein, auch wenn es ihr noch so bitter ankommt. Und das ist es, was hinter all ihren pathologischen Lügen und ihren romantischen Liebesgeschichten steht.»

«Glaubt sie denn nicht selber daran?»

«Doch, sie steht ja in dem Alter, in dem man das noch kann. Fürs erste will sie sich immer selbst imponieren. Eitelkeit ... und Minderwertigkeitsgefühl auf der anderen Seite der Medaille. Leuchtet mir alles vollkommen ein, aber tut es das auch Ihnen?»

«Warum nicht?»

«Sie haben wohl keine Erfahrung in unterdrückten Wünschen und Minderwertigkeitskomplexen. Als uneheliches Kind müßten sie eigentlich furchtbar problematisch sein – aber Sie sind es nicht. Sie sind vollkommen natürlich.»

«Aber eitel! Eitel bin ich.»

«Worauf?»

«Ich kann Stunden damit verbringen, mich vor dem Spiegel herzurichten. Manchmal bin ich auch auf meine Fesseln stolz. Darum war ich auch so froh, daß Sie den Tennisdress vorzogen und ich meine Fesseln nicht zudecken mußte.»

»Und sind Sie nicht auch stolz auf Ihre Beine?»

«Was die Beine betrifft, bin ich meiner Sache nicht so ganz sicher.»

«Sie könnten es aber sein.»

«Und Sie? Sind Sie nicht auf Ihre Hände stolz?»

«Auf die am allerwenigsten», sagte er und betrachtete sie. «Die Fingerspitzen sind nicht gut.»

«Sie haben Haare am Handrücken», sagte sie. «Das ist auch eine meiner Schwächen, so wie Kakteen. Wahrscheinlich erklärt sich zum Teil, wieso Louis mich verrückt gemacht hat.»

«Sie fangen an, Wunden zu kratzen», mahnte er.

«Durchaus nicht. Ehrenwort, nein. Da ist gar nichts zu kratzen. Zuerst war alles an mir wund, aber das ist längst verheilt. Ich hätte gar nicht mehr an Louis' Hände gedacht, wenn wir nicht im Gespräch darauf gekommen wären.»

«Schenken wir uns gegenseitig unsere Louis' und Carolinen», schlug er vor, «betrachten wir sie als auf die Kakteen gepfählt.»

«Sicherer wären sie auf dem Grund des Meeres.»

«Schön, also sind sie auf dem Grund des Meeres. Wenn wenigstens die Kanone noch hier wäre, könnten wir Salut schießen. Bleiben nur wir übrig, sonst niemand.»

«Wir und der Bootsmann», erwiderte sie. «Wahrscheinlich kommt er, um uns eine Zigarette abzubetteln.»

Der Bootsmann war jung, sehnig und kohlschwarz. Er trug ein buntes amerikanisches Hemd und ein Paar Sandalen, die kostspielig aussahen. Er behauptete, er wäre nur gekommen, sie über den Geschützstand aufzuklären, von dem den ganzen Krieg über kein einziger Schuß gelöst worden war; sein Bruder habe bei der Marine gedient, sei versenkt, aber wieder aus dem Wasser gezogen worden. Er selber wäre dem Krieg auch nicht ausgewichen, sei aber wegen schwerer Kehlkopfbräune zurückgewiesen worden. Er demonstrierte die Bräune mit einem kräftigen Räuspern aus seiner breiten Brust herauf. Das was eine sonderbare Art, sich um eine Zigarette zu bemühen, aber Douglas gab sie ihm, und der Bootsmann steckte sie befriedigt hinters Ohr. Nun legte er mit einem anderen Bruder los, der auf einem Bananenfrachter Heizer gewesen war. Nach einer Weile trottete er wieder davon. Judy lag, den Kopf auf den Picknickkorb gestützt, und Douglas dicht neben ihr.

«Douglas, ich warne Sie.»

«Sie haben vergessen, Ihre Fesseln zu verhüllen.»

«Neulich war ich häßlich zu Ihnen. Ich verabscheue Mädchen, die sich so benehmen.»

«Aber Sie haben doch die Wahrheit gesagt, nicht?»

«Es wäre alles in Ordnung gewesen. Ich wollte es nur aufschieben. Wollte Ihnen eine Chance geben, sich zu drücken. Ich bin kein gutes Mädchen, das habe ich Ihnen gesagt. Und auch, wo ich enden werde.»

«Das Bordell in Schanghai?»

«Ich gehöre zu der Art. Laß mich nur treiben. Sie sind nicht einer, der sich treiben läßt – das ist die Schwierigkeit.»

«Es wäre aber lustig, sich eine Strecke neben Ihnen treiben zu lassen.»

«Für mich ja. Ich tauge nicht dazu, ganz allein zu treiben.»

«Ich auch nicht.»

Ihre Augen waren geschlossen, ihr Mund ein wenig geöffnet.

«Du mußt in Frankreich küssen gelernt haben.»

«Ich lerne es gerade.»

«Und die Kakteen ringsum machen dir nichts aus?»

«Die werde ich vergessen.»

«Und ich werde mich immer an sie erinnern», sagte sie.

«Großer Gott, horch.»

Der Bootsmann kam wieder heran, durch eine Kakteenhecke tauchte er auf, schlenderte gemütlich näher.

«Er braucht eine Zigarette für das andere Ohr», sagte Judy.

Es war ihm noch ein Bruder eingefallen, den er vergessen hatte und der es wohl übelgenommen hätte, einfach unterschlagen zu werden. Dieser dritte Bruder hätte sich durch bürgerliche Tugenden ausgezeichnet, und so war er Gefängniswärter geworden – aller Wahrscheinlichkeit nach hatten sie ihn sogar schon gesehen in seiner Khakiuniform, ein Gewehr über der Schulter, wie er die Sträflinge bewachte, die in der Kalkgrube auf dem Weg zum Flugplatz Palisados arbeiteten. Bisher hatte er allerdings erst einmal Gelegenheit gehabt, das Gewehr zu gebrauchen, aber er hatte sein Ziel verfehlt. Der Übeltäter war entkommen, doch hatte man ihn am nächsten Tag im Haus einer leichten Frau gefaßt.

«Douglas», sagte Judy, «sollen wir heimfahren und bei mir Tee trinken?»

«Es wäre wohl zivilisierter dort.»

«Und weniger stachelig. Sieh nur den Dorn in meinem Bein.»

«Wir könnten auch etwas zum Abendessen einkaufen, nicht?»

«Ich hab genug vorrätig, um eine wochenlange Belagerung auszuhalten.»

Er wandte sich an den Bootsmann: «Von den übrigen Mitgliedern Ihrer Familie erzählen Sie uns im Boot. Sie haben gewiß auch ein paar Schwestern?»

«Gewiß, Herr – meine Schwestern fett und hübsch.»

Eine Brise war aufgekommen, die Bay war rauh. Das Wasser blubberte gegen die hochschnüffelnde Nase des Bootes. Geduldig, ohne Vorwurf, flatterten die Pelikane von ihren Bojen auf, beschrieben ihre Kreise und kehrten wieder an ihre Plätze zurück.

«Louis und Caroline müssen hier irgendwo liegen», bemerkte Douglas.

«Ich kann sie nicht sehen. Kannst du?»

«Nein, das Wasser ist viel zu tief.» Er sah sie mit halbgeschlossenen Augen in den Wind lächeln. «Wir hätten einen Kaktus mitnehmen müssen, um die Stimmung heimzubringen.»

«Brauch keinen Kaktus», sagte sie. «Hast du einen nötig?»

«Hatte ich nie.»

Sie bezahlten den Bootsmann und gingen zum Wagen. Zwanzig Minuten brauchten sie, um bis zu Judys Wohnung zu gelangen, quer durch die Stadt. Er blieb noch vor dem Eingang stehen.

«Aber du hast nichts für unsere Feier», meinte er. «Anlaß gibt es genug – Erfüllung eines Wachtraumes.»

«Ich hab noch solches Bier mit Geschmack im Eisschrank.»

«Ob wir nicht lieber etwas anderes nehmen? Ich könnte in die Stadt zurückfahren und Gin besorgen.»

«Nimm lieber Rum. Du bekommst welchen in dem Geschäft über die Straße. Ich gehe einstweilen hinauf und richte alles vor.» Sie stieg aus, durchs Fenster rief sie ihm zu: «Aber brauch nicht zu lang, Liebling! Bitte!»

«Zwei Minuten.»

«Ich erwarte dich.»

Er fuhr ein paar hundert Schritte zurück. Der Laden war ein chinesischer Drugstore, sauber wie eine Apotheke, gleich allen dieser Chinesenläden. Eine Serie berühmter amerikanischer Komiker hing als Hampelmänner an einem Draht über dem Ladentisch, und in den Regalen standen unzählige Konserven, Flaschen und Pappschachteln symmetrisch aneinandergereiht. Der Ladenbesitzer hatte ein hageres, runzeliges Gesicht und trug den traditionellen schütteren Chinesenbart. Er wickelt die Rumflasche in ein Stück braunes Papier und drehte den Flaschenhals darein. Ob Douglas vielleicht Aspirin brauche, Fruchtpulver, Zahnpasta, Schokolade ...? Douglas brauchte nichts davon, nein, und er stieg wieder in seinen Wagen, sah sich aber fürsorglich nach allen Richtungen um, bevor er wendete; ein Unfall in diesem Augenblick, das war genau der Trick, den das Schicksal zu spielen liebte. Und mit derselben Vorsicht fuhr er in die Einfahrt des Hauses, parkte den Wagen, zog den Schlüssel heraus. Er nahm die Rumflasche unter den Arm und ging ins Haus. Als er auf den Treppenabsatz kam, trat Judy aus der Wohnungstür. Nach ihrem Ausdruck meinte er zuerst, die Wohnung stünde in Flammen.

«Douglas!»

«Was ist denn los?»

«Louis ist da.»

Er blieb wie angewurzelt auf der Treppe stehen. Er begriff nicht. Fragte sich, ob sie ihn aufzöge.

«Louis?»

Sie trug noch immer den Tennisdress, und ihre Beine waren lang und glatt. Sie sah über die Maßen niedergeschlagen aus.

«Er wartete hier auf der Treppe, als ich hereinkam.»

«Aber er wußte doch nicht, daß du in Jamaica bist.»

«Er hat in Mexiko City erfahren, was mir passiert war. Im Krankenhaus hat man ihm gesagt, ich wäre hier. Er kam heute morgen mit dem Flugzeug, und das Postamt gab ihm meine Adresse.»

«Demnach hat seine Frau ihn wieder verlassen?»

«Nein, er hat ihr gesagt, er müsse geschäftlich nach Jamaica.»

Beide schwiegen sie.

Nach einer Minute fragte er: «Hinauswerfen magst du ihn nicht?» Sie sah ihn traurig an, ohne zu antworten. Da sagte er: «Nein, natürlich kannst du das nicht.»

«Bitte, komm herein, Douglas.»

Er folgte ihr in die Wohnung. Im Vorzimmer stand ein Koffer. Es war ein teurer Lederkoffer, über und über mit Hotelmarken beklebt. Sie traten in das Wohnzimmer. Im selben Augenblick kam Louis aus dem Schlafraum. Er war in Hemdsärmeln und hatte ein Handtuch über den Arm gelegt, als hätte er sich eben abgetrocknet.

Er war klein, dunkelhäutig, hatte fettigschwarzes Haar und die eingesunkene Brust eines Schwindsüchtigen. Er hatte große abstehende Ohren, und seine Nase war grotesk.

Freundlich lächelte er Douglas an.

«Hallo, alter Junge.» Das «alter Junge» klang doppelt merkwürdig, weil er mit fremden Akzent sprach. «Ich hoffe, ich komme euch nicht ungelegen?» Es klang betrübt.

«Durchaus nicht. Wir dachten nur, Sie lägen auf dem Grund der Bay.»

Louis fragte nicht weiter, was gemeint wäre, aber er grinste freundlich. Judy sah immer noch niedergeschmettert aus. Douglas war es leid um sie; sie hatte wirklich nicht die geringste Freude.

«Wie lange bleiben Sie?» fragte er Louis.

«Zwei Wochen, hoffentlich. Hängt von allerhand ab.» Er war wirklich sehr freundlich.

«Na, vielleicht sehen wir uns noch einmal.»

«Du gehst doch nicht, Douglas?» fragte Judy.

«Lieber doch ...»

«Douglas, bitte ...»

«Das kann ich ja dalassen.» Er stellte die Rumflasche auf den Tisch und ging zur Tür. Sie folgte ihm hinaus, schloß die Tür hinter ihm. Beinahe hätte sie geweint.

«Es tut mir so leid.»

«Ist ja nicht deine Schuld.»

«Doch.»

Und plötzlich sagte sie fast wütend: «Ich hab dich doch gewarnt, ja? Ich hab dir gesagt, daß ich zu nichts tauge. Hab dir geraten, mich allein zu lassen.»

«Ja. Ich hätte nicht den Tennisdress wählen sollen.»

Sie sah ihn lange an. Er machte kehrt und ging die Treppe hinab. Unten blieb er stehen, und nach einer Minute hörte er sie langsam in die Wohnung zurückgehen. Die Tür fiel ins Schloß. Er trat aus dem Haus, setzte sich in den Wagen und fuhr die Straße hinunter, nur achtete er jetzt nicht so sorglich auf den Verkehr. Vier Uhr. In die Schule zurückfahren, danach war ihm nicht zumute, so ging er ins Carib Cinema. Dort hatte man es wenigstens kühl. Es lief gerade die Wochenschau, als er eintrat. Dann kam ein amerikanischer Film, es ging um einen Mann, der nach Neuseeland ausgewandert war und nun heimschrieb an das Mädel, das er geliebt hatte; aber er war betrunken, als er den Brief schrieb, und so schrieb er irrtümlich den Namen der Schwester. Die Schwester kam nach Neuseeland, es blieb ihm nichts anderes übrig, er mußte sie wohl heiraten; dann bekamen sie ein Baby, und es gab ein Erdbeben, und er kam zu Geld; und sie fuhren alle heim. Mittlerweile war die Schwester, die er geliebt hatte, Nonne geworden und trug ein beseligtes Lächeln im Gesicht; glücklicherweise war dem Mann inzwischen aufgegangen, daß er Lana Turner in einer reinen, uneigennützigen Weise liebte, und Lana Turner gab durch die Tränen in ihren Augen zu erkennen, daß sie ihn liebte. Es war alles wunderschön, und allen Leuten außer Douglas schien es sehr zu gefallen.

10

Er hatte gehofft, der Klatsch über die Lepra könnte von den Kindern in der Schule ferngehalten werden, aber zwei Tage nach seinem Gespräch mit Mrs. Cooper kam Rosemary zu ihm in die Bibliothek.

«Ist es wahr, Mr. Lockwood, daß John Lepra hat?»

«Nein, Rosemary, das ist nicht wahr», sagte er heftig; dann fragte er, wo sie das aufgeschnappt hätte.

«Ich kann mich nicht mehr erinnern», sagte sie.

«Schön, du wirst dich aber erinnern müssen. Ich will das wissen.»

Sie überlegte.

«Ich hörte zwei darüber sprechen.»

«Wer war es?»

«Alan und noch jemand.»

«Geh und hole Alan.»

Alan wollte nicht recht damit herausrücken.

«Ich hab es eben nur gehört. Und ich weiß ja auch nicht, ob es wahr ist oder nicht.»

Douglas mußte energisch werden, bevor mehr aus ihm herauskam. Schließlich gestand er:

«Nun also: Joe hat es mir gesagt, wenn Sie es unbedingt wissen wollen.»

«Wie lange ist das her?»

«Gestern war es.»

«Hat jemand etwas zu John darüber gesagt?»

«Nein. Er weiß bestimmt nichts davon. Ich ließ es mir nicht im Traum einfallen, ihm etwas zu sagen.»

«Du vielleicht nicht, aber ein anderer könnte es tun. John hat zwar keine Lepra, aber wenn er von diesem Gerede hört, könnte es ihm sehr weh tun. Du kannst allen, mit denen du darüber gesprochen hast, sagen, daß es nicht wahr ist. Und sage ihnen auch, daß sie den Mund halten sollen.»

Er versprach es. Später am Tag ging Douglas in die Garage hinunter und holte sich Joe.

«Bitte, Mr. Lockwood, ich das hören von dem Garagenmann, und der große Lügner. Ich nur Mas' Alan davon sagen, bitte. Und ich nicht behaupten, es sein wahr.»

«Sie sollten etwas nicht nachsprechen, wovon Sie nicht wissen, ob es wahr ist. Sie können großes Unheil anrichten.»

«Ja, Mr. Lockwood, ich gar nichts mehr davon sagen.»

Aber der Klatsch war schon zu weit herumgekommen, und das fand Douglas am nächsten Tag heraus.

Der nächste Tag war ein Donnerstag, der Tag des großen Schulausfluges, der einmal im Jahr unternommen wurde. Ziel des Ausfluges war immer derselbe Ort, eine Kaffeepflanzung in der Talsohle acht Kilometer von der Schule entfernt. Im Jahr vorher hatten die Pawleys und Duffield den Ausflug geleitet, dieses Jahr aber war Douglas an der Reihe. Das war vor der Geschichte mir Mrs. Pawley so geregelt worden, und Pawley hatte durchblicken lassen, daß er selber wohl zu sehr mit Arbeit überlastet sein würde, um an dem Ausflug teilzunehmen, seine Frau es aber mit Vergnügen täte. Jetzt ergab es sich indessen, daß nicht näher bezeichnete Pflichten auch Mrs. Pawley in der Schule festhielten. Douglas mußte den Ausflug allein leiten. Es würden nur achtzehn von den Kindern daran teilnehmen, weil den sieben jüngeren eine Wanderung über sechzehn Kilometer nicht zuzumuten war.

Sie versammelten sich um zehn Uhr, mit belegten Broten ausgerüstet, vor dem Haupthaus. Es war ein schöner Morgen, und Morgan sagte gutes Wetter für den ganzen Tag voraus. Der Abmarsch wurde von Pawley fotografiert, der es zum Brauch erhoben hatte, derartige Ereignisse für das Schulalbum mittels einer vorsintflutlichen Klappkamera festzuhalten. Sie marschierten auf die Erhebung hinter der Farm los.

Silvia war unter den Teilnehmern des Ausfluges. Während der letzten Tage hatte sie sich keinerlei Sabotageakte zuschulden kommen lassen, war pünktlich zum Unterricht gekommen und hatte ihre Hausaufgaben gemacht, aber aus ihrem Gehabe ließ sich nicht schließen, daß das Feuer ihres Rebellentums ausgebrannt war. Vermutlich schwelte es unter der Asche. Seit der Geschichte mit Norah war der allgemeine Entschluß, Silvia kaltzustellen, schwankend geworden. Die Kinder sprachen jetzt mit ihr, wenn sich die Notwendigkeit ergab, und ein oder zwei schwächere Charaktere zeigten sogar eine diensteifrige Freundschaft. Sie glaubten laut feierlicher Versicherung und vielleicht sogar wirklich, daß Silvias Freund existierte und daß jener Vorfall von neulich ihn nur irgendwie hinderte, wieder aufzutauchen.

Diese zwei hatte sie um sich, als man den Marsch antrat. Sie gingen gerade hinter Douglas, und so hörte er Silvia prahlen, und zwar mit der größten Selbstverständlichkeit, daß sie schon alles wisse, was es über eine Kaffeepflanzung zu wissen gebe. Sie war einmal von ihrem Freund in eine gebracht worden, der nebenbei auch ein paar Plantagen besaß. Da war sie denn ein Ehrengast gewesen, hatte auf der Veranda des Direktorhauses gesessen und Rum getrunken.

Douglas ging mit John und Rosemary, die, weil er ihr Tutor war, gerne zeigten, daß sie gewisse Eigentumsrechte auf ihn besaßen. Man war kaum mehr als einen halben Kilometer unterwegs, als John sich umwandte und über die Schulter zu Silvia sagte:

«Hör auf, Steine nach mir zu werfen.»

«Hab keine Steine nach dir geworfen.»

«Doch, du hast.»

Wahrscheinlich hatte Silvia nicht absichtlich Steine nach ihm geworfen, aber jetzt empfand sie, daß sie der Beschuldigung gewachsen sein mußte. Einen Augenblick später traf ein Stein John an der Wade.

«Ich hab dir gesagt, du sollst aufhören», sagte John. In Douglas' Gegenwart leistete er sich einige Entschiedenheit.

«Geh halt woanders, wenn du's nicht magst», trotzte Silvia.

«Geh du doch woanders.»

«Ich geh, wo's mir paßt.»

Douglas sagte ihnen, sie sollten aufhören mit ihrem Gezänk, und man wanderte weiter. Dann mußte wieder ein Stein John getroffen haben, denn er blieb plötzlich zurück. Douglas plauderte gerade mit Rosemary; jetzt hörte er ein Geschrei, wandte sich um und sah John und Silvia sich balgen. Sie hörten damit nicht auf, als er sie anrief, und so ging er zurück, trennte die beiden und sagte ihnen, sie sollten sich anständig betragen, sonst werde er sie beide zurückschicken. Das war der Anlaß zu einem Zank, wer begonnen hätte. Douglas hieß sie schweigen. Wütend sahen sie einander an. Dann sagte Silvia voll Gift:

«Ich weiß gar nicht, wie es mir einfallen konnte, dich anzurühren. Du bist ein schmutziger Aussätziger. Jetzt werd ich wohl auch die Lepra kriegen.»

John mochte das nicht viel bedeuten, er hatte Silvias boshafte Anschuldigung wohl schon früher gehört, aber Douglas sagte es eine Menge. Er wies John und die andern an weiterzugehen, Silvia aber befahl er, in die Schule zurückzukehren.

«Das war überaus häßlich, was du gesagt hast – du verdienst nicht, mit den anderen Kindern zusammen zu sein.» Er war über die Maßen erbittert. Nur selten hatte er in der Schule die Selbstbeherrschung verloren, und noch seltener hatte er es gezeigt; jetzt aber war es eindeutig geschehen. «Du kannst Mrs. Morgan sagen, daß ich dich zurückgeschickt habe. Bitte sie, dir etwas zu essen zu geben.»

«Ich will nicht zurückgehen», sagte Silvia. Sie hob den Kopf und schickte sich an weiterzugehen.

Douglas trat ihr in den Weg.

«Du kommst nicht mit auf diesen Ausflug. Wenn es nötig ist, lasse ich dich von anderen Kindern zurückbringen.»

In ihren Augen brannte der Haß, und doch war gleichzeitig etwas wie Triumph in ihnen – vielleicht der Triumph, ihn in Wut versetzt zu haben. Ihm fiel ein, daß sie sich weigern konnte und daß er dann in die peinliche Lage geriet, seine Drohung ausführen zu müssen; aber sie lächelte mit einer gefährlich unbesiegten Miene und sagte:

«Schön, ich mach mir ja weiter nichts aus Ihrem Ausflug.» Drehte sich um und ging.

Als er die anderen Kinder wieder eingeholt hatte, kam John heran.

«Es war auch meine Schuld, Mr. Lockwood», gestand er reuig. «Ich tat so, als ob ich sie schlagen wollte, und sie hat gemeint, ich wollte es wirklich. So begann die Rauferei.»

«Es war töricht von euch beiden.»

«Warum haben Sie sie zurückgeschickt? Weil sie mich einen Aussätzigen genannt hat?»

«Es war abscheulich, so etwas zu sagen.»

«Sie glauben doch nicht, daß sie es ernst meinte –?»

«Sprich keinen Unsinn, John», sagte Douglas. «Du bist doch allmählich an Silvia gewöhnt, wie?»

Die Kaffeepflanzung lag an einem Bergbach. Ein Teil des Wasserlaufes war quer durch das Hauptgebäude der Pflanzung gelenkt und diente dazu, die Bohnen zu waschen; dann wurden die Bohnen auf den flachen, hartgestampften Terrassen ausgebreitet, um in der Sonne zu trocknen. Eine Regenwolke zog über das Gelände hin. Der Leiter der Pflanzung pfiff, und ein Halbdutzend Neger setzte sich in Bewegung, die Bohnen in Schutzhütten zu schaufeln. Aber die Wolke zog vorbei, ohne Regen zu geben. Jetzt blies der Pflanzer zweimal in sein Pfeifchen. Die Leute schaufelten die Bohnen wieder heraus, bedeckten die Terrasse mit einer gleichmäßigen Bohnenschicht.

Der Leiter der Pflanzung war ein Jamaicaner mit einem weißhaarigen Wuschelkopf und einem freundlichen braunen Gesicht, das den sonnengerösteten Bohnen nichts nachgab. Er führte die Kinder in die Fabrikhallen, um ihnen die Maschinen zu zeigen – eine, die mißförmige Bohnen aussonderte, die den verwöhnten Liebhabern besten Blue Mountain-Kaffees mißfallen hätten, eine andere, die den

Restbestand nach acht verschiedenen Größen sortierte. Dann wanderten sie alle durch die Baracke, in der nette, dicke Negermädchen eine letzte Prüfung vornahmen, die Bohnen durch ihre Finger laufen ließen – und hernach saßen sie am Bach, aßen ihre mitgebrachten belegten Brote, und der Farmer schickte ein Tablett mit frischem, selbstbereitetem Zitronensaft. Man war mit dem Imbiß noch nicht zu Ende, als die Pfeife des Pflanzers wieder ertönte. Eine Wolke verdeckte die Sonne, und bald begann es zu regnen. Nach Morgans Prognose, das Wetter würde sich halten, hätte man darauf gefaßt sein müssen.

Sie suchten in der Faktorei Schutz. Der erste Guß dehnte sich zu einem ruhigen, steten Regenfall aus, der Himmel überzog sich mit gleichförmigem Grau. Sie warteten eine halbe Stunde, dann wurde beschlossen, in den Nieselregen hinauszugehen und heimzuwandern. Es war ein steiler Weg, aber die Kinder waren guter Dinge und noch recht munter.

Douglas war nicht so gut gelaunt; er war aufgeregt wegen John und besorgt um Silvia. Sie konnte es sich zu Herzen genommen haben und durchgebrannt sein. Er erinnerte sich des Ausdrucks von Haß und Triumph in ihren Augen. Er hätte sie mit Begleitung zurückschicken müssen – direkt zu Pawley; so hätte er die Verantwortung ihm aufgehalst. Es war ihm unlieb, daß ihm das nicht rechtzeitig eingefallen war. Aber nachträglich etwas zu wünschen, damit war nichts getan. Er beschloß, an etwas anderes zu denken, Judy fiel ihm ein, und er fragte sich, was sie wohl in diesem Augenblick mit Louis triebe. Wahrscheinlich regnete es auch in Kingston, sie würden also zu Hause sitzen. Er dachte an die gemütliche kleine Wohnung, die Küche mit dem Eisschrank und an den Lebensmittelvorrat, der eine Belagerung aushielt, an das Schlafzimmer und die goldene Glätte von Judys Beinen ...

«Woran denken Sie, Mr. Lockwood?»

«Ich hoffe, daß sich keiner von euch eine Lungenentzündung holt.»

«Nun, ich schon einmal nicht. Ich hab Regen schrecklich gern.»

«Es tropft dir aus den Haaren. Du siehst wie eine Meerjungfrau aus.»

«Ich glaub aber gar nicht an Meerjungfrauen.»

«Solltest du aber. Es ist gut, an manche Dinge zu glauben.»

Als sie sie Schulfarm erreichten, sahen sie Morgan zwischen den Grapefruitbäumen herumwerken. Er hatte einen schwarzen Südwester auf und war in einen ungeheuren schwarzen Mackintosh gehüllt.

«Zu schade, daß ich Sie nicht doch noch vor dem Weggehen traf», verkündete er. «Ich habe noch einmal nach dem Barometer gesehen. Ich hätte Ihnen diesen Wolkenbruch vorhersagen können. Für die Farm bin ich natürlich froh darüber.»

Sie waren jetzt bis auf die Haut durchnäßt. Sie tropften die ganze Halle des Haupthauses naß. Er trieb die Kinder die Treppe hinauf, damit sie schleunigst ein Bad bekämen, und lief in die Küche, um für kräftigen Tee zu sorgen. Dann stieg auch er in den Oberstock, suchte Mrs. Morgan und fragte, ob sie Silvia gesehen hätte.

«Ja, die ist zurückgekommen, Mr. Lockwood. Warum, das wollte sie nicht sagen. Ich dachte, sie wäre krank, denn sie mochte nichts essen. Sie saß den ganzen Tag in der Bibliothek.»

«Ist sie noch dort?»

«Ich denke wohl.»

Er ging hinunter und warf einen Blick in die Bibliothek. Silvia saß an einem Tisch und las. Sie blickte auf, erkannte Douglas und wandte sich sofort wieder ihrem Buch zu. Er empfand eine tiefe Beruhigung. Vielleicht war ihr Rachebedürfnis durch den Regen und durch die Tatsache, daß sie alle so naß geworden waren, gestillt. Er schloß die Tür wieder und ging in die Küche, um sich eine Tasse Tee zu besorgen. Ivy sah seine nassen Kleider, begann zu kichern, und die Qual der Selbstbeherrschung vertrieb sie in die Abwaschkammer. Als sie dann wieder auftauchte, bat er sie, in seinen Bungalow zu laufen, ein Handtuch und einen Anzug zum Wechseln zu holen, damit auch er ein heißes Bad nehmen könne. Sie zog ihren Mackintosh an und trabte davon, ihr plumper Körper bebte noch vor unterdrückter Lachlust. Er trug seinen Tee ins Eßzimmer und sann darüber nach, was wohl geschehen wäre, wenn Louis vorgestern nicht aufgetaucht wäre. Wie lange würde das Glück vorgehalten haben? Lange Zeit vielleicht – bis Louis dann eines Tages doch auf der Bildfläche erschien. Louis würde immer irgend einmal auftauchen ... Douglas war gerade mit seinem Tee fertig, als Ivy zurückkam. Sie brachte nichts von allem, was er verlangt hatte. Sie kicherte auch nicht mehr. So verschreckt sah sie aus, als wäre sie in ein ganzen Bataillon von Geistern hineingelaufen.

«Was ist denn los, Ivy?»

Sie konnte kaum sprechen.

«Jemand war in Ihre Bungalow, Sir.»

«Wieso, was meinst du?»

«Ja, bitte, Sir. Jemand war da.»

Mehr war aus ihr nicht herauszubringen. Er ließ sie stehen, trat aus dem Haupthaus und ging den Grashang hinab. Der Boden war schlüpfrig, er mußte behutsam sein. Die Tür des Bungalows stand weit offen – Diebe gab es hier oben nicht, er war gar nicht gewöhnt, abzuschließen. Er trat ein, und dann stand er wie angewurzelt.

Er mußte stehenbleiben, denn es war einfach kein Platz da, um zu gehen. Noch nie hatte er einen Raum in so unausdenkbarer Verwirrung gesehen. Es sah aus, als ob ein Tornado gewütet hätte. Was sich nur umstürzen ließ, lag auf dem Boden. Die Diele war ein Chaos von zerrissenen Papieren, Bettwäsche und zerbrochenes Glas. Alle Schubladen waren herausgeogen und ausgeleert. Das Grammophon lag offen inmitten zerschlagener Platten. Das Nachtkästchen war umgestürzt. Vom Tisch war alles heruntergefegt worden. Eine Flasche Rum war an den Kacheln des Kamins zerschmettert.

Eine Minute lang blickte er verstört um sich. Dann trat er an sein Bett. Die Matratze war herausgerissen, er setzte sich auf die bloßen Federn. Jetzt war er abgekühlt und begann in seinen nassen Kleidern zu schauern.

Bald bemerkte er, daß jemand etwas mit einem Rotstift an die Wand neben dem Bett geschrieben hatte. Die Buchstaben waren groß, aber er mußte aufstehen und nähertreten, bevor er sie entziffern konnte. Die Aufschrift lautete:

«Lieber Mr. Lockwood, ich hoffe, der Ausflug war schön.
Silvia»

Und darunter hatte sie mit großen Buchstaben, von einem Rufzeichen gefolgt, das abscheulichste Wort geschrieben, das sie kannte. Auch Douglas selbst hätte kein obszöneres gewußt.

Nach dem heißen Bad bewilligte er sich einen steifen Grog, den ihm Mrs. Morgan bereitete, und dann ging er in Pawleys Bungalow. Pawley ließ seine Frau im Wohnzimmer und führte Douglas ins Büro. Mit gewohnter Geduld hörte er sich den Bericht an.

«So», schloß Douglas, «und jetzt werden Sie Silvias Vater doch wohl bitten, sie wegzunehmen.» Das war es doch offenbar, was Pawley wünschte, und so konnte man es schließlich auch selbst vorschlagen.

Es war indessen keineswegs das, was Pawley wünschte. Nach einer langen Pause, in der er sich Zeit nahm, das Problem von allen Seiten zu betrachten, sagte er:

«Ich bin enttäuscht, Lockwood, daß dies Ihr Vorschlag ist. Es erscheint mir eher als ein Eingeständnis der Niederlage.»

Das wäre wohl auch Douglas' Meinung gewesen, aber er hätte nicht das Gefühl gehabt, die Stellung noch verteidigen zu können. War auch nicht ganz überzeugt, daß er sie ernstlich zu verteidigen wünschte; im Augenblick war er freudig bereit, ein paar Flaschen Rum draufzugeben, wenn er Silvia loswurde.

«Tut mir leid», sagte er, «aber ich könnte mir vorstellen, daß Sie zu guter Letzt den Glauben an sie verloren haben – oder zum mindesten den Glauben an mich.»

Pawley machte seine ermutigendste Miene.

«Aber ich fordere doch kein Wunder von Ihnen! Nun, vielleicht ist es doch zuviel verlangt, wenn ich noch mehr Geduld von Ihnen erwarte. Sie haben wohl auch fühlbare Verluste erlitten. Natürlich werde ich von dem Vater Silvias verlangen, daß er sie entschädigt – mittlerweile können wir ja aus den Beständen der Schule aushelfen –, aber eine Menge Unbequemlichkeit schaut dabei doch für Sie heraus.»

«Daran liegt mir weiter nichts», versicherte Douglas. «die meisten von den ruinierten Sachen gehörten der Schule. Ich besitze ja kaum etwas außer der geringen Garderobe, die ich aus Europa herübergebracht habe.»

«Immerhin ...», räumte Pawley mitleidig ein. Das war einer seiner psychologischen Schachzüge, direkt aus seinem Rezeptbuch für Menschenbeeinflussung, Menschenlenkung. Und es gelang ihm gut, Douglas zu beeinflussen.

«Ich bin durchaus bereit, es noch einmal mit Silvia zu versuchen. Doch brauche ich dabei Ihre Hilfe. Wenn ihr nächster Streich ein Mordanschlag gegen Mrs. Morgan ist, so möchte ich die Verantwortung nicht allein tragen.»

«Haben Sie jemals bei mir einen Mangel an Verantwortungsfreudigkeit beobachtet?» fragte Pawley etwas vorwurfsvoll.

«Keineswegs, aber ich möchte Ihre Meinung wissen, was wir nun mit Silvia anfangen sollen. Haben wir sie zu bestrafen?»

«Pawley zog seine Stirn kraus.

«Wir müssen die Köpfe zusammenstecken. Was ist Ihre Ansicht?»

«Nun ja, ich kenne alle Argumente, die für eine Bestrafung sprechen», sagte Douglas. «Läßt man ihr diese Sache durchgehen, so tut sie es wieder. Bestrafen wir sie nicht, so wird sie uns zutiefst verachten. Ich höre den ganzen Chor der Pädagogen, der dafür stimmt, die Kleine so zu züchtigen, daß sie eine Woche lang nicht sitzen kann. Wahrscheinlich ist auch etwas daran.»

«Und halten Sie das für die Lösung?» fragte Pawley und schielte hintergründig.

«Jedenfalls ersparen wir uns damit in Zukunft eine Menge zerbrochener Grammophonplatten.»

«Und helfen wir damit Silvia?»

«Möglicherweise. Vielleicht war ihre frühere Schule nicht hart genug. Dort sperrte man sie in ihr Zimmer, vergaß aber, das Fenster zu vergittern. Vielleicht müßte man sie in eine Besserungsanstalt schicken. Irgendwohin, wo die Leute hart genug sind, dieses Füllen zu brechen.»

«Sollen wir das ihrem Vater empfehlen?» fragte Pawley, als spaßte er. «Sollen wir das Haupthaus schließen und zugeben, daß wir die ganze Zeit über auf dem falschen Weg gewesen sind?»

«Warum nicht? Wenn wir es nicht tun, möchte ich jedenfalls gerne wissen, was ich Silvia sagen soll und wie.»

Pawley lächelte zuversichtlich und sagte ermunternd:

«In diesem Punkt brauche ich Ihnen doch keinen Rat zu geben. Da kommt es nur auf Ihr persönliches Fingerspitzengefühl an. Und ich weiß, Lockwood, daß ich mich da ganz auf Sie verlassen kann – absolut.»

Douglas hatte selten in seinem Leben so wenig das Gefühl gehabt, sich auf sich selbst verlassen zu können, absolut; eine Menge guter pädagogischer Prinzipien hätte er jetzt bereitwillig über Bord geworfen, wenn ihm dafür das erbärmliche Strafregister der andern zur Verfügung gestanden hätte; aber nun war die Situation geklärt, er hatte es übernommen, den fortschrittlichen Weg zu beschreiten, und so sandte er nach Silvia. Was er ihr sagen würde, war ihm selber noch nicht klar. Sein Ärger war verraucht, er war jetzt höchstens nervös bei dem Gedanken, diese Auseinandersetzung zu verpfuschen. Tatsächlich war er als kleiner Junge kaum nervöser gewesen, wenn eine Sache aufgeflogen war und sein Name nach dem Gebet verlesen wurde, daß er draußen an der Tür des Hausmeisters warten sollte.

Er sagte sich, daß auch Silvia nervös sein mußte. Aber sie gab sich jedenfalls verzweifelte Mühe, es nicht zu zeigen. Auf seinen Ruf hin kam sie sofort, wohl um zu demonstrieren, daß sie nicht feig sei und weder Schuldgefühl noch Verlegenheit empfinde. Er war gerade damit beschäftigt, ein klein wenig Ordnung zu machen. Sie stand frech in der Tür, und er fuhr mit seiner Arbeit fort, als ob auch ihn die Sache nicht allzuviel anginge.

«Jetzt haben Sie endlich einen vernünftigen Grund, mich aus der Schule auszuschließen», sagte sie.

«Gründlich gearbeitet hast du allerdings nicht», sagte er. «Mir ist eingefallen, daß du vielleicht das Versäumte noch nachholen möchtest.» Er zog eine heile Grammophonplatte aus dem Trümmerhaufen und hielt sie ihr hin. Sie nahm sie nicht, also sagte er: «Vorwärts, ich möchte sehen, wie du aussiehst, wenn du so ganz im Zuge deiner Zerstörungswut bist.»

Lächelnd nahm sie die Grammophonplatte und ließ sie leicht auf den Boden fallen. Die Scheibe zerbrach in mehrere Stücke.

«Gut», sagte er. «Aber viel Wut war nicht dabei. Versuch es noch einmal.» Er richtete einen umgestürzten Stuhl auf und schob ihn ihr hin.

«Ich hab alles getan, was ich wollte», wehrte sie ab.

«Nicht mehr in Stimmung? Ich bin enttäuscht. Schau nur, du hast sogar vergessen, meinen Anzug zu zerreißen. Eine feine Wut hätte ich gehabt, wenn ich so naß nach Hause gekommen wäre und keinen Anzug zum Wechseln gefunden hätte. Wie konnte dir das nur entgehen?»

«Ich konnte nicht an alles denken», sagte sie mit einem Achselzucken. «Zuviel Mühe.»

«Schön, warum hast du es dann überhaupt getan? Ist dir das auch nur im entferntesten klar?»

Sie lächelte geringschätzig, antwortete aber nicht.

«Doch offenbar nicht, weil dir der Besuch der Kaffeepflanzung entgangen ist? Du hast doch selbst gesagt, daß dir nichts daran gelegen wäre?»

«Weil Sie mich zurückgeschickt haben und nicht John. Das war nicht gerecht.»

«Wie würde dir das wohl gefallen, wenn man dich eine Aussätzige nennen wollte?»

«John ist aber einer.»

«Er ist das keineswegs. Und du hättest viel Übles damit anrichten können, daß du ihn so genannt hast.»

«Das ist mir egal.»

«Vielleicht ist *dir* das egal, nicht aber mir, denn ich habe hier an alle Kinder zu denken, nicht nur an dich. Was hättest du wohl in meiner Lage getan?» Sie zuckte wieder die Achseln, und er fuhr fort: «Wenn du mich fragst, so will ich dir sagen, daß du nicht darum hier alles durcheinandergeworfen hast. Du hast es getan, um mir zu zeigen, daß du mich haßt.»

«Ich hasse Sie gar nicht», antwortete sie gleichmütig.

«Doch, du bist voll Haß gegen mich, weil du mich nicht dazu bringen kannst, dich zu bestrafen. Und du wirst mich jetzt noch mehr hassen, weil ich dich wieder nicht bestrafe. Ich biete dir nichts, wo du einhaken kannst. Keine Chance, dich wichtig zu fühlen.»

«Ich weiß nicht, was Sie meinen.»

«Du wirst es wissen, wenn du darüber nachdenkst. Jetzt hör um Himmels willen auf, dieses verdammt überlegene Gesicht zu schneiden. Setz dich dort auf das Bett.»

Sie zögerte. Dann schritt sie hochmütig durch das Zimmer und nahm Platz.

«Sag, gönnst du dir nie eine Ruhepause von deiner Wichtigkeit? Erholst du dich nie?»

«Ich bin nicht müde, ich fühle mich ganz wohl, danke.»

«Du mußt doch nicht für den Fotografen posieren! Mach dir's gemütlich. Leg dich hin, wenn du magst.»

«Ich mag aber nicht.»

«Laß dich doch ein wenig gehen. Schau nur deine Finger einmal an.» Unwillkürlich sah sie danach, blickte aber sofort wieder weg. «Gespannt wie ein Fiedelbogen! Und ebenso sind die Muskeln in deinem Gesicht. Wie kannst du denn jemals du selbst sein, wenn du immer so verkrampft bist?» Darauf antwortete sie nicht. «Oder magst du gar nicht du selbst sein?» Er hob eine Schublade vom Boden auf und schob sie wieder in den Tisch zurück.

Eine ganze Minute verstrich, dann sagte er: «Weißt du, es muß eine ordentliche Mühe gekostet haben, dieses Zimmer so durcheinanderzubringen. Ist dir jemals der Gedanke gekommen, daß uns allen nur eine gewisse Summe Energie zur Verfügung steht, die wir in unserem ganzen Leben auszugeben haben? Es lohnt schon, darüber nachzudenken, wie wir sie am besten anwenden. Manche Leute tun es, indem sie Schiffe bauen, andere, indem sie schöne Bilder malen oder Filme machen, und wieder andere ganz einfach, indem sie glücklich sind. Du aber, du vergeudest hier deine Kraft darauf, Eindruck auf ein paar Kinder und Schulmeister zu machen. Du willst ihnen zeigen, wie großartig du bist – und dabei versäumst du die Zeit, großartig zu sein.»

«Dummes Zeug», sagte Silvia. Dabei sah sie unauffällig nach ihren Fingern, ob sie vielleicht entspannt wären.

«Du mußt zugeben, daß die andern Mädchen hier nicht hinter Autofreunden herlaufen und Zimmer verwüsten. Wie erklärst du das?»

«Die trauen sich nicht.»

«Vielleicht wollen sie gar nicht. Die müssen sich nicht immerfort aufplustern wie du. Vielleicht werden sie eines Tages von selber die Aufmerksamkeit auf sich ziehen, wenn sie Erfolg haben und interessant sind, und du wirst immer noch überall Bonbons verteilen müssen, damit jemand behauptet, daß er dich gern mag.»

Sie errötete.

«Wer hat das gesagt? Das ist eine gemeine Lüge.»

«So? Na, tut auch nichts. Du hast noch alles Mögliche andere unternommen, nur um dich bemerkbar zu machen. Es wundert mich bloß, warum du dich nicht noch mehr getraut hast. Warum hast du nicht einfach meinen Bungalow angezündet, statt mühselig alle Schubladen auszuleeren? Es wäre doch viel eindrucksvoller gewesen.»

«Ich würde es getan haben, aber es ist mir nicht eingefallen.»

«Möchtest du es nicht jetzt versuchen?» Er warf ihr eine Schachtel Streichhölzer aufs Bett.

«Wozu? Sie sind ja da und werden mich hindern.»

Er kehrte ihr den Rücken zu und begann den Boden aufzuwischen. Silvia saß regungslos auf dem Bett und gönnte den Streichhölzern keinen Blick. Er hatte gewußt, daß er sich in dieser Hinsicht auf sie verlassen konnte. Ihr Stolz würde ihr nie erlauben, etwas zu tun, wenn der Gedanke von ihm kam.

«Donnerwetter», sagte er plötzlich, «Was ist denn das hier?» Er hatte den Elefanten aus den Scherben zerbrochenen Geschirrs herausgelesen. «Das nennt man Glück haben! Nicht zerbrochen, nicht einmal die Stoßzähne.» Er zeigte ihn ihr. «Hast du ihn absichtlich verschont?»

Sie starrte den Elefanten ärgerlich an. «Warum hätte ich das tun sollen?»

«So oder so, es freut mich, daß er nicht zu den Opfern gehört.» Er stellte ihn auf den Tisch, gerade so, daß er nach dem Fenster sah. «So ist es richtig.»

«Was tun Sie denn da?» Sie bemühte sich, ihr Interesse nicht durchblicken zu lassen.

«Der Elefant ist mein Talisman. Es heißt, daß er mir Glück bringt, wenn sein Rüssel nach dem Fenster zeigt. Blödsinnig, nicht? Du bist wahrscheinlich schon seit Jahren über dergleichen Quatsch hinaus.» Sie schwieg. «Natürlich ist es Quatsch. Er hat heute auch nach dem Fenster gezeigt – und da hat man die Bescherung.»

«Haben sie jemals daran geglaubt?» Es sollte höhnisch klingen.

«Vielleicht doch. Ich hab ihn behalten, zur Sicherheit.»

«Wie kindisch», sagte sie. Es entging ihm nicht, daß die Geschichte doch Eindruck gemacht hatte. Vielleicht erschien er ihr zum erstenmal menschlich.

Er lachte. «Auch in meinem Alter ist man noch nicht frei von dem Wunsch, daß alles besser ginge, als es wirklich geht.» Er hob seinen

Patentbleistift vom Boden auf und untersuchte ihn. «Du mußt draufgetreten sein. Glaubst du, daß wir den jemals noch in Ordnung bringen?»

Er reichte ihn ihr hin. Sie hielt ihn eine Minute lang in der Hand und sah ihn an. Dann schien ihr plötzlich aufzugehen, was sie tat, und sie legte ihn hastig auf das Bett.

«Bilden Sie sich nur nicht ein, daß mir leid tut, was ich getan habe. Dazu bringen Sie mich nicht», sagte sie.

«Du lieber Himmel, warum sollte es dir leid tun? Du hast irgendeinen Grund gehabt, dieses Zimmer durcheinanderzubringen. Also kann es dir nur leid tun, daß du nicht mehr angerichtet hast.»

Er machte kehrt und ging daran, die Schriftsachen zu sortieren. Mit einem Seitenblick bemerkte er, daß sie zu der Schrift an der Wand hinübersah. Er richtete seine Augen auf sie, und da sah sie hastig weg. Eine Minute später, als er quer durchs Zimmer ging, um zerrissenes Papier in den Korb zu stopfen, deutete er mit dem Kopf nach der Wand und sagte: «Deine Schrift ist miserabel, nebenbei bemerkt. Lies mir das einmal vor.»

«Warum sollte ich?»

«Du hast es doch für mich dahin geschrieben, nicht?»

«Wenn Sie wollen, mir macht es nichts aus, vorzulesen», erwiderte sie mit einer gewissen Bravour.

«Also, vorwärts!»

Sie las den Satz, ließ aber das Wort am Ende aus.

«Du bleibst ja stecken», sagte er. «Es steht doch noch etwas darunter.» Er warf einen Blick nach der Wand. Da sie nichts äußerte, trat er näher, sah sich das Wort an, lachte und fragte: «Was ist denn los? Kannst du es nicht aussprechen?»

Sie saß verlegen da.

«Probier's einmal!»

Sie schüttelte den Kopf.

«Na, dann werde ich es für dich aussprechen.» Er tat es. Sie wurde plötzlich scharlachrot. Ihre Verlegenheit überraschte ihn – so hatte er sie noch nie gesehen. Er lachte wieder. «Du lieber Himmel, das Wort ist so alt wie die Berge da drüben.»

Jetzt fragte sie mit unsicherer Stimme: «Wissen Sie eigentlich, warum ich aus meiner letzten Schule ausgeschlossen wurde?»

«Ich dachte, weil du lauter Unfug getrieben hast.»

«Dafür hätten sie mich nicht ausgeschlossen. Nur weil ich dieses Wort gesagt habe.»

«Komisch, daß die Leute es so gar nicht leiden können», bemerkte er. «Du weißt doch wohl, was es bedeutet?»

«Ich denke doch.» Es klang nicht sehr sicher.

«Du weißt doch, was Männer und Frauen tun, damit sie Kinder kriegen, wie?» Sie nickte wieder, von neuem errötend. «Nun, das bedeutet es. Komisch, tausend Leute bekommen Kinder, jeden Tag, und doch will man nicht, daß du das Wort gebrauchst. Hier wird sich niemand aufregen, wenn du es tust. Du kannst auf meine Veranda hinausgehen und es mit voller Lungenkraft hinausschreien, wenn du willst. Mir wäre es lieber, als daß du meinen Patentbleistift ruinierst.» Er sah nach seiner Uhr. «So, jetzt kannst du wieder gehen.» Sie stand nicht auf, also sagte er: «Vorwärts, fort mit dir! Du stehst mir im Weg.»

Sie verschwand; aber es waren noch keine fünf Minuten vorüber, als er sie wieder auf der Veranda hörte. Sie tauchte in der Türe auf.

«Was ist denn jetzt wieder los?»

«Ich will Ihnen aufräumen helfen.»

«Ich brauche keine Hilfe. Beeile dich, sonst kommst du zum Essen zu spät.»

«Es tut mir leid, daß ich das getan habe.»

«Überleg dir das bis morgen. Vielleicht änderst du deine Meinung wieder bis dahin.»

«Nein, ich werde meine Meinung nicht ändern. Es war eklig von mir.»

«Du möchtest also jetzt bestraft werden? Schön, geh und schreibe einen Aufsatz über intelligenten Energieaufwand. Auf jeden Fall aber geh.»

Sie blieb in der Türe stehen.

«Wenn mir das einer täte, würde ich ihm nie verzeihen.»

«Was meinst du mit ‹verzeihen›?»

«Ich würde nie wieder gut mit ihm sein.»

«Wir waren doch niemals gut miteinander», erwiderte er. «Also spielt das doch keine Rolle.»

«Sie müssen mich verabscheuen.»

Er lachte. «Ich finde, du gehst einem konzentriert auf die Nerven, und für heute hab ich wahrhaftig genug von dir. Jetzt lauf und überleg dir was Neues, womit du mich ärgern kannst.» Und da sie sich immer noch nicht rührte: «Vorwärts, verschwinde!»

Sie verschwand aber nicht, und er mußte ihr die Tür vor der Nase zumachen, bevor sie widerwillig abzog.

Am nächsten Morgen kam John zu Douglas in die Bibliothek. Er sah bedrückt aus.

«Mr. Lockwood, ich bin doch nicht aussätzig, nicht wahr?»

«Natürlich bist du das nicht. Du denkst doch hoffentlich nicht mehr über das dumme Zeug nach, das Silvia da zusammengeredet hat?»

«Ein paar von den andern wissen auch davon. Ich habe sie im Baderaum davon reden hören.»

«Achte nicht darauf. Purer Unsinn.»

John schien nicht ganz befriedigt. Mißtrauisch fragte er:

«Erinnern sie sich, alle aus meinem Schlafzimmer mußten zu einer ärztlichen Sonderuntersuchung. Möchte wissen, ob das etwas damit zu tun hatte?»

«Doch, das hatte es», sagte Douglas. «Irgendwo war ein Gerede, es gäbe hier Lepra. Geglaubt haben wir es nicht, aber wir wollten volle Sicherheit haben. Es hat nicht gestimmt.»

«Und Sie glauben auch nicht, daß in meiner Familie Lepra war?»

«Du würdest hier nicht herumlaufen, so ganz unbehindert, wenn es so wäre. Schlag dir das aus dem Kopf, John. Das Gerede wird von selber aufhören.»

Douglas berichtete Pawley darüber, und der sprach nach Tisch zu den Kindern über dieses völlig unbegründete Gerücht. Ein guter Sprecher war er nicht, und was er sagte, klang nicht übermäßig überzeugend; aber die Kinder hatten ihrerseits Takt, und wenn eines von ihnen an das Gerücht glaubte und in der Folgezeit eine Berührung mit John vermied, so war es behutsam genug, es nicht auffällig zu tun.

II

Mittwoch war sein freier Tag, und er fuhr nach Kingston hinunter, nahm sich aber fest vor, Judy auszuweichen. Den ganzen Vormittag trieb er sich in allerlei Läden herum, nach dem Essen aber fiel ihm ein, daß er sich wie ein trotziges Kind benahm, wenn er gar nicht in der Wohnung anklopfte, und so entschloß er sich, es zu tun. Wahrscheinlich hatte er in seinem Unterbewußtsein die ganze Zeit über gewußt, daß er es tun würde.

Louis war an der Tür. In Hosenträgern. Er zeigte sich als guter Kamerad, legte Douglas den Arm um die Schultern, nannte ihn alter Freund und lud ihn auf einen Schnaps ein, bis Judy käme. Judy hatte die Arbeit wieder aufgenommen, arbeitete aber fürs erste im Büro. Sie mußte jeden Augenblick heimkommen. Louis ging in die Küche, um ein paar Eiswürfel zu holen, ganz, als ob er von jeher in dieser Wohnung zu Hause wäre. Als er wieder hereinkam, zeigte er auf das Lignum vitae und bemerkte:

«Das ist Judys Lieblingsbaum, alter Junge.»

«Sie hat es mir gesagt.»

«Dachte es mir.» Er lächelte freundschaftlich. «Ich bin herrlich froh, daß sie hier einen so guten Freund wie Sie gefunden hat. Sie hat mir erzählt, was sie für sie getan haben. Ich bin Ihnen schrecklich dankbar.» So aufrichtig war das gemeint, daß ihm die Tränen in die Augen traten. Er hockte sich mit gekreuzten Beien auf das Sofa und sah ganz aus, wie man sich einen kleinen jüdischen Schneider vorstellt. Und dann äußerte er, als ob er Douglas in ein mystisches Geheimnis einweihte: «Sie ist ein verdammt nettes Ding, wissen Sie? Bin ganz vernarrt in sie.» Seine Augen wurden noch feuchter. «Ich fürchte, meine englische Aussprache ist nicht viel wert. Sie verstehen mich doch?»

«Tadellos.»

«Hab versucht, es mir einfach so beim Reden anzugewöhnen. Hab auch Judy gebeten, mich zu verbessern, wenn ich etwas falsch sage, aber ihr ist das zuviel Mühe. Wäre es Ihnen lästig, mich aufmerksam zu machen, wenn ich etwas falsch ausspreche?»

«Sie tun es ja so selten», beruhigte ihn Douglas.

«Wirklich? Schrecklich nett von Ihnen.» Er begann qualvoll zu husten. «Sie entschuldigen schon, es ist meine kranke Brust. Judy hat es Ihnen warscheinlich gesagt?»

«Sie hat mir eine Menge von Ihnen erzählt.»

«Wahrscheinlich auch, was in Mexiko passiert ist. Mir war es verdammt unlieb – irgendwie war ich doch verantwortlich, nicht? Wenn sie doch wenigstens mit mir in Verbindung getreten wäre, bevor sie etwas so Entscheidendes tat!»

«Unter diesen Umständen war das wohl kaum möglich.»

«Nein, ich verstehe schon, wie Sie es meinen. Gewiß, meine Frau hat es uns verteufelt schwergemacht. Sie ist gar nicht der Typ, der auf andere Rücksicht nimmt. Glücklicherweise glaubt sie jetzt, Judy wäre wieder in England.» Sein Lächeln unterstellte, daß auch Douglas das für einen großen Glücksfall hielt. «Darf ich nachschenken?»

Jetzt kehrte Judy zurück. Louis ging ins Vorzimmer, als er sie hörte. Sie begrüßte ihn munter und herzlich, dann folgte ein Schweigen. Wahrscheinlich eine Umarmung. Douglas fragte sich, wie die beiden wohl aussehen mochten, wenn sie einander umarmten: Louis soviel kleiner als Judy. Dann sagte Louis:

«Dieser Junge ist hier – Douglas.»

«Warum hast du mir das nicht gleich gesagt?»

Sie kam ins Wohnzimmer, sah recht verlegen aus. Im übrigen wirkte sie frisch und geschmeidig in ihrer weißen Uniform. Seit dem Flugzeugunglück hatte er sie nicht mehr in der Uniform gesehen.

«Ich hab dich gar nicht erwartet, Douglas.» Sie lächelte auf Probe, ungewiß, wie er es aufnehmen würde.

«Ich brauche nicht zu fragen, wie es dir geht.»

Es gelang ihm, Herzlichkeit in seine Stimme zu legen, und so überwand sie ihre Verlegenheit rasch und wurde wieder frohgelaunt. Sie hatte es nicht leicht, Louis aus den Augen zu lassen, und jeder ihrer Blicke war eine Zärtlichkeit. Als sie in das Schlafzimmer ging, um sich umzukleiden, sagte Louis großmütig:

«Gehen Sie zu ihr hinein und reden Sie mit ihr, wenn Sie wollen. Sie haben einander gewiß eine Menge zu sagen.»

«Ich warte lieber.»

«Wie Sie wollen. Aber ich hab nichts dagegen, verstehen sie?»

Douglas ließ sich überreden, mit ihnen zusammen zum Essen zu gehen; sie wählten ein Hotel außerhalb der Stadt. Nachher schlug Louis vor, in den Colony Club zu fahren.

«Ich weiß nicht recht, ob der Colony Club ...» Judy wollte offenbar auf Douglas' Gefühle Rücksicht nehmen. Vielleicht war er in dieser Beziehung sentimental.

«Warum denn nicht?» sagte Douglas. «Dort ist es so gut wie irgendwo, nicht?»

Sie bekamen im Colony Club einen guten Tisch, und Louis bestellte eine Flasche Whisky. Douglas trank den Hauptteil davon, sah ihnen beim Tanzen zu. Louis tanzte übertrieben, hatte dabei etwas von einem akrobatischen Affen an sich; seine grinsende Maske war sehr bleich, sein öliges schwarzes Haar glitzerte im Widerschein der Lampen. Douglas begriff, daß er vernünftig genug hätte sein müssen, nicht zu kommen. Aber vielleicht half ihm das, sich aus einer Stimmung hinausdrücken zu lassen? Er hatte ja immer eine Vorliebe fürs Wundenkratzen gehabt.

Er tanzte selbst mit Judy, aber ebensogut hätte er Salz in Wunden streuen können.

«Bist du mir noch böse, Douglas?»

«Natürlich nicht.»

«Du bist verrückt. Das bist du, auf Ehre – verrückt ist es, so nett zu sein.»

«Ich weiß, wie es mir ergangen wäre, wenn ich damals in meinen Bungalow heimgekommen wäre und hätte Caroline vorgefunden. Ich weiß, was ich getan hätte. Aber jetzt weiß ich nicht mehr, ob ich es wieder täte.»

«Warum nicht?»

«Jetzt würde ich kehrtmachen und zu dir laufen.»

«Und es mir übelnehmen, wenn ich nein sage?»

«Alles gleich, du sollst nur glücklich aussehen.»

«Das tu ich, ob ich will oder nicht. Ich weiß, es ist schrecklich taktlos, aber ich kann einfach nicht anders.»

Sie tanzten eine Weile schweigend, dann sagte er:

«Kannst du Louis nicht dazu bringen, daß er hier bleibt?»

«Nein, er muß fort. Ich mache mir darüber keine Gedanken.»

«Wirst nicht wieder Schlaftabletten nehmen?»

«Nein, das schwöre ich.»

«Du wirst es mich wissen lassen, wenn er wegfährt, damit ich auf dich aufpassen kann? Ich weiß, du schreibst nicht gern – telefoniere also, wenn dir das leichter fällt.»

«Schlaftabletten nehme ich auf keinen Fall mehr. Nicht noch einmal.»

«Trotzdem möchte ich gern von dir hören.»

«Schön. Aber aufrichtig gesprochen, Lieber, du solltest kein solcher Narr sein. Man darf nicht so nett sein zu Frauen – die schätzen das gar nicht. Denk nur, wie Louis sich zu mir benommen hat, und dann überlege, wie ich mich verhalte. Du bist viel zu nett.»

«Das ist nur die fortschrittliche Methode.»

«Ja, ja, das ist die ganze Geschichte; viel zu nett.»

Die Musik brach ab, und sie gingen an den Tisch zurück. Louis stand auf.

«Ihr zwei gebt ein hübsches Paar ab», sagte er. «Hat mir Freude gemacht, euch zuzusehen.» Seine Zähne waren weiß wie auf einer Zahnpastareklame.

Sie setzten sich alle, und als der Jazz wieder begann, kam von einem der Nachbartische ein Mann herüber. Es war der Jamaicaner, den Judy beinahe geheiratet hätte. Er fragte Douglas, ob er etwas dagegen hätte, daß er Judy um einen Tanz bäte. Douglas verwies ihn an Louis. Louis sagte «aber natürlich nicht, alter Junge», und so gingen sie und tanzten. Louis fing ein Gespräch mit Douglas an.

«Sehr lustig stelle ich mir das nicht vor, den Schulmeister zu machen. Schäbige Bezahlung, wie? Vielleicht könnte ich was für Sie tun, wenn ich mein Geschäft auf die Beine gebracht habe. Sie sind ein tadelloser Junge, jawohl, das sind Sie.»

«Ach ja, schrecklich.»

«Ich hoffe, daß ich nun bald nach Argentinien fahren kann. Hab in Mexiko nur meine Zeit vertrödelt. In Mexiko sind die Leute entweder faul oder schuftig – da hat einer keine Chance, ehrliches Geld zu verdienen. Jetzt hab ich alle meine Pläne auf Südamerika umgestellt. Dort werde ich sie durchsetzen. Dort ist noch Raum für Expansion. Ich fange mit einer kleinen Import-Exportfirma an. Es wäre eine große Hilfe, wenn man einen anständigen Burschen wie Sie mit dabei hätte. Ich könnte Ihnen ein erstklassiges Gehalt bieten.»

«Ich fühle mich in der Schule ganz glücklich», sagte Douglas.

«Reden Sie sich nicht ein, daß ich Ihnen aus Gefälligkeit ein Angebot mache. Sie würden mir einen Gefallen erweisen, wenn Sie kämen.»

«Fürs nächste bleibe ich wohl bei meiner Schulmeisterei.»

«Na schön, dann nicht.» Er grinste. Offenbar wollte er zeigen, daß er die Ablehnung nicht als Beleidigung nahm. «Ich wollte Ihnen nur zu verstehen geben, daß ich gern etwas für Sie täte. Auf den ersten Blick hab ich erkannt, daß Sie ein feiner Kerl sind. Daß Sie eine Schwäche für Judy haben, das hat mir schon genügt. Manche Burschen an meiner Stelle würden das anders nehmen – aber in meinen Augen sind Sie, was Sie sind, ein verdammt netter Kerl.»

«Passen Sie auf, Louis», sagte Douglas, «Sie lieben Judy?»

«Was denken Sie denn sonst?»

«Warum bleiben Sie dann nicht bei ihr?»

Louis machte eine hilflose Gebärde. Ein großer goldener Ring funkelte an seinem Finger.

«Nichts, was ich lieber täte – aber ich bin nicht mein eigener Herr. Gebundene Hände. Meine Frau würde sich nie von mir scheiden lassen.»

«Hol der Teufel das Scheidenlassen, warum fahren Sie nicht einfach mit Judy auf und davon?»

«Finden Sie, daß ich das sollte?»

«Verdammt noch einmal, gewiß finde ich das.»

Er hörte das gern, aber dann schüttelte er den Kopf bedauernd.

«Ich kann doch nicht. Bin ja noch nicht etabliert. Natürlich wird es etwas anderes sein, wenn mein Geschäft erst einmal ordentlich läuft.»

«Judy macht es nichts daraus, selber zuzufassen, sie scheut auch harte Arbeit nicht. Sie hat Geld verdient, als Sie früher mit ihr zusammen waren.»

«Ich kann nicht», sagte er. «Ich könnte sie darum bitten, wenn meine Gesundheit danach wäre. Aber so bin ich nur ein elender Krüppel, das wissen Sie ja. Ein alter Scherben. Den ganzen Krieg über war ich in der Schweiz in einem Sanatorium. Ich sollte wohl auch jetzt noch dort sein, aber ich will lieber an einem kurzen Leben meinen Spaß haben, als langsam hinter Krankenhausmauern dahinschwinden. Mit mir kann es jeden Augenblick schiefgehen. Das wäre nicht fair, Judy zu solch einem Leben mitzunehmen. Wäre einfach unanständig, sie darum zu bitten.» Das Pathos troff ihm nur so von den Lippen.

«Es ist aber doch, was Judy möchte», wandte Douglas ein. «Selbst wenn Sie mit einem Fuß im Grab stehen.»

Louis schüttelte den Kopf.

«Dazu hab ich sie zu gern. Und dann ist da noch etwas anderes im Spiel.» Er richtete seine Augen auf Douglas. Sie waren jetzt so feucht, daß es ihn beinahe blenden mußte. «Ich bin doch Jude.»

«Was hat das damit zu tun? Mir ist nicht aufgefallen, daß Judy daran Anstoß nimmt.»

Er schüttelte kummervoll den Kopf. «Nein, tut sie auch nicht. Dazu ist sie ein viel zu feiner Kerl. Aber ich weiß, wieviel es anderen Leuten ausmacht. Ich mag sie einfach zu gern, als daß ich ihr diese Last aufbürden möchte.»

«Aber es hat Sie nicht daran gehindert, hierherzukommen und einen netten Urlaub mit ihr in Jamaica zu genießen.»

«Sie verstehen das nicht, alter Junge. Etwas völlig anderes.»

«Ich für meinen Teil finde, Louis, daß Judy ein Prachtmädel ist, Sie aber sind in meinen Augen ein verdammter Narr.»

Louis war groß darin, eine Beleidigung nicht übelzunehmen. Sie schien ihn eher aufzumuntern. Tapfer sagte er:

«Darum ändere ich meine Meinung über Sie doch nicht. Für mich sind Sie ein anständiger Bursche, Douglas. Verteufelt anständig.»

«Das scheint heute abend jeder zu finden», brummte Douglas. «Müßte ich nicht eigentlich froh sein?»

Gegen elf beschlossen sie zu gehen. Der Kellner kam mit der Rechnung und legte sie vor Louis hin. Louis war sichtlich verlegen, und so zog Douglas seine Börse.

Judy rief: «Nein, Douglas, das kommt gar nicht in Frage. Heute abend nicht.» Hastig öffnete sie ihre Handtasche und reichte Louis einige Banknoten, aber Douglas hatte schon bezahlt.

«Gib ihm das Geld wieder, Louis», befahl Judy.

Louis machte im Hinausgehen einen schwachen Versuch, es zu tun, aber als Douglas ablehnte, steckte er die Banknoten in die Tasche und sagte:

«Furchtbar nett von Ihnen. Ich bin gerade ein bißchen in der Klemme – bei der Bank ist da irgendein Mißverständnis unterlaufen. Aber denken Sie an die Stellung in Argentinien. Es wird mir ein Vergnügen sein, Ihnen auch mal was Gutes zu tun.»

Douglas fuhr sie nach Hause. Er wollte nicht mehr auf einen Schnaps hinaufkommen. Wartete, bis er sah, daß oben Licht gemacht wurde, und machte sich dann auf den Weg nach der Schule. Es war eine mondlose, sehr dunkle Nacht. Man nahm nicht einmal die Silhouetten der Berge aus; nur auf einem der Gipfel brannte ein Feuer, es sah aus, als wäre ein Flugzeug am Himmel in Flammen geraten, stünde im Flug still und hätte vergessen abzustürzen.

Einige Tage später kam er einmal an Johns Baumhaus vorbei und hörte darin Stimmen. Er rief, und Johns dunkles kleines Gesicht erschien in der Falltüre. John ließ das Tau herab, und Douglas kletterte hinauf. Zwei der Mädchen hockten in der Hütte. Die eine davon war Silvia, die andere Norah, das Mädchen, dem Silvia so übel zugesetzt hatte. Sie hatten Tee in einer Kanne aus dem Haupthaus herübergebracht und spielten Gesellschaft. Silvia war die erste, die Douglas ihren Becher anbot.

Silvias Gesinnungswechsel war nun offenkundig. Sogar Duffield hatte mürrisch zugegeben: «Ich weiß nicht, was Sie mit ihr angestellt haben, aber sie schwebt jetzt nur mehr herum wie ein rosiger kleiner Engel.» Hernach stellte er allerdings fest, daß er dem Schein nicht traue. Der Teufel könne nur wirklich mit dem Stock ausgetrieben werden. Auch Douglas hatte kein rechtes Zutrauen, er bezweifelte überdies, daß die Freundschaft der anderen Kinder tief ging; aber alle hatten sie Angst vor Silvia gehabt und waren froh, einen Waffenstillstand zu genießen. Interessant war jedenfalls, daß John und Norah, die sie am meisten verletzt hatte, die ersten waren, sich mit ihr zu versöhnen.

Pawley war entzückt, als er von der Szene im Baumhaus hörte. Er beglückwünschte sich dazu, weitsichtig Douglas' pädagogische Begabung erkannt zu haben, trotz allem Nachteiligen, was in seiner Vergangenheit lag, und trotz der Tatsache, daß Douglas irgendwie immer noch jenseits des Atlantik festsaß. Man konnte Pawley geradezu schnurren hören.

Mrs. Pawley mußte durch ihren Mann von der Teegesellschaft im Baumhaus gehört haben. Und sie war nicht entzückt, und sie schnurrte auch nicht. Mit Douglas sprach sie noch immer nicht. Offenkundig wußte sie, um welche Zeit er an seinem freien Tag in die Schule zurückgekehrt war (von ihrem Bungalow aus konnte sie den Wagen den Hügel hinaufkeuchen hören), und sie hatte ihre Schlüsse daraus gezogen. Diese Schlüsse waren aller Wahrscheinlichkeit nach falsch, aber sie dienten nicht dazu, ihre Beziehung zu verbessern. Douglas hatte bereits ihre Hand darin verspürt, wie Pawley die Entschädigung nach der Verwüstung seines Bungalows verschleppte, obwohl Pawley nur etwas von technischen Zahlungsschwierigkeiten über Schulkonto erwähnte. Jetzt war zu fühlen, daß Mrs. Pawley Douglas seinen offensichtlichen Erfolg mit Silvia neidete.

Bei der Lehrerkonferenz am Montag brachte sie die Teegesellschaft aufs Tapet, machte geltend, daß im Bereich der Schule das Haupthaus dazu bestimmt sei, Tee zu trinken, es sei nicht vorgesehen, daß der Tee anderswohin gebracht würde, und es sei keineswegs schicklich, daß John Mädchen in sein Baumhaus einlade. Es sei ihr sogar zu Ohren gekommen, daß ein Mitglied des Lehrkörpers an einer solchen Gesellschaft teilgenommen und diese dadurch gewissermaßen gebilligt habe.

Pawley war offensichtlich auf diesen Protest nicht vorbereitet, er schien ziemlich aus der Fassung gebracht. Zuerst holte er Douglas' Meinung ein, wollte seine Beobachtungen zur Sache kennenlernen. Douglas' erster Gesichtspunkt war, daß gegen Teetrinken außerhalb des Haupthauses kein Einwand möglich wäre außer der Besorgnis, das Geschirr könnte zerbrochen werden; die Kinder aber hätten bei dem fraglichen Anlaß den Tee in einer Blechkanne getragen und aus Emailbechern getrunken. Was die Frage der Schicklichkeit betreffe, so müsse, wenn John kein Mädchen in sein Baumhaus einladen dürfe, logischerweise zu einer völligen Trennung der Geschlechter in der Freizeit geschritten werden, denn in dem Baumhaus könne schließlich nichts geschehen, was man nicht besser noch im Dschungel tun könnte, wo man dazu sogar noch mehr Raum habe. Bei solcher Auffassung sei es aber konsequenter, die Idee der Gemeinschaftserziehung der Geschlechter überhaupt aufzugeben.

Pawley wackelte in sachter Billigung dieser Argumente mit seinem Bart und erteilte wieder Mrs. Pawley das Wort. Da Mrs. Pawley nicht willens war, irgend etwas zur Kenntnis zu nehmen, was Douglas gesagt hatte, zuckte sie nur ungeduldig mit den Achseln und äußerte: «Ich bin der Ansicht, daß kein Mitglied des Lehrkörpers ohne deine Einwilligung an dieser Sache hätte teilnehmen dürfen.»

Pawley fühlte sich offenbar unbehaglich und machte sich mit den Papieren zu schaffen, die vor ihm lagen. Dann sah er nach beiden Seiten des Tisches und fragte: «Lassen wir es also dabei sein Bewenden haben, daß in Zukunft gegen solche Vorfälle nichts einzuwenden ist, vorausgesetzt, daß kein der Schule gehöriges Geschirr benützt wird?» Dagegen erhob sich kein Einspruch, und so konnte er zu einem anderen Punkt übergehen, einer Beschwerde der Kinder, daß Salzfisch zu oft auf dem Speisezettel stehe. Salzfisch mit Acki war das jamaicanische Nationalgericht, aber Douglas wäre durchaus zufrieden gewesen, diese Speise gänzlich vom Küchenzettel gestrichen zu sehen. Duffield mochte sie auch nicht, aber er war offensichtlich hin und her gerissen zwischen seinem Wunsch, diesen Antrag zu unterstützen, und einer instinktiven Neigung, sich dagegen zu wenden, weil Kinder eben zu essen hätten, was man ihnen vorsetzte, und daran gewöhnt werden mußten. Schließlich gestattete er seinen gastronomischen Neigungen, gegen die Interessen der Disziplin in die Waagschale zu fallen, und unterstützte den Antrag. Sein Jawort fiel aber von seinen Zügen herab, als er sehen mußte, daß Morgan zugunsten der bisherigen Diät stimmte. Morgan war der einzige Verteidiger von Salzfischen und Acki, und so ging der Antrag durch. Mrs. Morgan wurde angewiesen, den Speisezettel abzuändern.

Dienstag kam Silvia zu Douglas in die Bibliothek.

«Ich habe eine Geschichte geschrieben», meldete sie.

Sie legte einen ganzen Stoß Manuskriptblätter vor ihn hin. Es waren an die fünfzig oder sechzig Seiten.

«Was hat dich auf diese Idee gebracht?» fragte er.

«Ich hatte eben Lust dazu. Ich habe es in der Freizeit getan.»

Er schickte sie weg und machte sich sofort an die Lektüre. Es war ihm klar, daß sie interessant sein würde, denn er hatte noch nie eine

Geschichte gelesen, die von einem Knaben oder Mädchen geschrieben war und nicht eine ganze Menge über den Schreiber kundtat. Mochte die Handlung im eigenen Milieu der Kinder spielen oder an einen noch so entlegenen, noch so phantastischen Ort verpflanzt sein, und wäre es selbst der Mars gewesen, unvermeidlich kamen die Hoffnungen und Ängste, Ehrgeize und Aversionen des Kindes ans Tageslicht. Charaktere und Vorgänge wurden nicht in einem leeren Raum erzeugt. Sie entsprangen verborgenen Quellen der Seele.

Das Milieu, in dem Silvias Geschichte spielte, war dem Film abgeguckt, es war nur von Erwachsenen die Rede, und der Held der Erzählung war ein Mann – trotzdem war die ganze Sache, wenn auch noch so unabsichtlich, eine Geschichte über sie selbst.

Der Held hieß Julian. Er arbeitete in einem Kaufhaus in New York, er liebte eine seiner Gehilfinnen und haßte den Direktor. Der Direktor war über die Maßen häßlich, wie es einem großsprecherischen Scheusal zukam. Eines Abends, nachdem der Direktor schon nach Hause gegangen war, ereignete sich irgend etwas, was notwendigerweise jenem gemeldet werden mußte. Julian ging zu ihm in die Wohnung und fand das fragliche Mädchen dort. Sie saßen inmitten von Champagnerflaschen und all dem übrigen Requisit einer filmgerechten Orgie. Julian stürzte sich auf den Direktor, um ihn niederzuschlagen, aber der rang sich los und flüchtete in ein Zimmer, in das er sich einschloß; aus der so gewonnenen Sicherheit heraus verhöhnte er Julian mit diabolischem Gelächter. Um sich zu rächen, ging Julian in das Kaufhaus zurück und steckte es in Brand. Silvia, die Erzählerin, empfand das offenbar als ein durchaus gerechtfertigtes Verfahren. Inzwischen war der Direktor wieder aus seinem Zimmer herausgekommen, stolperte aber über einen Teppich, schlug gegen das Kamingitter und war tot. Es sah aus, als hätte Julian ihn ermordet, denn dieser war gesehen worden, als er die Wohnung betrat. Julian wurde verhaftet, es gelang ihm aber zu entwischen. Er verschwand aus New York und gelangte in kurzer Frist nach Hollywood. Dort wurde er in einem Restaurant von einem Filmproduzenten entdeckt und wegen seines guten Aussehens sogleich für eine Hauptrolle verpflichtet. Er wurde ein Filmstar, den die ganze Welt bewunderte. Verliebte sich in eine Filmdiva, die über die Maßen schön war, und ihre Liebesgeschichte ließ als Idylle nichts zu wünschen übrig. Das Paradies dauerte sogar an, obwohl sie heirateten. Inzwischen aber hatte einer der Angestellten des Kaufhauses Julian im Film erkannt. Der Held wurde verhaftet, wegen Mordes an dem Direktor vor Gericht gestellt und zu lebenslänglichem Zuchthaus verurteilt. Als man ihn aus dem Gerichtssaal wegführte, pfiff ihn dieselbe Menge feindselig aus, die ihn früher wie einen Abgott angebetet hatte. Die Geschichte endete damit, daß er auf irgendeiner Deportierteninsel im Steinbruch arbeitete, unter der Aufsicht eines brutalen peitschenschwingenden Wächters. Der Titel dieser Sage war: Der Weg des Schicksals.

Silvia hatte offenbar einen Mann aus ihrem Helden gemacht, um sich selber darüber hinwegzutäuschen, daß sie in eigener Sache fabulierte; es lag aber klar auf der Hand, daß sie sich selbst lebhaft in Julians Rolle eingelebt hatte. Im ersten Teil der Geschichte interessierte Julians Beziehung zu dem Direktor Silvia weit mehr als Julians Liebe zu der kleinen Verkäuferin – diese Liebe diente nur dazu, den Angriff auf den Direktor zu rechtfertigen, und geriet dann sang- und klanglos in Vergessenheit. Es war kaum zu bezweifeln, daß der Direktor Silvias Vater vorstellte.

Julian hatte versuchte, den Direktor zu töten, aber erfolglos – wenn Silvia ihm erlaubt hätte, mit seinem Vorhaben zum Ziel zu kommen, so hätte sie ja gewissermaßen ihren eigenen Vater getötet. Das war eine Missetat, vor der sie zurückschreckte. Ohne sich schuldig zu machen, gelangte sie zum gleichen Ergebnis, indem sie ihn durch einen Unfall sterben ließ.

Julians Laufbahn in Hollywood war Silvias eigener Erfolgstraum in sehr dünner Verkleidung. Die Bewunderung der ganzen Welt war eben Silvias Idee vom Erfolg, ihr tiefinnerster Wunsch: von allen geliebt zu werden. Die Reinheit von Julians Liebe gehörte ebenso natürlich in ihre Kinderphantasie. Aber genau wie Silvia von der Angst vor Ungerechtigkeit und Feindseligkeit gehetzt war, so fürchtete Julian Enthüllung. Nun kam die Verhaftung und der endgültige Sieg des Unrechts. Die Menge begriff den wahren Sachverhalt nicht und forderte Julian als Opfer; schließlich vereinigten sich alle feindlichen Kräfte – die Menge und der Direktor und Silvias Vater – in der einen Gestalt des Wächters mit der Peitsche. Gewiß war es Silvias beständige Angst vor diesem ungerechten und brutalen Wesen, die in ihrer stetigen Rebellion zum Ausdruck kam. Wenn Douglas sie psychoanalysiert hätte oder ihre Träume deuten könnte, wäre er kaum zu einem klareren Ergebnis gekommen.

Aber auch so ging die Deutung nicht tief genug. Sie brachte eigentlich nur eine Bestätigung dessen, was er bereits vermutet hatte, und erklärte weder, warum sie ihren Vater haßte, der doch gut zu ihr war, noch warum sie Angst vor Ungerechtigkeit hatte. Douglas empfand eine gewisse Scheu, tiefer zu schürfen, er war kein geschulter Psychologe und fühlte sich unsicher. Er hielt hier ein Instrument in Händen, das ihn lockte, das zu gebrauchen er aber nicht geübt war. Es wäre ihm lieb gewesen, wenn er in Jamaica jemand gekannt hätte, an den er sich um Auskunft hätte wenden können; aber er kannte niemand Geeigneten, und so war es klüger, das Instrument wegzulegen.

Es war indessen keineswegs nur der Inhalt von Silvias Geschichte, der ihn interessierte. Es war auch die Schreibweise, und die war für ein Mädchen von zwölf Jahren erstaunlich reif. Das Milieu entbehrte der Echtheit, die Handlung war voll von Unwahrscheinlichkeiten; dagegen entfaltete Silvia hier eine Leichtigkeit und Gewandtheit des Ausdrucks, die sonst weder in ihren leichtfertig hingesudelten Aufsätzen noch in ihrer Rede erkennbar gewesen war. Die Beschreibungen waren lebendig und originell, die Gefühlsanalysen, wenn sie auch die Unreife der Schreiberin spiegelten, sorgfältig bis ins kleinste durchgearbeitet. Unschwer ließ sich feststellen, wann sie unmittelbar aus eigener Erfahrung erzählte. Als Julian sich in die schöne Filmdiva verliebte, wußte er nicht, ob sein Gefühl erwidert würde. Da nahm er ein altes Buch, riß die Seiten heraus, «sie liebt mich, sie liebt mich nicht», wie Kinder die Blätter von Margeriten zupfen. Auf der letzten Seite kam heraus, daß sie ihn nicht liebte. Darauf war er nun nicht gefaßt, und so kam er zu dem Schluß, daß er einmal irrtümlich zwei Seiten zusammen herausgerissen haben mußte, und änderte das Ergebnis ab. Das war so menschlich, sein Verhalten so intim beobachtet, daß Douglas klar empfand, Silvia müßte einmal etwas dergleichen selber getan haben. Alle Stellen, in denen ihre Darstellungsgabe sich entfaltete, waren dieser Art. Die Gerichtsszene, aus vagen Filmerinnerungen zusammengekleistert, war völlig absurd; dagegen war Julians Reaktion auf die höhnische Menge – sein Entschluß, Verachtung zu zeigen und den Kopf hoch zu halten – glänzend beschrieben. Es hätte Douglas interessiert zu wissen, ob Silvia sich einigermaßen dessen bewußt war, hier ihre eigenen Erlebnisse aus der Zeit ihrer Boykottierung zu verarbeiten. Wahrscheinlich war sie es nicht.

Als Silvia zu ihm kam, um seine Meinung über die Geschichte zu hören, war er stark in Versuchung, ihr einige der unbewußten Antriebe zu erklären, die sie gerade auf diesen Stoff hingelenkt hatten; vielleicht hätte ihr das zu besserem Selbstverständnis verholfen. Aber er empfand doch Angst davor, das Instrument zu gebrauchen, das da in seine Hand gelegt war, und so beschränkte er sich auf literarische Kritik. Er gab ihr eine mäßige Anerkennung.

Sie verlangte nach mehr, wollte Zusicherungen für ihre Zukunft haben.

«Glauben Sie, daß ich Schriftstellerin werden könnte?» fragte sie.

Er erwiderte, das liege durchaus an ihr – es wäre wahrscheinlich möglich, wenn sie auf dieses Ziel energisch hinarbeitete. Das befriedigte sie nicht. Sie wollte hören, daß der Erfolg für sie bereitlag.

«Ist die Geschichte denn gut? Finden Sie, daß ich Talent habe?»

«Sie ist sehr vielversprechend», erwiderte er. «Aber du hast noch eine Menge zu lernen. Talent ist nutzlos, wenn du es nicht übst und entwickelst.»

Sie ging davon und kam am nächsten Tag mit einem Gedicht an. Es war nachempfundener Wordsworth, schlecht skandiert, beschrieb die englische Landschaft, die sie nie gesehen, und enthielt keinen orginellen Gedanken. Er äußerte eine gemäßigt abfällige Kritik. Sie nahm es übel, errrötete und wurde zornig. Er sagte ihr, wenn Wordsworth versucht hätte, im Stile Miltons über Jamaica zu schreiben, so würde er es wahrscheinlich auch verpfuscht haben. Sie müsse einen Stil suchen, der ihr gemäß sei, und über Dinge schreiben, die sie wisse; wenn sie das tue, werde sie unweigerlich eine Menge unnützer Mühe sparen. Sie war übellaunig und ging davon, um sich an einer neuen Geschichte zu versuchen. Es war eine sehr kurze Erzählung, denn Silvia war ungeduldig, seine Meinung zu hören, und einige von den Vorzügen der ersten Geschichte fehlten; trotzdem stand die Erzählung über dem Durchschnitt. Douglas lobte Silvia und brachte sie in gute Laune. Er schmeichelte sich nicht, all ihre Teufel ausgetrieben zu haben, das konnte in einem einzigen Monat nicht gelungen sein, aber er baute jetzt darauf, daß freundliches und teilnahmsvolles Eingehen erreichen würde, was härtere Methoden nicht zuwege brachten. Ein- oder zweimal erlaubte er sich sogar, Wachträumen nachzuhängen: in einem freundlichen Haus in England, in dem er ein behagliches Alter genoß, hatte er Silvia als Gast zu Tisch. Sie war nun eine berühmte Romanautorin, bewahrte ihrem Lehrer, von dem sie ihre erste literarische Lektion erhalten hatte, getreulich ihre Zuneigung. Amüsiert ließen sie ihre Erinnerungen zu der Verwüstung des Bungalows und anderen Streichen zurückschweifen. Es war da noch jemand bei Tisch, der an diesen Unterhaltungen teilnahm; doch Douglas gewährte sich nicht die Freiheit, Judy in diesen Wachtraum einzuschließen, und so versuchte er die dritte Person zu ignorieren, wandte sich wieder Silvia zu und diskutierte mit ihr über ihr letztes Buch.

Anfang der nächsten Woche kam ein Brief von Judy. Es waren nur vier Zeilen, und sie schrieb darin, daß Louis am Donnerstag abreise; sie habe sich vollkommen dareingefunden und sei nicht ein bißchen in Selbstmordstimmung. Trotzdem ging Douglas zu Pawley und ließ seinen freien Tag verlegen. Pawley war entzückt, ihm gefällig zu sein – seit er von Silvias literarischen Bemühungen erfahren hatte, war er von Douglas so eingenommen, daß er am liebsten an den Gouverneur geschrieben hätte, um ihn für die Erhebung in den Ritterstand vorzuschlagen.

Donnerstag morgens fuhr Douglas nach Kingston, direkt zu Judys Wohnung. Louis war noch da – erwartete eine Maschine nach Mexiko, die am frühen Nachmittag startete. Douglas wollte ihnen nicht ihre letzten Stunden verpfuschen, also verabredete er für nachher ein Rendezvous mit Judy im Myrtle Bank und sagte dann Louis adieu. Ihm erschien das als eine angenehme Pflicht, aber Louis schien es das Herz zu brechen. Er zerdrückte Douglas beinahe die Hand, geleitete ihn dann, den Arm um seine Schulter gelegt, die Treppe hinab. Auf dem Weg erklärte er Douglas, was er für ein Prachtbursche sei, und wie wohl es tue, Judy in seiner Obhut zu lassen. Dann entschuldigte er sich wegen seines Benehmens im Colony Club. Douglas erwiderte, er habe keinen Anlaß, sich zu entschuldigen, aber damit gab Louis sich nicht zufrieden.

«Ich muß in Ihnen den Eindruck erweckt haben, daß ich mich schäme, ein Jude zu sein. Durchaus nicht – ich bin stolz darauf.» Seine Augen wurden bereits wieder feucht. «Die ganze Schwierigkeit ist, daß ich zu empfindsam bin. Das war immer so. Die Dinge gehen mir zu nahe. Das ist eine arge Behinderung.»

«Es muß das Leben zur Hölle machen.»

Louis sah dankbar dafür aus, daß sein Handycap so tief verstanden wurde.

«Sie können froh sein, daß Sie nicht so sind. Wahrscheinlich stellen Sie sich gar nicht richtig vor, was ich ausstehe, wenn ich Judy heute nachmittag wieder verlassen muß.»

«Tun Sie es eben nicht», schlug Douglas vor.

Er schüttelte den Kopf.

«Nein. Ich habe über alles nachgedacht, was Sie gesagt haben, aber ich weiß, daß ich doch recht hatte.» Er brachte ein Husten hervor und legte seine Hand auf die Brust. «Es wäre nicht fair gegen sie.» Wieder schüttelte er Douglas' Hand. «Lassen Sie sie nicht aus den Augen, alter Junge. Das ist alles, worum ich Sie bitte – behalten Sie sie im Auge. Tun Sie es für mich.»

Douglas hatte ein paar Einkäufe in Kingston zu besorgen, so trat er den Rundgang durch die Läden an. Als er im Schreibwarengeschäft war, tauchte der Mulatte aus der Milchbar, der sich selbst einen Nigger nannte, auf, als materialisiere er sich aus der Luft. Er sprach Douglas mit Mr. Lockwood an und erkundigte sich mit einem einschmeichelnden Interesse, das Louis angestanden hätte, nach seinem Befinden. Douglas versicherte ihm, seine Gesundheit lasse nichts zu wünschen übrig, sagte adieu und ging. Aber der Mann tauchte auch beim Tabakhändler auf, und hier eröffnete er Douglas, daß seine eigene Gesundheit in letzter Zeit gelitten habe, hauptsächlich infolge Nahrungsmangels, welcher auf die Schwierigkeit zurückzuführen sei, eine brauchbare Stellung zu finden, eine Schwierigkeit, die ihrerseits den ökonomischen Verhältnissen in Jamaica zuzuschreiben sei. Gewisse Leute führten diese traurigen Verhältnisse darauf zurück, daß England seine kleine Kolonie allzu hart ausbeute, er aber, persönlich, halte solches Gerede für verräterisches Verhalten gegenüber dem Mutterland. Er sei eben einer von den wenigen, die sich klarmachten, was England im Krieg alles ausgestanden hätte und wie gut dagegen Jamaica weggekommen wäre. Er nähme an, sonderlich Mr. Lockwood müßte peinlich von dem Verhalten solcher Jamaicaner berührt sein, die einfach nicht begreifen wollten, was Krieg war; denn gewiß habe er eine bedeutende Aufgabe an der Front zu erfüllen gehabt. An dieser Stelle gab ihm Douglas die neun Pence Kleingeld, die er von dem Tabakhändler zurückbekam, und der Mann löste sich so geheimnisvoll in Nichts auf, wie er erschienen war.

Douglas trat in einen Buchladen, kaufte einen Roman und ein amerikanisches Magazin und ging dann ins Myrtle Bank. Er badete, aß zu Mittag, begann den Roman zu lesen, gab es wieder auf und machte sich an eine Geschichte in dem Magazin, sah sich die Bilder an und las die Annoncen. Louis' Flugzeug sollte um drei Uhr fünfzehn starten, und exakt um drei Uhr zwanzig flog es über den Hafen hinweg. Es beschrieb einen Kreis über der Stadt, gewann Höhe und flog über die Berge in der Richtung auf Cuba davon. Es sah nicht so aus, als ob es abstürzen wollte. Eine knappe Stunde später tauchte Judy auf.

«Nun», sagte sie, «willst du mir helfen, in eine Apotheke einzubrechen und Schlaftabletten herauszuholen? Oder wollen wir vorher Tee trinken? Ich bin im Moment tatsächlich zu sehr außer Atem, um an Selbstmord denken zu können. Ich werde es wirklich nicht tun. Sein Ego würde zu sehr anschwellen, sein Selbstgefühl, wenn ich diesmal Erfolg hätte.»

«Und er ist auch so empfindsam in diesen Dingen.»

Sie lachte. «Hat er dir erzählt, wie empfindsam er ist? Dir auch? Mir hat er es heute morgen gesagt. Ich glaube, in dem Buch, das er gestern abend las, war von einer sehr empfindsamen Person die Rede.»

«Er hat gestern abend ein Buch gelesen?»

«Oh, er liebt Bücher. Er ist so kultiviert. Hat er mit dir nicht auch von seiner Kultur gesprochen?»

«Das muß er vergessen haben.»

«Wahrscheinlich dachte er, du nähmest das als feststehend an.» Sie lachte wieder, aber es klang nicht sehr überzeugend, als sie sagte: «Ist er nicht gräßlich? Kannst du verstehen, was ich an ihm finde?»

«Doch, seine Handrücken sind fabelhaft behaart.»

«Ja, ist das nicht komisch? Seine Brust ist es nämlich gar nicht.»

«Vielleicht klebt er sich die Haare mit Gummiarabikum an?»

Nach dem Tee gingen sie ins Carib Cinema. Es gab einen absurden amerikanischen Film mit den üblichen Possen hinter den Kulissen eines Fersehateliers, aber Douglas war belustigt und lachte eine ganze Menge; und auch Judy lachte mit. Wenn die Marx Brothers mit den Televisionkameras herumgetollt wären, es hätte nicht komischer sein können. Sie kamen in bester Laune aus dem Kino und gingen zum Abendessen in das chinesische Restaurant mit der chinesisch-indianisch negroiden Kellnerin.

«Vielleicht ist sie doch nicht zu jung für dich», meinte Judy. «Du weißt doch, wie reif die Mädchen in den Tropen sind. Und sie braucht offensichtlich ein bißchen weißes Blut für ihre Kollektion.»

«Ich möchte sehen, wie ein Baby aussieht, das sie von einem russisch-javanischen Eskimomischling bekommt.»

«Hast du so etwas einmal getroffen?»

«Ja – bis auf das Eskimoblut, es war bloß isländisch. Ich lernte den Mann in einer Pension in London kennen, er studierte Jura. Er litt sehr unter Heimweh, nur war das ein sehr verwirrendes Gefühl, weil er nie recht herausbrachte, wohin er sich eigentlich sehnte. Er starb.»

«An Heimweh?»

«Nein, er bekam Lungenentzündung in einem englischen Winter. Wahrscheinlich war es der javanische Teil in ihm, der versagte.»

Judy lachte und sagte: «Es ist so herrlich, wieder Unsinn zu reden! Louis redet nie Unsinn. Ich bin so froh, daß er fort ist.»

«Er muß jetzt schon in Cuba sein.»

«Möchte mir eine Mischung aus einem ungarischen Juden und einer Cubanerin vorstellen können.»

«Ein jüdisch-ungarischer haariger Ainu aus Japan wäre zweckmäßiger. Der brauchte wenigstens kein Gummiarabikum.»

«Eine glänzende Idee – sollen wir ihm ein Kabel schicken?»

«Er könnte es ernst nehmen», meinte Douglas. «Denk an all das Haar, das da in der nächsten Generation zustande käme. Die Leute würden rudelweise Selbstmord begehen.»

Judy aß ohne Appetit, sie schob das Essen auf dem Teller nur hin und her und sagte nichts. Nachher fuhren sie in ihre Wohnung, und

Douglas kam auf eine Tasse Kaffee mit. Judy sagte, sie würde nur einen Augenblick brauchen, um den Kaffee anzurichten, und verschwand in die Küche. Trotzdem ging er ihr nach, aber sie wandte ihm den Rücken zu, während sie die Tassen bereitstellte. Er sagte ihr, das Wasser im Kessel koche bereits. Sie wandte sich zu ihm um.

«Es hat keinen Zweck, du wirst es ja doch merken. Ich hab mein Gesicht schrecklich zugerichtet.» Sie hatte geweint, aber jetzt lächelte sie durch die Tränen, die noch an ihren Wimpern hingen. «Alles war in bester Ordnung, bis wir hierherkamen. Dann habe ich eine Zigarette gesehen, die er im Aschenbecher ausgedrückt hat. Ist es nicht blöd? Ich hab nur über die Zigarette geweint.»

«Er wird eines Tages wiederauftauchen und noch manch eine Zigarette darin ausdrücken.»

«Nein, das wird er nicht.»

«Louis wird immer wieder einmal auftauchen.»

«Nein.» Sie schüttelte energisch den Kopf. «Ich habe ihm gesagt, daß ich ihn nie mehr sehen will. Er weiß, daß ich es ernst meine.»

«Meinst du es denn ernst?»

«Ja. Es ist blödsinnig, so weiterzuleben. Ich hab meinen Entschluß gefaßt. Er wird mir nicht einmal mehr schreiben, und ich werde seine Briefe ungelesen zerreißen, wenn er es doch tut.» Wieder traten ihr die Tränen in die Augen. Sie wischte sie ab und lachte. «So, jetzt mach ich uns den Kaffee.»

«Ich bin gar nicht so sehr aus auf Kaffee.»

«Nein? Es ist eine schreckliche Plage damit – und sehen kann ich auch nicht.»

«Ich werde gehen.»

«Es ist wohl besser. Sonst geht es mit mir so fort. Du bist so schrecklich nett gewesen – das ist zum Teil der Grund, warum ich weinen muß. Ich weiß gar nicht, wie ich den heutigen Tag ausgehalten hätte, wenn du nicht dagewesen wärst.»

«Um Unsinn zu reden.»

«Der Unsinn war die Rettung. Und jetzt wird alles in Ordnung sein, wenn du gegangen bist.»

«Soll ich den Zigarettenstummel mitnehmen?»

«Nein, laß ihn mir noch für heute nacht. Morgen werfe ich in dann weg.»

«Wir könnten ihn ja einbalsamieren.»

«Wir werden gar nichts einbalsamieren», sagte sie. «Morgen früh ist mit allem Schluß. Ich muß um acht Uhr auf dem Flugplatz sein. Ich fliege nach den Bahamas.»

«Für lange?»

«Oh, am Abend bin ich schon zurück.»

«Ich werde winken, wenn du über die Schule fliegst.»

«Ich werde auch winken.»

Als er an diesem Abend in seinen Bungalow zurückkam, lag ein Brief von Caroline auf dem Tisch. Es gab keinen Grund, ihn nicht gleich zu öffnen, aber er empfand ein Widerstreben; schließlich öffnete er ihn doch, und es stand in dem Brief, daß Caroline wieder in London wäre und Alec heiraten würde. Alec war der Mann, den er einmal in seinem eigenen Morgenmantel angetroffen hatte in einer Szene, die aus einer französischen Posse genommen schien; derselbe Alec hatte dann von ihm gesagt, er hätte die Moralbegriffe der Midlands – welches immer die sein mochten. Douglas vergaß den Brief sofort.

Als er sich ins Bett legte, entdeckte er, daß auf dem Tisch Blumen standen. Er wußte sofort, daß sie nicht von Mrs. Pawley waren, nicht nur, weil die blumenspendende Epoche Mrs. Pawleys vorüber war, sondern weil es wilde Blumen waren, in einem Marmeladentopf und nicht in einer Vase arrangiert. Vielleicht hatte Ivy sie hingestellt, als eine entschuldigende Geste für ihr Gekicher, das oft so fehl am Platz war.

Am nächsten Morgen, als sie ihn mit ihrem gewohnten «ja, bitte, Mr. Lockwood» weckte, fragte er sie danach, und sie begann widerstandslos vor Lachen zu ersticken. Bei jedem andern hätte solch ein Kichern Kenntnis von der Sache oder sogar Einverständnis bedeutet, bei Ivy besagte es nur, daß sie gar nichts wußte. Jetzt erst ging ihm auf, daß es Silvia gewesen sein mochte. Als er vom Frühstück kam, begegnete er ihr, und eine halbverlegene Erwartung in ihrer Miene überzeugte ihn, daß er recht geraten hatte. Aber sie erwähnte die Blumen nicht, und er tat es auch nicht. Er wünschte sie nicht zu ermutigen, es wieder zu tun, und so schien es ihm am sichersten, sich zu benehmen, als habe er nichts erraten.

12

Die Fehde Morgan–Duffield dauerte jetzt ohne Unterbrechung zwei Monate. Diese Woche aber kam es zu einer Versöhnung, die eigentlich der Rum zuwege brachte. Sie währte allerdings nur kurz, denn der Rum führte auch wieder ihren Zusammenbruch herbei.

Die Idee ging eigentlich von Pawley aus. Er hatte gehofft, bei der gleichen Gelegenheit auch seine Frau und Douglas zur Beilegung ihres Zwistes zu bringen, über dessen Ursprung er sich verwundert und gänzlich unwissend zeigte. Pawley sah sich im Geist gern als wohlwollender Patriarch einer glücklichen und freudig zusammenarbeitenden Gemeinschaft von Menschen, und die Gleichzeitigkeit zweier Fehden in einem Lehrkörper von nur sechs Personen bedrückte ihn schwer. In herber Selbstverneinung fragte er sich, ob diese Schatten nicht doch irgendwie auf seine Führereigenschaften zurückfielen.

So kam er auf den Gedanken, in seinem Bungalow eine harmlos nette kleine Lehrergesellschaft zu geben. Douglas erklärte er ziemlich nervös, er habe darüber noch nicht mit seiner Frau gesprochen, sei aber überzeugt, daß sie freudig dabei sein würde. Die Gesellschaft fand also statt, doch nach Mrs. Pawleys kurzer und unwirscher Gegenwart zu schließen, war sie nicht allzu freudig bei der Sache gewesen.

Dies geschah Samstag abend nach dem Essen. Douglas ging mit Duffield vom Haupthaus hinunter, und die Morgans fanden sich zehn Mnuten später ein. Man nahm auf der Veranda Platz. Die Korbstühle waren im Halbkreis um einen kleinen Tisch angeordnet, auf dem drei Flaschen Rum standen. Pawley benahm sich, als habe er alle seine Gesten vorher lange vor dem Spiegel einstudiert. Wie Morgan war er grundsätzlicher Abstinenzler, aber er teilte freigebig Rum an Mrs. Morgan und Douglas aus.

Als Mrs. Pawley erschien, gab es nur mehr einen freien Stuhl. Es war der neben Douglas. Sie zögerte, setzte sich aber dann entschlossen, doch wandte sie den Kopf ab, als bemerkte sie seine Gegenwart nicht. Douglas wäre eine Versöhnung womöglich noch lieber gewesen als Pawley, und er hatte das Gefühl, daß er die Initiative zu ergreifen hätte. So machte er eine Bemerkung über den Rum, dem er besonders glänzende Eigenschaften nachsagte.

«Wirklich?» äußerte Mrs. Pawley kühl. Sie bewegte den Kopf nur einen halben Zoll, um das zu sagen.

«Ich fürchte, Mrs. Pawley, Sie sind seit jenem Abend noch immer auf mich böse.»

«Seit welchem Abend?» fragte sie scharf.

«Seit dem Abend bei Ihrem Bruder. Ich hab mich recht ungeschickt benommen.»

«Ja?»

«Ich hätte vorsichtiger sein müssen, als Sie aus dem Wagen stiegen. Es war ein richtiges Mißgeschick, ich trat auf den Gashebel, bevor ich sah, daß Sie die Tür wieder öffneten.»

«Ich habe gar nichts bemerkt», antwortete sie kurz.

«Und ich dachte schon, Sie hätten deshalb seither nicht mehr mit mir gesprochen.»

Sie wandte sich ihm voll zu und fragte: «Sie sind sehr von sich selbst eingenommen, nicht?» Er begriff nicht ganz, was diese Bemerkung sollte, und bevor er eine passende Antwort fand, hatte sie sich zu ihrem Mann gewandt, der an ihrer anderen Seite saß: «Leonard, möchtest du mir etwas Ingwer in meinen Rum tun?» Eine kurze Weile später – ihr Glas war noch halbvoll – erklärte sie, sie habe Migräne, und überließ es der netten kleinen Gesellschaft, nett zu sein auch ohne sie. So weit gedieh diese Versöhnung.

Die andere machte bessere Fortschritte. Douglas bemerkte, daß Mrs. Morgan nicht nur einer scherzhaften Geschichte zuhörte, die Duffield erzählte, sondern daß sie sogar darüber kicherte. Und sie kicherte in einer Weise, wie sie es nur tat, wenn sie schon eine ganze Menge Rum getrunken hatte – vermutlich hatte sie sich zwei oder drei Gläschen genehmigt, bevor sie zu der Gesellschaft gestoßen war. Mrs. Morgan war eine gutmütige Person, tief verwurzelte Animositäten fanden zwischen ihren üppigen Fettwülsten keinen Boden, und nur aus Treue und Achtung vor den Empfindlichkeiten ihres Gatten hatte sie ihre Rolle in der Fehde bis jetzt weitergespielt. Nun war diese Treue offenbar vom Alkohol untergraben. Als Duffield zur Pointe seines Witzes kam, zappelte sie so vor Vergnügen, daß der Rum aus dem Glas überschwappte und ihren Schoß benetzte.

«Ach, war das glänzend!» rief sie. «Das war einmal wirklich ein guter Witz, Mr. Duffield. Erzählen Sie uns gleich noch einen.»

Duffield hatte seinerseits mehr Rum genossen, als er gewöhnt war, und sah ungemein selbstzufrieden aus. Eine Zuhörerschaft, die ihn zu würdigen wußte, galt ihm immer viel, und jetzt bedeutete ihm Mrs. Morgans Aufmerksamkeit einen Sieg über Morgan. Es war die uralte, zu Tode gerittene Geschichte von dem Mann, der gefragt wurde, wer wohl die Dame gewesen sei, mit der man ihn gesehen hatte, und der darauf antwortete, das wäre gar keine Dame gewesen, sondern seine Frau. Mrs. Morgan vergoß wieder etwas Rum in ihren Schoß.

«Nein, so etwas, Sie sind zum Schreien, Mr. Duffield, also wirklich zum Schreien! Einfach zum Totlachen!» Sie hatte ganz vergessen, daß es jemals eine Fehde zwischen ihnen gegeben hatte. Strahlend wandte sie sich an ihren Mann: «Hast du den gehört? Einfach zum Totlachen, nicht? Du solltest Mr. Duffield die Geschichte von dem Nigger erzählen, der die Bananen schneidet.»

Morgan war in Verlegenheit. Allein schon das Wort Nigger erinnerte ihn an den Ursprung der Feindschaft, und er bedurfte eigentlich keiner Erinnerung. Mürrisch sagte er:

«Ich weiß keine Witze.»

«Doch, du weißt welche», ermutigte ihn Mrs. Morgan. Sie sah sich im Kreise um. «Doch! Er weiß eine urkomische Geschichte über einen Nigger, der – aber nein, er soll sie doch selbst erzählen.»

Pawley mischte sich ermunternd ein. «Na, wie ist die Geschichte, Morgan? Höchste Zeit, daß Sie sich auch einmal hören lassen.»

Morgan schnitt ein verdrossenes Gesicht; aber er hatte mehr Respekt vor Pawley als die sämtlichen übrigen Lehrer und Kinder zusammengenommen. Mürrisch erzählte er die Geschichte. Es war da von einem Engländer die Rede, der einen Farbigen (er gebrauchte betont diesen Ausdruck) bat, ihm einen Bund Bananen abzuschneiden. Der Farbige konnte den Bund nicht erreichen, ohne sich zu strecken, und so schnitt er kurzerhand die Bananenpflanze ab. Der Engländer erzählte davon seinen Freunden und bemerkte: «Da seht ihr wieder, wie faul die Farbigen sind. Schneidet einen ganzen Bananenbaum ab, weil er sich nicht die Mühe machen will, über seinen Kopf wegzulangen!» Die Pointe war eigentlich die Unwissenheit des Engländers, denn jedem Jamaicaner ist selbstverständlich bekannt, daß die Bananenpflanzen nur einmal tragen und auf jeden Fall geschnitten werden müssen. Pawley brachte aus Höflichkeit ein schallendes Gelächter zuwege, obwohl er die Geschichte gewiß schon oft gehört hatte, und Mrs. Morgan kicherte beseligt; gewiß hätte sie wieder etwas Rum verschüttet, wenn noch welcher in ihrem Glas gewesen wäre. Duffield lächelte herablassend belustigt.

«So, jetzt sind Sie wieder an der Reihe, Mr. Duffield», sagte Mrs. Morgan. Sie war jetzt die Seele der Gesellschaft.

Duffield ergab sich nach kurzem Widerstreben darein, noch einen Witz aus seinem Repertoire vorzutragen. Während er sprach, eilte Pawley auf den Fußspitzen umher, übertrieben besorgt, nicht zu unterbrechen, und füllte die Gläser nach. Als er zu Mrs. Morgans Glas kam, versuchte Morgan zu intervenieren, und es folgte eine kleine Auseinandersetzung zu dritt in Pantomime und Geflüster. Duffield erzählte seine Anekdote weiter, an Douglas gewandt. Als sie zu Ende war, brach Mrs. Morgan in ein wildes Gelächter aus, obwohl sie den ganzen Zusammenhang versäumt hatte. Ihr Glas war wieder bis zum Rande gefüllt. Ihr pockennarbiges Gesicht war stark gerötet.

Jetzt wandte Duffield sich direkt an Morgan. Eine Spur Sarkasmus schwang in seinem Humor mit.

«Nun, Morgan, was hält das Wetter morgen für uns bereit?»

Morgan entschloß sich, den Spott zu übersehen und die Frage zu beantworten. Er tat es mürrisch.

«Nach dem Radio schiebt sich ein Tief vom Süden her an Jamaica heran.» Er hüllte sich absichtlich in Dunkel.

«Immer der gute alte Morgan!» Duffield sagte es belustigt, als habe er Morgan nach zwei Monaten zum erstenmal wiedergesehen und völlig unverändert gefunden. «Liefert stets einen Vortrag statt einer Antwort.» Nach Beifall suchend blickte er um sich. Und er fand ihn bei Mrs. Morgan, die munter zu ihrem Gatten sagte:

«Ja, sag uns, was du meinst. Wir können nicht alle so schlau sein wie du. Was ist ein Tief? Mir klingt das ganz fremd.»

Morgan sagte kurz: «Es könnte Regen kommen.»

Sein Ton brachte Mrs. Morgan zu Bewußtsein, daß er nicht ganz so hochgestimmt war wie sie. Bisher war ihr das nicht klar geworden. Aber nun war ihre Laune bereits zu weit gediehen, um wieder herabgestimmt zu werden.

«Du redest so verdrießlich», sagte sie. Kichernd wandte sie sich an die andern. «Redet er nicht, als ob ihm etwas über die Leber gelaufen wäre? Du mußt nett zu Mr. Duffield sein. Er war ja auch nett zu dir. Wirklich nett. Und er ist so zum Totlachen.» Ihr Blick ruhte voll Billigung auf Duffield.

Morgan klammerte sich an die Hoffnung, daß Pawley die Trunkenheit seiner Frau nicht bemerken würde. Der beste Weg, solchen Argwohn abzuwenden, war der, sich so zu benehmen, als hätte er es selber noch nicht bemerkt, und so entschloß er sich, ernsthaft auf ihre Bemerkung einzugehen. Er nahm einen Anlauf und sagte gewichtig: «Tut mir leid, Duffield. Hatte nicht die Absicht, Sie zu verletzen. Ja, ich fürchte, es wird ein wenig Regen geben. Wir können sogar bald kräftigen Wind bekommen, aber ich hoffe, wir bringen die Farm ohne Schaden durch die Saison.»

«Du kannst immer nur von deiner alten Farm reden», sagte Mrs. Morgan.

Morgan überhörte den Vorwurf.

«Letztes Jahr hab ich die Hälfte meiner Grapefruits und Orangen verloren. Sie werden sich wohl noch daran erinnern.»

Duffield fand seinen Sieg vollendet. Jetzt konte er es sich leisten, großmütig zu sein.

«Doch, ich erinnere mich. Verdammtes Pech. Na, ich hoffe, Sie verlieren keine Grapefruits mehr. Mag sie selber sehr gern.»

«Ich hoffe, nächstes Jahr die besten in ganz Jamaica zu ziehen», versicherte Morgan dankbar.

Die Unterhaltung wandte sich der Landwirtschaft zu, und Pawley mischte sich ein. Aber Mrs. Morgan seufzte und kicherte bedauernd.

«O du lieber Himmel, wenn ich nur das nicht aufgebracht hätte! Warum erzählt nicht lieber jemand etwas Lustiges? Wir haben viel zuwenig Spaß hier oben, finden Sie nicht auch, Mr. Pawley?»

Dieser Schachzug setzte Morgan in Verlegenheit, der Zustand seiner Frau wurde auf gefährliche Weise offenkundig, und so stand er auf. «Wir müssen gehen», sagte er. «Es wird spät.» Er trat zu

Duffield und klopfte ihm auf die Schulter. «Freut mich, daß wir heute abend so nett geplaudert haben. Das macht alles viel leichter.» Er sagte Pawley gute Nacht und wandte sich dann zu seiner Frau, die gemütlich mit einem halben Glas Rum auf ihrem Stuhl saß. «Wir müssen gehen.»

«Es ist doch so schön», kicherte Mrs. Morgan. «Ich will noch nicht gehen.»

Vielleicht wäre eine häßliche Szene die Folge gewesen, wenn sich nicht Pawley mit fragwürdiger Diplomatie eingemischt hätte.

«Lassen Sie nur, Morgan», sagte er. Er war in geselliger Stimmung und freute sich, daß wenigstens eine Versöhnung zustandegekommen war. «Es ist Samstagabend, nicht wahr? Wir bringen Ihre Frau nach Hause, wenn Sie selbst schon gehen wollen.»

Morgan ließ es nie auf eine Auseinandersetzung mit Pawley ankommen, also ging er, aber seine Miene war die eines Mannes, der Bomben trägt. Mrs. Morgan bewog Duffield, noch einen Witz zu erzählen, und Pawley schloß sich mit einer harmlosen kleinen Anekdote über einen Amerikaner an, der die National Gallery mit St. Paul's Cathedral verwechselt. Mrs. Morgan hatte von keiner der beiden je gehört, so verstand sie die Pointe offenbar nicht, aber sie gewährte Pawley den Beifall, den seine Stellung beanspruchen durfte. Dann sagte Douglas gute Nacht. Er wußte keinen Grund, warum er bleiben und die Konsequenzen von Pawleys diplomatischem Mißgriff erleben sollte. Daher kehrte er in seinen Bungalow zurück.

Er las eine Weile. Es mochte eine Stunde später sein, und er war eben im Begriff, zu Bett zu gehen, als Morgan in der Tür erschien. Sein Gesicht war aschgrau.

«Meine Frau ist bei Duffield», stammelte er.

«Wo?»

«In seinem Bungalow.»

Douglas begriff nicht ganz, ob er Teilnahme oder Hilfe wünschte.

«Sie sollten sie lieber herausholen», meinte er.

«Ich kann nicht selber gehen. Kommen Sie mit mir.»

«Sind sie in dem Bungalow?»

«Nein, auf der Veranda. Sie sitzen und trinken. Ich bin vorbeigegangen und habe es gesehen.»

Douglas ging mit, da er Morgan nicht bereden konnte, es allein zu schaffen. Er konnte alle möglichen gräßlichen Folgen voraussehen, wenn Mrs. Morgan in Duffields Bungalow blieb, was ihr jetzt ohne weiteres zuzutrauen war. Sie fanden sie seitlich über einen engen Korbstuhl hängend, hysterisch lachend, das Haar wild in Unordnung. Douglas erklärte Duffield, daß es notwendig sei, sie heimzuschaffen. Duffield war selbst schwer betrunken, erhob aber keinen Einspruch. Douglas und Morgan hievten Mrs. Morgan aus dem Stuhl hoch. Kaum war sie aber auf den Füßen, als sie vornüberfiel, die Arme um Duffields Hals.

«Sie sind allerliebst, Mr. Duffield, wirklich!»

Sie schrie vor Lachen, während sie sie wegschleppten. Auf dem Weg zum Haupthaus war sie mehr oder weniger bewußtlos, was zwar ermöglichte, ins Haus zu gelangen, ohne daß die Kinder aufwachten, aber den Transport die Treppe hinauf erschwerte.

Am Morgen war Duffield zur gewohnten Zeit beim Frühstück. Er sagte zu Douglas: «Sie müssen Mühe gehabt haben mit dieser Frau, gestern abend. Konnte sie nicht davon abbringen, in meinen Bungalow zu kommen. Aber sie ist keine üble Sorte. Natürlich hat sie es schwer, an einen Mann wie Morgan gebunden zu sein.»

Eben da tauchte Morgan auf. Er sagte zu Douglas guten Morgen und ignorierte Duffield.

«Meine Frau fühlt sich heute morgen leider nicht ganz wohl», erklärte er. «Sie überspringt das Frühstück.»

Mrs. Morgan übersprang auch das Mittagessen, aber zum Abendessen tauchte sie auf; sie war sehr gedrückt und vermied sorgfältig Duffields Blick. Die Fehde war wieder ausgebrochen. Es sah ganz so aus, als ob sie in diesem Frühjahr nicht mehr beigelegt würde.

Der Beginn der folgenden Woche brachte ein aufregendes Ereignis – aufregender für Douglas als irgendeine Fehde in der Lehrerschaft.

Montag morgens, als er vor dem Mittagessen in seinen Bungalow kam, war der Holzelefant verschwunden. Er wunderte sich darüber, aber bis Dienstag früh unternahm er nichts in der Sache, und da hatte er Gelegenheit, Ivy zu befragen. Sie kicherte und sagte, der Elefant sei Montag um zehn Uhr, als sie abstaubte und das Bett machte, an seinem Platz gewesen. Er vergaß die Angelegenheit bis zu seiner Nachmittagsklasse.

In dieser Nachmittagsstunde kam die Rede auf die Fauna von Jamaica, und es wurde erörtert, warum auf der Insel die größeren Tiere anderer tropischer Länder fehlten. Eines der Kinder erwähnte Elefanten, und das erinnerte ihn an seinen hölzernen Talisman. Er fragte, ob jemand zufällig etwas über sein Verschwinden wüßte.

Ein Schweigen trat ein – diese Art Schweigen, die immer erraten ließ, daß sie alle irgend etwas wüßten. Er wiederholte die Frage, aber da niemand mit der Sprache herausrücken wollte, verschob er die Angelegenheit auf die Zeit nach der Stunde. Dann rief er Rosemary heran, die einzige Anwesende, die seiner besonderen Aufsicht anvertraut war, und fragte sie aus. Er mußte einige Überredungskunst anwenden. Schließlich sagte sie widerstrebend:

«Silvia hat ihn. Sie hat allen erzählt, Sie hätten ihn ihr geschenkt.» Und nachdem das einmal heraus war, dachte sie wohl, jetzt könnte sie ebensogut weiterreden, und fügte hinzu: «Sie erzählt auch allen, daß Sie ihr Briefe schreiben. Sagt, daß Sie sie immer im Gebüsch im Garten bereitlegen.»

«Was sollen das für Briefe sein?»

Rosemary geriet in Verlegenheit.

«Ich weiß nicht.»

«Aber das glaubt ihr doch keiner?»

Das wisse sie nicht, erklärte sie, doch fügte sie hinzu: «Gestern hat sie uns zuschauen lassen, wie sie einen holte. Sie zog ihn aus dem Gebüsch heraus – aber nachdem sie ihn gelesen hatte, zerriß sie ihn. Sie sagte, der Inhalt wäre ganz privat.»

«Kein Wunder», bemerkte Douglas. «Ihr hättet sonst bemerkt, daß es nicht meine Schrift war.»

Mit Silvia darüber zu sprechen, war ihm äußerst peinlich, aber er sah nicht recht, wie er es vermeiden sollte. Nach dem Tee machte er sich auf die Suche nach ihr. Er fand sie unter einem der Wacholderbäume sitzend, mit einer neuen Geschichte beschäftigt.

Er fragte sie unumwunden: «Silvia, hast du meinen Elefanten?»

Sie wurde über und über rot, antwortete aber nicht.

«Wenn du dir etwas nehmen mußt, was dir nicht gehört, warum hältst du nicht wenigstens den Mund? Es muß doch früher oder später an den Tag kommen, wenn du allen erzählst, man habe es dir geschenkt.»

Sie starrte ihn hilflos an. Er fuhr fort:

«Du erinnerst dich daran, was ich dir erst neulich darüber gesagt habe, daß manche Leute immer Eindruck schinden wollen. Ich kann nur glauben, daß du es darum getan hast. Aber es klappt doch nicht, siehst du das nicht? Zuletzt machst du gerade den falschen Eindruck. Vielleicht verstehst du jetzt, wie ich es meine?» Dies schien auch die in der Bougainvillea versteckten Briefe zu umfassen, und so erwähnte er sie nicht eigens. Sie war noch immer sprachlos. So sagte er: «Gelegentlich könntest du mir den Elefanten zurückbringen. Wie du weißt, hat er für mich einen bestimmten Gefühlswert.»

Er ließ sie sitzen und ging in seinen Bungalow zurück. Nach einer halben Stunde tauchte Silvia auf der Veranda auf. Sie hatte ihre Haltung völlig wiedergefunden.

«Bitte, darf ich den Elefanten behalten?»

«Nein, das darfst du nicht.»

Sie schwieg.

«Was ist denn los?» fragte er. «Du hast ihn doch nicht etwa gar zerbrochen?»

«Nein. Ich möchte ihn nur behalten.»

«Das geht nicht. Und in Zukunft nimm nicht Dinge, die mir gehören, ohne vorher zu fragen.»

Sie war keineswegs von seinem unwirschen Ton eingeschüchtert. Erstaunlich, wie sie sich in einer halben Stunden zusammengerafft hatte. Sie sah ihm ruhig ins Auge.

«Ich weiß, daß man Ihnen auch von den Briefen erzählt hat», sagte sie.

«Ja, das hat man. Ich war äußerst ärgerlich darüber. Du hättest gescheiter sein können. Es war doch sternenklar, daß die anderen herausbringen würden, was an der Sache wirklich war.»

«Sie hätten mir aber doch welche schreiben können.»

«Wie meinst du das?»

«Sie hätten mir doch Briefe geschrieben, wenn Sie nicht in Sorge wären, was die andern davon halten.»

«Ich verstehe kein Wort», sagte er.

«Sie haben mich genug gern, um mir Briefe zu schreiben.»

«Aber mein liebes Kind . . .»

«Ich bin kein Kind», sagte Silvia.

«Um Himmels willen, was bist du also?»

«Ich bin eine Frau.»

«Du bist auf dem Wege, das zu werden», beschwichtigte er sie. «Aber du übereilst die Dinge ein wenig. Es gibt Frauen genug, die sich mit dreißig gern Mädchen nennen ließen.»

«Ich habe die Gefühle einer Frau», sagte Silvia.

«Glaube kaum, daß eine vernünftige Frau diese Sache mit den Briefen erfunden oder meinen Elefanten gemaust hätte.»

«Ich wollte immer etwas von Ihnen bei mir haben.»

«Das ist durchaus unnötig.» Die Wendung, die dieses Gespräch nahm, war ihm sehr unbehaglich.

«Nein, das ist nicht unnötig. Ich möchte auch, daß Sie immer etwas von mir bei sich haben. Haben Sie nicht neulich die Blumen hier gefunden?»

«Doch, das habe ich.»

«Sie wußten doch, daß ich sie hergestellt habe?»

«Ich hatte nicht die entfernteste Idee», log er.

«Doch, Sie mußten es wissen. Sie wußten, wie ich fühle.»

«Ich hatte immer den Eindruck, du haßtest mich.»

«Ja, das habe ich getan, als ich Ihr Zimmer verwüstete. Ich habe auch geglaubt, daß Sie mich wirklich haßten. Damals aber habe ich begriffen, daß Sie das nicht taten, denn sonst hätten Sie sich anders benommen. Sie waren nicht einmal böse. Jetzt hasse ich Sie nicht mehr. Jetzt tue ich das Gegenteil.»

Für ihn gab es nur zwei Wege, aus der Sache herauszufinden. Entweder lachte er ihr ins Gesicht oder er spielte die Rolle des väterlichen wohlwollenden Mannes: «Du wirst schon darüber hinwegkommen.» Das Auslachen gefiel ihm gar nicht recht – er erinnerte sich, daß er erst unlängst in einem sehr gescheiten Buch gelesen hatte, welch schlimmen Schaden Kinder nehmen konnten, wenn man ihre Gefühle verlachte –, und so wählte er den zweiten Ausweg:

«Das ist schon so, unsere Gefühle pendeln gern von einem Extrem ins andere. Wenn man aber versucht, nicht allzuviel auf sie zu achten, so schwingen sie schließlich aus und halten irgendwo in der Mitte.»

«Meine nicht», sagte Silvia. «Meine Gefühle währen für immer.»

«Wenn das so ist, dann bist du ein sehr ungewöhnliches Geschöpf. Die meisten Mädchen verlieben sich der Reihe nach heiß in eine ganze Menge von Leuten, bevor sie zwanzig Jahre alt sind.»

«Ich bin meinem Alter sehr weit vorausgeschritten», erklärte Silvia. «Ich glaube, es muß da bei meinem Geburtsdatum ein Irrtum unterlaufen sein. Ich könnte ganz gut fünfzehn Jahre alt sein. Ich kannte ein Mädchen, das mit fünfzehn Jahren von zu Hause durchbrannte und heiratete.»

Er lachte. «Dein Pech, Silvia, ist es, daß du eine zu lebhafte Phantasie hast. Warum willst du dich nicht mit der Tatsache abfinden, daß du zwölf Jahre alt bist? Du wirst früh genug fünfzehn sein.»

«Das ist nicht Phantasie, wenn man gewisse Dinge fühlt.»

«Es kann Phantasie sein.»

«Ich weiß aber, was ich fühle. Ich weiß auch, was Sie fühlen. Sie haben sich immer viel mehr mit mir abgegeben als mit den anderen Mädchen.»

«Nur weil du mir mehr Kopfzerbrechen bereitet hast. Das ist mein Beruf hier.»

«Gut», sagte sie tolerant, «Sie brauchen sich darüber nicht auszusprechen, ich habe es gar nicht von Ihnen erwartet. Ich weiß, daß Sie das schwer haben in Ihrer Position. Aber ich werde mit niemand mehr darüber reden – jetzt nicht mehr, nachdem ich mit Ihnen darüber gesprochen habe.»

«Du solltest lieber den andern sagen, daß das mit den Briefen Schwindel war», meinte er. «Und schlage dir aus dem Kopf, daß ich anders an dich denke als an die anderen Mädchen.»

«Wüßte nicht, warum ich das sollte.»

«Weil ich zu allen von euch genau gleich stehe. So, und jetzt lauf fort – und vergiß nicht, mir den Elefanten zurückzubringen.»

«Ich werde ihn gleich bringen», sagte sie.

«Du brauchst ihn nicht gleich zu bringen. Gib ihn mir irgendwann einmal, wenn ich oben im Haupthaus bin.»

«Schön», sagte sie, «Sie brauchen sich keine Sorgen zu machen. Ich bereite Ihnen schon keine Schwierigkeiten.»

«Sieh lieber zu, daß du dir keine Schwierigkeiten bereitest.»

Erst nachdem sie gegangen war, kam ihm der Gedanke, ob Silvia nicht einfach eine raffinierte Taktik angewendet habe, um ihre Dieberei und den Schwindel mit den Briefen zu rechtfertigen und um sich die Demütigung nach der Ertappung zu ersparen. Im Grunde genommen wäre ihm das lieber gewesen als die beunruhigende Möglichkeit, daß sie die Wahrheit gesprochen hatte. Er fand nicht recht aus dem Problem heraus, und daran mochte er schon gar nicht denken, was sie jetzt wohl wieder ausheckte, um den Kindern etwas vorzugaukeln.

Die ganze Woche über vermied er es, mit ihr allein zusammen zu sein; beim Unterricht aber zeigte sie die wissende und überlegene Miene einer, die mit dem Lehrer ein Geheimnis teilt. Er war auf der Hut, ihr besondere Aufmerksamkeit zu schenken, sie aber auch nicht zu übersehen, denn das hätte sie vor den anderen als verabredeten Trick ausgelegt oder als übertriebenes Bemühen, niemand etwas erraten zu lassen. Wahrscheinlich hätte Pawley die ganze Situation ungewöhnlich bedeutsam gefunden und gemeint, sie verdiene wohl, daß man die Köpfe zusammenstecke; aber es widerstrebte ihm, die Angelegenheit einer Durchschnüffelung zu unterwerfen, und so zog er Pawley nicht zu Rate. Dieser war noch immer zutiefst von Silvias äußerem Betragen entzückt, und Douglas hatte jeden Augenblick Angst, Pawley könne ihn rufen, ihm die Schulleitung antragen und selbst heroisch in den Hintergrund treten.

13

Mittwoch war Judy auf einem Flug nach Trinidad, und so verbrachte er nur zwanzig Minuten in Kingston, kaufte Bücher und Zigaretten und fuhr zurück. Er machte einen Spaziergang auf dem Höhenkamm der Hügelkette und war zum Abendessen wieder daheim. Auf dem Weg in den Speisesaal traf er Mrs. Morgan.

«Ach, Mr. Lockwood, ich hab sehr schlimme Nachrichten für

Sie.» Ihre Wangen hingen vor Kummer schlaff herab. «Wirklich, sehr schlimme Nachrichten.»

Die Hiobspost war, daß John an Gelbsucht erkrankt war. Nach Mrs. Morgans vorbereitendem Gejammer war Douglas auf weit Schlimmeres gefaßt gewesen, und so atmete er beinahe auf. Indessen ergab sich, daß Johns Gelbsucht fataler war, als es zuerst geschienen hatte.

Nach dem Abendessen ging er ins Krankenzimmer. Johns dunkle Haut war kaum merklich verfärbt, aber seine Augäpfel zeigten das übliche Gelb. Er schien über die Maßen niedergeschlagen und besorgt, was bei der bekannten depressiven Wirkung der Gelbsucht nicht allzu verwunderlich war.

«Kopf hoch», sagte Douglas, «in ein paar Tagen ist alles wieder gut.»

John ließ sich aber nicht aufmuntern, sondern wandte seine okkergelben Augen zu Douglas und sagte mit matter Stimme:

«Schon gut, Sie brauchen mir nichts vorzumachen.»

«Wieso denn?»

«Ich weiß, daß ich Lepra habe.»

Douglas lachte, obwohl er die tödliche Angst, die in Johns Augen saß, jetzt erkannte.

«Purer Unsinn. Der Arzt war doch heute nachmittag hier, nicht? Er hat gesagt, daß es Gelbsucht ist. Er war nicht im geringsten in Zweifel.»

«Das war es, was ich glauben sollte.»

«Das hat er Mrs. Morgan gesagt.»

John sah ihn ungläubig an.

«Ich werde gelb. So beginnt es immer bei der Lepra.»

Offenbar hatte ihm das jemand schon vor langer Zeit gesagt. Natürlich war es purer Unsinn, aber diese fixe Idee, mit seiner Angst vor Lepra verbunden, hatte wohl die Gelbsucht ausgelöst. Er mußte sich zu Tode geängstigt und fünfzigmal im Tag in den Spiegel geschaut haben, ob er wohl schon gelb wäre, und schließlich war er gelb geworden, wenn auch aus einem anderen Grund, als er annahm. Das war so die sonderbare Art, wie der menschliche Körper reagierte – ganz als ob er einen eigenen Verstand für sich hätte und handgreifliche Späße liebte. Douglas versuchte das John zu erklären. Er sagte: «Weißt du, so geht es auch, wenn man jemand sagt, man würde ihn jetzt gleich mit einem rotglühenden Schürhaken berühren, und dann berührt man ihn mit einem kalten. Es bildet sich sofort eine Brandblase, denn der Berührte ist fest davon überzeugt, daß der Schürhaken glühend war. Du hast jetzt eine Gelbsucht abbekommen, weil du überzeugt warst, du würdest gelb werden. Du hast ganz bestimmt keine Lepra. Ich gebe dir mein Wort, daß wir dich nicht täuschen.»

Bevor Douglas das Krankenzimmer verließ, hatte John erklärt, daß er jetzt beruhigt sei, aber die Angst in seinen ockergelben Augen war nicht ganz erstorben. Diese Angst selbst war nicht eigentlich die Schwierigkeit, denn die Gelbsucht mußte ja zu einer bestimmten Zeit aufhören; Keim zu Schlimmerem lag in der Tatsache, daß er ins Krankenzimmer verbannt war.

Es ließ sich nicht feststellen, wie die Nachricht von Johns Erkrankung aus der Schule hinaussickerte, aber sie mußte sich rapid verbreitet haben. Später erfuhr man, daß binnen vierundzwanzig Stunden in Montego Bay davon die Rede war. Montego Bay lag hundertachtzig Kilometer von der Schule entfernt, und in Kingston, das knappe vierzig entfernt war, mußte sich der Klatsch viel früher verbreitet haben. Und das Gerede nahm genau den Verlauf, den man erwarten durfte. Ein paar Wochen vorher hatte es geheißen, John sei aussätzig. Jetzt war er krank. Das bedeutete bei einer Geistesverfassung, die in Jamaica nicht besser war als sonstwo, daß seine Krankheit Lepra war. Auch die Folgerung, die man daraus zog, lief auf den gleichen Schienen. Die Blue Mountain School, die es sich ja zur Gepflogenheit gemacht hatte, die Hinausgeworfenen aus anderen Schulen zusammenzulesen, und ihnen erlaubte, sich frei unter bessere Kinder zu mischen, trieb es jetzt so weit, einen Leprösen in ihrer Mitte zu dulden und unbehindert unter den anderen Kindern herumlaufen zu lassen.

Der erste Hinweis auf diese Verdächtigungen erreichte Pawley durch seine Frau, die zu morgendlichen Einkäufen in Kingston gewesen war. Er geriet in eine wahre Panik. Sofort rief er Douglas in seinen Bungalow. Sie hatten erst begonnen, mögliche Maßnahmen zu erörtern, als die Magd die Post hereinbrachte. Es waren nicht weniger als vier Briefe empörter Eltern darunter, die in verschiedener Abstufung protestierten. Zwei drohten unverhohlen, ihre Kinder sofort abzuholen, wenn der Träger der Infektion nicht unverzüglich aus der Schule verschwinde; die anderen beiden hüllten die gleiche Drohung in allgemeinere Redewendungen. Als Pawley diese Briefe gelesen hatte, sah er bereits den Zusammenbruch seiner Schule vor sich, und die Tafel «Geschlossen» hing schon über der Einfahrt zwischen den Eukalyptusbäumen.

«Es ist ganz klar, was wir tun müssen, Lockwood», sagte er. Einen der Briefe hielt er noch in seiner zitternden Hand. «Wir müssen John vorläufig wegschicken. Bis er ausgeheilt ist natürlich.»

«Aber das ist absurd!» rief Douglas.

Pawley schielte nervös durch seine Brille. «Ich bin durchaus Ihrer Ansicht. Uns scheint das völlig unnötig. In einem solchen Fall aber müssen wir klug sein, unsere persönlichen Gefühle zur Seite zu stellen und –»

«Und was ist mit Johns persönlichen Gefühlen?»

«Gewiß, gewiß.» Pawley deutete wieder auf den Brief. «Aber wir dürfen das Interesse der Mehrheit nicht aus dem Auge lassen – selbst wenn dabei vorübergehend ein individuelles Interesse übersehen wird. Natürlich bedeutet das Mut.»

«Die Mehrheit hat keine Ahnung davon, was wirklich ihr Interesse ist.»

«Sie glaubt aber, es zu wissen – und das kommt, fürchte ich, aufs gleiche heraus.»

Douglas war erbittert. «Wollen Sie damit sagen, daß wir John hinauswerfen müssen, bloß weil irgendwelche Leute so verteufelt böse sind, an eine niederträchtige Lüge zu glauben?»

Hilflos hob Pawley die Hände.

«Ich wollte, wir hätten eine andere Wahl.»

«Wir haben eine. Wir können den Chef des Gesundheitsdienstes veranlassen, Dr. Knowles' Diagnose, die auf Gelbsucht lautet, zu bestätigen, und können diese Erklärung den Eltern und der Presse zusenden. Dann kann jeder, der John noch für leprös hält, amtlich für verrückt erklärt werden.»

Pawley war nicht entzückt von diesem Vorschlag; für ihn stand es jetzt fest, daß es keinen anderen Weg gab, die Eltern zu beschwichtigen, als Johns Entfernung aus der Schule; aus seinem Unbehagen heraus antwortete er: «Nun ja, das könnte man natürlich tun. Aber das dauert eine Weile. Klugerweise müßten wir uns für die Zwischenzeit sichern.»

«Schön, wir können John wegschicken. Aber ich möchte wissen, was man von uns halten wird, wenn sich nachher herausstellt, daß John keine Lepra hat.»

Dieses Argument machte Eindruck auf Pawley. Er überlegte eine Minute, dann willigte er ein, John zu behalten. Douglas rief das Gesundheitsamt an, denn Pawley selbst war noch zu erregt, und verabredete mit dem Amtsarzt, daß er nächsten Tag heraufkommen solle. Dann verließ er Pawleys Büro im zuverlässigen Gefühl, daß sich mittlerweile nichts Übles begeben könnte.

Doch in diesem Punkte irrte er.

Mitten am Nachmittag wurde er wieder in Pawleys Bungalow gerufen. Als er an der Garage vorbeikam, sah er ein Taxi in der Einfahrt stehen. Entweder war der Amtsarzt vorzeitig erschienen oder jemand von den Eltern war gekommen, um seinen Protest persönlich vorzubringen. Doch keines von beiden traf zu. Der Besuch war Johns Mutter.

Sie saß in Pawleys Büro und war offenbar schon einige Zeit hier. Pawley bat Douglas, sich einen Stuhl zu nehmen. Dann sagte er:

«Ich weiß, daß Ihnen das unlieb sein wird, Lockwood – aber Mrs. Cooper ist selbst der Ansicht, daß es wohl das beste wäre, John fürs nächste von der Schule fortzuholen. Ich habe ihr gesagt, wie tief wir es bedauern, ihn zu verlieren; natürlich können wir ihr nicht im Wege stehen.»

«Warum findet sie das richtig?» fragte Douglas. Er sah Mrs. Cooper an, hoffte, sie würde antworten, aber Pawley mischte sich ein:

«Natürlich ist auch sie außer sich über diesen Klatsch. Und sie hat das Gefühl, daß sie John in seiner Krankheit besser zu Hause pflegen könnte.»

«Aber er kann ja nicht transportiert werden, solange er Temperatur hat», wandte Douglas ein. «Und die Hitze da unten ist keineswegs für ihn das Richtige.»

«Trotzdem scheint mir», sagte Pawley, «daß Mrs. Cooper unter den obwaltenden Verhältnissen das Vernünftigste tut.»

Douglas sah Mrs. Cooper an. «Wie steht Ihr Mann zu der Sache?»

«Er hat nicht viel geäußert», erwiderte sie. Sie hatte ihr bestes Kattunkleid angezogen und saß verschüchtert da, ihre plumpen Hände im Schoß. «Es steht alles noch beim alten, ganz wie damals, als Sie bei mir waren.»

«Hat er gewünscht, daß sie John wegholen?»

«Geäußert hat er das nicht. Ich bin eigentlich nur heraufgekommen, um John zu besuchen, weil er krank ist. Ich wußte gar nicht, daß durch ihn soviel Ärger mit den anderen Eltern entstanden ist. Jetzt hat Mr. Pawley es mir gesagt, und da scheint es mir nicht anständig, ihn hier zu lassen. Es wäre mir schrecklich, wenn die Schule durch John leiden müßte.»

Pawley sah ziemlich betreten aus. Er mied Douglas' Augen und sagte mit gezwungener Steifheit:

«Es war nicht meine Absicht, in Ihnen solche Empfindungen zu wecken, Mrs. Cooper. Ich habe sie so verstanden, als ob es Ihnen lieber wäre, John zu Hause zu pflegen – natürlich nur für die Dauer der Gelbsucht.»

«Nein, so ist das nicht», gestand Mrs. Cooper. «Ich möchte nur nicht, daß Sie Unannehmlichkeiten durch ihn haben. Ich schäme mich schon so genug.»

«Niemand kann Ihnen daraus einen Vorwurf machen», versicherte Douglas. «Und morgen wird der Amtsarzt all diesem üblen Gerede ein Ende machen.»

Aus Mrs. Coopers Gesichtsausdruck war deutlich zu lesen, daß sie vom Besuch des Amtsarztes noch nichts wußte.

«Ich wollte diesen Umstand eben erwähnen, als Sie eintraten», bemerkte Pawley betreten.

«Jedenfalls wäre es ein Jammer, wenn John vorher weggebracht würde», sagte Douglas. «Vielleicht ist Mrs. Cooper einverstanden, ihn hier zu lassen, bis die Entscheidung des Amtsarztes vorliegt.»

«Oh, ich bin durchaus einverstanden», beeilte sich Mrs. Cooper zu versichern. «Ich lasse ihn viel lieber hier, wenn es Ihnen wirklich recht ist.»

«Schön, wenn Sie es so wollen –» Pawley versuchte erfreut zu wirken. «Ich habe sie leider zuerst falsch verstanden.»

Nachdem Mrs. Cooper gegangen war, hielt Pawley die Pose aufrecht, den Ausgang erfreulich zu finden, aber er begriff natürlich genau, daß er sich lächerlich gemacht hatte. Er war offensichtlich ärgerlich auf Douglas, obgleich er es nicht durchblicken lassen wollte.

«Ich bin natürlich froh, Lockwood, daß John bleibt – aber meiner Ansicht nach hätten sie Mrs. Cooper nicht so beeinflussen sollen. Sie ist kein starker Charakter, Sie verstehen mich doch? Und sie wagte darum nicht darauf zu bestehen, John nunmehr selber zu pflegen. Zweifellos hätte sie das vorgezogen. Sie sagte mir das ganz eindeutig, bevor Sie eintraten.» Das klang so, als ob er es selbst zu glauben begänne. Nun, John blieb, also war die Sache für Douglas erledigt.

Der Amtsarzt kam am nächsten Tag. Er war ein Jamaicaner, der in Cambridge Medizin studiert hatte. Er erklärte es für völlig absurd, daß John an Lepra leiden sollte, und schrieb ein eindeutiges Attest aus. Da er nicht darauf warten wollte, bis der Text auf der Schreibmaschine vervielfältigt war, unterschrieb er vertrauensvoll ein leeres Formular. Douglas schrieb hiernach das Gutachten darüber. Er stelle hinreichend Kopien für die Eltern und für die Zeitungen her, die zusammen mit einem Brief Pawleys verschickt werden sollten. Dieser beiliegende Brief, den Douglas für Pawley schreiben sollte, war der Anlaß zu weiteren Auseinandersetzungen. Pawley wünschte nicht, daß diese Lepra-Affäre als «boshafter und abscheulicher Klatsch» bezeichnet wurde. Schließlich einigte man sich auf «ein beklagenswertes Gerücht, das weite Verbreitung gefunden hat», um nur ja niemandem nahe zu treten.

Das Attest erschien ein oder zwei Tage später in den Zeitungen. Nun kamen keine Protestbriefe mehr, es wurden auch keine Kinder fortgeholt. John begann sich von der Gelbsucht zu erholen. Die anderen Kinder besuchten ihn im Krankenzimmer, doch war in ihrem Gehabe jetzt eine Zurückhaltung, die es zuvor nicht gegeben hatte. Es war die Reserve, die jemand zu spüren bekommt, selbst von seinen Freunden, der wegen einer Unterschlagung vor Gericht gestanden hat – auch nach dem Freispruch.

Als Douglas Judy das nächste Mal traf, kam sie gerade aus Venezuela zurück. Vorher war sie in San Domingo und Miami gewesen. In der gleichen Woche hatte Douglas nur hundert Kilometer hinter sich gebracht, nach Kingston und zurück.

Irgendwie war es sonderbar, Judy über ihre Flüge plaudern zu hören, wie man in London von einem Ausflug nach Guilford oder Bognor spricht, und er erinnerte sich, wie aufregend er seinerzeit den Flug von England herüber empfunden hatte. Sie waren am Abend von den Azoren gestartet in der Erwartung, über Palmen und sonnenbestrahlten Dächern Bermudas zu erwachen. Infolge ungünstiger atlantischer Windverhältnisse war der Kurs abgeändert worden, und so hatten sie am Morgen statt dessen auf die unbewohnten nordischen Öden Neufundlands herabgeblickt. Er hätte nicht überraschter sein können, wenn es Tasmania oder Peru gewesen wäre. Während des Krieges war er oft im Flugzeug befördert worden, der ganze Orient war für ihn zur Größe eines Taschentuchs zusammengeschrumpft; die Neue Welt aber und der Atlantik, die er noch nicht kannte, waren für ihn die unermeßlichen Weiten geblieben, als die er sie aus seinem Schulatlas kannte. Diese plötzliche Kontraktion berührte ihn wie ein Schock. Er wäre gern lang genug in Neufundland geblieben, um sich wieder zurechtzufinden; aber ein paar Stunden später hatten sie mit einem einzigen Sprung den eisigen Norden gegen die Tropen vertauscht. Erst als er dann in Jamaica war, wo sein Flugticket ablief, begann die Erde allmählich wieder in ihre früheren Ausmaße zurückzuschrumpfen. Neufundland, das einen Moment lang nahe genug schien, um mit Mangofrüchten danach zu werfen, nahm wieder seinen Platz auf dem Erdenrund ein. London lag so fern wie ein Stern. Stand der Dienstwagen nicht zur Verfügung, so war selbst Kingston außer Reichweite. Die Dschungel, die in fünfzehn Kilometer Entfernung wucherten, hinter den Blauen Bergen, waren so geheimnisvoll und entrückt wie das hintere Tibet.

In dieser beengten Welt klang es seltsam, wenn Judy gleichmütig von ihren Flügen rings über das Karibische Meer plauderte. Judy selbst nahm die Blitzesschnelle der Luftfahrten als selbstverständlich hin, fand aber Spaß an ihrer Arbeit. Das war für sie ideal, eine Nacht in Caracas zu verbringen und die nächste in Nassau. Wenn sie beizeiten darauf verfallen wäre, hätte sie Fliegen von Anfang an dem Beruf einer Schauspielerin oder eines Mannequins vorgezogen. Nichts in ihr drängte sie, ein Stück Land zu besitzen oder sich ein Eigenheim einzurichten, Hab und Gut hatte sie nie gehortet. Hatte einfach in London zurückgelassen, was sie nicht für Paris brauchte, und in Paris weggeschenkt, was ihr nicht für Mexiko nützlich schien. Ihr Leben war beständige Gegenwart, ohne ein Gestern oder Morgen; Douglas konnte sich vorstellen, daß es ihr darum so leicht gefallen war, Selbstmord zu begehen. Wäre an jenem Abend irgend etwas dazwischengekommen, hätte der Arzt, der ihr die Tabletten verschrieb, sie zum Abendessen eingeladen, oder hätte sie ihren Entschluß verschoben und wäre vorerst noch in ein Kino gegangen, so wäre die Aufregung über Louis' Ultimatum in ferne Vergangenheit entrückt gewesen und sie hätte aller Wahrscheinlichkeit nach nichts dergleichen versucht. Sie stellte wirklich geringe Ansprüche an die Gegenwart, um frohgemut zu sein – und am allerwenigsten den Anspruch, auf dem die meisten Leute unerbittlich bestehen, den Anspruch auf eine rosige Zukunft.

Diese Eigenschaft entzückte Douglas, denn es ist ja immer gerade das, was uns fehlt – eben das bewundern wir an anderen besonders tief. Er begriff jetzt, daß er in seinem eigenen Leben einer vagen und unbestimmten Angst vor der Zukunft viel zuviel Raum gelassen hatte – einer Furcht, die absurden, aus der Knabenzeit herübergeholten Träumen von einem unmöglichen Glück entsprang. Es war diese Furcht, mit seinen Träumen nie Schritt zu halten, sie nie zu verwirklichen – diese Furcht hatte ihn von Fehler zu Fehler getrieben. Aus reiner Angst hatte er Caroline geheiratet, obwohl es ihm damals nicht klar gewesen war – hatte eine Chance ergriffen, die ihm sonst für immer entgangen wäre. Auch wenn er jetzt Depressionen unterlag und sie zu analysieren suchte, so lag immer dieselbe Ursache zugrunde: nicht Leid über die Gegenwart, der er sich ruhig hätte erfreuen können, sondern Angst, sein Leben würde im ganzen ein Fehlschlag werden. Es hatte Judys bedurft, um ihm begreiflich zu machen, daß es nur einen einzigen Fehlschlag im menschlichen Leben gab, den mißlungenen Augenblick, und daß das schlimmste Versagen dem Moment gegenüber aus der Furcht vor dem Kommenden entsprang. Er begriff, daß viele Leute Judy sorglos, ja sogar unverantwortlich schelten würden; aber er liebte sie und sah in ihrer Sorglosigkeit nur die Unschuld des Herzens.

Unschuld des Herzens – hatte er in Jamainca noch jemanden getroffen, der diese Tugend besaß? Der Jude in der Cocktailgesellschaft vielleicht ... sonst fiel ihm niemand ein, mit Ausnahme der Kinder; aber ihre Herzensunschuld war ja noch unerprobt, eines nach dem andern würden sie verdorben werden durch Enttäuschungen und erlittenes oder zugefügtes Unrecht, durch Eifersucht und unterdrückte Begierden, und die unverbrauchte Frische würde aus ihren Gesichtern schwinden, so wie ihre Träume dahinschwanden. Unschuld des Herzens konnten uns nur jene lehren, die sie selber nicht verloren hatten. Da gab es keine rettende Formel, kein erfolgssicheres Rezept, und die Menschen, in denen jene Unschuld blühte, hatten sie nicht in der Schule erlernt – waren damit geboren wie mit einem unverlierbaren Talent.

Vielleicht würde man es eines Tages erlernen, diese Begabung des Unbegabten zu vermitteln, und dann würde die Welt ihre schlimmste Krankheit los sein. Inzwischen aber, so sagte er sich, wuchsen ungezählte Kinder heran, um an sich zu reißen, wonach es sie nicht verlangte, grausam zu entbehren, was ihnen versagt wurde, vorzutäuschen, was sie nicht hatten. Und Ungezählte würden hypnotisiert auf ein zukünftiges Glück hinstarren, bis sie endlich voll Bitterkeit entdeckten, daß diese Zukunft hinter ihnen lag.

Sie hätten Judy da oben in der Blue Mountain School gebraucht, um mit ihrem wundervoll unvergrämten Lächeln Gegenwartsfreude zu lehren. Aber gewiß wären sie dann bis über ihre Köpfe mit Protestbriefen eingedeckt worden – denn das stand fest, verheiratete ungarische Juden und Selbstmordversuche waren nicht das richtige.

An diesem Nachmittag fuhren sie auf den Strand hinaus, und obwohl es von Sandfliegen wimmelte und der Wind heiß und stickig war, hatten sie Freude an dem Ausflug; als sie nach Kingston zurückkamen, sagte Douglas:

«Irgendwie komme ich von der Vorstellung nicht los, daß Louis in deiner Wohnung sitzen wird, wenn wir heimkommen. Heute nachmittag hab ich es im Gefühl, daß irgend etwas dazwischenkommen wird.»

«Ich werde ihn hinauswerfen, wenn er da ist», sagte sie.

Louis saß nicht in der Wohnung, aber das Nächstschlimmste war eingetreten: ein Brief von ihm lag im Briefkasten. Der erste seit seinem Abflug. Er steckte in einem lustig bunten Air-Mail-Umschlag und kam aus Argentinien.

Judy starrte den Brief in ihrer Hand an. Ihre Hand zitterte leicht, sie war blaß geworden. Gleich darauf brachte sie ein ziemlich gezwungenes Lachen hervor.

«Ich habe ihm gesagt, ich würde seine Briefe zerreißen, wenn er schriebe.» Sie wiederholte das, als suchte sie sich zu erinnern, ob sie das damals ernst gemeint hatte oder nicht.

«Vermutlich hat er seine Haarpomade hier vergessen», meinte Douglas. «Oder seine Frau ist ihm wieder durchgebrannt.»

Sie ging langsam ins Wohnzimmer, ohne ihren Blick von dem Umschlag zu lösen.

«Warum soll ich erlauben, daß er mich wieder aufregt?» murmelte sie. «Der Teufel soll mich holen, wenn ich das öffne.»

«Vielleicht ist ein Scheck darin», vermutete Douglas. «Auf jeden Fall ist es eine interessante Lektüre, schon weil er so kultiviert ist.»

Sie zögerte noch einen Moment, dann lachte sie unvermittelt auf, zerriß den Brief und warf die Stücke in den Papierkorb.

«Tut mir leid, daß ich so lang dazu gebraucht habe, aber ich war im Moment ein wenig verblüfft. Jetzt fühle ich mich großartig, als ob ich einen Ball ins Loch getrieben oder den Kanal durchschwommen hätte.»

«Den fünften oder sechsten Brief wirst du schon ohne Wimpernzucken zerreißen», tröstete er sie.

«Nun ja, warum sollten wir erlauben, daß er immer alles durcheinanderbringt? Es hat uns letztes Mal genug verpatzt.»

«Tatsächlich, wir sind nie wieder richtig an die Stelle gelangt, an der wir unterbrochen wurden.»

«Ich weiß.» Sie lächelte ungewiß. «Ich wüßte nur zu gern, ob du wieder dahin zurück möchtest oder nicht. Ist mir gänzlich unklar. Weiß wirklich nicht, ob du nur rücksichtsvoll bist oder ob ich dir nach allem, was geschehen ist, einfach lästig bin. Übelnehmen könnte ich es dir nicht.»

«Benehme ich mich so, als ob du mir lästig wärst?»

«Nein, aber du würdest das ja nicht zeigen. Du würdest weiterhin nett sein, nur weil du meinst, daß ich dich brauche.»

«Brauchst du mich?»

Sie zuckte die Achseln und lächelte. «Ich war heute nacht unsagbar glücklich, weil du diesen Morgen kommen wolltest. Wenn du das jemanden brauchen nennst –? Und den Brief hab ich zerrissen. Wie nennst du das?»

«Daß du Louis' Brief zerreißt, hindert dich nicht, Sehnsucht nach ihm zu haben.»

«Ich hab aber keine Sehnsucht nach ihm. Auf Ehre, wirklich nicht. Es war nur ein sonderbares Gefühl, einen Moment lang, seine Schrift wiederzusehen. Wahrscheinlich vergesse ich Louis schneller als du.»

«Am Strand vergesse ich ihn leicht», sagte Douglas. «Hier in der Wohnung aber streicht er immer herum. Jeden Augenblick kann er durch die Tür kommen, in seinen Hosenträgern.«

«Großer Gott, und er sieht so abscheulich aus in Hosenträgern! Vermutlich ist es sein Gespenst, sein duppy. Aber wir können zum Abendessen ausgehen, wenn dir das lieber ist.»

«Nein, ich werde mich an ihn gewöhnen.»

«Schön; wollen sehen, was wir zu Hause haben.»

Während sie sich in der Küche zu schaffen machte, rauchte Douglas auf dem Balkon eine Zigarette und er dachte, vielleicht wäre Louis wirklich nicht in der Wohnung, als er aber wieder ins Zimmer trat, kam Louis gerade aus dem Schlafzimmer, grinste auf seine verbindliche Weise und trocknete sich die Hände an einem Handtuch ab. Am Strand, nachmittags, hatte Douglas keine Geister gesehen, und Judys Beine waren in der Sonne lang und golden gewesen; als sie sich dann zu Tisch setzten, sagte er:

«Es soll in Jamaica noch weit schöneren Strand geben – den richtigen tropischen Originalartikel.»

«Ohne Originalsandfliegen?»

«Ganz ohne Sandfliegen, aber mit garantiertem Mond.»

«Und kann man diesen Strand in einem Tagesausflug erreichen?»

«Nein. Ein Tag reicht nicht. Man muß einen Bungalow mieten.»

Ihre Augen schimmerten grün und belustigt.

«Deine Ferien beginnen aber erst in einem Monat», sagte sie.

«Ich könnte mir ein Wochenende freinehmen. Das hätte ich schon früher können, aber ich habe keinen Wert darauf gelegt.»

«Und wenn uns jemand aufspürt?»

«Wir können einen Bungalow bekommen, viele, viele Meilen weit von hier, mit eigenem Strand. Und wir brauchen ja nicht mit dem Dienstwagen zu fahren. Können ein Taxi mieten.»

«Aber es wäre schrecklich, wenn dir dann immer wieder Louis einfällt, und wenn du trübsinnig wirst.»

«Das Gespenst wird nicht mit uns kommen. Wir lassen es hier, damit es auf die Wohnung aufpaßt. Vielleicht wird es ihm sogar langweilig, hier zu spuken, und es ist fort, wenn wir zurückkommen.»

Ihre Augen lächelten ihm über den Tisch zu.

«Es könnte so schön sein», sagte sie, «daß es mir gar nichts ausmachte, wenn wir überhaupt nicht zurückkämen.»

Die Straßen waren leer, er jagte aus Kingston hinaus, von der kühlen Nachtluft erquickt, und in seinen Gedanken genoß er bereits das Idyll, das sie geplant hatten. Und gleichzeitig erwog er alle ausdenkbaren Möglichkeiten, die ihm in die Quere kommen könnten; so konnte zum Beispiel der Wagen streiken und sie irgendwo festsitzen lassen; dann kam ihm Mrs. Pawleys Bruder bildhaft vor Augen, Findlay, der am Strand auf und ab spazierte und sie aufspürte; und nun fragte er sich, was geschehen würde, wenn Pawley davon erfuhr. Aber er war jetzt in so gehobener Stimmung, daß ihm das gleichgültig war, und seine Gedanken kehrten zu Judy zurück und zu ihrer Unschuld des Herzens.

Schon war er sieben oder acht Kilometer hinter Kingston, als er sich erinnerte, daß er ein Päckchen in Judys Wohnung vergessen hatte, ein meteorologisches Instrument Morgans, das er heute morgen aus der Reparatur geholt hatte. Er machte kehrt und raste zurück. Als er das Haus erreichte, sah er, daß Judy noch Licht hatte. Er lief die Treppe hinauf und läutete. Einen Augenblick später kam Judy an die Tür.

«Konnte mir gar nicht denken, wer da noch käme!» Etwas in ihrem Gehabe war sonderbar, und als er ihr sagte, warum er wiedergekommen war, schlug sie vor: «Ich hole es dir heraus, ja?»

«Ich hol es mir selbst, wenn du nichts dagegen hast.» Offensichtlich war es ihr unangenehm, ihn weiterzuführen, und so fragte er: «Was ist denn los? Hast du jemanden hier?»

Sie sah ihn böse an.

«Na, du wirst dich wohl selbst überzeugen müssen.»

Er trat in das Wohnzimmer. Besuch war keiner da, aber die Stücke von Louis' Brief lagen geordnet auf dem Tisch. Sie hatte sie mühsam wieder zusammengesetzt.

Er lachte, obwohl ihm gar nicht lustig zumute war.

«Ich wußte gar nicht, daß du eine Liebhaberin von Puzzlespielen bist. Nun, vielleicht sind bis zum Wochenende noch ein paar Briefe da. Du kannst sie zerreißen und dann den ganzen Tag über am Strand mit ihnen spielen. Es wird ein netter Zeitvertreib.»

«Ach, wenn du doch nicht zurückgekommen wärst», sagte sie niedergeschlagen. «Das da bedeutet gar nichts.»

«Außer daß du wissen möchtest, was er dir zu sagen hat.»

«Ich zerreiße es noch einmal, wenn du willst. Oder ich verbrenne es.»

«Nein, jetzt mach nur weiter. Wer weiß, vielleicht bietet er mir darin eine Stellung an. Ich möchte eine solche Chance nicht versäumen. Darf ich mir einen Drink mixen, während du dich damit beschäftigst?»

Er fand in der Küche eine Flasche Rum und holte sich ein paar Eiswürfel aus dem Kühlschrank. Als er ins Wohnzimmer zurückkehrte, hatte Judy den Brief fertig zusammengesetzt. Sehr schwer war es nicht gewesen, denn das Kuvert war nur einmal übers Kreuz durchgerissen.

«Du kannst es lesen, wenn du magst», sagte sie. «Er ist ein so schlechter Briefschreiber wie ich.»

«Nun, was will er?»

«Seine Frau ist nach New York zurückgefahren, und er meint, daß sie dort bleiben wird. Er möchte, daß ich einen Flug nach Buenos Aires arrangiere.»

«Nun, warum denn nicht?» sagte Douglas. «Deine Fluggesellschaft hat ja auch eine Linie nach Argentinien, nicht? Du könntest dir das doch richten.»

«Nichts werde ich mir richten.»

«Ich verstehe nicht warum.»

Sie sah ihn tieftraurig an, während sie die Papierschnitzel zu einem Häufchen zusammenschob. «Ich will nicht. Ich bin fertig mit Louis. Ich hab's dir schon gesagt.»

«Du hast auch gesagt, daß du seine Briefe nicht mehr lesen würdest.»

«Ich hab ihn nur gelesen, weil ich nichts anderes zu tun hatte, nachdem du weggegangen warst.»

«Du hättest ja an das Wochenende denken können.»

Sie wandte sich ab. «Das habe ich verdient. Wahrscheinlich willst du mir jetzt absagen. Ich hatte schon solche Angst, daß etwas dazwischenkommen würde, aber ich hätte nicht gedacht, daß es so bald wäre.» Es klang, als wollte sie in Tränen ausbrechen. Gleich aber wandte sie sich um und lächelte mühsam. «Na, ist schon gut. Ich werde nicht weinen. Keinesfalls, bevor du gegangen bist. Ich werde dich nicht erpressen.»

«Es war doch immer schon dein Wunsch, Argentinien zu sehen», wandte er ein.

«Brasilien wollte ich sehen. Hatte nie ein spezielles Faible für Argentinien.»

«Du würdest schon ein Faible haben, wenn es dir nicht unlieb wäre, mich schon wieder aufsitzen zu lassen. Ich bin ein viel zu netter Kerl, als daß man mir zweimal den Spaß verderben könnte. Und du bist viel zu nett, so etwas zu tun. Beide sind wir so nett, daß wir nicht tun können, was wir möchten.»

«Ich würde nach Buenos Aires fliegen, wenn ich wollte, aber ich will nicht. Ich will bei dir sein.»

«Überlege dir das lieber bis morgen. Vielleicht kommt morgen ein anderer Brief von Louis.»

«Das würde nichts ausmachen. Auch fünfzig Briefe würden nichts daran ändern. Ich würde sie dir hinaufschicken, und du könntest sie selbst verbrennen.»

«Das Puzzlespiel ist dir doch nicht langweilig geworden?»

«Doch, das ist es.» Sie lächelte, sah aber noch immer sehr bedrückt aus. «Kann ich einen Schluck aus deinem Glas haben? Ich glaube, ich brauche es.» Sie nahm einen Schluck, dann lachte sie und sagte: «Ich hätte den Brief beinahe in den Papierkorb zurückgeworfen, als es läutete. Aber dann dachte ich, es wäre nur die Frau aus dem unteren Stockwerk. Und später hätte ich es dir ja doch gesagt, so oder so.»

«Ich finde es nicht schlimm, Briefe zu lesen», bemerkte Douglas. «Ich lese Carolines Briefe immer.»

«Es macht mehr Spaß, sie zuerst zu zerreißen und dann Puzzle damit zu spielen. Wirklich, es ist die einzige Art, sich an Louis' Briefen zu freuen – sie sind so trostlos trocken.»

Douglas fragte: «Weißt du bestimmt, daß deine Gesellschaft dich fürs Wochenende freigibt?»

«Wenn es nötig ist, kündige ich ihnen.»

«Wahrscheinlich habe ich mich in bezug auf den Mond geirrt. Möglicherweise ist es nicht Vollmond.»

«Mir soll es egal sein, wenn es überhaupt keinen Mond gibt. Mir macht es nichts aus, wenn es die ganze Nacht über regnet. Ich werde es gar nicht bemerken.»

«Du wirst bemerken, daß du nicht in Buenos Aires bist.»

«Wo ist Buenos Aires?»

«Das ist ein Ort, aus dem du heute einen Brief bekommen hast. Du hast Puzzle damit gespielt. Der Brief kam von einem Ungarn in Hosenträgern.»

«Ach ja, richtig. Von einem Gespenst. Ist es nicht ein Glück, daß ich mich nicht mehr vor Gespenstern fürchte?»

14

Pawleys Gesinnung war seit dem Besuch Mrs. Coopers nicht mehr so freundlich wie früher, und er wand sich mindestens zwanzig Minuten lang. Das war nicht sehr nett von ihm, wenn man bedachte, daß Douglas vier Wochenenden im Schuljahr für sich beanspruchen konnte und bisher kein einziges wahrgenommen hatte. Als Pawley aber sah, daß selbst drohende Ungnade Douglas nicht bewog, von seiner Forderung abzugehen, fügte er sich schließlich mürrisch ins Unvermeidliche.

Dienstag kam ein Brief von Judy. Im Büro hatte man ihr wegen des Wochenendes keine Schwierigkeiten gemacht, und ihre freudige Erwartung floß in zwei hochgestimmten P. S. über. Der ganze Brief klang so, als ob er schon am Tag nach ihrer letzten Begegnung geschrieben worden wäre. Douglas sah nach dem Poststempel. Er war vom vorigen Donnerstag – fast eine Woche alt. Das wunderte ihn, denn Briefe aus Kingston dauerten höchstens zwei Tage. Sie wurden täglich durch einen Boten aus dem Dorf, das zehn Kilometer weiter unten an der Straße lag, heraufgebracht und Mrs. Pawley ausgehändigt. Privatbriefe an die Lehrer oder an die Kinder wurden von dem Hausmädchen der Pawleys verteilt. Douglas fragte sich, ob Mrs. Pawley seinen Brief aus Bosheit liegengelassen hatte. Er sah sich auch den Umschlag aufmerksamer an, ob er etwa geöffnet worden war. Nichts, was darauf hindeutete, war zu bemerken. Vielleicht war sein Verdacht unbegründet – die Verzögerung konnte ja auch andere Gründe haben.

Aber ob nun Mrs. Pawley den Brief liegengelassen hatte oder nicht, sie mußte von ihrem Mann gehört haben, daß Douglas sich das Wochenende freigenommen hatte. Deutlich ließ sie ihn fühlen, daß sie Mr. Pawleys Mißfallen teilte. Wenn sie jetzt Douglas begegnete, so war ihr Ausdruck neuerdings ärgerlich, und sie war fester denn je entschlossen, ihn zu ignorieren.

Dienstag gab es beim Mittagessen einen peinlichen Zwischenfall, als Mrs. Pawley wegen Silvia die Nerven verlor. Wahrscheinlich war dies nur ein Rückprall ihrer Erbitterung gegen Douglas. Sie saß an Silvias Tisch, Douglas an einem Tisch auf der anderen Seite des Raumes. Mitten während der Mahlzeit hörte man Mrs. Pawleys Stimme sich über das allgemeine Geplauder und Tellerklappern erheben. Ein jähes, betontes Schweigen war die Folge. Alle Augen wandten sich ihr zu. Sie wurde rot bis zum Hals, dann fuhr sie wütend auf Silvia los:

«Wenn du dich nicht benehmen kannst, so mußt du allein an einem Tisch sitzen.» Und da Silvia sich nicht rührte, fuhr sie fort: «Hast du verstanden? Geh an den Tisch dort in der Ecke, sofort! Und du bleibst dort für eine Woche.»

Silvia erhob sich in ihrer gleichmütig geringschätzigen Weise und wanderte zu dem leeren Tisch hinüber. Dort setzte sie sich, kreuzte die Arme. Das Schweigen dauerte an. Dann sagte ein Mädchen an Mrs. Pawleys Tisch scheu:

«Entschuldigen Sie, Mrs. Pawley, es war meine Schuld. Ich habe Silvias Gabel genommen.»

«Ich habe dich nicht gefragt», fauchte Mrs. Pawley sie an.

Das Schweigen wurde von Pawley unterbrochen, der einen lahmen Versuch machte, die normale Unterhaltung wieder aufzunehmen.

«Ja, Paul, du wolltest mir doch sagen, was du für Ferienpläne hast ...»

Ein schüchternes Gemurmel setzte ein, aber eine ganze Weile verstrich, bis es einigermaßen zur Kraft des gewöhnlichen unbefangenen Geplauders anschwoll. Mrs. Pawley hatte inzwischen eines der Serviermädchen beauftragt, Silvias Teller zu ihrem Tisch hinüberzutragen. Silvia beachtete ihn nicht. Die ganze übrige Zeit saß sie regungslos da, die Arme vor sich gekreuzt.

Nach Tisch war es üblich, daß die Lehrer im Gemeinschaftsraum den Kaffee nahmen. Aber Douglas war zu ärgerlich, um Pawley jetzt gegenüberzutreten. So unternahm er einen Spaziergang auf dem Schulgelände. Eine halbe Stunde später ging er in Pawleys Bungalow. Mrs. Pawley war auf der Veranda, aber sie verschwand im Haus, als sie ihn herankommen sah, und Pawley trat heraus. Douglas hatte sich keineswegs beruhigt. Er setzte ihm auseinander, daß Silvias Verweisung an einen eigenen Tisch nicht nur ein Bruch mit allen pädagogischen Prinzipien wäre, zu denen Pawley sich bekannte, ja, daß dadurch alles aufs Spiel gesetzt würde, was zwei Monate guter Behandlung gezeitigt hatten; die Strafe war überdies ungerecht verhängt, da ja ein anderes Mädchen die Verfehlung bekannt hatte.

Vernünftigerweise hätte Pawley das Verhalten seiner Frau als einen Fehler, der jedem Menschen unterlaufen konnte, entschuldigt; statt dessen versuchte er ihn zu verteidigen. Es wäre falsch, in Silvia den Eindruck zu erwecken, daß man nur Samtpfötchen zeigen könne. Nun folgte eine Auseinandersetzung über den Begriff Weichheit, der sie weit vom Gegenstande ablenkte. Als sie schließlich wieder zum Thema kamen, war Douglas so von Pawleys wirrem Gerede und seiner Prinzipienreiterei ermüdet, daß er Lust hatte, die ganze Erörterung aufzugeben und Silvia im Stich zu lassen. Er sagte, daß Mrs. Pawley am besten ganz die Aufsicht über Silvia übernehmen solle.

Pawley erwiderte gelassen, daß ein solcher Vorschlag annehmbar wäre, doch stünde man ja vor dem Ende des Schuljahres; so wolle er doch lieber Douglas bitten, Silvias Tutor zu bleiben, obwohl sie in dieser Sache offenbar nicht gleicher Ansicht wären. Und er fuhr fort:

«Ich verlasse mich darauf, daß Sie diese Stellung nicht benützen werden, Silvia gegen meine Frau oder mich einzunehmen, auch wenn Sie sich dazu versucht fühlen.»

Douglas erwiderte, er habe sich immer bemüht, seine persönlichen Gefühle bei der Behandlung der Kinder auszuschalten, machte kehrt und ging.

Später am Tag ließ Pawley ihn noch einmal in seinen Bungalow rufen und bot ihm einen Ölzweig an. Alles das, erklärte er, sei die übliche Nervosität vor Ende des Schuljahres. Douglas ließ sich dazu herbei, nichts dagegen zu sagen. Pawley schüttelte ihm die Hand, meinte, es wäre «auf beiden Seiten ein wenig Recht und ein wenig Unrecht», und fügte hinzu, er habe Silvias Absonderung von einer Woche auf drei Tage herabgesetzt. Auch habe er nichts dagegen, daß sie ein Buch ins Eßzimmer mitbringe und lese, wenn ihr das dazu verhelfe, die Langeweile zu überwinden.

Doch Silvia brachte kein Buch ins Eßzimmer, und beim Mittagessen, der einzigen Mahlzeit, der die Pawleys beiwohnten, beharrte sie auf ihrem Protesthungerstreik. Mit gekreuzten Armen saß sie da, während die einzelnen Gerichte vor sie hingestellt und unberührt wieder abgetragen wurden. Einen Ausgleich schaffte sie sich dadurch, daß sie beim Frühstück und beim Abendessen heißhungrig zugriff, aber das Mittagessen war immerhin die Hauptmahlzeit des Tages, und es gehörte schon ein gut Teil Willenskraft dazu, um nackensteif zu bleiben.

Schon an dem Tag, an dem sich jener Vorfall zugetragen hatte, war sie zu Douglas gekommen, um herauszubringen, ob er Mrs. Pawleys Partei gegen sie ergriffe. Er gebrauchte Ausflüchte, fiel sogar in die uralte Verteidigung irriger Strafen zurück, indem er sie ermahnte zu bedenken, wie oft sie bei anderen unentdeckten Verfehlungen straflos ausgegangen wäre.

Dieses kurze Gespräch fand in der Bibliothek statt, aber am nächsten Tag erschien sie unerwartet in seinem Bungalow, als er beim Tee saß. Obwohl sie sich Mühe gab, gleichmütig dreinzusehen, war ihr Taschentuch in der Hand zusammengeknüllt, und ihre Knöchel waren weiß. Das Haar war frisch gebürstet. Er glaubte sogar eine Spur Puder und Lippenstift in ihrem Gesicht zu bemerken, allerdings diskreter aufgelegt als damals, da sie ihrem erträumten Freund entgegengegangen war.

Sie stand auf der obersten Stufe zur Veranda.

«Wohin gehen Sie in den Ferien?» Das war offenbar eine einstudierte Gesprächseröffnung.

«Das weiß ich noch nicht.» Im Augenblick lag alles, was jenseits des Wochenendes war, in unübersichtlicher Ferne. «Vielleicht fliege ich nach Barbados.»

«Wollen Sie mich mitnehmen?»

Er lachte. «Dein Vater würde in der Sache etwas mitzureden haben.»

«Ich gehe sowieso nicht mehr nach Hause», erklärte sie. «Ich verlasse meinen Vater. Und mit Schluß des Jahres verlasse ich auch die Schule.»

«Du hast dich ja zu recht großen Entschlüssen durchgerungen.»

Sie übersah diesen Spott. «Es ist also alles in Ordnung – Sie können mich ruhig mitnehmen.»

«Und wenn ich es täte? Was, um Himmels willen, sollte ich mit dir anfangen?»

«Sie könnten mich heiraten, wenn Sie es wünschen.»

Sie meinte es todernst, aber er war entschlossen, es als Scherz zu behandeln.

«Und im Herbst kommen wir dann als Mann und Frau in die Schule zurück?» fragte er.

«Nein, hierher können wir nicht zurückkommen. Es wäre wohl auch besser, wenn wir überhaupt nicht nach Jamaica zurückkehrten. Ich habe mir gedacht, wir könnten doch nach Amerika gehen. Eine Beschäftigung finden Sie dort leicht. Etwas Besseres als Unterrichten. Sie sind viel zu gut, um nur einen Schullehrer abzugeben.»

Sie zog ein Stück Papier aus der Tasche. «Sie können das lesen, wenn sie wissen wollen, wie ich von Ihnen denke.»

Er warf einen Blick auf das Blatt. Es war ein Gedicht und hieß: «Ode an Mr. Douglas Lockwood.» Es stand deutlich unter dem Einfluß der Shakespearischen Sonette und war keineswegs die erfolgreichste unter ihren literarischen Bemühungen. Zuerst wurden seine Weisheit, sein Mut und seine übrigen Tugenden herausgestrichen, und dann regnete es Superlative auf seine glanzvolle Erscheinung. Seine Augen übertrafen das Blau der Karibischen See. Er faltete das Blatt zusammen und sagte zu Silvia:

«Meine Augen sind gar nicht blau, das weißt du doch. Sie sind bloß grau. Und meine Zähne kann niemand tadellos finden. Ich rauche viel zuviel und habe erst vor sechs Monaten sieben Plomben bekommen. Dieses Gedicht betrifft mich nicht, es geht auf jemand anderen.»

«Es geht auf Sie. Ich habe Ihre Augen blau gesehen.»

«Nein, dieses Gedicht gilt jemandem, der nur in deinem kleinen phantasieüberhitzten Gehirn lebt. So möchtest du mich aussehend haben – klug und schön, mit blauen Augen und schimmernden Zähnen –, darum redest du dir das alles ein, so wie du dir auch einredest, daß du mich gern hättest. Eines Tages wird ein anderer in deinem Herzen wohnen, einer, der wirklich existiert. Und dann wird dir klar werden, daß dies alles nichts war. Du wirst selber lachen, wenn du dich daran erinnerst, daß du einmal einen alten Schulmeister aufgefordert hast, mit dir durchzubrennen.»

«Aber Sie lachen nicht, oder doch?»

«Nein, ich lache nicht. Ich nehme das so ernst wie die Geschichten, die du für mich geschrieben hast. An die hast du auch geglaubt, während du an ihnen schriebst. Das war nur recht und billig, daß du an sie glaubtest, denn sie haben sich ja wirklich ereignet – in deiner Phantasie. Vielleicht ist auch dies andere wirklich – in deiner Phantasie. Aber dort müssen wir es auch belassen.»

Diesen Vorschlag übersah sie. Doch hatte sich der Griff um das Taschentuch gelockert und sie sah nicht mehr so verkrampft aus.

«Ich bin doch ganz hübsch, nicht?» fragte sie.

«Ja. Du wirst einmal sehr gut aussehen.»

«Und meine Figur wird viel besser werden. Sie können sich auch gar nicht vorstellen, was es für einen Unterschied ausmacht, wenn ich das Haar gewellt habe. Sie können dann wirklich stolz auf mich sein.»

Er sagte langsam und fest: «Silvia, ich werde dich nicht mitnehmen.»

«Warum nicht? Weil Sie Angst haben?»

«Weil ich nicht will.»

«Sie müssen aber wollen, wenn Sie mich lieben.»

«Ich liebe dich nicht. Du hast dir das nur selbst eingeredet.»

«Ich weiß, daß Sie Ihre Frau nicht mehr lieben. Sie sind geschieden. Wahrscheinlich haben Sie sie nie wirklich geliebt. Sie war nicht die Richtige für Sie. Und Sie lieben doch auch sonst niemand, nicht wahr?»

«Wenn ich es täte, so müßte es jemand meines Alters sein.»

«Das Alter spielt keine Rolle – übrigens habe ich Ihnen ja gesagt, daß ich wahrscheinlich fünfzehn Jahre alt bin. Es gibt auch sonst gar niemand, den Sie lieben könnten. Keines der Mädchen hier ist genug entwickelt, und ich weiß, daß Mrs. Morgan Sie nicht anziehen kann.»

«Bleibt uns höchstens noch Mrs. Pawley.» Er sagte das leichthin, aber er bemerkte, wie sie errötete, und sie erwiderte dringend:

«Aber Sie lieben doch Mrs. Pawley nicht?»

Er lachte. «Nein, Silvia, das tu ich wirklich nicht. Man kann übrigens eine ganze Weile aushalten, ohne irgend jemand zu lieben.»

«Ich habe oft darüber nachgedacht, ob Mrs. Pawley für Sie anziehend wäre. Gestern erst habe ich es mir überlegt, als Sie für sie eintraten, obwohl Sie doch genau wußten, daß sie im Unrecht war. Vielleicht zieht sie Sie auf animalische Weise an. Aber Sie können sie nicht wirklich lieben. Sie ist bei weitem nicht gut genug für Sie. Sie fühlt sich weiß Gott wie wunderbar, aber in Wirklichkeit ist sie nur hassenswert.»

«Es kommt dir nicht zu, das zu sagen, aber auf jeden Fall liebe ich sie nicht.»

«Dann lieben Sie eben mich. Wissen Sie, wie ich das zuerst entdeckt habe? Es war damals, nachdem ich hier alles durcheinandergebracht hatte, wie Sie mir von dem Elefanten erzählten. Einer anderen hätten Sie das nicht gesagt, denn eine andere hätte Sie nicht verstanden.»

«Soweit ich mich erinnere, hattest du nur Spott dafür», mahnte Douglas.

«So habe ich mich gestellt, aber es war nicht echt. Ich selbst mußte auch immer so etwas haben. Damals war es gerade ein Stein mit einem komisch spitzen Ende. Ich mußte ihn mit der Spitze des dritten Fingers reiben, damit alles so geschah, wie ich es wollte.»

«Hat es gewirkt?»

«Manchmal ja. Dann hab ich den Stein verloren. Das mußte wohl so sein, denn ich habe ihn einmal benützt, um jemandem Kummer zu bereiten, den ich haßte. Ich hätte ihn nur zu Gutem benützen dürfen.» Sie lächelte. «Sehen Sie, so sind wir. Ich glaube daran, daß Leute füreinander bestimmt sind, obwohl ich weiß, daß das für blöd gilt. Wenn Sie jetzt auch noch nicht ganz verstehn, was Sie für mich empfinden, so werden Sie es doch tun, wenn wir erst einige Zeit zusammengelebt haben.»

Er stand auf.

«Silvia», sagte er, «es ist höchste Zeit, daß du gehst. Du kannst eine Geschichte für mich schreiben – über ein Mädchen von zwölf Jahren, das es vor Ungeduld nicht aushielt, erwachsen zu sein und ein Leben zu führen wie im Film.»

Sie nahm keine Notiz davon, sondern sagte gelassen:

«Nun, Sie haben ja Zeit, darüber nachzudenken. Mir soll es nichts ausmachen, wenn Sie Ihren Entschluß erst zu Ende des Schuljahres treffen.» Sie machte kehrt, aber dann fiel ihr noch etwas ein und sie wandte sich wieder um. «Ich vergaß zu erwähnen, daß Sie mich keineswegs zu heiraten brauchen. Ich bin in diesen Dingen durchaus nicht konventionell.»

Donnerstag gab er in der Bibliothek eine Französischstunde, als Pawleys Hausmädchen hereinkam.

«Sie werden am Telefon verlangt, Mr. Lockwood.»

Er eilte davon. Er hatte Judy gesagt, daß das Telefon in Pawleys Büro stand und nur im äußersten Notfall benutzt werden sollte. Er war auf das Schlimmste gefaßt.

Pawley blickte wenig begeistert von seinem Tisch auf.

«Wäre es Ihnen lieber, wenn ich hinausginge?»

«Es ist egal.»

Er hob den Hörer auf und Judys Stimme sagte:

«Bist du allein, Douglas?»

«Nein.»

«O Gott! Sag, ist es dir möglich, heute abend nach Kingston herunterzukommen?»

«Nein, das kann ich nicht. Was ist los?»

Sie schwieg einen Augenblick. Dann sagte sie:

«Nun, es ist nicht so schlimm, wie es klingt. Eines der Mädel bei uns liegt seit gestern abend mit Lungenentzündung, und so brauchen sie mich morgen für einen Flug. Sie waren schrecklich anständig zu mir, und da möchte ich sie nicht in der Patsche sitzen lassen. Ich kann es wirklich nicht, findest du nicht auch? Aber fürs nächste Wochenende wird alles tadellos klappen. Würde dir das sehr viel ausmachen?»

«Nun, es ließe sich allenfalls arrangieren.»

Man konnte sie beinahe aufatmen hören.

«Gott sei Dank – mir war schon ganz elend zumute – ich hatte solche Angst, du würdest es nicht umlegen können. Aber ich werde Freitagmorgen zurück sein.»

«Ein sehr langer Flug. Wohin geht es denn?»

Sie zögerte.

«Douglas, kannst du wirklich nicht heute abend herunterkommen? Oder könnte ich vielleicht hinaufkommen und dich sehen?»

«Unmöglich.»

«Oder morgen früh? Ich kann dir das nur mündlich erklären.»

«Du fliegst also nach Buenos Aires.»

Sie sprach bedrückt und sehr ernst. «Hör mich an, Douglas. Ich schwöre dir, daß ich das nicht arrangiert habe. Ich wußte zuerst nicht einmal, wohin sie mich schicken wollten. Es ist mir klar, daß du mir jetzt nicht glaubst, aber du kannst dich ja im Büro erkundigen. Dieses Mädchen ist wirklich sehr krank.»

«Na schön», sagte er. Pawley tat zwar, als ob er nicht zuhörte, aber es lag auf der Hand, daß er die Ohren spitzte, und so war es wirklich sehr schwer, zu sprechen. Noch schwerer aber war es, seine Gefühle zu verbergen, denn ihm war so elend zumute, daß er am liebsten losgeheult hätte.

«Ich werde nur ein paar Stunden in Buenos Aires sein», sagte Judy. «Ich werde Louis gar nicht sehen. Auf Ehre! Ich könnte gar nicht, denn ich habe ja seinen Brief verbrannt. Auch die Adresse.»

«Das freut mich.»

«Dann ist es also abgemacht fürs nächste Wochenende?»

«Natürlich.»

«Gott sei Dank, Douglas.»

Er begriff, daß es keinen Sinn hatte, sich vor Pawley so zu stellen, als ob dieser Anruf nichts mit dem Wochenende zu tun hätte, und daher ging er gleich auf seine Sache los. Pawley bemerkte:

«Aber das ist ja dann das zweitvorletzte Wochenende des Schuljahres . . .»

«Das spielt doch weiter keine Rolle?» Ihm war es wirklich peinlich.

Pawley spreizte hilflos seine Finger.

«Sie müssen tun, was Sie für das Beste halten, Lockwood.»

«Dann werde ich mir mit Ihrem Einverständnis freinehmen.» Und er erinnerte Pawley noch einmal daran, daß er das ganze Schuljahr über kein Wochenende für sich beansprucht hatte.

«Ja, Sie sind außerordentlich pflichtbewußt gewesen», antwortete Pawley. «Wie Sie wissen, habe ich Ihre Arbeit durchaus anerkannt.» Er sagte es mit mehr Zurückhaltung als sonst und begann verlegen in seinen Papieren zu kramen. Dann fuhr er fort: «Ich hoffe nur, Sie werden Ihren Rekord nicht in den letzten Wochen des Schuljahres verderben. Ich bin mir dessen bewußt, daß wir alle jetzt ein bißchen rastlos sind, aber wir müssen eben versuchen, nicht die Nerven zu verlieren. Und gerade in Ihrem Fall wäre es, wie ich schon gelegentlich erwähnt habe, angemessen, eine mehr als gewöhnliche Vorsicht zu beachten.» Er lehnte sich zurück und tastete nach seiner Pfeife. «Nicht, daß ich es mir im Traum einfallen ließe, Ihr Verhalten zu bekritteln, Lockwood – Engstirnigkeit gehört nicht zu meinen vielen Fehlern. Aber Sie haben vielleicht inzwischen gelernt, daß es noch gewisse andere Gesichtspunkte gibt, die wir nicht außer acht lassen können.»

«Ach ja», sagte Douglas, «das habe ich gründlich gelernt.»

Nach dem Mittagessen trug er seinen Koffer in die Garage. Es war ein wundervoller Tag, und da Morgan ein verregnetes Wochenende angekündigt hatte, war einigermaßen damit zu rechnen, daß das Wetter sich hielt. Joe wartete schon bei dem Dienstwagen, um ihn in die Stadt zu fahren. Sie starteten zwischen den Eukalyptusbäumen, und als sie um die Ecke bogen, verschwand die Schule hinter ihnen, und das Wochenende hatte begonnen. Der Punkt in ferner Zukunft, der zu Anfang der Woche so unsagbar entrückt erschienen war, jetzt war er da.

Er konnte noch gar nicht recht begreifen, daß diese zäh dahingeschleppte Woche vorüber war. Montag hatte sie vor ihm gelegen wie die Alpen vor einem Wanderer, der zu Fuß aus Deutschland nach Italien zieht. Jede Periode von vierundzwanzig Stunden war eine ganze Bergkette, die es zu überqueren galt. Bei Tag schleppte man sich mühselig von einem vorberechneten Punkt des Anstieges zum nächsten, und die Nacht brachte den raschen Abstieg des Schlafes – aber am nächsten Morgen war man auf dem Boden eines neuen Tales, hatte neue jähe Gipfel vor sich. Ein paarmal hatte er sich in jäher Angst gefragt, ob Judy ihn nicht getäuscht hätte: vielleicht war dieser Flug nach Buenos Aires arrangiert und sie war zu Louis gegangen. Dann aber erinnerte er sich ihrer offenherzigen Augen, ihrer Herzensunschuld. Nein, es war absurd, an ihr zu zweifeln!

Joe setzte ihn im Zentrum der Stadt ab, und er nahm ein Taxi zu Judys Wohnung. Sein Läuten blieb ohne Antwort. Er sah nach der Uhr. Fast drei. Ohne Argwohn sagte er sich, daß das Flugzeug verspätet sein konnte. Er lief wieder zum Taxi hinab und fuhr ins Büro der Fluggesellschaft in der Harbour Street. Der Mann am Schalter gab sofort Auskunft:

«Ja, das Flugzeug wurde in Trinidad aufgehalten. Es wird kurz nach fünf hier eintreffen.»

Ein Mann, der in Douglas' Nähe am Tisch stand, mischte sich ein:

«Sie fragen nach der Maschine aus Buenos Aires? Sie sollte um zehn Uhr morgens hereinkommen. Jetzt wird sie für fünf Uhr erwartet.»

«Man hat es mir eben gesagt.»

«Fein. Ich dachte, Sie fänden sich nicht zurecht.»

Douglas wandte sich wieder dem Mann am Schalter zu und fragte, ob Miss Waring an Bord wäre.

«Ja, das ist sie. Sie übernahm den Flug für eine ihrer Kolleginnen, die Lungenentzündung bekam. Sehr entzückt war sie gerade nicht.»

Douglas schämte sich jetzt, daß er seine Zweifel so weit getrieben hatte, diese Frage zu stellen, aber gleichzeitig fühlte er eine Welle von Glück und Beruhigung. Er wandte sich zum Gehen. Als er aus dem Büro trat, kam der Mann, der sich ins Gespräch gemischt hatte, heran und fragte:

«Entschuldigen Sie, aber Sie fahren wohl nach dem Flugplatz?» Douglas bestätigte es, und der Mann fragte: «Hätten Sie etwas dagegen, daß ich mich Ihnen anschließe? Die Fluggesellschaft schickt erst in einer Stunde einen Wagen hinaus.» Er war ein stämmiger kleiner Kerl, trug einen Panamahut, ein Khakihemd und Shorts. Eine sehr teure winzige Kamera hing ihm an einem Riemen um den Hals.

«Ich werde mir einen Wagen nehmen», sagte Douglas. «Ich habe noch keinen.»

«Es wäre mir nur recht, Sie zu begleiten, durchaus recht.»

«Na fein», sagte Douglas.

Der Kleine grinste. «Mein Name ist Burroughs. Sehr erfreut.» Sie schüttelten einander die Hände.

«Treffen Sie jemand auf dem Flugplatz?» fragte Douglas. «Oder warten Sie die Maschine ab?»

«Weder noch. Ich mache nur ein paar Schnappschüsse. Wissen Sie, ich mache Farbfotos.»

Sie gingen zusammen zur Garage. Der Wagen, den er bestellt hatte, war ein mächtiger Chrysler Salon, mit einem Tank, der hundertdreißig Liter faßte. Douglas ließ ihn volltanken. Als sie in die Straße einbogen, sagte Burroughs:

«Das ist nicht die Richtung, alter Freund. Sie erlauben doch, daß ich das erwähne?»

«Ich muß noch etwas erledigen, bevor wir zum Flugplatz hinausfahren.»

Er bog vor der Harbour Street in eine Straße ein und fuhr zum Büro des Agenten. Er hatte schon brieflich die Miete des Bungalows im voraus geregelt. In dem Büro sah man Fotos der vermietbaren

Hütten in einem Schaukasten: Häuschen mit flachen Dächern, weiß schimmernd zwischen den Palmen am Strand nächst Ocho Rios. Man sah auch Aufnahmen der Einrichtung mit schmiedeeisernen Standardlampen und ultramodernen Liegestühlen. Die Miete betrug fünfzehn Pfund wöchentlich. Für kürzere Zeit wurden die Bungalows nicht hergegeben, also bezahlte Douglas den vollen Betrag. Der Agent zählte die Banknoten und sagte:

«Es ist ein auserlesen hübscher Platz, Herr. Wir vermieten ihn in der Wintersaison immer an Amerikaner.»

Jetzt war Sommer.

Douglas nahm die Schlüssel in Empfang und kehrte zum Wagen zurück; Burroughs schrieb stenographische Notizen in einen Notizblock mit losen Blättern, den er auf seinen Knien liegen hatte. Er erklärte, daß er auf die Stunde genau Buch über seine Erlebnisse führe, seit er England verlassen hatte. Die Blätter schickte er seiner Schwester, die sie tippte («sie ist froh über den kleinen Nebenverdienst») und dann seiner Tochter sandte, die noch im Internat war. Als sie hernach zum Flugplatz fuhren, bat er Douglas, den Wagen anzuhalten. Er sprang hinaus, hielt die Kamera ans Auge, nahm den Hafen ins Visier und kam zurück:

«Nein, das war nicht die Aussicht, die ich haben wollte. Ich will besonders hübsche Aufnahmen haben für die Vergrößerung. Ich bin eingeladen worden, einen Vortrag mit Lichtbildern in der Schule meiner Tochter zu halten, wenn ich zurückkomme.»

Ein Stück weiter hielten sie wieder, und diesmal sagte Burroughs nachher:

«Na, das hab ich aufgenommen. Könnte ganz gut kommen. Aber ich will absolut nichts ausarbeiten, was nicht würdig wäre, im ‹Geographic› zu erscheinen. Das habe ich mir zur Richtschnur gemacht.»

Es war halb fünf, als sie den Flugplatz erreichten. Eine Reihe geräumiger Hangars zog sich an dem Felsenvorsprung von Cap Palisados entlang, die Rollbahn ging auf die See hinaus. Einer der Hangars war als Zollamt eingerichtet. Douglas parkte den Wagen und trat mit Burroughs an den Stacheldraht, der den Flugplatz umzäunte. Zwei gewaltige silberglitzernde Viermotorige hoben sich von dem geteerten Schotterboden ab.

«K.L.M. und Pan-American», sagte Burroughs. «Den Pan-American möchte ich packen, wenn er startet.»

Er nahm seine Kamera in Anschlag, bekam aber nur eine kräftige Staubwolke ins Bild, als die eine der Maschinen abrollte, einen schweren dunklen Vorhang vor den brütenden tropischen Himmel ziehend. Dann startete die andere Maschine, es gab noch mehr Staub.

«Das hätte ich mir denken können», sagte Burroughs und begann seine Kamera mit dem Taschentuch zu säubern. «Da hab ich einen hübschen Schnappschuß verfehlt. Na, machen Sie sich nichts daraus – den nächsten kriegen wir.»

Die Maschine erreichte das Ende der Rollbahn. Sie schien zu halten, schwenkte dann im Halbkreis herum, stand wieder, ließ die Motoren surren. Nun schwenkte sie im Halbkreis zurück, stoppte die Motoren. Es war, als ob ein Schauspieler nach allen Seiten hin seine Verbeugungen machte.

«Es liest die Kompaßeinteilung ab», verkündete Burroughs. «Dazu braucht man einen Filmapparat, um das wirklich aufzunehmen.»

Die Maschine rollte plötzlich mit einem Aufjaulen der Motoren los, als ob sie sich von einer Leine losreißen wollte. Im nächsten Augenblick schien die Leine zu zerreißen. Die Bewegung wurde leicht und ungehemmt, als die Maschine den Rollweg zurücklief, sich löste und in die Luft stieg. Gleich hinter der Stadt machte sie eine Schwenkung, begann zu steigen, schwirrte jetzt über die Schule weg den Bergen zu.

«Ist das reinste Wunder, daß sie hier bei diesen engen Startverhältnissen keine Unfälle haben», brummte Burroughs.

«Sehr verwunderlich.» Douglas hatte keine Lust, Burroughs seine Lebensgeschichte zu erzählen.

Das Surren der Motoren verklang, als das Flugzeug hinter dem Peak verschwand. Eine Minute später, fast als ob dasselbe Flugzeug zurückkehrte, kam ein anderes in Hörweite. Zuerst sah es wie ein kleiner schwarzer Fleck aus, wie irgendein primitiver Organismus im Mikroskop.

«Das ist nicht das Ihre», erklärte Burroughs, «es kommt aus der falschen Richtung.»

«Ich lasse Sie einen Moment hier», erwiderte Douglas. «Will mich einmal im Büro erkundigen.»

«Ich komme schon mit Ihnen.»

In dem Hangar stürzte sich Burroughs auf einen Beamten der Gesellschaft und fragte nach der Maschine aus Buenos Aires. Der Beamte sagte, sie sei zehn Minuten nach fünf fällig.

«Zehn Minuten nach fünf», wandte sich Burroughs an Douglas. «Erwarten Sie einen Freund?»

«Eine Freundin, aber sie ist vielleicht nicht an Bord.»

«Gewiß, sicher kommt sie mit.»

«Oder doch nicht.» Als ob Burroughs Bescheid gewußt hätte.

«Warten Sie eine Minute.»

Er verschwand. Eine Pan-American Constellation rollte mit ungeheurem Getöse heran. Es war das Flugzeug aus Curaçao, und nur drei oder vier Passagiere stiegen aus. Einer war ein dicker weißhaariger Mann mit einer grellen amerikanischen Krawatte, ganz der Typ des jovialen, aber unehrbaren Senators aus dem Film. Eine ganze Menge Leute wartete an der Barriere. Douglas mischte sich unter sie in der Hoffnung, Burroughs würde ihn nicht wiederfinden. Er holte eine Zigarette hervor. Das Papier absorbierte die Feuchtigkeit, die von seinen Fingern troff. Dann berührte Burroughs seinen Arm. Er hielt eine Passagierliste.

«Hab ich besorgt. Wie heißt Ihre Freundin? Werden gleich sehen, ob sie mit ist.»

«Sie kann nicht daraufstehen. Sie gehört zur Besatzung.»

«Ach so! Das hätten Sie mir sagen müssen.»

«Ich habe ja nicht gewußt, warum Sie wegliefen.»

«Tut nichts. Ich gebe ihnen jetzt die Liste zurück.»

Der Senator hatte nur ein ganz kleines Köfferchen. Er war ein Berg von einem Menschen. Sie ließen ihn glatt durch die Zollkontrolle. Er gab das Köfferchen einem Träger. Die Constellation rollte ab. Douglas zertrat seine Zigarette auf dem Betonboden. Sie war ihm in seinen dampfenden Fingern zergangen. Burroughs kam wieder und sagte:

«Prachtmädels, manche von diesen Stewardessen. Allen Respekt hab ich vor denen. Was halten Sie davon, wenn wir heute einen netten Abend veranstalten, alle zusammen?»

«Leider unmöglich», sagte Douglas.

«Nein? Na, wir reden weiter, wenn sie erst da ist. Freu mich furchtbar, daß ich Ihnen in den Weg gelaufen bin. Ich schließe immer schnell Freundschaften.»

Jetzt kam wieder eine Maschine über den Teermakadam herangeglitten. Er hatte sie gar nicht landen gesehen. Die rote Schwalbe war groß an die Seite gemalt.

«Die ist es», rief Burroughs. «Eine Minute zu früh.»

Douglas drängte sich an die Barriere. Die Motoren der Maschine standen still. Eine Aluminiumtreppe wurde herabgelassen. Auf den vertikalen Flächen der Stufen stand: «Nicht rauchen!» Die Tür ging auf, eine Stewardess wurde sichtbar, und Burroughs sagte:

«Begreifen Sie jetzt, warum ich diese Reise gemacht habe?»

Die Stewardess war klein und dunkel. Sie blieb am Fuß der Treppe stehen, während die Passagiere herabkamen. Jetzt gewahrte Douglas die andere Stewardess innen an der Tür. Es war Judy. Sie wies die Passagiere an, sich beim Durchqueren der Tür zu bücken. Er zog wieder eine Zigarette hervor und zündete sie an.

«Und nach der Beerdigung», hörte er Burroughs sagen, «hab ich begriffen, daß es nur ein Mittel gab, darüber hinwegzukommen. Reisen!»

Offenbar kam jedermann nach Jamaica, um über irgend etwas hinwegzukommen. Douglas überlegte, wie er Burroughs abschütteln könnte.

«Natürlich hatte ich ja noch meine Tochter, um die ich mich kümmern mußte, aber zu ihren Ferien bin ich ja längst wieder zu Hause.»

Erstaunlich, wie viele Passagiere eine solche Maschine faßte! Da hätte es einer Falltür bedurft, wie die auf der Revuebühne, aus der ein ganzer Chor aufsteigt. Eine Frau trug zwei Babies auf den Armen. Dann kam eine reich aussehende Negerin mit einem Schweinslederkoffer, hernach ein kleiner schwarzer Jude – einen schrecklichen Moment lang dachte Douglas, es wäre Louis. Dann eine juwelenfunkelnde Frau mit Silberfüchsen über dem Arm und nach ihr ein Engländer im Straßenanzug, der es gar nicht eilig hatte. Jetzt hörte die Prozession auf und Judy verschwand wieder in dem leeren Sitzraum der Maschine. Er trat seine Zigarette aus und wartete. Jetzt kam sie mit einer Handvoll Schriftstücke zur Tür, bückte sich und trat ins helle Licht heraus, und da merkte er, daß es gar nicht Judy war – ein Mädchen war es, das außer der Haarfarbe gar keine Ähnlichkeit mit Judy hatte.

«Entschuldigen Sie», sagte er zu Burroughs.

Er ging zu dem Zollbeamten.

«Ist das die Maschine aus Buenos Aires?» fragte er.

«Ja, sie kommt aus Trinidad.»

«Ist es dieselbe aus Buenos Aires?»

«Ja, aus Südamerika.» Der Zollbeamte hatte zu tun.

«Aus Argentinien?»

Der Beamte wandte sich einem Passagier zu: «Etwas zu verzollen?»

Jetzt sah Douglas einen Mann mit der roten Schwalbe auf der Kappe.

»Kommt heute noch eine Maschine aus Buenos Aires?»

«Nicht vor Montag. Haben Sie jemand erwartet?»

«Ich dachte, eine Bekannte von mir wäre an Bord.»

«Ich habe die Passagierliste zur Hand.»

«Nein, danke. Es spielt weiter keine Rolle.»

Er starrte die leere Maschine an. Tastete nach einer Zigarette, aber das Päckchen war in seiner Tasche in Stücke zergangen. Jetzt sah er das Mädchen, das er zuerst für Judy gehalten hatte. Sie eilte dem Sonderausgang in der Barriere zu. Er hielt sie an und fragte:

«Wissen Sie, was aus Judy Waring geworden ist?»

«Ja. Ich kam an ihrer Stelle mit.»

«Sie ist noch in Buenos Aires?»

«Ja. Sie hat den Dienst der Gesellschaft verlassen.»

«Den Dienst der Gesellschaft verlassen? Warum?»

Sie winkte mit ihren Papieren und strebte weiter. «Entschuldigen Sie, ich muß dringend –»

«Warum ist sie aus dem Dienst der Gesellschaft ausgetreten?»

Burroughs' Panama tauchte auf.

«Ist wohl erkrankt?» meinte er.

«Ich weiß nicht», sagte das Mädchen.

«Hören Sie, ich muß wissen, was mit ihr geschehen ist. Ich habe sie hier erwartet.»

«Schön, warten Sie hier eine Sekunde, bitte ...» Schon war sie fort.

Burroughs erklärte: «In Argentinien ist jetzt Winter. Vielleicht hat sie sich erkältet.»

Das Mädchen war verschwunden. Von der anderen Stewardess keine Spur. Endlich tauchte die Blonde wieder auf.

«Ich weiß über Judy nur, daß sie unbedingt in Buenos Aires bleiben wollte. Sie hat argen Streit mit der Gesellschaft bekommen. Zuletzt ließen sie sie laufen. Ich wurde in der letzten Minute aus dem Büro geholt, um mitzufliegen.»

«Sie wollen damit sagen, daß sie nicht wieder hierher kommt?»

«Sie mag später kommen», äußerte Burroughs.

«Ich weiß nicht. Vielleicht bringt die Gesellschaft sie nach Jamaica zurück. Ich weiß wirklich nicht.»

«Sie hat doch noch all ihre Sachen hier.»

«Vielleicht hat sie sich alles nachsenden lassen. Ich weiß, daß sie an jemand hier ein Kabel geschickt hat.»

«Wie lange ist das her?»

«Ungefähr eine Woche, wenn ich mich recht erinnere.»

«Nun, ich danke Ihnen. Sie wird mir wohl telegrafiert haben, und ich habe die Depesche nicht bekommen.»

«Derlei ist mir auch schon passiert», verkündete Burroughs.

Sie gingen zu dem Chrysler zurück. Die Straße führte an dem Steinbruch vorbei, in dem die Sträflinge arbeiteten. Die Sträflinge waren schon nach Hause geführt worden, aber Burroughs entschloß sich, eine Aufnahme von dem Platz zu machen, an dem sie gearbeitet hätten, wenn sie dagewesen wären. Der Steinbruch erinnerte Douglas an den Bootsmann, dessen Bruder hier Wächter war, und in der Folge an das Picknick unter den Kakteen. Er fragte sich, ob Burroughs bemerkt habe, wie seine Wangen bei der Erinnerung an seine Narrheit glühten. Er fühlte sich jetzt sehr elend.

«Wir können uns auch so einen netten Abend machen», meinte Burroughs. «Ich bin vollkommen frei.»

«Ich habe noch eine Menge zu erledigen.»

Auf dem ganzen Weg nach Kingston zurück arbeitete er an einer Ausrede. Dann setzte er Burroughs vor dem Myrtle Bank ab, in dem er wohnte.

«Nun, im Ernstfall wissen Sie, wo Sie mich finden können, ja?» sagte Burroughs.

Er brauchte fünf Minuten, um die Wagentür wieder zu schließen. Douglas raste ins Telegrafenamt. Er fragte den Beamten, ob im Laufe der letzten Woche ein Kabel für ihn durchgegangen sei. Der Beamte war ein ältlicher Jamaicaner mit goldgeränderter Brille und grauem Kraushaar. Umständlich studierte er eine Liste.

«Ja, vor vier Tagen ist hier eines registriert.»

«Ich habe es nicht erhalten.»

«Bitte zu warten.»

Er verschwand. Als er wiederkam, hielt er einen Streifen Papier in der Hand.

«Dienstag eingetroffen. Wurde sofort Ihrem Postamt weitergegeben. Ich verstehe nicht, wieso Sie es nicht erhalten haben.»

«Vermutlich eine Verwechslung in der Schule», sagte Douglas. «Könnte ich dieses Duplikat haben?»

Er nahm den Papierstreifen, schob ihn in die Tasche und verließ das Amt. Dann ging er quer über die Straße, um in einem chinesischen Laden ein paar Zigaretten zu kaufen. Der Chinese brauchte eine Ewigkeit, um das Kleingeld zusammenzubringen. Douglas sah sich die Hampelmänner an der Leine an, die Komiker darstellten. Er hatte sich daran gewöhnt, so das Öffnen von Carolines Briefen hinzuziehen, um ihr zu zeigen, daß er sich nichts daraus machte. Jetzt brachte der Ladengehilfe das Kleingeld und Douglas ging zum Wagen zurück. Er setzte sich hinein und zündete eine Zigarette an. Als er das Streichholz hochhielt, bemerkte er, daß seine Hand zitterte. Er warf das Streichholz aus dem Fenster, zog den Papierstreifen aus der Tasche und legte ihn auf seine Knie. Es war als dringend aufgegeben und lautete:

weiss du wirst mir nie verzeihen
oder verstehen wie sehr ich nach
dir verlangte aber louis ist
schwer krank und braucht mich
bitter nötig stop bleibe daher
in argentinien stop ach liebster
bin so traurig

Keine Unterschrift. Was für ein Jammer, dachte er, daß sie nicht unterzeichnet hatte: «Deine Dich ewig liebende Herzensunschuld.» Das hätte ihn fast dafür entschädigt, daß sie behauptet hatte, Louis' Adresse wäre verbrannt.

Er nahm ein Taxi zurück zur Schule.

Eine halbe Stunde hatte er zu diesem Entschluß gebraucht, eine halbe Stunde, die er damit verbrachte, die Harbour Street auf und ab zu wandeln und zu tun, als sehe er sich die Auslagen an. Er war auf den Gedanken gekommen, in Kingston zu bleiben, sich zu betrinken und dann in ein Bordell zu gehen, denn das war wohl unter solchen Umständen die übliche Praxis, aber es lag ihm nicht recht, Vergessen in Ausschweifungen zu suchen. Auch schien es ihm unerträglich, eine Nacht in dieser trübsinnig mittelmäßigen, erstikkend heißen Stadt zu erdulden. Die einzige andere Wahl war, Burroughs in den Bungalow einzuladen; aber das hieß wohl das Rezept, Salz in die Wunden zu streuen, übertreiben.

Angenehm war der Gedanken auch nicht, fürs Wochenende wieder in der Schule aufzutauchen – verdammt lächerlich würde er wirken nach all dem Trubel, den er verursacht hatte, um freizukommen; nur in einer Beziehung war es ihm lieb, sofort hinaufzufahren: er konnte mit Pawley und seiner Frau wegen dieses Kabels abrechnen. Während er im Taxi darüber nachsann, wurde sein Zorn heißer. Kein Zweifel war möglich, daß Mrs. Pawley das Kabel aus Bosheit zurückgehalten hatte. Es war Mrs. Pawley, die schuld war, daß er eine ganze Woche in einem Zustand angespanntester Erwartung gelebt hatte. Mrs. Pawley, die zugelassen hatte, daß er einen teuren Wagen und einen Bungalow mietete und im Schaukasten des Agenten Fotos studierte. Mrs. Pawley hatte ihm diese peinliche Stunde auf dem Flugplatz eingebrockt. Mrs. Pawley hatte ihn einen Narren aus sich machen lassen, während Judy sechstausend Kilometer weit in Louis' Armen lag. Er wußte nicht, ob Pawley selbst etwas mit dem Kabel zu tun hatte oder nicht, aber seine Wut griff jetzt rapid von diesem ihm angetanen Schimpf auf alle Fehler über, die er je an der Schule gefunden hatte. Als er endlich die Schule erreichte, brannte die Wut in ihm mit der Hitze einer Stichflamme.

Douglas stieg an der Einfahrt aus und gab dem Fahrer die vier

Pfund, die er als Preis angenommen hatte, weil er drunten in Kingston nicht in der Verfassung gewesen war, dagegen zu protestieren. Der Fahrer zählte die Noten, als ob er erstaunt wäre, nicht mehr zu bekommen, und gab Douglas einen vorwurfsvollen Blick wegen des fehlenden Trinkgeldes. Douglas sagte ihm, er solle sich zum Teufel scheren, nahm seinen Koffer und ging schnurgerade in Pawleys Bungalow.

Pawley saß auf der Veranda und war mit Schreibarbeiten beschäftigt. Als er Douglas gewahrte, zeigte er beträchtliche Überraschung.

«Hallo, Lockwood! Höchst sonderbar! Vor einer halben Stunde erst hat meine Frau gesagt, Sie würden wohl vor Montag zurück sein.»

Fragend schielte er Douglas an.

«Sie sehen ja ganz aufgeregt aus! Doch hoffentlich nichts Schlimmes passiert?»

«Übernimmt Ihre Frau die Telegramme, die das Postamt heraufsendet?»

«Ja», sagte Pawley verwundert. «Gewöhnlich wohl. Der Bote hat Auftrag, alles hierher zu bringen.»

«Es war ein Kabel für mich darunter, vorigen Dienstag. Ihre Frau hat es mir nicht gegeben.»

Pawley lockerte seine Brille von den Ohren, nahm sie ab, begann sie zu putzen und betrachtete Douglas aus brennpunktlosen Augen. Nach einer Weile sagte er beherrscht, als ob er nicht richtig verstanden hätte: «Sie wollen doch nicht wirklich sagen, daß meine Frau absichtlich ein an Sie gerichtetes Kabel zurückgehalten hat?»

«Doch», sagte Douglas. «Genau das behaupte ich.»

«Ist das nicht vielleicht ein wenig ... übereilt?»

«Ich möchte wissen, warum mir das Kabel nicht ausgehändigt worden ist.»

Pawley setzte die Brille wieder auf und sah äußerst peinlich berührt aus.

«Da muß irgendein Mißverständnis vorliegen», sagte er. «Meine Frau hat doch keinen Grund, Ihre private Korrespondenz zu behindern.»

«Nur einen Grund», erklärte Douglas, und er sprach es deutlich aus: «Niederträchtige Bosheit!»

«Aber, aber, Lockwood», sagte Pawley verletzt, «wir wollen doch nicht beleidigend werden.»

«Als Mitglied Ihrer Lehrerschaft finde ich es beleidigend, von Ihrer Frau seit Wochen ignoriert zu werden. Ich finde es noch beleidigender, wenn meine Briefe zu spät abgeliefert und meine Kabel unterschlagen werden.»

«Das ist eine Sache, die wir doch aufklären können.»

«Dann möchte ich sie auf der Stelle aufgeklärt sehen.»

Mrs. Pawley erschien jetzt an der Tür. Sie hatte offenbar ihre Stimmen gehört. Pawley wandte sich zu ihr und fragte in seiner unbeholfen gespreizten Art:

«Ach, Joan! Hier scheint ein kleines Mißverständnis vorzuliegen. Lockwood sagt mir, daß ein Kabel an ihn verlorengegangen ist. Es müßte Dienstag hier eingetroffen sein.»

Mrs. Pawley antwortete ungeduldig: «Ja, ich habe es quittiert. Was ist damit los?»

«Ich habe es nie bekommen.»

«Ich habe es in Ihren Bungalow geschickt.»

«Es ist nie in meinen Bungalow gekommen.»

Pawley übernahm die Rolle des unparteiischen Vermittlers. «Wenn meine Frau es hinuntergesandt hat, alter Freund, dann muß es eben irgendwo verlegt worden sein. Das können wir nicht ihr zum Vorwurf machen.»

«Ich mache ihr zum Vorwurf, daß sie es nicht geschickt hat. Ich mache ihr zum Vorwurf, daß sie es geöffnet hat. Woher hätte Sie sonst wissen sollen, daß ich vor Montag zurück sein würde?»

Mrs. Pawley wurde blaß. Einen Moment später wandte sie sich an ihren Mann und sagte in einem Ton, der kalte Verachtung ausdrückte:

«Ich habe nicht die Absicht, mich von einem Mitglied deiner Lehrerschaft beleidigen zu lassen. Du wirst das bitte allein mit Mr. Lockwood austragen.» Sie drehte sich um und ging.

Vorwurfsvoll begann Pawley: «Es tut mir leid, aber ich muß meiner Frau beipflichten. Ihre Bemerkungen waren höchst unliebsam und gar nicht gerechtfertigt. Ich würde die Sache noch ernster ansehen, wenn nicht der Schluß des Schuljahres unmittelbar bevorstünde. Wie ich Ihnen schon gelegentlich bemerkte, sind wir alle in den letzten Wochen am Ende unserer Nerven. Ich will Ihnen das zugutehalten. Im nächsten Schuljahr werden Sie beide gewiß über Ihre kleinen Differenzen hinwegkommen.»

«Ich werde nächstes Schuljahr nicht hier sein», sagte Douglas. «Ich kündige meinen Vertrag.»

Das kam Pawley überraschend. Er sah verstört aus.

Douglas fuhr fort: «Ich weiß, daß mein Vertrag auf ein ganzes Jahr lautet. Keine Sorge – ich werde Ihnen die Kosten meiner Überfahrt ersetzen.» Die Kosten der Überfahrt machten mehr aus als ein Jahresgehalt; aber das Geld war gut angewandt, um sich von hier loszukaufen.

Pawley nahm wieder seine Brille ab und begann sie zu putzen.

«Und das alles wegen eines Kabels?» fragte er.

«Zum Teil. Aber ich hatte es schon früher erwogen.»

«Ich hoffe, ich habe Ihnen doch keinen Anlaß gegeben, mit Ihrer Stellung unzufrieden zu sein?» Es klang beleidigt.

«Nein. Ich bin nur im allgemeinen unzufrieden mit der Art, wie die Dinge hier geschehen. Es ist mir unerträglich, immer darüber nachzudenken, was die Leute wohl davon halten werden. Ich bin unzufrieden, weil wir nicht den Mut haben, zu unseren Überzeugungen zu stehen.» Und während er das sagte, wußte er genau, daß er im Unrecht war. Er war nicht mit Pawley unzufrieden und nicht mit der Schule, sondern mit Judy und mit sich selbst.

Pawley nahm die Vorwürfe mit abgeklärter Milde hin.

«Vielleicht sind Sie doch ein wenig zu hart in Ihrer Kritik, Lockwood. Ich stehe indessen nicht an zuzugeben, daß ich Sie nur ungern gehen sehe. Wir hatten nicht immer ganz die gleichen Gesichtspunkte, aber ich habe doch das Gefühl gehabt, daß Sie hier erfolgreich wirkten. Die Art, wie Sie Silvia behandelten, hat mich sehr für Sie eingenommen. Wie Sie wohl wissen, hing unser guter Ruf gerade davon ab. Wir sind Ihnen viel schuldig.»

«Es tut mir leid», sagte Douglas. «Mein Entschluß steht fest.»

«Nun schön. Aber heute abend kann ich Ihre Kündigung nicht annehmen. Sie werden morgen die Dinge mit anderen, ungetrübten Augen anschauen. Wir können dann weiter darüber sprechen.»

«Ich komme morgen zu Ihnen», sagte Douglas, «aber zu diskutieren wird da nicht viel sein.»

Der Mond stand am Himmel, als er mit seinem Koffer nach Hause wanderte. Derselbe Mond, der jetzt in Ocho Rios Judy und ihn hätte bescheinen sollen. Am Strand wären sie auf und ab spaziert, der Sand wäre weiß gewesen im Mondlicht, und auf der See wäre der Widerschein in silberne Späne zerspellt.

Er trat in seinen Bungalow, schloß hinter sich die Tür, sperrte ihn hinaus, den Mond. Schmiß den Koffer aufs Bett und bewilligte sich ein Glas Rum. Der Ärger war plötzlich wie verflogen. Schließlich war das nur Bequemlichkeit von ihm gewesen, er hatte das Nächstliegende gewählt, hatte seine Wut gegen die Pawleys gerichtet, um seinen wirklichen Kummer zu betäuben. Hatte Mrs. Pawley für Judys Verrat verantwortlich gemacht, für die blöde Arglosigkeit, mit der er sich hatte täuschen lassen. Nun war der Ärger plötzlich verraucht, nicht durch Pawleys Schmeicheleien, sondern weil Douglas sich ins Unvermeidliche geschickt hatte. Dieser Entschluß betäubte ihn. Er hatte nicht die leiseste Idee, was er jetzt anfangen würde. Er hatte heute nachmittag die Schule verlassen, ohne ein klares Bild von dem zu haben, was ihm bevorstand, aber mit dem beruhigenden Gefühl, auf Gleisen zu laufen. Sowohl in bezug auf die Schule wie auf Judy hatte er einen eindeutigen Weg, sein Dasein war klar ausgerichtet. Eines oder das andere oder beide zusammen leiteten ihn auf eine Bahn, die weit über dieses Wochenende hinauslief. Jetzt war sein Dasein ohne Bezug auf irgend etwas, auf irgend jemand. Das Leben, das er sich aufzubauen begonnen hatte, seit er in England die Brücken hinter sich abgebrochen, der Zusammenhang, in den er sich eingefügt, alles das war in nichts zergangen. Er war allein, allein mit einem kleinen Köfferchen, ein wenig Geld und keinem Ziel, wohin er sich wenden sollte. Vielleicht wäre ihm ohne Geld leichter zumute gewesen. Geldmangel hätte ihm einen Weg in die Zukunft vorgezeichnet. Vielleicht den Weg in die Medikamentenkammer des Arztes, wenn er Judys Courage besessen hätte. Judys Mut? Wenn er sich über diesen Freimut in Judys Augen so argen Täuschungen hingegeben hatte, so mochte es auch mit ihrem Mut nichts gewesen sein. Wie elend er sich bei alldem fühlte! Wenn er daran dachte, wie albern, wie possierlich er sich da bis über die Ohren verliebt hatte – wie er sich an Judy geklammert hatte, um sich von seinem eigenen Vorhandensein zu überzeugen und um sie zur Heldin seiner Träume zu machen. Wie hatte er selber den Mund darüber voll genommen, daß die schmachtenden Träume der Jugend nicht in Erfüllung gehen durften, niemals in Erfüllung gingen, und wie hatte er gleichzeitig geglaubt, zutiefst geglaubt, daß ihre Erfüllung für ihn in Griffweite lag! Und so einer machte sich groß, wollte andere erziehen, ihnen den Weg weisen!

Er bewilligte sich noch einen Rum.

Jetzt sah er klar, wie Leute zum Trinken kamen. Es geschah aus dem Gefühl heraus, ohne Bezug zu irgendwem oder irgendwas zu leben – mit einem Wort, überhaupt nicht da zu sein. Es war unbehaglich, dieses Gefühl, eigentlich gar nicht zu existieren, und so suchte man ein Dasein im Umgang mit der Schnapsflasche. Die Schnapsflasche gab einem etwas, woran man denken, worauf man hoffen durfte, und sie versetzte einen zuletzt in einen Zustand, in dem das Dasein nicht nur äußerst bedeutungsvoll wurde, sondern in dem die ganze Welt für einen da war und sich um einen drehte.

Aber es fehlte ihm an der nötigen Hartnäckigkeit, um sich an diesem Abend einsam und verlassen in einen solchen Zustand zu versetzen; er schob die Rumflasche weg und begann den Koffer auszupacken. Auf dem Boden des Koffers lag der Holzelefant. Als er ihn herausnahm, erinnerte er sich, wie streng er die ganze Woche über darauf bedacht gewesen war, ihn gegen das Fenster zu richten. Er hatte nicht übel Lust, ihn zu Boden zu werfen. Dann aber verfiel er auf eine bessere Methode, seine Entäuschung zum Ausdruck zu bringen, und er stellte ihn entschlossen auf den Tisch, den Rüssel gegen die Tür. Im selben Augenblick klopfte es.

«Herein», sagte er.

Es war Mrs. Pawley.

«Douglas», sagte sie, «kann ich Sie einen Augenblick sprechen?» Ihr Gesichtsausdruck hätte nicht anders sein können, wenn sie ihre Fehde abgebrochen hätte, um ihm mitzuteilen, daß Pawley sich soeben am Dachsparren aufgehängt habe. Dies schien sich indessen nicht zugetragen zu haben.

«Wir müssen diese Sache aufklären», sagte sie. «Mein Mann hat mir mitgeteilt, daß Sie gekündigt haben, und zwar wegen dieses Kabels. Ich weiß nicht, was passiert ist, aber ich habe es bestimmt meinem Hausmädchen gegeben, damit sie es Ihnen bringe. Ich habe sie eben zur Rede gestellt. Sie behauptet, sie hätte das Telegramm auf Ihren Tisch gelegt.»

«Ich habe es nicht bekommen», stellte er fest.

«Vielleicht ist es unter Ihre Papiere geraten? Ivy kann es beim Abstauben verräumt haben.»

Er trat an seinen Tisch. Eine Menge Schriftsachen hatte sich unerledigt in den Ablagen gesammelt, denn er war die ganze Woche viel zu sehr damit beschäftigt gewesen, steile Gebirgswände zu erklimmen. Er rechnete nicht damit, das Telegramm zu finden, aber mechanisch wühlte er in den Papieren. Plötzlich stieß er auf einen braungelben Umschlag, der zwischen einige Aufsatzhefte gerutscht war. Es war das Kabel.

«Entschuldigen Sie.» Verdammt lächerlich kam er sich vor. «Ich hätte es mir denken können. Ivy hat derlei schon früher angerichtet. Aber ich habe kein Telegramm erwartet.»

Jetzt war er auf den berechtigten Ausbruch ihrer Empörung gefaßt, doch der blieb aus. Ganz ohne Unmut sagte sie:

«Ich hoffe, Sie werden meinem Mann erklären, daß Sie also bleiben.»

«Ich habe nicht nur deswegen gekündigt. Ich habe versucht, das Mr. Pawley zu erklären.»

«Meinetwegen haben Sie gekündigt», erwiderte sie.

«Nicht ausschließlich ...»

«Doch, ich weiß das. Ich habe mich sehr schlecht gegen Sie benommen. Ich möchte mich entschuldigen.»

«Es war auch meine Schuld.»

«Nein. Ich habe mich unverzeihlich benommen. Was Sie meinem Mann gesagt haben, war vollkommen richtig, ich habe Ihr Telegramm geöffnet. Ich habe es gelesen.»

Er sah den Umschlag an. Die Klappen waren am Rande angerissen, aber wieder verklebt. Er empfand keinen Ärger darüber. Die Stichflamme war schon erloschen.

«Ich hoffe, es hat Ihnen Spaß gemacht», sagte er. «Mir nicht.»

«Es hat Ihnen weh getan, ja? Das tut mir leid.»

«Vorige Woche hat es Ihnen nicht leid getan.»

«Nein. Aber jetzt tut es mir leid.» Ihre Züge waren gespannt. Sie stand noch immer in der Tür. Sie trug ihre marineblauen Hosen und eine gelbe Bluse. Ihre Hände waren vor der Brust verschränkt. «Es tut mir leid, weil ich nicht will, daß Sie gehen – aus diesem oder irgendeinem Grund.» Ihre Stimme drohte zu versagen. «Bevor Sie hierher kamen, habe ich geglaubt, ich würde es hier nicht mehr aushalten. Ich könnte es nicht, wenn Sie wieder gingen.»

Er saß noch immer am Tisch. Die Welt war sehr klein geworden. Die ganze Welt bestand aus diesem Bungalow, draußen war nichts, nur Dunkelheit. Jetzt hatte er wieder das Gefühl, irgendwie zu existieren, in bezug auf Mrs. Pawley.

Nach einer Weile sagte er:

«Kann ich Ihnen ein Glas Rum geben?»

Sie starrte ihn an, ohne zu antworten. Er stand auf, trat an die Tür hinter ihr und schloß sie.

«Was tun Sie?» sagte sie zitternd.

«Ich empfange am späten Abend den Besuch der Direktorsfrau. Haben sie Ihre Hunde da?»

Sie schüttelte den Kopf. Er nahm ein Glas, mischte Rum und Ingwer und stellte es auf den Tisch. Mrs. Pawley lachte nervös auf. Es sollte wie Geplauder klingen:

«Dieses Mädel hat Sie versetzt, was?»

«Ja. Sie haben sie richtig beurteilt, schon damals. Sie war wertlos.»

«Ich dachte es mir.» Sie kam an den Tisch heran. «Douglas, das ist ein Riesenglas, wollen Sie mich betrunken machen?»

«Ja.»

Sie nahm das Glas. Ihre Hand zitterte so, daß sie es wieder abstellen mußte.

«Ich weiß gar nicht, was mit mir los ist.» Sie lachte hilflos.

«Ich brauche Sie gar nicht betrunken zu machen», sagte er.

Ihr Zittern wurde ärger, sie begann zu schlottern. Es waren lange Schauer, die durch ihren Körper liefen. Sie atmete rasch. In ihrem Gesicht war ein Ausdruck wie von schrecklicher, unsagbarer Angst.

15

Der Friseur war am Tag zuvor in der Schule gewesen, und Duffields Haar war gestutzt wie das eines Sträflings. Er war in bester Laune.

«Na, das war aber ein kurzes Wochenende, was?» sagte er, als Douglas zum Frühstück kam. «Was ist denn los? Sie haben es wohl nicht ausgehalten, sich so lange von der Alma Mater zu trennen?»

«Nein, ich konnte einfach nicht fernbleiben.» Douglas versuchte munter auszusehen, aber er hatte ein Gefühl, daß alles, was geschehen war, in seinem Gesicht stand und auf den ersten Blick zu lesen war.

Duffield schien aber nicht bemüht, es zu entziffern, ja, er verlangte nicht einmal eine nähere Erklärung für Douglas' vorzeitige Rückkehr. Die Ursache dieser taktvollen Diskretion kam rasch genug zutage. Er hatte selber etwas zu berichten und so war er über Douglas' unerwartetes Auftauchen erfreut, weil er seine Sache schneller an den Mann bringen konnte.

«Sie haben doch wohl schon gehört, was gestern passiert ist?»

«Nein?»

«Alan war ungehorsam. Da ist es passiert.»

Er machte eine Pause, um den vollen Effekt auszukosten. Er lächelte. Sein Gesicht verriet selten kompliziertere Dinge, höchstens, ob er bei guter oder schlechter Laune war, aber nun stand unverkennbarer Triumph darin. Der Triumph eines Mannes, der gewonnen hat, einer gegen hundert.

«Ich hab ihm eine ordentliche Tracht Prügel verabreicht. Wundert mich, daß Sie nicht schon in Kingston davon gehört haben.»

Douglas sagte obenhin, weil diese Äußerung offensichtlich erwartet wurde: «Nun, da wären wir ja zu den guten alten Tagen der Tortur zurückgekehrt.»

«Von Tortur weiß ich nichts», äußerte Duffield. «Ich weiß nur, daß es ihm ordentlich gut getan hat. Wenn er sich in diesem Schuljahr noch einmal schlecht benimmt, will ich meinen Midgley und Wade auffressen.» Der Midgley und Wade war das Mathematiklehrbuch. «Und die andern haben sich auch gleich gehörig zurechtgesetzt. Still war es hier gestern wie auf einem Friedhof – wie Mäuschen sind die Kinder herumgehuscht.»

«Und was sagte Pawley dazu?»

Duffield strahlte im Vollgenuß seines Triumphes.

«Sie sollten mich lieber fragen, was ich zu Pawley gesagt habe.»

Er erzählte die Geschichte ausführlich. Alan hatte trotz einer vorherigen Verwarnung in der Klasse geschwätzt, und da hatte Duffield ihn für nachher in seinen Bungalow bestellt. Dort hatte er Alan eine Standpauke gehalten und hatte ihn gefragt, was ihm lieber wäre, eine Tracht Prügel oder eine schlechte Schlußnote. Die Tatsache, daß Alan sich für die Prügel entschieden hatte, aus freien Stücken, erschien Duffield als günstige Gelegenheit, Pawleys strenges Verbot körperlicher Züchtigung zu umgehen. Er gab Douglas eine genaue Schilderung davon, wie die Prügel verabreicht worden waren, und von Alans männlicher Energie, sie hinzunehmen. Nachdem Duffield dem Jungen sechs Streiche der besten Sorte auf den «von der Natur hierfür vorgesehenen Platz» versetzt, hatte er mit Alan einen Händedruck getauscht und zum erstenmal, seit er in der Blue Mountain School unterrichtete, das Gefühl gehabt, respektiert zu sein. Die Nachricht von diesem Bruch aller Regeln war schnell zu Pawley gelangt, der ihn zu sich berief, um eine Erklärung zu verlangen. Duffield lieferte sie, indem er dartat, was seit Generationen für die besten Schulen Englands gut gewesen sei, wäre auch gut genug für ihn – sollte es aber nicht gut genug für Pawley sein, so wäre er gern bereit zu kündigen. Das hatte Pawley in die Defensive getrieben, und als er sich peinlich vor die Wahl gestellt sah, entweder seine Lehrerschaft oder seine Prinzipien aufs Spiel zu setzen, erklärte er, er begriffe Duffields Gesichtspunkt, doch würde er es in Zukunft doch vorziehen, wenn man die Köpfe ein wenig zusammensteckte, bevor man seine Zuflucht zu Prügelmethoden nähme.

«Na», erklärte Duffield vielsagend, «mag die Zukunft für sich selber sorgen. Möchte wetten, daß es nächstes Schuljahr hier einige wehe Hintern mehr gibt als in diesem. Und unter uns gesagt», zwinkerte er, «wir werden unsere Rohrstöcke nicht allzusehr abnützen, wo doch der ganze Berghang hier mit Bambus bewachsen ist.»

Als Douglas nachher in der Halle des Haupthauses Pawley begegnete, erwähnte keiner von beiden die Kündigung. Pawley nahm offenbar an, sie wäre zurückgenommen. Er strahlte wie noch nie.

«Wie ich höre, haben sie gestern abend diesen Streit mit meiner Frau beigelegt. Für mich ist das ein großes Aufatmen. Solche kleinen Mißverständnisse müssen wohl von Zeit zu Zeit unterlaufen – aber man kommt immer wieder darüber hinweg, wenn man die Nerven behält.»

Douglas hatte keine Vorstellung, wieviel Pawley wissen mochte. Es war allzu peinlich, sich vorzustellen, daß sein Aufatmen und seine strahlende Vergnügtheit eine andere Urache hatte als die Beilegung der Telegrammaffäre – wahrhaftig, Douglas wäre auch ohne Pawleys Beifall ausgekommen; als Mrs Pawley aber zum Mittagessen kam, schien es ihm unglaubhaft, daß irgend jemand, Erwachsene oder Kinder, die Veränderung in ihrem Gehabe übersehen konnte. So eindeutig war sie, daß er sie gewahrte, obwohl er am anderen Ende des Saales saß. Er war entsetzt. An Stelle ihrer sonstigen neurotischen Ungeduld zeigte sie ein inneres Leuchten. Die Unbefriedigtheit war aus ihrem Gesicht gewichen, sie sah glücklicher und hübscher aus als je zuvor. Die Kinder, an deren Tisch sie saß, waren sonst immer ein wenig gedrückt, aber heute ging es bei ihnen hoch her. Auch von Pawleys Tisch hörte man Lachen, und sogar von dem Duffields, denn die Furcht, die er erregt hatte, wurde wenigstens zeitweilig von seiner ungewöhnlich guten Laune aufgehoben. Nie war es im Speisesaal lustiger zugegangen. Vermutlich führte man es allgemein auf das nahe Bevorstehen der Ferien zurück.

Douglas überging den Kaffee im Gemeinschaftsraum und kehrte in seinen Bungalow zurück. Später am Nachmittag unternahm er einen Spaziergang auf dem Schulgelände. Es war Samstag, die Kinder hatten frei. Rosemary plagte sich im Modellierraum mit einem Versuch ab, ein Stück Ton einer Katze anzugleichen. John hämmerte munter in seinem Baumhaus herum, denn er plante einen Erweiterungsbau, um größere Gesellschaften geben zu können. Silvia war in der Garage und drängte Joe, ihr die Gänge auseinanderzusetzen, denn unter den Rollen, die sie für ihre Zukunft plante, war eine neue aufgetaucht, sie sah sich als Douglas' Chauffeuse. Andere Kinder spielten zwischen den Wacholderbäumen. Sie unterbrachen ihr Spiel, als sie ihn bemerkten, und luden ihn ein, daran teilzunehmen. In ihrer Haltung, das sah er deutlich, war Zutrauen und Achtung, aber eine Achtung, die nicht mit Furcht gemischt war. Weiß Gott, wenn er nicht selber alles verpfuscht hätte, wäre er vielleicht ein erfolgreicher Pädagoge geworden. Aber das war absurd, an etwas Derartiges durfte er sich nicht klammern. Die Art, wie er seine eigenen Angelegenheiten verpfuscht hatte, war der Beweis seiner Unfähigkeit, andere etwas Besseres zu lehren, und das Vertrauen und der Respekt der Kinder war ebenso buhlerisch und trügerisch erschlichen wie Mrs. Pawleys Glück. Gewiß, ein Ingenieur konnte große Brücken bauen und doch als Mensch ein Fehlschlag sein, das war etwas ganz anderes; ein Dichter konnte aus seinem Elend und seiner Erniedrigung Schönheit schöpfen. Wollte man aber Kinder erziehen, so waren dieses Tun und der private Charakter unlösbar ineinander verklammert, und wer nicht tadellos war, konnte keinen Erfolg erbringen.

Er ging in seinen Bungalow zurück und überlegte, was er tun sollte: an der Schule verbleiben als ein Fehlschlag, im Bewußtsein dieses Fehlschlages, oder wieder seinen Koffer nehmen und auf die Suche nach einem neuen Dasein gehen. Er fand keine Entscheidung. Abends nach dem Essen kam Mrs. Pawley wieder. Es war neuerlich Ungeduld in ihrem Wesen, aber Ungeduld von einer neuen, anderen Art.

«Hattest du Angst, ich würde nicht kommen können?»

«Du hättest nicht kommen sollen», sagte er. «Irgend jemand wird es herausfinden.»

«Ich bin viel zu glücklich, um mich darum zu kümmern.» Sie atmete schnell, wieder setzten die Schauer ein. Sie schienen aus der Tiefe zu kommen, Erdbeben gleich. «Ach, Douglas, warum ist das nicht schon viel früher geschehen? Wieviel Zeit haben wir verloren!»

Die körperliche Verwandlung war fast ebenso augenfällig wie die Änderung ihres Wesens. Ihre Brüste waren straffer, ganz ohne Schlaffheit, und die roten Flecken auf ihrem Nacken waren verschwunden.

Dann sagte er ihr, sie müsse gehen.

«Ich bliebe ganz, wenn du es verlangen würdest», sagte sie.

«Ich werde es nicht verlangen.»

«Noch zehn Minuten!» Sie seufzte. «Liebst du mich, Douglas?»

«Nein.»

«Du scheust dich, es zu sagen. Wie sonderbar du bist!»

Im Weggehen sagte sie: «Ach, ich vergaß, ich habe einen Brief für dich.» Sie griff in ihre Hosentasche.

Er war gespannt – jetzt war ein erklärender Brief fällig, der Judys Telegramm durch die Luft gefolgt sein mußte. Dieser Brief würde nur die schalen Äußerungen des Bedauerns wiederholen, die schon in der Depesche gestanden hatten, aber er verlangte doch danach. Die Mühe sollte sie sich wenigstens genommen haben, ihm zu schreiben, und er wollte ihr unaufrichtiges Gestammel hören. Wollte ein neues Stadium des Wundenkratzens eröffnen ...

Mrs. Pawley reichte ihm den Brief. Er war nicht von Judy, sondern der Prospekt eines Kingstoner Buchhändlers. Douglas warf ihn in den Papierkorb.

«Gute Nacht, Douglas.» Sie fiel ihm um den Hals.

«Gute Nacht ...»

Er hätte beinahe Mrs. Pawley zu ihr gesagt. Lächerlich war das. Er konnte sie berühren, konnte sich beherrschen, schreckte nicht vor ihren Zärtlichkeiten zurück, aber es war ihm unmöglich, sie Joan zu nennen.

Am nächsten Tag kam Silvia zu ihm in die Bibliothek. Sie hatte eine neue Geschichte geschrieben.

«Es ist eine kindische Geschichte», sagte sie, «aber Sie haben mir ja gesagt, ich sollte Dinge schreiben aus meiner Erinnerung.»

Die Erzählung war kurz, aber bei weitem die beste, die sie je geschrieben, und überdies die aufrichtigste. Es wurde da von einem Mädchen berichtet, das Eve hieß. In dem Garten des Hauses, in dem Eve wohnte, gab es ein belaubtes Gebüsch, das weit in den Pfad hineinwuchs. Eve drückte sich immer zur Seite, wenn sie daran vorbeiging, denn sie glaubte fest, daß ein böser Geist sie strafen würde, wenn sie den Busch streifte oder dieser sonst irgendwie zu Schaden kam. Eines Tages erwähnte der Vater, daß er diesen Strauch entfernen lassen werde. Auf ihren Protest wollte er nicht hören. Eve war wütend über ihn, und da sie nicht ganz sicher war, sich darauf verlassen zu können, daß der böse Geist auch einen unverständigen

Erwachsenen strafen würde, nahm sie ihre eigene Rache, indem sie etwas in Vaters Radioapparat zerbrach. Bevor dieser aber den Schaden entdeckt hatte, eröffnete er ihr, daß er es sich überlegt hätte und den Strauch nicht entfernen wolle. Nun wurde Eve wegen des Radioapparates von Schuldgefühlen erschüttert, denn sie wußte nicht, wie sie das Gerät reparieren sollte. Um einen Grund dafür herbeizuschaffen, was sie angerichtet, schlich sie sich in den Garten, schnitt den Busch ab und bezichtigte ihren Vater, er habe es getan und habe sein Wort gebrochen. Sie steigerte sich in eine so furchtbare Empörung hinein, daß sie laut schrie und ihn mit schändlichen Schimpfnamen belegte. Nachher lauschte sie an der Tür des Wohnzimmers, als man sie schon im Bett glaubte, und da hörte sie den Vater die Geschichte einem Freund erzählen und verwundert sagen: «Offenbar ist ihr klar, daß ich sehr wohl weiß, wer das getan hat – sie selbst. Ich verstehe sie jetzt nicht mehr.» Und Eve ging zu Bett und weinte, weil sie sich selbst auch nicht verstand.

«Blöd, nicht?» fragte Silvia.

«Durchaus nicht. Wenn Eve so weiter macht, wird sie sich bald recht gut verstehen. Und wenn sie es sich einige Mühe kosten läßt, wird sie vielleicht eine sehr gute Schriftstellerin werden.»

«Wenn Sie mich minehmen, schreibe ich jeden Tag», verkündete sie. «Und mein erstes Buch widme ich Ihnen. Ich weiß auch schon, wovon es handelt.»

«Nun, wovon handelt es?»

«Von der Schule, und wie ich hier unglücklich war, und wie Sie auch unglücklich waren, bis wir einander fanden und zusammen durchbrannten. Das einzige in dem Buch, worin ich von der Wahrheit abgehe, ist, daß ich uns mitten während des Schuljahres ausrükken lasse. Das macht das Ganze dramatisch.»

«Es wäre auch so schon recht dramatisch», bemerkte er.

«Ich weiß auch bereits, wie ich es nennen werde. Es soll heißen ‹Die Blauen Berge›. Weil wir immer, so oft wir unglücklich sind, zu den Blauen Bergen hinüberschauen und uns danach sehnen, sie zu erklimmen, ganz so wie man sich nach Glück sehnt. Wenn wir von hier ausrücken, sollten wir in der Richtung nach dem Peak aufbrechen, und enden wird das Buch damit, daß wir den Gipfel erreichen. Das wird die erste Geschichte von mir sein, die gut ausgeht.»

«Nun, es mag bei der Geschichte sein Bewenden haben», sagte er. «Wenn man etwas dergleichen zu erleben sucht, so gibt es immer eine Enttäuschung. Du verstauchst dir beim Klettern den Knöchel, oder der Gipfel ist gerade von Wolken umhüllt, wenn du hinauf kommst.»

Sie lächelte, über solche Einwände erhaben.

«Nun ja, der Schluß ist ja mehr symbolisch. Wir werden ja in Wirklichkeit gar keine Zeit haben, auf diesen Gipfel zu steigen. Wir müssen geradewegs zum Flugplatz, damit wir die Maschine nach Barbados erwischen.»

Die Woche zog sich zäh dahin. Belebt wurde sie nur durch Morgan, der Zerstörungen durch furchtbare Orkane weissagte. Er war jetzt auch in die Bibliothek eingedrungen, hatte vor dem Kamin eine Staffelei aufgebaut, die eine Tafel trug, auf welche er eine Landkarte gezeichnet hatte. Von Zeit zu Zeit tauchte er hier auf, ganz ohne Rücksicht auf seinen Stundenplan, und zeichnete seine Prognose mit farbiger Kreide darauf; bald war das ganze Karibische Meer zu einem furchtbaren Wirrwarr roter Zickzacklinien, grüner Kreuze und bläulicher Kreise geworden. Mittwoch morgens hatte eine der Zickzacklinien in furchtbaren und unerklärlichen Zuckungen die Nähe Jamaicas erreicht. Zur Zeit des Mittagessens sproßte aus dieser Linie eine drohende Pfeilspitze hervor. Man brauchte den erklärenden Text, der in der rechten Ecke über die Küsten Floridas hinwegging, nicht erst zu lesen, um alarmiert zu sein. An diesem Abend holte man die Stühle von den Veranden, schloß die Fensterläden und befestigte sie mit Latten. Kurz nach zehn setzte ein schwacher Regen ein, der etwa zwanzig Minuten dauerte. Die übrige Nacht verlief ruhig, und am Morgen erwachte man bei bestem Wetter und entdeckte, daß die Zickzacklinie wieder seewärts abgerückt war. Die Pfeilspitze, nun weit weniger als zuvor eine graphische Fanfare, bedrohte jetzt probeweise Havanna. Die Kinder waren enttäuscht, aber für Douglas hatte die Drohung ihren Zweck erfüllt. Sie hatte Mrs. Pawley von ihm ferngehalten.

Jetzt sehnte er ungeduldig das Ende des Schuljahres herbei, obwohl er sich noch nicht darüber klar geworden war, was er anfangen sollte. Manchmal belustigte er sich, indem er sich dem Wachtraum überließ, er nähme wirklich Silvia mit sich: nicht als Frau, sondern als Kind, denn wenn sie ihn wirklich liebte, so gab sie ihm doch nur ein Gefühl, das sie eigentlich ihrem Vater schuldete. In seinem Wachtraum war sie sein großer Erfolg geworden, der formlose Ton, den er zu gestalten begann, die noch unfertige Schöpfung, die er mit der ganzen Entschlossenheit des Künstlers verteidigte, nicht in die plumpen Hände Fremder fallen lassen wollte. In diesem Traum wurde sie zu dem Mittelpunkt seines Daseins, der ihm fehlte, zu der Aufgabe, die ihm in Zukunft gestellt war, zur einzigen reinen Liebe seines Lebens. Er sah sie im Geist am Strand von Barbados an seiner Seite sitzen, wie sie an einer neuen Geschichte schrieb; dann zeigte er ihr Europa – die Große Oper in Paris, die Scala in Mailand –, und dann saß sie, wieder schreibend, in der Fensternische eines englischen Landhauses; später sah er sie in einer seltsam viktorianischen Szene neben seinem Stuhl knien, hörte sie erzählen, daß sie zu einer Liebe, einer neuen, anderen Liebe erwacht war; es gab ein seltsames Ziehen in seinem Herzen, aber er hatte ja im voraus gewußt, daß es so kommen mußte, und so lächelte er ... Und er lächelte auch über seinen Wachtraum, denn es stand darum nicht besser als um Silvias Träume, gewiß war er auch aus irgendeinem Film, den er gesehen, oder aus einem Kitschbuch, das er gelesen hatte, zusammengebraut. Immerhin, für ein paar Minuten war er farbig und lebhaft genug gewesen, um ihn Judy vergessen zu lassen, ihm über die Pein hinwegzuhelfen, auf einen Brief zu warten, der niemals kam.

Samstag morgens aber sprang die rote Zickzacklinie auf Morgans Tafel auf Jamaica zurück. Beim Frühstück schon erklärte er:

«Sieht mir ganz aus, als ob es uns diesmal erwischen würde. Der Kern mag wohl südlich an uns vorbeiziehen, aber ein paar üble Windstöße vom Rande des Zyklons werden wir wahrscheinlich abbekommen. So etwa mit hundertvierzig Stundenkilometern, schätze ich.»

Nachdem seine früheren Prognosen sich so selten bewahrheitet hatten, konnte man damit rechnen, daß sie auch diesmal unbehelligt davonkommen würden, aber jetzt war er im Recht. Der Sturm setzte am Abend ein; zuvor schon, etwa um drei Uhr nachmittags, begann es zu regnen. Ganz unvermittelt und heftig setzte der Regen ein, und Douglas saß an der Tür seines Bungalows und beobachtete die Wasserkaskaden, die bald alle Traufen überfluteten und auf die Veranda herabströmten. Mitten durch diesen Regenguß schritt Mrs. Pawley heran. Sie trug Wellingtonstiefel und einen Regenschirm.

«Ich werde heute abend nicht kommen können», erklärte sie, «darum bin ich jetzt herübergelaufen.»

«Verrückt», stellte er fest.

«Douglas, uns bleiben doch nur vier Tage.»

«Aber jetzt kannst du nicht bleiben.»

«Kann ich nicht?» Sie lachte. Ihre Augen strahlten. Sie schlüpfte aus den Wellingtons, schloß die Tür und schob den Riegel vor.

«Man könnte kommen.»

«Nicht bei diesem Guß.»

«Natürlich könnte man.»

«Ist mir auch egal.» Sie zog die Vorhänge zu.

«Briefe für mich?» fragte er.

«Nein. Steckt dir immer noch dieses Mädel im Kopf?»

«Unsinn.»

Sie schien diese Antwort zu akzeptieren, kam heran.

«Nein, du mußt gehen.»

«Es würde mir nichts ausmachen, wenn man uns erwischte – ich wäre beinahe froh. Wenn du die Schule verlassen müßtest, würde ich mit dir kommen – egal wohin. Überallhin.»

Er lachte. Ein hübsches Gefolge würde er nach Barbados mitschleppen und in die Scala nach Mailand!

«Warum lachst du?» fragte sie.

Beinahe hätte er ihr von Silvia erzählt, doch im letzten Moment überlegte er es sich wieder.

«Nun, so oder so, ich gehe», entschied er.

Alles Helle in ihrem Gesicht erlosch. «Was meinst du damit?»

«Ich verlasse euch zum Ende dieses Schuljahres.»

«Ich dachte, du hättest dich entschlossen zu bleiben?»

«Keineswegs.»

«Nein, Douglas», widersprach sie, «unmöglich! Das kannst du nicht tun! Du kannst nicht einfach so gehen! Du kannst mich nicht hier allein lassen. Ich würde es ohne dich nicht aushalten.»

Sie preßte sich an ihn, ließ ihre Tränen und ihre Leidenschaft das übrige sagen. Der Regen prasselte auf den Dschungel draußen herab, trommelte auf das Dach. Er konnte wegen des Lärms ihren Atem nicht hören, sah nur, wie ihre Brüste sich rasch hoben und senkten. Dann setzte der Regen plötzlich aus, man hörte nur mehr das Geräusch der tropfenden Bäume und Dachtraufen. Und jetzt das Kratzen und Winseln der Hunde an der Tür.

«Du solltest die rasch fortschaffen», sagte er.

«Douglas, es war so schön.» Sie seufzte. «Es war schön.»

«Du darfst nicht wiederkommen», sagte er. «Es war das letzte Mal.»

«Aber du gehst doch nicht? Du hast es dir überlegt?»

«Ich gehe.»

«Und du nimmst mich mit?» Sie schien ernsthaft zu glauben, daß er daran dächte.

«Ich kann nicht. Denk an deinen Mann, an die Schule. Ich will auch gar nicht.»

«Nach allem, was geschehen ist?» fragte sie. «Nach alldem?» Sie schob ihren Körper an ihn heran, als wollte sie ihm so erklären, was sie meinte. Er drückte sich zur Seite und stand auf. Draußen winselten noch immer die Hunde.

«Du liebst mich nicht», sagte sie, immer noch liegend.

«Vielleicht tue ich es wirklich nicht.»

«Doch, du tust es, aber du hast Angst davor.»

«Vielleicht.»

«Ich gehe nicht, wenn du mir nicht versprichst, daß ich wiederkommen kann.»

«Schön. Du kannst wiederkommen. Es sind ja nur mehr vier Tage.»

Sie brauchte eine Ewigkeit, um ihr Haar in Ordnung zu bringen und sich herzurichten. Ungeduldig ging er auf und ab, überlegte, ob es nicht das beste wäre, schon morgen zu gehen. In den letzten Tagen lag ja doch wenig am Unterricht, man würde sich leicht ohne ihn behelfen können. Als sie fertig war, stand sein Entschluß so ziemlich fest.

«Also morgen abend», sagte sie.

«Schön», erwiderte er, denn es war klüger, ihr nicht zu widersprechen.

«Erinnere dich, wie sehr ich dich brauche, Douglas.»

«Ich werde es versuchen.»

Die Hunde sprangen sie mit nassen Pfoten an, als sie auf die Veranda hinaustrat. Sie trieb sie zurück: «Kusch, Rex! Kusch, Queenie!» Dann lächelte sie zu ihm zurück und schritt den aufgeweichten Pfad davon, ihre Hosen in die Wellingtonstiefel geschoben. Es klang, als ob es draußen immer noch regnete, aber es tropfte nur mehr von den Bäumen. Die Luft war sehr frisch und rein, Kingston hatte nie so nahe geschienen. Als er in den Bungalow zurücktrat, bemerkte er, daß Mrs. Pawley ihren Schirm auf der Veranda stehengelassen hatte. Douglas öffnete ihn, da er noch naß war, und schüttelte ihn, bevor er ihn hineinnahm; und während er das tat, wurde seine Aufmerksamkeit durch eine Bewegung in den Büschen erregt, die den Pfad säumten. Er blickte auf und erkannte Silvia.

Im Augenblick konnte er nicht entscheiden, ob sie hinter diesem Busch gelauert hatte oder eben erst vom Haupthaus heruntergekommen war. Jetzt erkannte er, daß sie bis auf die Haut durchnäßt war. Das Kleid klebte an ihrem mageren Körper, das Haar hing naß herab, ihr Gesicht war totenblaß. So stand sie da und starrte ihn an, und in ihren Augen war ein Ausdruck, den er nur ein einziges Mal gesehen, damals, als er sie von dem Ausflug zur Schule zurückgeschickt hatte.

Er hielt noch immer Mrs. Pawleys Schirm in der Hand.

«Hallo, Silvia», sagte er.

Sie rührte sich nicht. Ihre mageren weißen Arme hingen schlaff herab.

«Ich hasse Sie», sagte sie. «Sie sind um nichts besser als mein Vater. Ich hasse Sie!«

Dann spie sie in der Richtung nach ihm wütend aus, machte kehrt und rannte über den aufgeweichten Pfad davon.

Sie war nicht im Haupthaus. Die anderen Kinder bekamen gerade ihren Tee, seit einer Stunde hatten sie Silvia nicht gesehen; sie hatte ihnen gesagt, daß sie zu Douglas ginge, um bei ihm Tee zu trinken. So ging er durch den Garten zur Garage, um zu fragen, ob Joe sie vielleicht das Schulgelände verlassen gesehen hätte. Die Garage stand offen, der Dienstwagen war darin, aber Joe verschwunden. Douglas trat durch die Ausfahrt und ging bis zur nächsten Biegung.

Keine Spur von ihr auf der Straße. So ging er zurück, wanderte zu Duffields Bungalow. Duffield saß auf seiner Veranda, aber auch er hatte sie nicht gesehen.

«Wahrscheinlich ist sie diesmal endgültig ausgerückt», sagte er gutgelaunt. «Wohl ein neuer Freund?»

«Weiß nicht.»

«Sehen Sie, ich bin nicht die Sorte, die nachher großtut und sagt: ich hab es ja vorausgewußt. Aber mit Schokoladetäfelchen bringen Sie Kindern keine Vernunft bei. Wahrscheinlich schwant Ihnen das jetzt selbst. Nächstes Schuljahr werden Sie, genau wie ich, einen Rohrstock bereithalten. Haben Sie vielleicht gehört, wobei ich Alan erwischt habe?»

«Nein.»

«Hab ihn ertappt, wie er den anderen Buben seine Striemen zeigte. Ein paar Mädchen standen an der Tür und guckten durchs Schlüsselloch – dadurch wurde ich aufmerksam. Schadet gar nichts, merken Sie sich das. Beweist nur, daß die Sache Eindruck gemacht hat.» Er grinste. «Nicht nur im wörtlichen Sinne des Wortes.»

Es war wirklich zuviel, um zu widerstehen.

Douglas machte einen Rundgang über das Schulgelände, warf wieder einen Blick ins Haupthaus, ging noch einmal davon. Dann unternahm er einen weiteren Spaziergang außen um die Farm herum und durch den Dschungel. Es war jetzt sechs Uhr, der Regen hatte endgültig aufgehört, der Abend ließ sich klar und freundlich an. Douglas kehrte zum Haupthaus zurück, aber Silvia war noch nicht aufgetaucht. Um halb sieben ging er zu Pawley und sagte ihm, daß sie abgängig wäre. Warum, das erörterte er nicht. Pawley griff sich an den Kopf und sagte, er hätte es ja vorausgewußt, daß sie nicht ohne irgendeine furchtbare Katastrophe durch dieses Schuljahr hindurchkommen würden. Douglas überließ ihn seiner Betrübnis, wanderte wieder über das Schulgelände und näherte sich bereits dem Haupteingang, als er plötzlich einer außergewöhnlichen Stille gewahr wurde, so intensiv war diese Stille, so auf eine unbestimmbare Weise ganz anders als jede andere Stille, die er jemals zuvor hier in den Bergen kennengelernt, daß er stehenbleiben und ihr lauschen mußte.

Kein Laut – nicht einmal das Rascheln eines abgefallenen Blattes.

Fast eine Minute stand er so, dann hörte er einen Baum knarren, gleich darauf folgte ein unvertrautes Geräusch aus weiter Ferne, ein Brummen, das ihn zuerst glauben ließ, ein Wagen komme die Steigung herauf. Dann aber war dieses Brummen zu laut, zu nah, es klang jetzt wie das Tosen eines ungeheuren Wasserfalles, und jetzt begriff er erst, daß dies der heranbrausende Orkan war.

Er blickte um sich. Die beiden hohen Eukalyptusbäume an den Seiten der Einfahrt waren noch ganz reglos. In diesem Augenblick erreichte der Sturm die Farm. Rasch schob er sich den Hang herauf, riß die Obstbäume in einen unbeschreiblichen Tumult, knickte einige der Bananenpflanzen im ersten Anlauf, köpfte von anderen die Kronen und spielte mit ihnen in der Luft. Ein paar Sekunden später erreichte er die Eukalyptusbäume. Wie wilde Tiere, die von einer Kugel verwundet wurden, antworteten sie, waren im nächsten Augenblick in rasender Bewegung, zuckten und zappelten epileptisch. Douglas duckte sich, stemmte sich dagegen, es gelang ihm, das Gleichgewicht zu halten. Er sah, daß das Einfahrtstor, das offengestanden hatte, mit furchtbarem Knall gegen den Pfosten flog. Er lief heran, um es festzumachen. Und da gewahrte er Silvia.

Sie war auf der Straße, dicht unter dem Haupthaus, ging unter dem Schutz der Bodenwelle ganz gut. Jetzt sah sie ihn und kam heran. Sie war in einem jämmerlichen Zustand, ihr Kleid zerfetzt. Vor ihm erreichte sie das Eingangstor, wartete hier, gegen den Pfosten gelehnt, um nicht umgerissen zu werden. Er sah, daß sie hysterisch lachte und schrie, aber der Wind riß ihr alles vom Mund weg, er konnte nichts hören. Erst als er ganz nahe kam, begriff er, daß sie immer wieder das Wort schrie, das sie damals in seinem Bungalow an die Wand geschrieben hatte. Jetzt stand er vor ihr. Sie schrie immer noch, und dabei lachte und weinte sie zugleich, und die Tränen, die ihr aus den Augen strömten, wurden vom Sturm fortgefegt. Er nahm ihren Arm, um sie zum Haupthaus zu führen, aber als er sie berührte, schrie sie schrill auf. Er schlug ihr ins Gesicht, sie rang keuchend nach Atem, war dann plötzlich still. Und sie starrte ihn an.

«Ich sage allen, was ich getan habe! Dann ist die Schule fertig.»

«Was meinst du denn?»

«Ich war mit Joe zusammen! Das geschieht Ihnen recht.»

16

Die Bibliothek erinnerte Douglas an einen Luftschutzkeller im Krieg; und um die Ähnlichkeit voll zu machen, klang das Getöse draußen, abschwellend und jäh losbrechend, wie eine endlose Folge von nahen Bombeneinschlägen. Das elektrische Licht war in der ersten halben Stunde ausgegangen, jetzt wurde der Raum von vier oder fünf Paraffinlampen erhellt, die auf den Tischen standen. Die Kinder lagen der Reihe nach auf Matratzen am Boden, die Buben auf der einen Seite, die Mädchen auf der anderen. Duffield hatte den Marsch von den Schlafräumen herüber organisiert, und daher war alles in bester Ordnung vor sich gegangen.

Jetzt thronte er auf einem Stuhl neben der Tafel. Ein Stück von Morgans Landkarte hatte er mit dem Schwamm gelöscht und mit großen Buchstaben daraufgeschrieben «LÄRM VERBOTEN!» Dazu hatte er die rote Kreide benützt, mit der Morgan die drohende Zickzacklinie gezeichnet hatte.

Morgan saß an der anderen Seite der Bibliothek und tat, als ob er im Licht einer der Lampen in einem Buch läse. Er war erbost. Dieser Sturm war sein Eigentum, wenn nicht geradezu seine Erfindung, und er hatte damit gerechnet, daß sich jedermann, sobald der Orkan da wäre, an ihn gleichsam als an den Regisseur des Ganzen wenden würde; nun aber hatte Duffield die Führung an sich gerissen, hatte seine schöne Landkarte verpfuscht, und so blieb nichts anderes übrig: er tat, als ob es gar keinen Sturm gebe. Taub schien er gegen den Orkan, der da draußen raste. Knallte irgend etwas gegen die Fensterläden, so daß jäher Alarm durch den Raum lief, zog er nur verwundert die Brauen einen Moment hoch, als wüßte er nicht, warum alle sich plötzlich aufgesetzt hatten. Wirklich eingeschüchtert waren nur einige der Kinder; unter ihnen Rosemary, die immer selbst bei kleineren Gewittern stumm vor Entsetzen war. Jetzt war sie totenbleich, saß starr aufrecht auf ihrer Matratze. Die andern waren eher in einem Zustand von angenehmer Erregung. Man hatte diesen Sturm erwartet, schließlich war er gekommen, und nur Duffields tyrannische Gegenwart verhinderte den Spaß, der sonst wohl bei solcher allgemeinen Erregung fällig gewesen wäre.

Douglas saß an seinem Tisch in der Ecke des Raumes und rauchte ungeduldig eine Zigarette nach der andern, während er darauf wartete, daß Pawley das Verhör Joes zu Ende brachte. Nun wartete er schon seit einer halben Stunde – seit Joe aus seiner kleinen Hütte hinter der Farm ins Haupthaus gekommen war, seine ganze Familie mit einem Tau zusammengebunden. Pawley hatte darauf bestanden, ihn allein zu verhören – er bildete sich ein, so eher die Wahrheit herauszubringen. Jedenfalls lag ihm außerordentlich viel daran, daß ihm das gelang, denn auf anderem Wege hatte man bis jetzt nichts festzustellen vermocht. Mrs. Morgan war kaum in der Verfassung, einen verletzten Finger zu verbinden, geschweige denn Silvia zu bändigen. Den ganzen Tag über hatte sie sich – einziges Ergebnis der Voraussicht ihres Gatten – mit vielen Gläschen Rum gegen das Kommando gefeit, war dann aber doch schon vom ersten Anprall gänzlich aus der Fassung gebracht worden. Nun war Mrs. Pawley zu Silvia gegangen, aber daß sie etwas erreichen würde, schien höchst unwahrscheinlich.

Douglas war sich selber nicht recht klar darüber, ob etwas Ernstes geschehen war oder nicht. Zuerst hatte er es füglich bezweifelt, hatte angenommen, sobald Sivlia ihren hysterischen Anfall überwunden hätte, würde sich alles als pure Erfindung herausstellen. Nun, Silvias Hysterie war vorübergegangen, aber nur, um sie in einem Zustand grauenvollen Entsetzens zu lassen: der Angst davor, nun ein Kind zu bekommen. Sie glaubte, dies wäre jetzt unausbleiblich. Kein Zweifel war möglich, daß dieser, ihr Glaube, echt war. Jetzt erst hatte Douglas sich mit Unbehagen erinnert, daß Joe nicht in der Garage gewesen war, als er ihn zum erstenmal dort suchte – ebensowenig im Haupthaus oder in der Elektrizitätsanlage; und es sah Joe durchaus nicht ähnlich, daß er sich irgendwo herumtrieb, während man ihn im Dienst vermutete. Nun war es auch keineswegs Joe zuzutrauen, daß er mit kleinen Mädchen in den Dschungel lief ... Joe war ein glücklich verheirateter Mann. Er stand erst in der Mitte der Zwanzig, hatte eine Frau und sechs oder sieben Kinder, und seine Frau war ihm wirklich angetraut – das war mehr, als man von den meisten Lebensgefährtinnen jamaicanischer Negerbauern sagen konnte. Gleich nach dem dritten oder vierten Kind hatte er sich mit ihr vor einem wirklichen Geistlichen in einer richtigen Kirche verbunden. Er war sehr stolz darauf und wurde es nie müde, die erhebende Zeremonie zu beschreiben.

Douglas hatte Joe immer gut leiden mögen und hätte jedem ins Gesicht gelacht, der dem Chauffeur zutraute, hinter Kindern herzulaufen. Er erinnerte sich jetzt, daß er in der Tat über Mrs. Pawley gelacht hatte, als sie bei einer der Lehrerkonferenzen davon sprach, Joe habe Mädchen auf den Lehmhaufen hinaufgehoben. Das war in der Zeit von Mrs. Pawleys Feindseligkeit geschehen, und er hatte wohl angenommen, daß sie die Sache nur zu seiner Kränkung aufbrächte oder aufbauschte. Immerhin war er Pawleys Anweisung gefolgt, hatte Joe gewarnt, die Mädchen auch nur anzurühren; aber ernstgenommen hatte er die Sache natürlich nicht, sich auch nichts bei Silvias Besuchen in der Garage gedacht, die sie unternahm, um ganz nebenbei und unauffällig chauffieren zu lernen. Es lag klar auf der Hand, daß, was immer auch heute abend geschehen sein mochte, die Initiative von Silvia ausgegangen war. Vor einem Gericht würde das allerdings Joe wenig helfen. Und ebensowenig enthob es Douglas seiner Verantwortung ...

Er zündete sich wieder eine Zigarette an, blickte nervös nach der Tür. Draußen brüllte und tobte der Sturm, zerrte an den Fensterläden, ließ einen Augenblick nach, nur um mit erneuter Wut zurückzukehren. Manchmal ging ein Zittern durch das ganze Haus, ähnlich dem Beben in Häusern, unter denen Züge fahren; und einmal war es, als ob der Orkan das ganze Haus mit den Zähnen gefaßt hatte und schüttelte. Alle Kinder setzten sich auf.

«Mr. Lockwood», sagte John, «glauben Sie, daß mein Baumhaus das aushält?»

Er hatte seine Matratze dicht neben Douglas' Tisch gelegt.

«Könnte mir schon denken, daß es schlimm zerzaust wird.»

«Kann es ganz weggefegt werden?»

«Könnte schon sein. Aber dann hast du wenigstens nächstes Schuljahr etwas zu tun – kannst ein neues bauen.»

«Aber daß das Haupthaus zusammenfällt, glauben sie doch nicht?»

«Nein, das glaube ich nicht. Es muß, seit es erbaut worden ist. Hunderte von Orkanen ausgehalten haben.»

John schwieg eine Weile. Dann fragte er:

«Aber Sie haben doch keine Angst, Mr. Lockwood?»

«Natürlich nicht.»

«Sie sehen aber beinahe so aus. Oder denken sie bloß nach?»

«Ich denke bloß nach.»

«Worüber?»

«Darüber, was geschehen würde, wenn der Sturm uns alle hier hinausfegte und wir den Rest unseres Lebens damit verbringen müßten, im freien Raum herumzuschweben.»

«Mir würde es nichts ausmachen, wenn ich den Rest meines Lebens so mit Ihnen verbringen dürfte. Sonst wüßte ich niemand, mit dem ich das wollte – den ganzen Rest.»

«Du würdest mich bald ordentlich satt kriegen», meinte Douglas.

«Nein, das würde ich nicht.» Er kniete auf seiner Matratze, hatte sein Kinn auf die Hände gestützt, die am Tisch lagen. Seine braunen Augen waren unbeirrbar auf Douglas gerichtet. «Wissen Sie, was ich mir neulich gedacht habe? Gewiß ist das hier eine besondere Schule, und wir dürfen hier so ziemlich tun, was wir wollen, aber ich möchte sie trotzdem nicht gern leiden, wären Sie nicht hier.»

«Unsinn», sagte Douglas und blickte zur Seite. Es war das erste Mal, daß er den Augen eines Kindes ausweichen mußte.

«Das ist kein Unsinn. Wissen Sie nicht mehr, wie ich damals geglaubt habe, ich wäre aussätzig? Ich habe gedacht, ich müßte mich selbst umbringen. Und wahrscheinlich hätte ich es getan, wären Sie nicht gewesen.»

Douglas wußte nicht, was er darauf antworten sollte, und so sagte er nur noch einmal «Unsinn». Beinahe hätte er John verraten, daß er selber gehen wolle, aber jetzt brachte er es nicht über sich. Glücklicherweise tauchte in diesem Moment Pawleys Bart im Türspalt auf. Pawley hielt eine Paraffinlampe, das Licht spiegelte sich in seiner Brille, aus der er zu Douglas herüberschielte. Douglas trat zu ihm.

Draußen sagte Pawley:

«Es wäre mir lieber, Sie holten auch Morgan und Duffield. Ich möchte zu Ihnen allen sprechen.» Seine Stimme klang weich, er sah niedergeschlagen aus.

«Was sagt Joe denn?»

«Holen Sie lieber zuerst die andern.»

Morgan kam in mürrischem Schweigen, aber Duffield kostete

sichtlich im voraus die Chance aus, einige sarkastische Bemerkungen anzubringen.

«Na ja, Pawley hat es ja so haben wollen», sagte er, als sie über den Korridor gingen. «Jetzt wird er ihr wohl die Wange tätscheln und sie beglückwünschen, daß sie ihre Hemmungen so leichten Kaufes losgeworden ist.»

«Wir wissen ja noch gar nicht, was wirklich geschehen ist.»

«Scheint mir klar auf der Hand zu liegen. Oder nicht?»

Pawley erwartete sie im Speisesaal.

«Alles in der Bibliothek in Ordnung?» fragte er. «Wir dürfen nicht vergessen, daß wir noch andere Verantwortungen als Silvia zu tragen haben.»

«Vorläufig ist alles in Ordnung», antwortete Duffield. «Aber ich garantiere nicht dafür, daß sie nicht ausrücken und im Moment, in dem ich ihnen den Rücken kehre, in den Busch laufen, um sich dort zu amüsieren.»

«Das wird gewiß nicht geschehen, Duffield», agte Pawley. Seit dem Vorfall mit Alan war er besonders freundlich zu Duffield. «Sie haben heute Ihre Aufgabe glänzend gelöst – glänzend.»

Er stellte seine Lampe auf den Tisch, setzte sich und lud sie mit einer Geste ein, rings um ihn Platz zu nehmen. Als sie saßen, ließ er seine Hand mit einer Gebärde verzweifelter Schicksalsergebenheit auf den Tisch fallen und blickte sie der Reihe nach an. Dann sagte er:

«Nun, meine Herren, seien Sie auf das Schlimmste gefaßt. Ich muß Ihnen leider mitteilen, daß Joe gestanden hat.»

Joe hatte keineswegs gestanden – zum mindesten nicht in dem Ausmaße, das Pawley andeutete. Pawley hielt Joes unverkennbare Bestürzung für ein Geständnis schlechthin. Und es war doch gar nicht verwunderlich, daß der Vorwurf des Verbrechens, dessen man ihn bezichtigte, ihn einigermaßen aus der Fassung brachte.

Zuerst hatte er einfach abgeleugnet, Silvia heute nachmittag überhaupt gesehen zu haben, aber Pawleys bedachtsame Verhörtechnik – so sagte Pawley – hatte ihn schließlich zusammenbrechen lassen. Nach dem Bericht, den er schließlich gab, hatte er in der Garage gearbeitet, als Sivlia zu ihm kam und ihm erzählte, sie hätte eine seltene Orchidee im Dschungel entdeckt. Und es wäre eine Baumorchidee, die nicht in ihrer Reichweite wäre. Sie wolle aber diese Orchidee pflücken, um sie Mr. Pawley als überraschendes Geschenk bringen zu können. Joe antwortete ihr, er habe zu tun und er dürfe die Garage nicht verlassen; Silvia aber fuhr fort, ihm zu schmeicheln, und als das nicht wirkte, ging sie zu Drohungen über. Wenn er nicht käme, würde sie etwas Fürchterliches über ihn ausdenken und Pawley sagen – so etwas, daß er aus der Schule fliegen würde. Widerstrebend gab Joe nach. Er hatte schon etwas Merkwürdiges an Silvias Art beobachtet; als sie dann ein paar hundert Schritte von der Straße entfernt waren, blieb sie plötzlich stehen und gab unumwunden zu, daß die Geschichte mit der Orchidee erfunden wäre. In Wirklichkeit hätte sie ihn nur hierhergebracht, um ihm ein ganz großes Geheimnis anzuvertrauen: seit Monaten nämlich sei sie in ihn verliebt. Sie verlangte, sie forderte, er solle sie küssen. Als Joe sich lachend weigerte, ging sie wieder zu Drohungen über: wenn er nicht tue, wie sie ihn geheißen, würde sie schreiend zur Schule zurücklaufen und allen sagen, daß er sie gezwungen habe, mit ihm in den Dschungel zu kommen, und sie hier gegen ihren Willen geküßt habe. Nun war Joe bereits eingeschüchtert – Silvia hatte ihn über die Entfernung getäuscht, die sie ihn führen würde, und seine Abwesenheit von der Garage mochte inzwischen bemerkt worden sein; so küßte er sie flüchtig, um die Geschichte loszuwerden. Nun setzte sich Silvia; sie schien zwar zufriedengestellt, aber noch sonderbarer als zuvor. Sie hatte offenbar ganz vergessen, daß er überhaupt da war. Heilfroh machte er sich davon und lief zur Schule zurück. Es war zehn vor sechs, als er wieder in die Garage zurückkam, und um sechs, als sein Dienst ablief, kehrte er in seine Hütte zurück.

Als Pawley so weit gekommen war, lehnte er sich in seinem Stuhl zurück und sagte:

«Nun, meine Herren, das ist Joes Bericht. Ich nehme an, Sie ziehen daraus dieselben Schlüsse wie ich.»

«Mich wundert nur», bemerkte Duffield, «daß er nicht ausgerückt ist. Nun, bei diesen Schwarzen weiß man nie richtig, was sie tun werden. Wahrscheinlich hatte er doch nicht genug Grütze im Kopf, um zu erraten, daß alles herauskommen würde.»

«Natürlich ist alles im denkbar ungünstigsten Augenblick passiert, und wir haben keinen Arzt zur Hand», sagte Pawley. «Ich weiß nicht, ob meine Frau in er Lage sein wird, uns da zu helfen. Sie ist gerade bei ihr. Aber ich fürchte, daß Silvia sich ihr nicht anvertrauen wird – seit dem kleinen Vorfall im Speisesaal hat sie eine merkliche Abneigung gegen meine Frau.» Er gab Douglas ein wehes Lächeln. «Nun ja, Lockwood, Sie waren es schließlich, der mich überredet hat, Silvia hierzubehalten – Sie erinnern sich, damals nach der Benzingeschichte, als ich so gut wie entschlossen war, sie hinauszusetzen. Hoffentlich haben Sie jetzt nicht das Gefühl, damals einen Fehler gemacht zu haben.»

Das war genau, was man von Pawley erwarten konnte.

«Es mag ein Fehler gewesen sein», erwiderte Douglas. «Aber nicht, weil sie jetzt verschleppt und mißbraucht worden ist. Ich glaube auch nicht daran. Meiner Ansicht nach ist Joes Bericht wortwörtlich wahr.»

«Ich wollte, Sie könnten mich davon überzeugen», erwiderte Pawley mit einem mühsamen Lächeln.

«Erstens einmal bezweifle ich, daß Joe eine solche Geschichte erfinden kann. Silvia muß ihn in den Dschungel gelockt haben, und die Sache mit der Orchidee kann nur von ihr ausgegangen sein, denn wir haben neulich im Unterricht die Orchideen besprochen.»

«Wer diesen Ausflug angeregt hat, darüber brauchen wir uns leider nicht den Kopf zu zerbrechen», wehrte Pawley ab, «uns geht nur das Ergebnis etwas an.»

«Mir kommt die ganze Geschichte, so wie Joe sie erzählt hat, glaubhaft vor. Silvia ist durchaus fähig, so zu handeln. Ihre Drohungen sind geradezu typisch.»

«Ich bezweifle das nicht, Lockwood. Aber ich nehme doch an, Silvia war . . . aufgeklärt?»

«In der Theorie gewiß.»

«Wenn Joes Geschichte also wahr ist, so kann sie unmöglich glauben, daß sie ein Kind bekommen wird.»

«Mir scheint es durchaus wahrscheinlich, daß sie das glaubt.»

«Also dann . . .», er spreizte seine Hände, als ob da nichts mehr zu sagen bliebe.

«Selbst in ihrer normalen Geistesverfassung», fuhr Douglas fort, «ist sie durchaus fähig, die unglaubwürdigsten Dinge für möglich zu halten. Jetzt, in ihrem hysterischen Anfall, wundert es mich nur, daß sie eines Kusses bedurfte, um sich für schwanger zu halten. Ich persönlich bin durch Joes Bericht völlig beruhigt. Ich hatte die größte Angst, daß sie ihn bewogen hätte, viel weiter zu gehen. Jetzt glaube ich das nicht mehr.»

Es ergab sich keine Notwendigkeit, diese Ansicht weiter zu vertreten oder im einzelnen zu erörtern, warum Silvia gerade zu Joe gelaufen war, denn jetzt trat Mrs. Pawley ein. Pawley blickte auf und sagte:

«Ach, Joan ...!»

«Rex hat sich wohl nicht sehen lassen?» Rex war seit Beginn des Unwetters verschwunden, und sie schien sich mehr um ihn zu sorgen als um Silvia. «Hat niemand von den Herren ihn gehört, wie er ins Haus zu kommen versuchte?»

«Joan, ich denke doch, die Sache, die wir gerade erörtern, ist dringender ...»

«Ihr zerbrecht euch doch hoffentlich nicht noch immer den Kopf wegen Silvia?» fragte sie ungeduldig. «Der Kleinen ist nicht das geringste passiert.»

«Du meinst ...»

«Ich habe es sehr schwer mit ihr gehabt, aber schließlich hat sie sich beruhigt. Offenbar hat sie die ganze Geschichte nur ausgeheckt. Wahrscheinlich, um alles wieder durcheinanderzubringen.»

«Und sie glaubt nicht mehr, daß sie ein Kind bekommen muß?»

«Sie sagt, daß sie es glaubt. Darum braucht man sich nicht zu kümmern. Es ist ihre erste Lüge nicht und es wird auch nicht ihre letzte sein.»

Pawley wandte sich zu Douglas:

«Nun, Lockwood, das sieht ja ganz aus, als ob Sie recht behalten sollten. Ich brauche wohl nicht zu sagen, daß es mir nur lieb ist. Wir können alle wieder aufatmen.» Er tastete nach seiner Pfeife. Während er sie stopfte, blickte er vielsagend im Kreis herum und verkündete: «Ich wollte es Ihnen erst nicht sagen, meine Herren, aber wenn das Schlimme wahr gewesen wäre, so hätte das für uns alle die Katastrophe bedeutet. Ich hätte die Schule schließen müssen.»

Niemand gab Zeichen sonderlicher Betrübnis, die er offenbar erwartet hatte. Douglas war wegen Silvia so beruhigt, daß noch kein anderes Gefühl in ihm Platz fand, Morgan beharrte in düsterer Versunkenheit, und Duffield erklärte:

«Finde nicht, daß eine kleine Knutschpartie im Dschungel viel ausgemacht hätte. Wir könnten sie nächstes Jahr auf den Stundenplan setzen. Wie wär's mit Mittwoch nachmittag?»

Auf dem Tisch im Gemeinschaftsraum war ein Lager für Silvia gerichtet worden. Der Raum grenzte direkt an die Bibliothek. Bei dem Getöse, das der Sturm verursachte, war Anklopfen unnütz, und so trat Douglas einfach ein.

Silvia lag regungslos unter einer Decke. Mrs. Morgan saß, den Rücken gegen die Tür, auf einem Holzschemel, der unter ihrer ausladenden Gestalt absurd klein schien. Sie hatte die Finger in die Ohren gesteckt. Sie hörte Douglas nicht eintreten, und als sie seiner ansichtig wurde, schrie sie auf und schloß die Augen. Er dachte zuerst, sie wäre ohnmächtig geworden, aber bald erholte sie sich wieder.

«Dieser Orkan», seufzte sie. «Mein Gott, ist das furchtbar!»

«Ich wollte Silvia sehen.» Er bemerkte, daß Mrs. Morgans Atem nach Rum roch. Ihr Haar war in Unordnung, ihr Gesicht gerötet und verzerrt.

«Dieses Getöse! Als ob das Haus davonfliegen sollte! Mein Mann sagt, das ist unmöglich, aber anhören tut es sich ganz so.»

«Das Haus ist vollkommen sicher.»

«Na, ich bin nur froh, daß Sie gekommen sind. Möchte gern für einen Moment hinauflaufen.»

Sie watschelte davon, offenbar um sich mit einem Gläschen neu zu stärken. Douglas trat an den Tisch. Silvia war hellwach, ihr Gesicht war weiß, ihre Augen starr; doch war es sichtlich nicht der Sturm, der sie erschreckte.

«Jetzt ist alles mit dir in Ordnung, Silvia», sagte er.

Sie blickte ihn an wie einen Fremden, ohne Freundschaft oder Haß, und nur das Grauen stand in ihren Augen.

«Ich bekomme ein Kind», sagte sie. Es klang wie ein Selbstgespräch.

«Nein, das tust du nicht. So leicht bekommt man keine Kinder – nicht vom Küssen allein.»

«Ich weiß, wie man sie bekommt. Ich weiß, was man dazu tun muß. Ich habe es absichtlich getan.»

«Das bildest du dir nur ein. Du weißt, was für eine wache Phantasie du immer hattest?»

Sie schüttelte leicht den Kopf, der Ausdruck in ihren Augen blieb unverändert. Jetzt war sie ganz klein und verschüchtert, eben nur ein Kind. Nie hatte er sie so kindlich aussehend gefunden; und nun wurde ihm erst richtig bewußt, daß er in seinem Benehmen oft ein Wissen bei ihr vorausgesetzt hatte, das weit über ihre Jahre ging. Er hatte in ihr gesehen, was sie wollte, daß er in ihr sähe – beinahe eine Frau; aber sie war nur ein als Frau vermummtes Kind gewesen. Ein Kind, das die Erwachsene spielte, bis es stolperte und sich den Kopf wundstieß; jetzt, da es litt und Angst hatte, vergaß es seine Rolle. Die Maske war abgefallen – diese Maske, von der er sich hatte täuschen lassen. Erst jetzt begann er sie zu verstehen.

«Du brauchst dir keine Sorgen zu machen», sagte er, «wir denken für dich.»

Draußen raste der Sturm, irgend etwas, vielleicht der Ast eines Baumes, knallte gegen die Fensterläden. Silvia schien es nicht zu hören.

«Es wird ein schwarzes Kind sein, ein Nigger.»

Kurz vor Mitternacht setzte der Sturm aus. Er tat das so plötzlich, wie er begonnen hatte, und es folgte eine Stille, eine tiefe, schwelgerische Stille, die sie einhüllte wie ein Samtmantel.

Einige von den Kindern waren eingeschlafen, und als diese Stille einsetzte, wachten sie auf, blickten verstört und ängstlich um sich. Zuerst war das beunruhigender als das Getöse: ein Gefühl hatte man, als wäre das Haus vom Sturm ergriffen worden und schwebe im leeren Raum, denn ringsum war nur die Stille der endlosen Leere.

Jetzt wurde sie von Morgan unterbrochen, der brummig sagte:

«Vermutlich sind wir in den Kern gelangt. In ungefähr einer halben Stunde wird es wieder losgehen.»

Douglas trat zu Pawley, der mit seiner Frau auf einer Matratze saß, gegen einen Bücherschrank gelehnt.

«Ich gehe hinunter, um nach meinem Bungalow zu sehen.»

«Schön, Lockwood.»

Er nahm eine Laterne von einem der Tische und verließ die Bibliothek. Als er vor das Haus trat, war er überrascht, den Himmel klar zu finden; er konnte die Sterne sehen. Schritt über den Grashang hinab. Bevor er den Garten verlassen hatte, hörte er die Tür des Haupthauses gehen.

«Douglas!»

Es war Mrs. Pawley. Sie kam zu ihm gelaufen.

«Das ist ziemlich eindeutig, nicht?» bemerkte er.

«Ich habe denen gesagt, daß ich nach Rex sehe.»

«Was möchtest du?»

«Douglas, es tut mir leid, heute nachmittag ...»

«Silvia?»

«Ach was, das meine ich doch nicht. Es tut mir leid, daß ich mich in deinem Bungalow so habe hinreißen lassen.»

«Tut nichts.» Er wollte sich abwenden, aber sie legte ihre Hand auf seinen Arm und hielt ihn zurück.

«Du wirst doch die Schule nicht verlassen?»

«Ich weiß noch nicht.»

«Wenn du weggehst, tust du es nur um meinetwillen – weil das weiterhin nicht so sein kann.»

«Nein, das kann es nicht.»

«Ich weiß. Heute nachmittag habe ich das noch nicht begriffen, aber jetzt tue ich es. Ich habe zuviel von dir erwartet. Darum wollte ich dir das jetzt sagen. Wenn du bleibst, werde ich nichts mehr von dir verlangen. Mir ist alles recht, wenn du nur hier bleibst. Wir müssen bloß Freunde sein.»

Wenn sie sprach, war es immer wie in einer schlechten Novelle. Ungeduldig wandte er sich ab.

«Werden ja sehen.»

«Ich verspreche es dir, Douglas. Ich werde nichts von dir verlangen.»

Er folgte dem Pfad über den Grashang mit seiner Laterne. Der gelbe Lichtkegel fiel auf einen Wacholderbaum, der entwurzelt war. Er umschritt ihn. Sollte er bleiben ...? Wieder war er unentschlossen. John hatte so hübsche Dinge gesagt, und Silvia war schließlich auch nicht mißbraucht worden. Warum nicht bleiben? Warum mit seinem Koffer ins Leere hinaustaumeln und wieder so leben, in Beziehung zu nichts und niemand? Da war es noch besser, wenigstens etwas mit diesem Platz hier zu tun zu haben: besser der Fehlschlag, den man schon kannte, als das Versagen, das man noch nicht voraus wußte ... Oder doch gehen? Wenn er jemand gehabt hätte, der ihm das einfach sagte – jemand, der über ihm stand und befahl «Tu das und das».

Der Pfad zu seinem Bungalow war kaum zu erkennen. Das Buschwerk war darüber verstreut, abgerissene Äste dazwischen. Nur langsam kam er vorwärts, fragte sich, ob der Bungalow wohl vom Sturm fortgerissen worden war. Der Orkan war aus der Richtung von der Höhe gekommen, also lag sein Haus geschützt; doch war er, seit er weggegangen war, um nach Silvia auszuschauen, seit Beginn des Sturmes, nicht mehr hier gewesen, die Fenster waren nicht verriegelt, die Läden nicht festgemacht. Wenn der Sturm den Bungalow richtig gepackt hatte, mochte er das Dach fortgeblasen haben. Schadete auch nichts, wenn das geschehen war. Douglas hatte den Bungalow nur als Vorwand gebraucht, um Luft zu schnappen und mit seinen Gedanken zur Klarheit zu kommen ...

Und während er durch die nasse verschlungene Vegetation stapfte, wußte er plötzlich, wie er dies ordnen würde. So würde er seinen Beschluß fassen, wie er es als Knabe oft getan, da er sich gesagt: «Wenn unter der Orangenschale ein Auswuchs ist ...» Jetzt wollte er die Entscheidung dem Elefanten überlassen. Stand der, wie er ihn gelassen hatte, den Rüssel gegen das Fenster, so würde er bleiben. Hatte der Sturm ihn umgeworden oder verrückt, dann würde er gehen. Alles war besser als Unentschlossenheit.

Das Licht der Laterne fiel auf die Verandastufen. Er schob das Zeug mit den Füßen weg, das der Sturm hierhergeweht hate. Die Veranda war mit allerlei Trümmern und Resten bedeckt, die Korbstühle waren umgeworfen, aber sie waren alle da. Und die Fenster ungebrochen! Er öffnete die Tür, hob die Laterne, blickte um sich. Noch waren die Vorhänge vorgezogen – niemand hatte sie seit Mrs. Pawleys Besuch zurückgezogen. Ein paar Papiere lagen auf dem Boden herum, sonst war nichts verändert. Er trat an den Tisch. Da stand der Elefant, genau, wie er ihn verlassen hatte.

Schön, also bleibe ich, dachte er.

Er trat an den Wandschrank, holte die Rumflasche heraus. Es war nur mehr eine Neige darin. Er goß sie in ein Glas, trank und überlegte dabei, wo er über die Ferien hinreisen könnte. Er konnte zum Beispiel nach Montego Bay gehen; konnte die Korallenriffe durch den Glasboden der Boote besichtigen und der britischen Plutokratie zuschauen, wie sie für gute Pfund Sterling Tropensonne kaufte. Konnte gute Vorsätze für das nächste Schuljahr fassen. Silvia würde dann wohl nicht mehr hier sein, aber doch wohl Rosemary und John. Johns Bindung an ihn nahm gefährliche Ausmaße an; vielleicht war es besser, ihn zu entmutigen. Aber wie sollte er das tun? Jedenfalls mußte man sich eine sanftere Methode ausdenken als jene, die er an Silvia erprobt hatte. Enttäuschung ohne Tränen ... es wäre denn, natürlich, daß er ernstlich versuchte, der Illusion, die er erweckt hatte, gewachsen zu bleiben.

Als er den Rum ausgetrunken und seine Taschen mit Zigaretten gefüllt hatte, machte er die Fensterläden fest und wanderte mit der Laterne zum Haupthaus zurück. Nichts deutete darauf hin, daß der Sturm wiederkommen würde. Auf dem Flugplatz waren alle Lichter aus, aber Kingston strahlte seinen Glanz wie einen Fächer über den Hafen, sehr nahe, sehr deutlich. Die Tür des Haupthauses stand offen. Er schlug sie hinter sich zu, ging in die Bibliothek und setzte sich an seinen Tisch.

«Haben Sie nach meinem Baumhaus gesehen?» fragte John.

«Nein.«

«Wenn Sie es doch hätten! Ich wüßte fürs Leben gern, ob es noch da ist.»

«Du kannst gleich morgen früh danach schauen.»

Fünf Minuten später hörten sie das rollende Dröhnen des Sturmes. Sie fühlten, wie er gegen das Haupthaus prallte, die Wände begannen wieder zu beben. Draußen war die Hölle los. Sie fühlten sich wie in einem Schiff, das plötzlich in die stürmische See hinausgeschleudert worden war.

«Jetzt kann ich schlafen», sagte John. «Ich hab nur darauf gewartet, daß es wieder beginnt.»

Douglas zündete sich eine Zigarette an. Die meisten der Kinder waren nach all diesen Erregungen zu Tode erschöpft und versuchten zu schlafen, nur Rosemary lag mit offenen Augen da, das

Gesicht leichenblaß. Duffield döste in seinem Stuhl vor sich hin, Morgan war eingeschlafen, das Gesicht in die Arme vergraben, die vor ihm auf dem Tisch lagen. Pawley hatte den Kopf gegen den Bücherschrank zurückgelehnt, sein Bart stand zur Decke. Mrs. Pawley saß neben ihm, öffnete nur gelegentlich die Augen, um Douglas in stummer Beschwörung zuzulächeln. Er hatte ihr noch nicht gesagt, daß er bleiben wollte – hatte es auf morgen verschoben.

Er zündete sich eine Zigarette am Stummel der vorigen an und dachte an Silvia. Was würde aus ihr werden? Natürlich würde sie erfahren, daß sie kein Kind bekam, so wie John erfahren hatte, daß er nicht aussätzig war – doch das war nur die äußerliche Seite der Sache. Im übrigen war sie jetzt wieder dort angelangt, wo es begonnen hatte. Alles Erreichte war verpfuscht, und er hatte das Recht verwirkt, ihr wieder zu helfen. Jetzt war er so nutzlos für sie wie ihr Vater. Denn man konnte nicht das Blatt umwenden und neu beginnen, wenn man mit Kindern zu tun hatte ...

«Was ist denn mit Silvia, Mr. Lockwood?» fragte John.

«Ich dachte, du schläfst, John.»

«Beinahe schon. Ist sie sehr krank?»

«Ziemlich.»

«Hoffentlich wird es wieder besser. Erst mochte ich sie gar nicht, aber zuletzt wurde sie dann sehr nett. Sie durfte in mein Baumhaus, sooft sie wollte. Es ist doch nicht so schlimm mit ihr, daß sie sterben muß?»

«Nein, das nicht. Sterben wird sie nicht.»

«Sie hat so ängstlich ausgesehen, als Mrs. Morgan sie in den Gemeinschaftsraum holte.»

«Daran war wahrscheinlich der Sturm schuld.»

«Glaub nicht, daß der Sturm sie verängstigt. Für ein Mädel ist sie sehr tapfer. Sie kann besser das Seil in mein Baumhaus hinaufklettern als irgendein anderer.» Er sah nach Douglas' Aschenbecher. «Oh, Sie haben aber furchtbar viel geraucht.»

«Etwas muß man doch tun.«

Er war mit seiner Zigarette fast fertig, immer noch Silvias Herzensnot im Sinn, als ihm irgendwie in Erinnerung kam, daß das Tor des Haupthauses offengestanden hatte, als er vor einer Stunde aus seinem Bungalow zurückgekommen war.

«John», fragte er, «ist während der Windstille jemand von hier weggegangen?»

«Einige gingen in die Toilette.»

«Sonst niemand?»

«O doch, Mrs. Pawley.»

Nein. Mrs. Pawley hatte die Tür nicht offen gelassen – deutlich erinnerte er sich des Knalls, mit dem die Tür wieder zufiel, während er davonschritt. Er stand auf.

«Wohin gehen Sie, Mr. Lockwood?»

«Will sehen, wie es Silvia geht.»

«Sagen sie ihr von mir, daß ich ihr gute Besserung wünsche.»

Er suchte sich zwischen den Matratzen einen Weg und verließ die Bibliothek. Die Halle lag in tiefer Dunkelheit, er mußte sich an der Wand entlangtasten, und dabei empfand er, daß seine Besorgnis durchaus absurd war. Irgend jemand war eben während der Windstille hinausgegangen, um Luft zu schnappen. Trotzdem war er von tödlicher Angst geschüttelt, während er nach der Türklinke zum Gemeinschaftsraum tastete. Endlich fand er sie und trat ein.

Eine Laterne brannte im Zimmer, auf ein Bücherregal gestellt, aber sie war fast heruntergebrannt. In dem spärlichen Licht konnte er Mrs. Morgans üppige Gestalt auf dem Schemel erkennen. Zuerst hatte er den Eindruck, Silvia läge auf der Matratze, die man auf den Tisch gelegt hatte. Er trat näher. Nichts war hier als eine zur Seite geschobene Decke. Er hob die Decke auf, als ob sie darunter verborgen liegen könnte, und starrte auf das weiße leere Laken.

Während er so dastand, ließ der Sturm einen Moment lang nach; er hörte ein Geräusch im Zimmer – den Ton tiefer, satter Zufriedenheit. Mrs. Morgan schnarchte. Er ließ die Decke fallen, trat zu Mrs. Morgan und rüttelte sie wach. Da fiel ein leeres Medizinfläschchen aus ihrem Schoß auf den Boden.

Schließlich, mit Beginn der Morgendämmerung, hörte der Sturm auf. Noch einmal ratterten die Fensterläden schwach, dann breitete sich das Schweigen gnädig um die Mauern des Haupthauses.

«So, das war alles», verkündete Morgan. «Da haben wir noch einmal Glück gehabt. Einen richtigen Orkan möchte ich das noch gar nicht nennen.»

Die Kinder bewegten, rekelten sich. Blickten mit trüben Augen um sich, schienen irgend etwas zu erwarten.

«Ihr bleibt alle lieber noch ein wenig in der Bibliothek», verkündete Pawley. Dann kam er zu Douglas und flüsterte nervös: «Sie vergessen doch nicht, was ich Ihnen gesagt habe, Lockwood?»

«Mir ist das gleich, wie Sie es den Kindern erklären.»

«Wir müssen alle dasselbe sagen.»

«Sollen wir nicht lieber zuerst herausbringen, was wirklich geschehen ist?»

«Ich fürchte, wir brauchen nicht mehr daran zu zweifeln.»

Ja, zweifeln mußte man jetzt wohl nicht mehr daran. Douglas war mit Morgan und Duffield noch während des Sturmes losgezogen, aber die Suche war natürlich aussichtslos gewesen. Unmöglich beinahe, sich nur gegen den Sturm zu stemmen. Auf Händen und Knien waren sie weitergekrochen, aber die Fackeln hatten kaum ein oder zwei Meter weit die Dunkelheit aufgehellt, das Licht war abgeprallt von den metallischen Peitschenschnüren des Regens. Douglas war in der Richtung nach der Einfahrt gegangen. Er hatte über eine halbe Stunde gebraucht, dahin zu gelangen; und dort hatte ihn dann der Sturm vom Boden aufgehoben, quer auf die Straße hinausgewirbelt. Er war gegen einen Baum geflogen, mit einem jähen Schmerz im Rücken. Die Fackel war ihm entfallen und ausgegangen. Ächzend hatte er in der Dunkelheit gelegen, hatte im Brausen des Orkans nicht einmal sein eigenes Stöhnen gehört. Zuerst hatte er gemeint, er würde so liegenbleiben, bis der Orkan vorüber war, dann aber hatte der Schmerz nachgelassen, und er war zum Haupthaus zurückgekrochen, nur vom Anstieg des Hanges vage geleitet. Beide, Duffield und Morgan, hatten auch ihre Fackeln verloren und waren bereits zurückgekommen, ohne Nachricht über Silvia zu bringen.

Bevor Douglas in der Vorhalle wieder zu Atem gekommen war, hatte sich Pawley aus der Bibliothek eingefunden, um zu erörtern, welchen Kurs man zu halten haben würde, falls Silvia ums Leben gekommen sein sollte. Die Wahrheit war jedenfalls zu peinlich, selbst wenn man annahm, daß Silvia nicht wirklich mißbraucht worden war – niemals würde die Schule einen derartigen Skandal überstehen. Es blieb nichts anderes übrig, als Silvias Verschwinden aus dem Haupthaus mitten während des Orkans mit einem kindischen Streich zu erklären – das Ganze so darzustellen, als ob dieser Todesfall nur eine Folge von Ungezogenheit und mangelndem Gehorsam wäre, wofür man die Schule ja billigerweise nicht verantwortlich machen konnte.

Douglas hatte sich so angewidert gefühlt, daß er auf keine Erörterung einging; und auch jetzt noch war er angewidert. Pawley indessen wollte alles klargestellt sehen, bevor man noch einmal auf die Suche ging. Daher begleitete er Douglas aus der Bibliothek.

«Ich denke keineswegs an uns selbst. Mir liegen die Kinder am Herzen. Ihnen müssen wir möglichst viel von dieser Unerquicklichkeit ersparen.»

«Wenn ihr ein Baum auf den Kopf gefallen ist, so mag es wohl recht unerquicklich gewesen sein», sagte Douglas bitter.

«Sie verstehen doch, wie ich es meine. Nun, darüber können wir ja später sprechen. Hauptsache ist jetzt, daß wir kein Wort verlauten lassen, niemandem gegenüber – nicht bevor wir schlüssig geworden sind, welche Linie wir einzuhalten haben.»

«Wir können es ja so darstellen, daß sie fortgelaufen ist, um nach dem Hund Ihrer Frau zu suchen», regte Douglas an. «Dann geht sie als Heldin der Blauen Berge in die Geschichte ein.»

«Sie meinen das nicht ernst», murmelte Pawley, «aber in der Tat –»

«Mir ist ganz gleichgültig, war wir den Leuten sagen», versicherte Douglas. «Keinen Pfennig gebe ich dafür. Von mir aus können wir versuchen, Silvia heilig sprechen zu lassen, wenn Ihnen daran gelegen ist.»

Er ließ Pawley stehen und ging hinaus. Die Sonne war noch nicht über den Bergen aufgegangen, aber es war schon ziemlich hell, der Himmel wolkenlos – ein makelloses Fahlblau, das naiv den Sturm Lügen strafte. Darunter lag in regungslos durchsichtiger Luft die turbulente Szenerie der Verwüstung, der Garten war kaum mehr zu erkennen. Alles Grün war geschwunden, als ob die Heuschrecken darübergekommen wären oder als ob nordischer Winter sich jäh und einmalig über die karibische Insel herabgesenkt hätte. Die Bäume hatten neue Formen angenommen und zeigten frische weiße Wunden, wo die Äste von den Stämmen gerissen worden waren.

Überall war der Boden mit dem planlos verstreuten Strandgut der Katastrophe bedeckt. Douglas blickte um sich, verstört, unfähig, sich in dem vertrauten Gelände zurechtzufinden. Es war wie der Katzenjammer nach einer mythischen Orgie.

Jetzt kam Duffield mit zwei oder drei Jungen, die er auf die Suche mitnehmen wollte, aus dem Haupthaus und entsandte sie nach verschiedenen Richtungen. Douglas wanderte wieder den Hang zur Einfahrt hinab. Nur ein oder zwei Wacholderbäume waren hier entwurzelt, aber auch die andern sahen fremd aus, nachdem der Altenmannsbart, der sonst wie Lametta auf ihren Zweigen lag, weggefegt und fortgespült war. Die beiden Eukalyptusbäume neben der Einfahrt standen nackt da.

Er nahm die Richtung zu Pawleys Bungalow, stocherte im Vorbeigehen mit einem Stock in herumliegenden Resten und zerrauftem Buschwerk. Pawleys Garten war verwüstet, aber der Bungalow selbst hatte die Katastrophe gut überstanden und zeigte keine Spuren einer Beschädigung. Douglas umschritt den Garten und folgte dem Pfad zur Einfahrt. Einmal, als er mit dem Stock zuhauf gewehtes Laub aufrührte, sah er etwas Weißes. Sofort wollte sein Inneres in Eiseskälte erstarren: es war Silvias weiße Haut, die er gesehen hatte. Er starrte darauf und erkannte Mrs. Pawleys Hund. Sein Hinterteil war plattgedrückt, von einem umstürzenden Baumstamm zermalmt, die Augen waren glasig und blicklos aus den Höhlen getreten. Douglas ließ das Laub wieder auf den Kadaver zurückfallen.

Plötzlich fiel ihm ein, daß er Pawleys Geschichte unterstützen, daß er wirklich sagen sollte, Silvia wäre immer sehr für Hunde gewesen und wäre wohl – gegen alle Befehle, aber heldenhaft – weggelaufen, um Rex zu suchen.

Bis jetzt hatte er sich immer noch nicht dazu gebracht, an ihren Tod zu glauben. Wohl möglich, daß sie in der Hoffnung weggelaufen war, den Tod zu finden, daß sie sogar daran gedacht hatte, sich selbst zu töten; aber es gab wenig Felsen hier oben, und die Chance, von einem fallenden Baum getroffen zu werden, ließ sich schwer vorausberechnen. Vielleicht war sie verletzt worden, lag irgendwo, ohne sich rühren zu können – aber doch nicht tot. Es war einfach unmöglich gewesen, bisher, sich Silvia tot vorzustellen. Jetzt aber hatte er ihren zerschmetterten Körper vor sich gesehen, leibhaftig, grauenvoll! Nein, er würde sagen, daß sie Hunde sehr geliebt hätte, nicht um der Schule aus der Verlegenheit zu helfen, sondern um der Qual nutzlosen Suchens ein Ende zu bereiten. Und vielleicht, mit der Zeit, würde es ihm gelingen, selber daran zu glauben.

Er erreichte die Einfahrt. Die Garage war intakt, aber der Anbau, in dem die Elektrizitätsanlage untergebracht war, hatte Tür und Wellblechdach eingebüßt. Er warf einen Blick hinein, dann durchschritt er die Einfahrt und gelangte, über einen Baum steigend, der querlag, auf die Straße. An der Biegung lieb er stehen, blickte über das Tal hinweg auf die Berge. Aus der Entfernung konnte man die Spuren der Verwüstung nicht ausnehmen. In vollendeter Ruhe standen die Berge da, im Schimmer des frühen Morgenlichtes, eine frische Schöpfung – eine neue Inspiration Gottes. Der Himmel hinter ihnen strahlte, und Douglas wartete auf die Sonne, die aufgehen mußte – wartete auf ihre Wärme.

Er stand noch so, als er jemand auf der Straße hörte, hinter sich; er wandte sich um und sah John über den Baum steigen. Keuchend kam er heran, wie gehetzt, stolpernd. Und jetzt, ein paar Meter vor ihm, blieb er stehen, rang nach Atem.

«Was ist los?» fragte Douglas. «Ist dein Haus davongeweht worden?»

Immer noch stand John, starrte ihn aus großen braunen verängstigten Augen leer an.

«Hast du sie gefunden?»

Als John schließlich sprach, war seine Stimme bebend und ganz schwach. «Es ist meine Schuld, Mr. Lockwood. Ich habe ihr einmal gezeigt, wie man es macht – nur so zum Spaß.»

Douglas stieg wieder über den gefallenen Baumstamm. Zwischen den Eukalyptusbäumen durchschritt er die Einfahrt, umging die Garage; und als er den Pfad hinanstieg, der sich seitlich zur Höhe schlängelte, sah er das strahlend flüssige Licht des Sonnenrandes die Blauen Berge überfluten. Die winterlich kahlen Bäume waren von Gold überströmt. Er schritt weiter, jetzt kamen die Äste von Johns Mangobaum in Sicht, entlaubt und sehnig wie hochgestellte Wurzeln. Das Baumhaus war verschwunden bis auf ein paar Bretter, die noch trotzig an ihren Nägeln hafteten; im Nähertreten aber sah er, daß das Tau noch immer an dem Ast festgebunden war und daß es gestrafft herabhing. Er ging noch ein paar Schritte, dann blieb er stehen.

Im ersten Moment sagte ihm das gar nichts; der Anblick des Hundes hatte ihn tiefer getroffen. Dann aber, noch immer so stehend, gewahrte er, daß das Tau sich leicht drehte und schwang – sacht auf ihn zuschwang, ihm im goldenen Licht etwas zuwandte, einen kleinen, leblos herabhängenden Sack.

Hinter dem Mangobaum zergingen auf dem Gipfel des Blue Mountain die blauen Schatten in der Sonne. Ihm war plötzlich außerordentlich kalt. Er wartete. Einen Moment würde es noch dauern, bevor er ihr Gesicht sah.

17

Pawley wurde als letzter zur Aussage gerufen. All die Tage über hatte er tragisch den Kopf geschüttelt und erklärt, er wisse noch gar nicht, wie er diese Befragung ertragen solle; jetzt aber schien er auf eine sonderbare Weise sogar Vergnügen an ihr zu empfinden. Er begann damit, daß er erklärte, er fühle sich als Schuldirektor für alles, was geschehen war, voll verantwortlich, und dann begann er darzulegen, daß weder ihn noch die Schule irgendeine Verantwortung treffen könne. Sein Vortrag dauerte an die zehn Minuten. Das war offenbar eine unangemessen lange Zeit, um auseinanderzusetzen, daß Verführungen im Dschungel und Selbstmord nicht eigentlich zum Lehrplan der Blue Mountain School gehörten, aber der bekümmerte kleine Kronrichter hörte geduldig zu und fragte Pawley nachher nur, was er über Silvias Charakter auszusagen hätte. Pawley dozierte: «Sie war ein durchaus hysterisches und abnormales Kind. Ich identifiziere mich restlos mit allem, was Mr. Lockwood ausgesagt hat. Es ist uns schon frühzeitig klargeworden, daß all unsere Bemühungen hoffnungslos waren. Ihre Reaktion auf die

Behandlung, die wir ihr angedeihen ließen, war leider immer nur ganz oberflächlich.»

Nun hatte Douglas nichts dergleichen ausgesagt, aber er hörte jetzt kaum zu. Wenn Pawley doch aufgehört hätte, Reden zu halten, und wenn er diese Vernehmung hätte zu Ende kommen lassen! Jetzt zog sich das alles in der heißen, dichtgedrängten Bibliothek schon über eine Stunde hin. Das Schuljahr ging heute zu Ende, zwei Tage vor dem planmäßigen Schluß, und die meisten der Eltern waren gekommen, wollten der Untersuchung beiwohnen, bevor sie ihre Kinder fortholten. Ein Halbdutzend Zeitungsreporter war zur Stelle und der ganze Lehrkörper. Und Mrs. Pawley.

Er sah zu Mrs. Pawley hinüber, die ihn von der anderen Seite der Bibliothek her anstarrte. Sie brachte ein schwaches Lächeln zustande. Vor seiner Aussage war ihr Gesicht eine todmüde Maske gewesen, aber jetzt zeigten ihre Wangen wieder Farbe, und in ihren Augen standen Dankbarkeit und ein tiefes Gefühl der Entspannung. Er war fast belustigt, wenn er der leidenschaftlichen Worte gedachte, die sie vor knapp drei Tagen in seinem Bungalow gesagt hatte, ihrer Gleichgültigkeit gegen jede Enthüllung. Heute morgen war von dieser Gleichgültigkeit nichts zu bemerken gewesen. Eine Stunde vor der Untersuchung war sie zu ihm gekommen, nervös erschauernd, wie sie früher vor Leidenschaft erschauert war, und hatte ihn beschworen, nicht zu verraten, warum Silvia mit Joe weggelaufen war. Ihr Mann wußte es immer noch nicht – er hatte genug Schweres zu tragen –, und sie wollte ihm die öffentliche Bloßstellung ihrer Schande ersparen, von dem unausbleiblichen Ruin zu schweigen, der dann die Schule treffen mußte. Schließlich wußte niemand die Wahrheit – wenn Silvia irgend etwas hatte verlauten lassen, so war Mrs. Morgan gewiß viel zu sehr von dem Orkan eingeschüchtert oder viel zu betrunken gewesen, um darauf zu achten; alles hing also an Douglas. Er hatte sie fortgeschickt, ohne etwas zu versprechen. Lügen für das Verhör auszusinnen, war er jetzt nicht imstande. Aber es lastete schon genug auf seinem Gewissen, auch wenn er der Schule nicht den tödlichen Streich versetzte. Er konnte immerhin seine Aussage unvollständig belassen ...

Dann hatte er eine halbe Stunde lang als Zeuge vor dem Richtertisch gestanden; eine Ironie des Schicksals schien es ihm, daß das

Verhör gerade in der Bibliothek stattfand – daß der Kronrichter an seinem, Douglas' Tisch saß, während er die Fragen an ihn richtete. Das war eine Art poetischer Gerechtigkeit: wie der Prozeß gegen einen König in seinem eigenen Thronsaal oder gegen einen Richter vor seinem eigenen Gerichtshof. Aber es war gar nicht ein Verfahren gegen ihn gewesen, alles in allem. Irgendwie war er gut dabei weggekommen, hatte in Ehren bestanden, sein Charakter war unbefleckt geblieben. Seiner eigenen Stimme hatte er zugehört wie der eines Fremden, verwundert und peinlich berührt von der Leichtigkeit, mit der er sich auszudrücken verstand. Und während er gleichsam zuhörte, wie ein Fremder die Worte spann, wie er die Fragen des Kronrichters von dem Gefahrenpunkt wegmanövrierte, hatte er sich in der dichtbesetzten Bibliothek umgesehen, hatte in die Gesichter der Eltern geblickt, die ihn ohne Vorwurf ansahen; und er hatte nicht ohne Schuldbewußtsein doch aufgeatmet, daß er in ihnen einen Vorwand fand, der Wahrheit auszuweichen und den bequemsten, raschesten Weg zu suchen. Er hatte das nur getan, um die Schule zu retten, und hatte dabei nur ganz zufällig auch seine eigene Haut gerettet. Als er mit seiner Aussage fertig war, hatte der Kronrichter geäußert: «Ich danke Ihnen, Mr. Lockwood, Sie scheinen der schwierigen Mentalität dieses Kindes beträchtliches Verständnis entgegengebracht zu haben. Sie können des Mitgefühls von uns allen sicher sein, wir bedauern, daß Ihre Bemühungen vergeblich waren.» Und Douglas hatte beinahe erwartet, nach allem, daß nun der Applaus losbrechen würde. Er hatte sich abgewandt, und als er durch den dichtgedrängten Raum den Weg zu seinem Platz suchte, war eine leidgebeugte kleine Gestalt nervös auf ihn zugekommen, hatte seine Hand ergriffen ... Silvias Vater. Silvias Vater, der einst zu ihm gesagt hatte: «Ich setze volles Vertrauen in Sie, Mr. Lockwood. Ich weiß, daß ich mich auf Sie verlassen kann.» Douglas hatte seine Hand freigemacht, hatte seinen Platz wieder eingenommen und sich den Schweiß von der Stirn getupft. Ja, er hatte seine Haut gerettet. Aber nur seine Haut, sonst nichts. Er war diese Erinnerung nicht losgeworden, die ihm ins Bewußtsein gehämmert, genagelt war. Ganz gleichgültig, was jetzt hier in der Bibliothek geredet, welches Urteil gefällt wurde, das grauenhafte Bild wartete hinter seinen Lidern, er brauchte nur die Augen zu schließen.

Pawley war immer noch im Zeugenstand, sprach unermüdlich. Jetzt versuchte er auseinanderzusetzen, daß man mit dem Ausgang der Dinge eigentlich ganz zufrieden sein müsse.

«In gewisser Beziehung – ich hoffe, nicht mißverstanden zu werden – sollten wir dankbar sein, daß dies lieber früher als später geschehen ist. Ich fürchte, es wäre über die Kräfte jedweden pädagogischen Instituts gegangen, dieses Kind zu einem verantwortungsbewußten Mitglied der Gesellschaft zu machen. Wenn ich ganz aufrichtig sein darf, so haben wir sie hier eigentlich nur aus reiner Güte aufgenommen ...»

Der Kronrichter hörte nur mehr geduldig zu, hatte es aufgegeben, Notizen zu machen. Er war ein kleiner Mann mit schütterem grauem Haar und dem ernsten, sorgenvollen Gesichtsausdruck eines Bankbeamten, der nach fünfzig Jahren fehlerloser Buchführung überaltert ist. Ein junger Jamaicaner, den er Bennet nannte, saß hinter ihm und flüsterte ihm manchmal Bemerkungen ins Ohr. Bennet sah gescheit aus, man merkte ihm die College-Erziehung an, und er verstand mehr von Verhörtechnik als der Kronrichter.

Als Pawley zu Ende gekommen war, flüsterte Bennet dem Kronrichter etwas zu, und dieser erklärte:

«Ich danke Ihnen sehr, Mr. Pawley. Da wäre nur noch ein Punkt zu klären – Wilsons früheres Verhalten ...»

Wilson war Joes Familienname.

«Soviel mir zu Ohren gekommen ist, hat er sich immer ganz gut aufgeführt», sagte Pawley, ohne sich Mühe zu geben, in dieser Sache allzu bestimmt zu wirken. Nachdem er seinen Spruch über die Schule aufgesagt hatte, interessierte ihn die Sache nicht mehr.

«Sie haben nie vermutet, daß er andere Beziehungen gleicher Art ...»

«Es ist mir nichts dergleichen zur Kenntnis gekommen», erwiderte Pawley.

«Nun, dann danke ich, Mr. Pawley.»

Pawley kehrte an seinen Platz zurück, und damit war die Sache so gut wie erledigt. Der Kronrichter las noch einmal sorgenschwer in seinen Notizen, tauschte dann einige Bemerkungen mit Bennet aus und begann nun bedachtsam zu sprechen. Offenkundig sei Silvia ein ungewöhnliches und schwieriges Kind gewesen, doch liege trotzdem kein Grund vor, anzunehmen, daß sie ohne schwere Provokation an ihr eigenes Leben gegriffen hätte. Im vorliegenden Fall sei die Provokation, nachdem der Selbstmord erwiesen sei, doch wohl in ihrem Glauben zu suchen, sie wäre schwanger. Ihr Selbstmord zeige immerhin, daß sie kein Kind gewünscht habe, und damit verliere die Behauptung an Wahrscheinlichkeit, daß die Initiative zu dem Akt, der solchen Glauben in ihr erweckte, von ihr ausgegangen sei. Unglücklicherweise besitze man hierüber nichts außer Wilsons Aussage: darüber nämlich, was wirklich im Dschungel geschehen sei.

«Wilson hat uns gesagt, daß Silvia ihm vorgetäuscht hätte, er solle eine Blüte für sie pflücken; nachdem er ihr aber in den Dschungel gefolgt war, verlangte sie von ihm, daß er sie küßte. Mit anderen Worten, sie forderte von ihm genau das, was sie nachher, kurz nachher, in so schrecklicher Seelenverfassung zur Schule zurücklaufen ließ. Ich muß schon sagen» – er blickte um sich, als suchte er in den Gesichtern eine Bestätigung seines Argwohns –, «ich muß schon sagen, daß mir das nicht ganz wahrscheinlich klingt.»

Douglas hörte dies alles mit tiefem Unbehagen; er hatte gedacht, daß seine Aussage über Silvias Wesen Joe von allem Verdacht befreit hätte. Er blickte in den Saal und sah Joe sich vorbeugen, ungewiß, ob er wohl recht verstanden hätte, den Mund vor Verstörtheit halb offen. Pawley saß vor ihm, sah befriedigt drein und nickte. Offenbar glaubte er sich bei dem Kronrichter damit einzuschmeicheln, daß er seinen Beifall kundtat – und Joes Schultern waren gewiß breit genug, den Tadel zu tragen.

«Nun besitzen wir ja natürlich den Befund des Arztes, demzufolge das Verbrechen des Mißbrauches faktisch nicht begangen worden ist», fuhr der Kronrichter fort. «Andererseits ist uns bekannt, daß Silvia in diesen Dingen durchaus wissend und klar war – und wenn sie geglaubt hat, daß sie nun ein Kind bekommen würde, so muß irgend etwas Entscheidendes geschehen sein.»

Verdammter aufgeblasener Narr, dachte Douglas und stand auf. «Darf ich noch ein Wort äußern?»

Der Kronrichter unterbrach sich und sagte freundlich: «Ich glaube, wir haben alles festgestellt, was wir benötigen, Mr. Lockwood.»

«Vielleicht hätte ich doch noch etwas zu sagen, was Ihre Feststellungen in eine andere Richtung . . .»

Der Kronrichter sah sich nach Bennet um Rat um, dann äußerte er wenig ermutigend:

«Nun ja, wenn Sie es wirklich für nötig halten . . . aber ich glaube kaum, daß Sie etwas zu der außergewöhnlich interessanten Aussage hinzuzufügen haben, die Sie bereits abgegeben haben.»

«Ich hielt diesen Umstand vorher nicht für so bedeutsam.» Er schritt wieder zu dem Tisch vor.

«Nun?»

«Ich glaube nicht, daß ein Grund vorliegt, an Wilsons Aussage zu zweifeln», begann Douglas. «Es lag durchaus in Silvias Art, genau so zu handeln. Ich habe bereits dargelegt, daß sie davonlaufen konnte, um sich mit einem Mann zu treffen, der nur in ihrer Phantasie existierte, und wie sie meinen Bungalow durcheinandergebracht hat.»

«Doch, darüber herrscht bereits vollständige Klarheit.»

«Es steht für mich vollkommen fest, daß Silvia Wilson in den Dschungel holte, weil sie etwas Außerordentliches anzustellen wünschte. Es wäre unbillig, Joe der Lüge zu verdächtigen.»

Bennet neigte sich vor und flüsterte dem Kronrichter etwas zu. Dieser erklärte: «Gewiß, Mr. Lockwood, aber wenn Sie darüber hinaus keinen weiteren Tatbestand vorzutragen haben . . .»

«Das habe ich. Sie hat gedroht, etwas dergleichen zu tun. Sie hat gedroht, uns Schwierigkeiten zu bereiten.»

«Aus irgendeinem besonderen Grund?»

Douglas zögerte einen Augenblick, dann sagte er: «Ich glaube, sie tat es um meinetwillen. Im Laufe des Schuljahres hatte sie eine gewisse Zuneigung zu mir gefaßt. Sie erwartete, daß ich diese Zuneigung erwidern würde. Es verletzte sie tief, daß ich das nicht tat.»

Ein Moment atemloser Stille ging durch die Bibliothek, Douglas sah die Hände der Reporter, die Notizen in ihre Bücher schrieben, und dann gewahrte er unter verstörten Gesichtern das Pawleys, der überrascht und unmutig herüberschielte. Dieser Idiot Lockwood! Warum, um Himmels willen, konnte er jetzt nicht den Mund halten?

Der Kronrichter war nun nicht mehr gleichgültig. Bennet sprach auf ihn ein.

«Ja, nun gut, ich sehe wohl», nickte er und wandte sich wieder Douglas zu. «Ich begreife nicht ganz, wieso Ihnen das vorher unwichtig erschien. Wollen Sie bitte weitersprechen?»

«Das ist alles. Ich glaube, daß Silvia mit Joe weglief, weil sie mir eine Kränkung zufügen wollte. Nachher bekam sie Angst und fand sich mit dem nicht zurecht, was sie getan hatte.»

«Mir scheint, Sie sollten sich doch ausführlicher über diese Zuneigung äußern», beharrte der Kronrichter. «Wie haben Sie davon Kenntnis erlangt?»

«Sie selbst sprach davon. Sie hatte es sich in den Kopf gesetzt, sie wäre verliebt in mich. Ich nahm es nicht ernst, weil mir klar war, daß etwas Derartiges nicht dauern würde.»

«Sie haben aber doch natürlich mit dem Schuldirektor darüber gesprochen?» erkundigte sich der Kronrichter.

«Nein, Mr. Pawley war darüber nicht informiert.»

«Wäre es denn nicht doch bedachtsamer gewesen . . .?»

«Ich glaubte mich durchaus fähig, Silvia selbst in der Hand zu behalten.»

Der Kronrichter klopfte eine Minute lang mit seinem Bleistift auf den Tisch, dann blickte er unsicher in den Saal, als ob er sich fragte, was man nun von ihm erwarten mochte. Schließlich fragte er argwöhnisch.

«Ich hoffe, Sie werden mir diese Frage nicht übelnehmen, Mr. Lockwood . . . sie könnte beinahe unnötig erscheinen . . . aber welcher Art waren Ihre Gefühle für Silvia?»

«Ich nahm mehr Interesse an ihr als an den meisten übrigen Kindern, weil sie dringender Hilfe brauchte. Bestimmt war ich nicht verliebt in sie.»

«Und Sie gaben ihr keinerlei Anlaß . . .»

«Ich habe sie nie darüber im Zweifel gelassen, daß es so war.»

Bennet soufflierte wieder dem Kronrichter. Während er ihm etwas ins Ohr sagte, ließ er Douglas nicht aus den Augen. Er hatte harte, durchdringende Augen und ein ebenso hartes, ehrgeiziges Gesicht. Er sah ganz aus, als ob er es darauf anlegte, trotz seiner grauen Haut und seines Kraushaares seine Laufbahn als Richter an einem Hohen Gerichtshof zu beenden. Jetzt mochte er fünfundzwanzig Jahre zählen.

«Sie sind doch verheiratet, Mr. Lockwood?» fragte der Kronrichter.

«Ich war verheiratet.»

«Sie sind Witwer?»

«Nein, ich bin geschieden.»

Wieder ein Schweigen, die Hitze in der Bibliothek wurde noch drückender. Douglas fühlte, wie ihm Schweißtropfen bis zum Kinn und über den Hals hinabliefen und andere sich in den Augenwinkeln fingen. Er zog sein Taschentuch heraus, um sie wegzutupfen. Ziemlich unbehaglich sagte der Kronrichter:

«Nun, das können wir Ihnen hier ja nicht zum Vorwurf machen ... ich nehme doch an, daß Sie reichlich Erfahrung mit Kindern hatten?»

«Nicht allzuviel.»

«Aber Sie sind doch schon geraume Zeit Lehrer?»

Es war sichtlich ein aufrichtiger Versuch, ihm weiterzuhelfen.

«Erst seit ich zur Blue Mountain School kam, in diesem Schuljahr.»

«Und Sie fühlten sich trotzdem nicht unsicher – ich meine, einem Mädchen gegenüber, das Ihnen eröffnete ...?»

«Doch, ich fühlte mich vollkommen sicher.»

«Es ist Ihnen aber doch wohl zu Bewußtsein gekommen, daß da gewisse Gefahren –?»

«Es ist mir nie in den Sinn gekommen, daß die Gefahr eines Selbstmordes bestünde.»

Der Kronrichter blickte bekümmert auf seine Notizen, dann fragte er argwöhnisch: «Trotzdem sind Sie aber jetzt geneigt auszusprechen, daß dieses Kind um Ihretwillen Selbstmord begangen hat?»

«Nicht direkt. Silvia beging Selbstmord, weil sie glaubte, sie würde ein Kind bekommen. Sie lief mit Joe – mit Wilson – um meinetwillen davon ...»

Man konnte nicht hören, was Bennet jetzt sagte, aber gewiß war es etwas Entscheidendes. Er unterstrich das, indem er mit zwei Fingern der einen Hand gegen den anderen Handteller schlug. Der Kronrichter wühlte in seinen Notizen, dann sagte er:

«Ja, mir will scheinen, daß wir diesen Punkt noch ein wenig

aufklären sollten. Unter welchen besonderen Umständen hat Silvia gedroht, etwas Verzweifeltes zu unternehmen, Mr. Lockwood?»

«Als ihr klar wurde, daß ich nicht in sie verliebt war.»

«Haben Sie nicht eben erst gesagt, daß Sie sie darüber nie im unklaren gelassen haben?»

«Das war mein Bestreben, aber sie glaubte mir nicht.»

«Und gerade an jenem Samstagnachmittag ...?»

«Offenbar begriff sie es da. Wahrscheinlich hat sie darüber nachgedacht und die Wahrheit erkannt.»

Wieder sprach Bennet zu dem Kronrichter, ohne Douglas aus den Augen zu lassen, und Douglas wartete; die Hitze brannte ihm jetzt in seinen Achselhöhlen und unter dem Gürtel. Schließlich sagte der Kronrichter, bemüht, die Frage als seine eigene erscheinen zu lassen:

«Sie haben Silvia an diesem Samstagnachmittag nicht gesehen, Mr. Lockwood? Ich meine – vor all jenen Ereignissen?»

Douglas zögerte. Einen Moment lang kam ihm in den Sinn, daß er ein Gespräch erfinden könnte, aber es fiel ihm nichts ein, was der Situation angepaßt war und weiteren Fragen standhalten konnte.

«Nein.»

Er hörte den falschen Klang doppelt stark in der Stille, die in der Bibliothek herrschte. Diese Stille wirkte noch einige Zeit, sie hob gewissermaßen die Lüge heraus, und mitten in dieser Stille hefteten sich Bennets Augen auf ihn. Der Kronrichter wandte sich in der Richtung nach Pawley und sagte in seinem bekümmerten Ton:

«Das muß ich schon sagen, ich finde es äußerst seltsam, daß man ein abnormales Kind unter die Aufsicht eines ganz unerfahrenen Lehrers stellt ... wenn mir Mr. Lockwood gewiß auch zuerst den Eindruck von beträchtlicher Erfahrung gemacht hat ... Nun, es ist hier nicht meine Aufgabe, zu ...» Er neigte sich zurück, um auf Bennet zu hören. Diesmal war es wieder eine von Bennets Fragen, die er nicht gern weitergab. Er sann eine volle Minute darüber nach, flüsterte wieder mit Bennet. Schließlich sagte er:

«Vielleicht können Sie mir da helfen, Mr. Lockwood. Ist Ihnen nicht irgend etwas bekannt, was an jenem Samstagnachmittag geschah – etwas ganz Besonderes –, was Silvia plötzlich zu solchem Verhalten bewegen konnte? Ich habe Sie eben erst gefragt, ob Sie sie am Samstagnachmittag gesehen haben. Sind Sie sicher ...?»

Douglas wich Bennets Augen aus; aber er fühlte, daß er die Lüge nicht wiederholen konnte. Verschwommen sah er die Gesichter der Eltern, sah die Reporter fieberhaft kritzeln.

«Doch, ich habe sie gesehen. Sie kam zu meinem Bungalow.»

«Und hatten Sie den Eindruck, daß sie in außergewöhnlicher Erregung war?»

«Ich war nicht darauf gefaßt, sie zu sehen. Jedenfalls war sie erregt, weil sie mich nicht allein fand.»

Die Stimme des Kronrichters klang ernst. «Ich verstehe nicht ganz ...»

Douglas hatte einen flüchtigen Eindruck – Mrs. Pawleys geisterhaft blasses Gesicht; es schien einzuschrumpfen, wie es die Gesichter Sterbender tun.

«Eine farbige Frau war bei mir», sagte er. Und dann fügte er hinzu, für den Fall, daß sich der Verdacht gegen Ivy richten sollte: «Von unten aus dem Dorf.»

Nur das Kratzen der Bleistifte war zu hören. Dem Kronrichter war es sicher peinlich, diese Frage gestellt zu haben. Er wartete auf Bennets Hilfe. Bennet leistete sie. Sicher würde er Richter sein, bevor er das vierzigste Jahr erreichte.

«Ja, das meine ich wohl auch», äußerte der Kronrichter. «Es hätte uns viel Zeit erspart, Mr. Lockwood, wenn Sie uns das gleich gesagt hätten.»

Er brauchte nicht lange, um seine Sachen zusammenzupacken. Er besaß ja nur den einen Koffer, mit dem er aus England herübergekommen war. Die Hotelmarken darauf sahen noch ganz frisch aus. Schließlich klappte er ihn zu und warf noch einen Blick um sich, ob er nichts vergessen hätte. In einem Töpfchen lagen ein paar Briefmarken, die er für John gesammelt und dann vergessen hatte. Er warf sie zu den zerrissenen Briefen und Schriftsachen in den Papierkorb. Dann trug er den Koffer hinüber zu Pawley.

Pawley saß an seinem Tisch. Mit einem scheuen Lächeln stand er auf. «Schon reisefertig?» Er nahm ein Blatt Papier auf, an dem er gerade geschrieben hatte, und fuhr verlegen fort: «Mir lag daran, das zu beenden, bevor Sie gehen. Es scheint mir nur recht und billig, es Ihnen zu zeigen.»

serviert. Ein Stempel war darauf, ein Text, der besagte, die Zeitung wäre ein Gruß der Direktion, und schönen guten Morgen! Auf der Titelseite stand der Bericht über die Untersuchung in der Blue Mountain School. Auch ein Bild von ihm war darin, dasselbe Foto, das damals zu seiner Ankunft in Jamaica erschienen war, mit der Unterschrift «Willkommen in Jamaica, Mr. Douglas Lockwood!» Diesmal lautete der Text nur: «Mr. Douglas Lockwood».

Er rasierte sich und begann sich anzukleiden. Als er in seinem Koffer nach einem sauberen Hemd suchte, stieß er auf den Holzelefanten. Papierkorb war keiner im Zimmer, so warf er ihn aus dem Fenster. Nach dem Frühstück machte er sich auf einen Spaziergang in die Stadt. Er hatte weiter keinen Grund dazu, höchstens daß er zeigen wollte, wie wenig er sich scheute, den Leuten unter die Augen zu kommen. In der Harbour Street sah er aus der Ferne den Vater eines seiner Schüler. Er ging auf die andere Straßenseite, um dem Vater die Peinlichkeit zu ersparen, dasselbe tun zu müssen. Es begann bereits heiß zu werden. Er ging die King Street hinunter, trat in eine Sodabar und bestellte sich ein Schokolade-Soda. Nach einiger Zeit fiel ihm Judys Telegramm ein. Was das wohl bedeuten mochte, «alles vorbei»? Zuerst hatte er angenommen, sie meine ihre Liebesgeschichte mit Louis, aber nun dämmerte ihm, daß es auch besagen mochte, Louis wäre tot. In diesem Fall war ihre erste Depesche, in der sie von seiner Krankheit gesprochen, allenfalls sogar wahr, dann konnte man Judy eigentlich keinen Vorwurf daraus machen, daß sie bei ihm geblieben war. Sie wäre bei jedem geblieben, der krank war und im Sterben lag. Um eines sterbenden Hundes willen wäre sie geblieben.

Er dachte darüber nach, kam aber zu keinem klaren Gedanken. War Louis tot, so konnte es Douglas recht sein – schließlich bedeutete es, daß Judy ihm nicht zugemutet hatte, auf eine blöde Lüge hereinzufallen. Irgendwie überraschte es ihn, daß er überhaupt etwas angenehm empfinden konnte. Ihm war zumute gewesen, als sollte es solche Empfindungen für ihn gar nicht mehr geben.

Als er aus der Sodabar trat, lief er beinahe in einen dürftig aussehenden, schäbig angezogenen Burschen hinein. Es war der Mulatte, der sich selbst einen armen Nigger genannt hatte. Douglas sagte «Hallo». Der andere berührte flüchtig seinen Hut und mur-

anderen Frau durchgebrannt. Sie kann es sich jetzt nicht mehr leisten, John in einer guten Schule zu halten.»

«Kein Anlaß zur Sorge», meinte Douglas. «Strengere Beaufsichtigung wäre wohl nichts für John gewesen. Der Junge hatte immer einen Zug zur Unabhängigkeit . . .»

«Radikale Änderungen werden wir wohl nicht durchführen», meinte Pawley beschwichtigend. «Ich hatte eben nur das Gefühl, wir wären doch ein wenig zu lax gewesen.»

«Natürlich. Gegen Selbstmord müssen entschieden Vorkehrungen getroffen werden.»

«Nun, ich nehme an, daß Sie meiner Frau adieu sagen wollen, nicht wahr?» Er kam um den Tisch herum und streckte ihm mit dünkelhaft einfältiger Gebärde die Hand hin. Es fiel ihm wohl nichts ein, was sich da noch sagen ließe, und auch Douglas hatte keinen passenden Einfall. Schließlich murmelte Pawley:

«Sie tun doch wohl das Richtige, Lockwood, wenn Sie den Lehrberuf aufgeben. Vielleicht ist es doch nicht das, wozu Sie spezifisch geeignet sind.»

Nach diesem ermutigenden Abschied lächelte er erleichtert und verschwand.

Nach einer Minute kam Mrs. Pawley herein. Sie war ohne Make-up, sah gar nicht mehr jung aus und hatte dunkle Schatten unter den Augen. Im Nähertreten zog sie ein Kabel aus der Hosentasche.

«Das ist eben für Sie angekommen, Douglas.»

Er riß die Depesche auf. Sie lautete:

«Alles vorbei, treffe am fünfzehnten in Jamaica ein.

Judy.»

Er zerriß das Blatt.

«Diesmal habe ich es nicht gelesen», sagte Mrs. Pawley und versuchte zu lächeln.

«Es war auch nicht furchtbar interessant.» Er nahm seinen Koffer auf.

«Douglas, ich hoffe, Sie werden manchmal an mich denken, ohne mich zu hassen.»

«Warum sollte ich Sie hassen?»

«Ich habe ein Gefühl, daß ich an allem schuld bin.»

«Sie auch? Mrs. Morgan fühlt sich schuldig, weil sie eingeschlafen ist, Joe, weil er Silvia geküßt hat, John, weil er ihr gezeigt hat, wie man Schleifenknoten knüpft. Es scheint, mir bleibt gar keine Verantwortung . . .»

Duffield fuhr ihn im Dienstwagen zur Stadt. Duffield war ungewöhnlich freundlich. Kam sogar auf ein Gläschen ins Hotel mit.

«Verdammtes Pech haben Sie gehabt», erklärte er. «Haben, weiß Gott, Ihr Bestes getan. Es hat eben keinen Sinn, Kinder mit der Idee herumlaufen zu lassen, daß sie tun können, was sie wollen. Die einzige Methode, ihnen Verstand beizubringen – na, darüber brauchen wir jetzt nicht mehr zu sprechen.» Er sah ziemlich melancholisch drein. «Aufrichtig, im Grunde beneide ich Sie. Möchte am liebsten selbst von da oben weg.»

«Sie können ja gehen, wenn Sie es wünschen.»

«Ich habe da noch anderes in Betracht zu ziehen.» Es klang geheimnisvoll. Vielleicht dachte er an Mrs. Morgan. Seine Fehde mit Morgan hatte alle Krisen und Katastrophen überdauert, hatte sogar aus ihnen Nahrung gezogen, aber gestern hatte Douglas ihn mit Mrs. Morgan im Krankenzimmer ertappt. Duffield hatte zwar erklärt, daß sie ihm einen verletzten Finger verbinde, aber sie waren offensichtlich sehr hochgestimmt und hatten beide etwas Verlegenes im Gesicht. Doch war es nicht das, was Duffield jetzt im Sinn hatte. «Hat Pawley nicht etwas in bezug auf mich erwähnt, als Sie sich verabschiedeten?»

«Was denn?»

«Nun ja – sehr lange wird Pawley sich hier ja nicht halten können. Und mit dieser seiner Frau schon gar nicht. Ich glaube, ich habe allerlei Chance, die Schule zu übernehmen. Ich meine, die Schulleitung. Pawley beginnt mich zu respektieren, das werden Sie wohl bemerkt haben. Darum fragte ich, ob er nicht etwas erwähnt hat.»

«Nein, das hat er nicht getan.»

«Nun, man wird ja sehen. Niemand, der geraden Sinnes ist, kann auf die Idee verfallen, die Schulleitung Morgan anzuvertrauen. Das einzige, wozu Morgan taugt, ist Kartoffeln zu graben. Und schließlich ist er eben ein Nigger.»

Am nächsten Morgen wurde Douglas mit dem Tee eine Zeitung

Mit einer entschuldigenden Geste reichte er es ihm hin. Es war ein Brief. Die Schönheit des Ausdrucks hatte ihm offensichtlich einige Schwierigkeiten bereitet, vieles war durchgestrichen und überschrieben. Der Text begann:

Werte Eltern,
obwohl sich bei der Untersuchung herausgestellt hat, daß das jüngst vorgefallene bedauerliche Ereignis in den individuellen Verantwortungsbereich eines einzelnen Mitgliedes der Lehrerschaft fiel, das nun aus der Schule ausscheidet, mag Ihnen die Versicherung nicht unwillkommen sein, daß die Schulleitung entschlossen ist, in Zukunft gewisse Abänderungen durchzuführen und auf eine strengere Beaufsichtigung der Kinder bedacht zu sein. Damit soll nicht gesagt werden, daß wir unser Vertrauen in die modernen fortschrittlichen Methoden verloren haben, und wir sind entschlossen, bei ihnen zu verharren, wenn und soweit sie uns anwendbar und wünschenswert erscheinen ...

Douglas legte keinen Wert darauf, weiterzulesen. Er legte das Blatt auf den Tisch.

« ‹Wenn und soweit› ist gut.»

Pawley nahm den Spott hin. Allmählich jedoch schwand sein Lächeln, und er begann mit Bedauern und Verwunderung den Kopf zu schütteln.

«Ich begreife noch immer nicht, warum Sie nicht zu mir gekommen sind und mir von Silvias Betragen berichtet haben, Lockwood. Sie wissen, daß ich stets bereit war, alles mit Ihnen durchzusprechen. Wenn wir die Köpfe zusammengesteckt hätten, wäre all das wohl zu vermeiden gewesen.»

«Es tut mir leid», sagte Douglas. «Aber ich hätte Ihnen dann wohl auch von der eingeborenen Frau berichten müssen.»

Diese Erwähnung war Pawley sichtlich unlieb.

«Wie Sie wissen, hat es mir immer widerstrebt, mich in die Privatangelegenheiten meiner Lehrerschaft einzumischen.» Er spielte nervös eine Minute lang mit seinem Bleistift, dann hellten sich seine Züge wieder auf. «Nebenbei bemerkt, es wird Ihnen vielleicht leid tun zu hören, daß John uns mit Ende dieses Schuljahres verläßt. Seine Mutter war heute nachmittag hier. Ihr Mann ist mit jener

melte «Morgen, Herr», dann drückte er sich. Offenbar hatte er die Zeitungen gelesen oder Leute reden gehört. Jedenfalls wäre es nicht geschäftsklug gewesen, sich in übler Gesellschaft zu zeigen.

Nach dieser Begegnung fühlte er sich doch etwas erschüttert. Dann aber fiel ihm ein, daß er sich vor kurzem noch über etwas gefreut hatte. Eine Minute lang konnte er sich wohl des Gefühls erinnern, aber nicht der Ursache. Dann stand alles vor ihm. Judys Telegramm. «Weiß, du wirst mir nie verzeihen oder verstehen, wie sehr ich nach dir verlangte.» Also hatte sie es ernst gemeint – war nur in Buenos Aires geblieben, weil Louis im Sterben lag. Arme liebe Judy! Dann aber fiel ihm die Sache mit Louis' Adresse ein. Sie hatte doch behauptet, sie hätte sie verbrannt. Sie konnte das unmöglich getan haben. Mußte doch zu ihm gegangen sein – woher hätte sie sonst gewußt, daß er krank war? Somit war er wahrscheinlich gar nicht krank, war wohl auch nicht gestorben. Wieder alles nur Betrug!

Jetzt mußte er sich entscheiden, was er tun, wohin er sich wenden sollte. Zuerst dachte er an Afrika, dann an Cypern, an Ägypten, Britisch-Honduras und Britisch-Guayana, aber alles das schien ihm gleich wesenlos. Schließlich kam er mit sich überein, den ersten Ort zu wählen, den er gedruckt sah, und begann die Schaufenster danach abzusuchen. Gleich fiel sein Blick auf ein Täfelchen mit der Aufschrift «Jamaicanisches Erzeugnis». Jamaica zählte nicht. Dann sah er einen kleinen Zeitungsverkäufer – die Schlagzeile auf seinem Blatt sagte etwas über Moskau. Nein, Rußland, das ging auch nicht.

Es würde schon darauf hinauslaufen, daß er nach England zurückfuhr. Er konnte ja ein Bananenschiff nehmen. Vielleicht war es am besten, sich gleich danach umzusehen. Er wanderte in die Harbour Street zurück, in der die Schiffsgesellschaften ihre Büros hatten. So im Schreiten aber sah er sich plötzlich im Geiste die Arlington Street herunterkommen, auf Piccadilly zu, wie er in Caroline und Alec hineinlief, gerade am Seiteneingang vom Ritz. Warum sie den Seiteneingang benützten, war ihm nicht klar; er sah ihnen viel mehr ähnlich, das Hauptportal zu nehmen. Caroline rief: «Ach, Liebster, du bist doch nicht etwa zurück? Sieh doch, Alec, mein Ehemaliger!» Er ging nicht zur Harbour Street weiter, sondern trat in ein Café ein, um eine Tasse Mokka zu nehmen.

Nachmittags ging er in ein Kino und saß den Film zweimal durch. Als er wieder ins Hotel zurückschlenderte, fand er auf dem Weg unter seinem Fenster den Elefanten. Er ließ ihn liegen, trat ein und bestellte sich einen Schnaps. Erst hockte er über dem Glas, dann aber ging er doch hinaus und hob den Elefanten auf. Jemand mußte daraufgetreten sein. Ein Stoßzahn und ein Bein waren gebrochen.

In dieser Nacht lag er lange wach im Bett, hoffte, wenn er das Buch weglegte, würde er sofort in Schlaf sinken; als er aber zur Probe die Augen schloß, wartete das Bild bereits hinter den Lidern, grauenhaft bis in alle Einzelheiten und lebendiger als je. Es fiel ihm ein, daß die Psychologen behaupteten, unser Gehirn ziehe einen dunklen Vorhang vor peinliche Erinnerungen. Der Mechanismus seines eigenen Gehirns versagte da erbärmlich. Nicht einmal den dünnsten Schleier hatte es geliefert. Eine Weile versuchte er, wie er es schon in der vorigen Nacht getan, das Bild wegzurücken, indem er andere Erinnerungen in den Vordergrund zog und indem er sich Zimmer, in denen er schon gewesen war, deutlich ins Gedächtnis rief, Stück um Stück; aber alle diese heraufbeschworenen Bilder zergingen sofort, lösten sich in Nebel auf, während der Mangobaum blieb, in greller Klarheit, seine entlaubten Äste reckend, und während der kleine leblose Körper im zerknitterten Pyjama sich sacht in der Morgensonne drehte.

Nach einer halben Stunde schaltete er Licht an und begann wieder zu lesen. Das Bild konnte er auch jetzt vor der bedruckten Seite sehen, aber weniger lebhaft als im Dunkeln. Um ein Uhr nachts machte er wieder einen Versuch einzuschlafen, nicht mit besserem Erfolg. Er knipste noch einmal das Licht an und rauchte eine Zigarette. Beim Rauchen fiel ihm Judy ein, er stieg aus dem Bett und holte sich die zerknüllten Stücke der zerrissenen Depesche aus der Tasche. Strich sie glatt und setzte sie auf dem Nachttischchen zusammen. Der Wortlaut war der gleiche und ließ ebensowenig wie zuvor erraten, was sie mit «alles vorbei» gemeint hatte.

Als er mit dem Puzzlespiel fertig war, drehte er wieder das Licht ab und spielte «Ursachen und Wirkungen». Folge eines mechanischen Defekts in einem Flugzeug war gewesen, daß er Judy traf; Folge davon, daß er Judy getroffen hatte, war, daß er sich mit Mrs. Pawley einließ; Folge davon, daß er mit Mrs. Pawley zusammen war, war, daß Silvia sich am Mangobaum erhängte. Also war Silvias Tod die Wirkung eines mechanischen Defekts in einem Flugzeug. Morgen schon würde er an den Gleaner schreiben und verlangen, daß die Maschinen vor dem Start gründlicher untersucht würden. Und dann wachte er noch einmal in dieser Nacht auf, weil ihm jemand ins Gesicht geschlagen hatte – der arme Mulatte, der sich selbst einen Nigger nannte. Aus den Hemdsärmeln des Mulatten kam statt einer Hand ein Kaktus hervor.

Am Morgen war ein Foto Pawleys auf der dritten Seite des Gleaner, und darunter eine Erklärung, die Schule würde weitergeführt werden. Douglas las nur den ersten Satz. Das Datum der Zeitung war der elfte.

Beim Frühstück fragte er den Kellner, welche Insel im Karibischen Meer wohl die hübscheste sei. Der Kellner erwiderte, er wolle den Küchenchef fragen. Dann kam er zurück und meldete, der Koch nenne Tobago. Er sprach es Tabargo aus. Nach dem Frühstück suchte Douglas die Insel auf einer Landkarte, die in der Halle hing. Es war ein Inselchen in der Nähe von Trinidad. Er fragte den Hotelportier danach, und der meinte, es gäbe dort Muskatnüsse, Nelkenpfeffer, kühle Brise von der See her und schönen Strand. Er sprach es Tobägo aus.

Dann ging Douglas zum Telegraphenamt. Da er Judys Adresse in Buenos Aires nicht kannte, so leitete er das Kabel über die Filiale der Fluglinie, meldete, er würde sie in Trinidad treffen. Die Maschine nach Jamaica hatte nämlich eine Zwischenlandung in Trinidad.

Nun ging er in das Büro der Fluglinie, kaufte ein Ticket nach Trinidad und zwei Tickets von Trinidad nach Tobago. Der Beamte war ungemein höflich und sagte:

«Ich hoffe, Sie waren mit Ihrem Aufenthalt in Jamaica zufrieden, Mr. Lockwood?»

In der Maschine hatte er einen Fensterplatz, dann aber lehnte sich ein Mann an ihn und fragte: «Würden Sie mir vielleicht den Fensterplatz überlassen, ich möchte gern ein paar Schnappschüsse machen?» Douglas blickte auf, sah die teure Kamera und erkannte Burroughs.

Glücklicherweise wollte Burroughs nur nach Trinidad. Sicher würde er Trinidad ebenso gründlich durchnehmen wie Jamaica, und er äußerte sich fassungslos erstaunt über ein englisches Ehepaar, dem er begegnet war: «Können Sie sich vorstellen, waren eine Woche in Trinidad und haben den Pech-See nicht gesehen! Hat sie einfach nicht interessiert. Kommen den weiten Weg bis hierher, und dann interessiert sie der Pech-See nicht!» Douglas gab sich nicht die Mühe zu erwähnen, daß der Pech-See auch ihn nicht interessiere.

Burroughs sah aus dem Fenster und nahm alles auf, was nur irgend vorüberkam, und wenn es nur eine einsame Klippe war, die aus der See ragte. Als sie eine Zwischenlandung in Antigua machten, knipste er die Besatzung, dann sämtliche Passagiere, den Mann vom Tankwagen; als sie aber wieder aufgestiegen waren, tat er die Kamera fort und begann seine stenographischen Notizen über die Reise zu machen, die seine Schwester dann für seine Tochter abtippen würde.

In Trinidad stiegen sie im selben Hotel ab. Am nächsten Morgen, als Douglas ihn beim Frühstück traf, hatte er schon einen Rundgang hinter sich. Er beschrieb das morgendliche Leben in Port of Spain und verkündete:

«Ich habe mich entschlossen, Sie heute nach Tobago zu begleiten. Ich habe mir immer gewünscht, Tobago zu sehen. Es ist die originale Robinson-Crusoe-Insel, wie Sie wissen.»

«Nun, und der Pech-See?»

«Den mache ich auf der Rückfahrt ab.»

«Es ist möglich, daß eine Freundin von mir heute ankommt», sagte Douglas. Er hatte das zuvor noch nicht erwähnt.

«Dieselbe, die Sie letztes Mal erwartet haben? Na, vielleicht kommt sie heute wieder nicht. Nein, meinetwegen keine Sorgen! Ich komme Ihnen nicht in die Quere.»

Er bestand darauf, das Taxi zum Flugplatz zu teilen, und während sie warteten, machte er Aufnahmen von Douglas, zum Zeitvertreib. Douglas fragte sich, wie er wohl aussehen mochte. Wahrscheinlich hatte er diesen Ausdruck von erzwungenem Gleichmut, mit dem ein Spieler sein letztes Pfund auf den Roulettetisch wirft.

Das Flugzeug kam drei Minuten zu früh. Rollte über die Bahn und stand still, während Burroughs noch immer auf ihn einschwätzte. Douglas erinnerte sich, wie er schon einmal so an der Barriere gestanden hatte, den redseligen Burroughs neben sich – es war, als hätte sich das Rad der Zeit zurückgedreht. Die Passagiere begannen die Treppe herabzusteigen, und Douglas wandte sich ab, während Burroughs fortfuhr, ihm die Beerdigung seiner Frau zu schildern; dann wandte sich Douglas wieder um und sah Judy die Stufen herunterkommen. Sie winkte.

Kam lächelnd an die Barriere, ganz unverändert, freudig erregt, glücklich.

«Ich habe dein Kabel bekommen. Was treibst du nur hier? Bist du auf der Durchreise? Oder?»

«Ich bin auf dem Wege nach Tobago.»

«Wie wundervoll!»

Burroughs machte sich bemerkbar. So sagte Douglas: «Das ist Mr. Burroughs. Wir kennen uns aus Jamaica.»

«Na, wie sieht Argentinien wohl jetzt aus?» fragte Burroughs. «War vor dem Krieg drunten. Wird sich wohl seither ein wenig verändert haben.»

«Ich denke doch.» Sie lächelte flüchtig. «Douglas, ich muß mit dieser Maschine weiterreisen, die Gesellschaft hat mir einen Freiflug bewilligt. Können wir nicht irgendwo plaudern? Ich habe nur eine Stunde.»

«Du hast nur eine halbe Stunde», sagte Douglas.

«Die Maschine geht um zwölf weiter.»

«Die Maschine startet um halb zwölf nach Tobago. Ich habe deine Karte schon.»

«Nach Tobago?»

«Ja doch, natürlich.»

Sie starrte ihn an.

«Weißt du das auch ganz bestimmt?»

«Doch, hier hab ich sie.»

«Ich meine, daß du mich auch mithaben willst.»

«Wenn du keine anderen Pläne hast.»

«Hab überhaupt keine Pläne.»

«Das ist die richtige Art zu reisen», mischte sich Burroughs ein. «Nur keine Pläne! Das ist die einzige Art, sich dabei zu amüsieren.»

«Hast du Koffer?» fragte Douglas.

«Ja, einen – in der Maschine.»

«Hole ihn lieber gleich heraus.»

«Fein.» Sie lief davon.

«Ich freue mich, daß sie mitkommt», sagte Burroughs. «Sieht sehr nett aus. Und ich finde es richtig sportmäßig, sich so mir nichts, dir nichts zu entscheiden.»

«Wir sollten wohl auch unsere Koffer holen», meinte Douglas.

In der Maschine waren die Sitze paarweise angeordnet. Burroughs saß gerade hinter ihnen, aber die Motoren machten ein solches Getöse, daß er ihr Gespräch nicht hören konnte. Nach dem Start sagte Douglas:

«Und Louis?»

«Aus.» Sie lachte etwas gezwungen, sah aus dem Fenster. «Du verstehst, tot.»

«Tut mir leid.»

«Es war seine eigene Schuld. Er hätte in der Schweiz bleiben müssen.»

«War es schlimm für dich?»

«Ach ja, schrecklich.» Sie sagte es ganz gelassen, mied aber seinen Blick. «Du weißt, wie Leute in solchen Fällen sterben. Er hat einfach alles, was in ihm drinnen war, auf den Boden gehustet. Ein hübscher Anblick.»

Nach einer Weile fragte er: «Wie hast du ihn in Buenos Aires ausfindig gemacht?»

«Er erwartete mich auf dem Flugplatz. Kam zu allen Flugzeugen aus Jamaica. So sicher war er, daß ich kommen würde.» Jetzt sah sie Douglas in die Augen. «Du hast wohl gedacht, ich hätte die Adresse behalten und wäre ihm nachgefahren? Eine feine Wut mußt du gehabt haben!»

«Na, nicht zu wenig.»

Es war ein klarer Tag. Die See war tiefblau, leicht bewegt, reglos lag ein Frachter wie ein Modell im verkleinerten Maßstab darin, mit einer reglosen Wache darauf.

«Wie lange dauern deine Ferien?« fragte Judy.

«Ich habe die Schule verlassen.»

«Verlassen?»

«Keine rechte Berufung zum Lehrer.»

«Hätte nie gedacht, daß du das aufgeben würdest. Ich habe geglaubt, du hingst zu sehr an deinen Schülern.»

«Die werden schon ohne mich auskommen.»

«Und Silvia?»

Douglas beschloß, das auf später aufzuschieben. «Sie braucht mich jetzt nicht mehr.»

«Und was wirst du dann tun?»

«Weiß noch nicht. Hab keine Pläne für die Zeit nach Tobago.»

Als sie den Flughafen von Tobago erreichten, versuchten sie Burroughs abzuhängen, aber es gelang ihnen nicht. Er mußte es merken, doch er klammerte sich an sie. Die ersten zwei oder drei Hotels, die sie im Taxi abklapperten, waren vollbesetzt. In einem anderen waren nur zwei Zimmer frei.

«Geht prächtig», entschied Burroughs. «Wir teilen das eine.»

«Ich denke, wir sollten doch noch ein wenig suchen», meinte Douglas.

«Jetzt ist es zu spät, um noch lang herumzuirren. Für eine Nacht wird es gehen. Es macht mir nicht das geringste aus, das Zimmer mit Ihnen zu teilen.»

Schließlich blieben sie. Die Zimmer stießen aneinander und gingen auf denselben Balkon hinaus. Das eine, das Douglas mit Burroughs teilte, hatte zwei Betten. Burroughs legte seine Kamera in das Schränkchen neben dem Bett und zog sich aus. Er trug blaugestreifte Baumwollunterwäsche. Er nahm seinen Morgenrock und ging ins Badezimmer. Douglas trat über den Balkon in Judys Zimmer. Sie war beim Auspacken.

«Gefallen dir meine neuen Schuhe?» fragte sie. «Wirklich schick, nicht? Von Louis.»

«Gut für Louis.»

«Ich mußte ihm das Geld richtig abknöpfen. Ungebeten hat er mir nie einen Sou geschenkt. Nichts. Nur den Vorteil seiner Kultur.»

«Vorsichtig! Vielleicht treibt sich sein Geist hier irgendwo herum.»

«Ich glaube nicht an Duppies. Er ist tot. Weiß Gott, du hättest ihn sterben sehen müssen. Er hat es genossen.»

«Kann ich mir vorstellen.»

«Er bestand darauf, in ein öffentliches Krankenhaus zu kommen, weil er Publikum brauchte. Sagte jedem, daß er am Sterben sei, für den Fall, daß es einer nicht merkte. Ein Jammer, daß die Wochenschau nicht zur Stelle war.»

«Und keine letzten Worte?»

«Aber doch! Daß ich ihn vergessen sollte. Ich dürfte nicht zulassen, daß er mein Leben ruinierte. Ich sagte, das würde schon nicht geschehen. Wahrscheinlich hat ihm das den Rest gegeben.»

«Horch, Burroughs kommt zurück. Ich glaube, ich nehme jetzt auch ein Bad.»

«Verdammter Burroughs! Warum hast du ihn nicht zur Hölle geschickt?»

«Ich tauge nicht dazu, Leuten so etwas zu sagen. Bin zu fortschrittlich und tolerant.»

«Gut, das bist du. Aber dieser Burroughs geht mir auf die Nerven. Nichts soll unser Wiedersehen verpfuschen. Nichts kann das tun.»

«Höchstens Duppies.»

«Ich hab dir doch gesagt, daß ich nicht an sie glaube. Mich kann man nicht mehr erschrecken.»

Es war eine Riesenwanne. Er ließ sie vollaufen fast bis zur Abflußöffnung. Es schwamm ein Spielzeugboot darin, damit spielte er eine Weile. Als er sich dann abseifte, mußte er an Burroughs gestreifte Unterhosen denken und begann zu lachen. Er fühlte sich jetzt ganz wohl, nachdem er ihm entronnen war. Dann dachte er, sie sollten Burroughs bitten, er möge mit ihnen im Meer baden – seine gestreiften Unterhosen würden die Barracudas fernhalten. Ja, das durfte er nicht vergessen, er mußte es Judy sagen. Er stieg aus dem Bad und zog den Stöpsel aus der Wanne. Während er sich abtrocknete, hörte er zu, wie das Wasser in der Röhre gurgelte und im Abfluß plätscherte. Es klang wie Regenwasser aus der Dachtraufe seines Bungalows. Jetzt setzte das Plätschern im Abfluß aus, und er erinnerte sich, wie die Hunde, als der Regen aufhörte, an der Tür gekratzt hatten; und er hatte Mrs. Pawley nachgesehen, wie sie in ihren Wellingtonstiefeln davonstapfte. Er hatte ihren Schirm genommen, und da war plötzlich Silvias kleines weißes Gesicht vor ihm gewesen, ihre mageren weißen Ärmchen hatten an den Seiten herabgehangen, naß war das Haar gewesen, ihre Augen hatte er gesehen, und sie hatte gesagt . . . Ach, das war jetzt gleichgültig, was sie gesagt hatte – wenn Judy ihre Gespenster loswurde, warum konnte er das nicht? Er zog seinen Morgenrock an, schlüpfte in die Hausschuhe, dann dachte er an Judys lachende Augen und fühlte sich wieder leicht, als er über den Korridor zurückging. Burroughs war schon angezogen und erwartete ihn, er sah aufgeregt aus. Trat ganz nahe an Douglas heran und flüsterte:

«Hören Sie, alter Junge, mit Ihrer Freundin ist etwas nicht in Ordnung. Sie hat geweint.»

«Geweint?»

«Herzzerbrechend. Ich hörte es bis auf den Balkon hinaus. Ich begriff zuerst nicht, so warf ich einen Blick hinein. Sie hat auf dem Bett gelegen, das Gesicht ganz in die Polster vergraben. Ich dachte, es wäre besser, sie nicht zu stören. Höchst merkwürdig! Heute nachmittag sah sie so glücklich aus.»

«Sie hat erst unlängst jemand verloren.»

Burroughs nickte verständnisinnig. «Wie Sie wissen, habe ich dasselbe durchgemacht. Meinen Sie nicht, Sie sollten zu ihr hineingehen? Ich habe den Trost von Freunden immer angenehm empfunden.»

«Ich sehe sie dann später.»

Burroughs wirkte ehrlich aufgeregt, seine naive Unverschämtheit war ganz verschwunden. Er wollte jetzt gehen, sagte er – es wäre ihm ganz lieb, sich ein wenig allein herumzutreiben. Er verschwand, und Douglas zog sich langsam an. Während er sich kämmte, klopfte Judy an die Balkontür und kam herein.

«Heiliger Himmel! Noch nicht fertig?»

«Nur noch einen Moment.»

«Ich habe eine Ewigkeit gewartet.»

Er hätte wohl nicht bemerkt, daß sie geweint hatte, aber sie hielt auch den Kopf abgewandt, tat, als ob sie sich im Zimmer umsähe, für den Fall, daß etwas an ihren Augen zu merken wäre. Ihr Blick fiel auf den Elefanten, der auf dem Toilettentisch stand.

«Was ist denn das? Burroughs schleppt das mit sich herum?»

«Nein, das gehört mir.»

«Er ist gebrochen. Warum behältst du ihn?»

«Er soll Glück bringen, Erfüllung aller Träume und weiß Gott was sonst noch für Unsinn. Aber sehr gut macht er es nicht.»

«Du behältst ihn trotzdem?»

«Man muß etwas haben, woran man hängt. Früher habe ich immer geglaubt, ein netter Sport müßte einem helfen, aber das fotografieren hat Burroughs scheinbar auch nicht gut getan.»

«Ich habe nie so etwas gehabt», sagte Judy. «Aber Glück hab ich trotzdem.»

«Hast du?»

«Ich bin hier in Tobago mit dir.»

«Du hast eben erst geweint.»

«Großer Gott, sieht man es mir an?»

«Burroughs hat es gehört.»

Sie lachte auf. «Blöd, nicht? Ich fand einen von Louis' Knöpfen in meinem Etui. Hatte versprochen, ihn anzunähen. Ich kann ohne Wimpernzucken daran denken, wie er sein Innerstes herausgehustet hat, und dann bringt mich ein Knopf aus der Fassung.»

«Komisch, nicht?»

«Es bedeutet weiter nichts. Du weißt, wie ich bin.»

Sie nahmen ein Taxi, um in einem anderen Hotel zu speisen, denn sie wollten Burroughs vermeiden, und sie setzten sich auf die Terrasse. Die Abendbrise rauschte in den Palmen. Wenn das Rauschen in den Palmen aussetzte, konnten sie die Brandung hören, und der reine Duft der See war in der warmen, weichen Luft. Alle Requisiten des Glücks, all das Bühnengerümpel beisammen, dachte er; und dann bildete er sich ein, er wäre glücklich.

«Douglas», fragte Judy, «warum willst du nicht wieder in deine Schule zurück? Es ist etwas passiert, nicht wahr?»

«Woher weißt du?»

«Du lachst nicht richtig. Deine Augen haben noch kein einziges Mal gelacht.»

Er zuckte die Achseln. «Schön, wenn du willst, erzähle ich es dir.»

Während er sprach, saß sie in tiefes Schweigen versunken da, alles Glück war aus ihren Zügen gewichen. Als er mit seinem Bericht fertig war, zeigte ihr Gesicht tiefe Blässe.

Eine Minute lang sah sie ihn sprachlos an, dann brach sie in einer Art Wut über ihr Unglück los: «Ach, Douglas, du bist ein Narr! Ich hab es immer gesagt, nicht wahr? Du bist ein vollendeter Narr.»

«Das brauchst du mir nicht erst zu sagen.»

«Nicht wegen der Dinge, die in Jamaica geschehen sind. Nein, jetzt, deswegen. Warum wolltest du mich wiedersehen? Warum bist du ein solcher Idiot?»

«Ich wollte vorher mit dir zusammen sein. Ich möchte es noch immer.»

Sie schüttelte den Kopf, fast in Tränen. «Das wird nicht helfen, und du weißt nur zu gut, daß es nicht helfen wird. Nicht nach alledem.»

«Warum nicht? Wir sind jetzt erwachsen. Wir erwarten nicht mehr das Vollendete. Das ganz große Glück.»

«Nein, es wird gar nichts helfen. Davon wirst du nicht wieder lachen lernen. Du würdest mich nicht einmal ansehen können. Du glaubst doch nicht, daß ich dich so haben will?» Ihre Augen zergingen, eine Träne fiel herab wie ein Meteor und blieb an ihrem Wangenknochen hängen. Sie wischte sie fort und lächelte hastig. «Ich weiß nicht, warum ich schon wieder heule. Ich weine sonst eigentlich nie, außer über Zigarettenstummel, Knöpfe und solches Zeug. Können wir nicht weggehen und anderswo weiterreden?»

Plötzlich fühlte er sich ganz mutlos, unfähig jeder Regung.

«Vielleicht ist es das beste, wir gehen zurück.»

Draußen nahmen sie ein Taxi. Es war ein hochrädriger offener Wagen mit angestoßenen Kotflügeln und einer Tür, die nicht zugehen wollte. Der Chauffeur versuchte sie zu schließen, grinste beseligt, schlug sie ein dutzendmal zu, bevor sie einschnappte. Dann fuhr er los, im nächsten Moment ging die Türe wieder auf, der Chauffeur stieg aus und machte sie mit einem Stück Schnur fest. Judy hatte zu lachen begonnen, es waren keine Tränen mehr in ihren Augen. Als der Wagen wieder anfuhr, sagte sie munter:

«Du mußt nicht weiter bedrückt sein, weil du mich hierhergeschleppt hast. Ich finde schon irgendwohin. Könnte nach Haiti fliegen. Da war in dem Flugzeug aus Buenos Aires ein Argentinier, der eigens dorthin flog, um sich die Hahnenkämpfe anzusehen. Er hat mich eingeladen, ihn zu begleiten.»

«Machst du dir etwas daraus, einen Hahnenkampf zu sehen?»

«Ich glaube, Hahnenkämpfe sind weit blutrünstiger als Stierkämpfe, einmal könnte man so etwas schon ansehen. Er würde mir ein Flugticket schicken, wenn ich telegrafiere.»

«Wollte er dich heiraten?»

«Oh, ich glaube nicht. Er hat schon eine Frau. Richtig mein Fall, wie du siehst. Und einen Koffer voll Geld.»

«Du denkst immer so viel an Geld», tadelte er. «Erinnere dich doch an Louis.»

«Nun, irgendeinmal muß man ja damit anfangen, das Geld gern zu haben. Und einen Hahnenkampf möchte ich mir schon ansehen. Sicher ist es viel weniger greulich, als dir zuzusehen, wie du dich selbst verabscheust. Und bald genug würdest du auch mich verabscheuen. Wir wären ein feines Paar.»

«Ich habe es nicht so angesehen.»

«Da war es ohne Silvia. Ohne irgendwelche Geister.»

«Ja», sagte er niedergeschlagen, «im Geisterbeschwören war ich nie groß. Ich hätte von dir lernen sollen.»

«So etwas lernt man nicht. So etwas ist von selbst da. Man muß eben oberflächlich sein.»

«Oder den Mut haben», meinte er.

Sie fuhren eine Steigung hinan. Zwei Negermädchen in roten Baumwollkleidern sprangen von der Straße ins Gras. Einen Moment lang fingen die Scheinwerfer ihre Augen ein, sie waren groß und schuldbewußt und erschrocken. Dann verschwanden sie hinter ihnen in der Dunkelheit.

Drei Kilometer bis zum Hotel zurück. Sie sprachen nicht. Als sie vor dem Hotel ankamen, entlohnte Douglas den Chauffeur, und sie gingen hinauf.

In Judys Zimmer sagte er: «Also du möchtest wirklich nach Haiti?»

Sie zuckte die Achseln, wandte sich ab und sagte leichthin: «Ach, er ist ein recht netter Kerl. Vielleicht hilft er mir heraus.»

«Wirst du wieder weinen?»

Sie lachte. «Höchstens ein bißchen. Aber wenn du mich so fragst, werde ich es wohl tun. Im Abschiednehmen bin ich schwach. Ganz gleichgültig, von wem ich Abschied nehme.»

«Du kannst ja morgen früh telegrafieren.»

«Schön», sagte sie, «morgen. Im kalten Morgenlicht.»

«Ich bin im kalten Morgenlicht noch am besten dran. Bei mir sind die Nächte am schlimmsten.»

«Ach, Liebster, es tut mir so leid», sagte sie und sah plötzlich ganz elend aus. «Es tut mir so entsetzlich leid! Du kannst heute nacht hierbleiben, wenn du möchtest – wenn du wirklich denkst, es würde dir helfen.»

«Nein, das würde es wohl nicht. Es würde nur weh tun, wenn ich daran dächte, wie anders es hätte sein können.»

Zurück in seinem Zimmer entkleidete er sich rasch und stieg ins Bett. Burroughs war noch nicht zurückgekehrt. Die Balkontür stand offen, die Luft war weich und voll tropischer Düfte. Er sah das Licht aus Judys Zimmer quer über die Balustrade auf die dürren, zerspellten Palmenwedel fallen, und darunter sah man das Licht der kleinen Stadt und das Spiegelbild im Wasser.

Jetzt ging die Türe.

«Ich habe Sie doch hoffentlich nicht aufgeweckt?» fragte Burroughs. «Hab unten im Schreibzimmer gesessen, meiner Tochter alles von Ihnen erzählt. Hatten Sie einen netten Abend?»

«Ja – es war prächtig.»

Er sah Judys Licht ausgehen. Ein später Mond begann den Himmel zu überfluten. Die Palmen zeigten eine zerfetzte Silhouette.

«Schlafen Sie schon?» fragte Burroughs.

«Noch nicht.»

«Was ich Sie fragen wollte: Was haben Sie eigentlich an dieser Ihrer Schule unterrichtet?»

Douglas schloß die Augen. Hinter seinen Lidern wartete der Gipfel der Blauen Berge, hob sich klar aus sinkenden Schatten. Langsam, zwischen entlaubten Ästen begann sich der kleine leblose Sack zu drehen. Er lächelte müde.

«Unschuld», sagte er.

Roald Dahl

Kuschelmuschel
Vier erotische Überraschungen
Deutsch von Jürgen Abel, Werner Gronwald und Gisela Stege
220 Seiten Gebunden und als rororo 4200

Küßchen, Küßchen!
11 ungewöhnliche Geschichten
rororo 835

... und noch ein Küßchen!
Weitere ungewöhnliche Geschichten
rororo 989

... steigen aus ... maschine brennt ...
10 Fliegergeschichten
rororo 868

Der krumme Hund
Eine lange Geschichte. Mit 25 Zeichnungen von Catrinus N. Tas rororo 959

Ich sehe was, was Du nicht siehst
Acht unglaubliche Geschichten
Deutsch von Sybil Gräfin Schönfeldt
260 Seiten. Gebunden und als rororo 5362

Boy
Schönes und Schreckliches aus meiner Kinderzeit
rororo 5693

Im Alleingang
Meine Erlebnisse in der Fremde
(12182)

rororo

C 197/29

Roald Dahl

Onkel Oswald und der Sudan-Käfer
Eine haarsträubende Geschichte
Deutsch von Sybil Gräfin Schönfeldt
240 Seiten. Gebunden und als
rororo 5544

Buch der Schauergeschichten
Deutsch von Nils-Henning von Hugo,
Ilse Strasmann und Benjamin Schwarz.
256 Seiten. Gebunden

Konfetti
Ungemütliches + Ungezogenes.
Deutsch von Barbara Uhl und
Heinrich Maria Ledig-Rowohlt.
112 Seiten. Gebunden und als
rororo 5847

Georgy Porgy.
Gesammelte Erzählungen
Deutsch von Wolfheinrich von der Mülbe,
Hans-Heinrich Wellmann und
Fritz Güttinger.
448 Seiten. Gebunden

Eva Mattes liest Roald Dahl
Küßchen, Küßchen!
Die Wirtin. Der Weg zum Himmel.
Mrs. Bixby und der Mantel des Obersten.
1 Tonbandcassette im Schuber
(66001)

rororo

C 2267/2

Klaus Modick

Weg war weg
Romanverschnitt
240 Seiten. Gebunden

Eine Detektiv- und Abenteuergeschichte, eine hinreißende Parodie auf den intellektuellen Eiertanz um das Feuilleton-Kalb «Postmoderne», ein Stück hochkomischer Literatur mit bissigen Seitenhieben auf den Literaturbetrieb.

Das Grau der Karolinen
Roman
448 Seiten. Gebunden

Ins Blaue
Roman
rororo 5871

Moos
Die nachgelassenen Blätter des Botanikers Lukas Ohlburg
rororo 5907

Traumtanz
Ein berauschendes Lesebuch
rororo panther 5806

C 2334/1